《文学理论》（第二版）学习指南与练习

主　编　王一川
副主编　胡亚敏　谭好哲

高等教育出版社·北京

内容简介

本书是教材《文学理论》（第二版）（高等教育出版社 2020 年版）的辅助性读本和练习手册，意在辅佐大学生在阅读原教材时更加便捷地了解其总体轮廓，把握要点，抓住主旨，并结合具体文学案例加深体会。本书以“内容提要”概括基本内容、观点和结论，以“关键词与考点”阐述重要概念和主要考点并以树状图形式呈现，以“知识点精讲”概括和串讲重要知识点，在“思考题解答”中给出答题要点及案例提示，在“阅读书目”中列出重要参考论著并作精当介绍，还根据多年教学实践经验而编制由多种题型组成的“试题库”以及参考答案，以便大学生深入“涵泳”于文学理论世界之中。

本书希望成为大学生尝试纵深学习、复习考试及报考研究生时的助手和陪伴；同时，也可以为任课教师的教学工作提供必要的参考；还可供其他各界读者修习时参考。

图书在版编目（CIP）数据

《文学理论》（第二版）学习指南与练习 / 王一川主编. -- 北京：高等教育出版社，2022.1（2023.12重印）
ISBN 978-7-04-056328-3

Ⅰ. ①文… Ⅱ. ①王… Ⅲ. ①文学理论-高等学校-教学参考资料 Ⅳ. ①I0

中国版本图书馆 CIP 数据核字（2021）第 138396 号

Wenxue Lilun Di-er Ban Xuexi Zhinan yu Lianxi

《文学理论》（第二版）学习指南与练习

策划编辑 罗 京　　责任编辑 刘新英 罗 京　　封面设计 王 洋　　版式设计 童 丹
插图绘制 于 博　　责任校对 陈 杨　　责任印制 高 峰

出版发行 高等教育出版社
社　　址 北京市西城区德外大街 4 号
邮政编码 100120
印　　刷 固安县铭成印刷有限公司
开　　本 787mm×1092mm 1/16
印　　张 23
字　　数 380 千字
购书热线 010-58581118
咨询电话 400-810-0598

网　　址 http://www.hep.edu.cn
　　　　 http://www.hep.com.cn
网上订购 http://www.hepmall.com.cn
　　　　 http://www.hepmall.com
　　　　 http://www.hepmall.cn

版　　次 2022 年 1 月第 1 版
印　　次 2023 年 12 月第 3 次印刷
定　　价 45.60 元

物 料 号 56328-A0

主要编写者及分工

王一川(北京师范大学):绪论

谭好哲、尤战生(山东大学):第一章

金永兵(西藏大学):第二章

张宝贵(复旦大学):第三章

姚爱斌(北京师范大学):第四章

胡亚敏(华中师范大学)、孙士聪(首都师范大学):第五章

陈雪虎(北京师范大学):第六章

傅其林(四川大学):第七章

闫月珍(暨南大学):第八章

孙士聪(首都师范大学):第九章

胡疆锋(首都师范大学):第十章

引　言

本书是为大学生修读教材《文学理论》(第二版)(高等教育出版社2020年版)而编写的辅助读本和练习手册,希望能帮助他们学习该教材的主要内容和领会其基本精神,进而成为他们尝试纵深学习、复习考试及报考研究生时的助手和陪伴。同时,本书也可以为任课教师的教学工作提供必要的参考,还可供其他各界读者修习时参考。

本书的编写体例及相关要求,主要为适应大学生的阅读、理解、答题及备考等具体需要而设计,要点如下:一是以内容提要概括基本内容、观点和结论;二是以关键词与考点介绍阐述关键概念和主要考点,并以树状图形式呈现;三是以知识点精讲概括和串讲重要知识点;四是在思考题解答中给出答题要点及引述或案例提示;五是在阅读书目中列出重要参考论著并作精当介绍,便于大学生深入"涵泳"于文学理论世界之中。

依托编者们长期主持或教授高校文学理论类课程的丰富经验,本书围绕教材设计和汇集了多种题型的试题库,其中有填空题、单选题、多选题、名词解释、简答题和论述题等多种题型。每章分别设计出三套试题,这些试题之间常常有内容上的交叉和反复,目的是便于大学生能够学会从不同角度去温习和思考教材,加深领会文学理论的奥秘。

另外,本书的引文多出自教材本身,也有的摘自所推荐的阅读书目,此处为便于读者阅读和练习而未及逐一注释,如有引用敬请核对原文。

总之,本书意在辅佐大学生在阅读教材时更加便捷地了解其总体轮廓,把握其要点,抓住其主旨,并结合具体文学案例加以体会。当然,辅佐总归只是辅佐而已,要紧的还是认真阅读和悉心领会教材本身。而教材也不过是引领大学生走上文学理论的自主探险之旅的向导。真正的主体,还是以独立自主之心灵,行进在文学的理论探险之旅途的大学生自己。

目　录

绪　论

一、内容提要

文学理论是研究文学的规律和特性的学科。文学理论的研究对象是处于社会生活中的文学活动的普遍规律和特性。文学理论是研究文学的普遍规律和特性的理论型学科。文学理论的特征在于实践性、科学性和人文性等。

文学理论的指导思想是马克思主义。马克思、恩格斯为文学理论确立唯物史观基础，科学地论述文学的社会地位和作用，重视文学艺术的特点，为文学理论提供独特的人学思想，从“美的规律”出发阐明文学的创作原则和批评标准。列宁明确文学发展的根本方向，阐述党对文学事业的领导与创作自由的关系，号召接近工农群众、创造典型形象，对批判继承优秀的文化遗产与建设社会主义文化的关系作了辩证回答，树立马克思主义文学批评的典范。毛泽东文艺思想确立文艺为人民大众服务的根本方向，阐明文艺与社会生活的关系，揭示文艺的社会本质和社会功用，强调文艺作品思想内容与艺术形式的统一，提出“百花齐放、百家争鸣”“推陈出新”的方针。邓小平理论、“三个代表”重要思想、科学发展观关于文艺的重要论述是马克思主义文艺理论的重要创新发展，提出“文艺为人民服务、为社会主义服务”的“二为”方向，丰富文艺为人民服务的内涵，倡导弘扬主旋律与提倡多样化的统一，在批判地继承和吸收借鉴基础上推动文艺创新，要求加强党对文艺工作的领导。习近平新时代中国特色社会主义思想关于文艺的重要论述，要求进行无愧于时代的文艺创造，坚持以人民为中心的创作导向，确立中国精神是社会主义文艺的灵魂，对加强和改进文艺理论和文艺评论工作作出新部署，就切实加强和改进党对文艺工作的领导制订新措施。

当前从事文学理论研究，应当以马克思主义为指导，善于融通古今中外各种资源，主要需把握三方面资源：马克思主义文学理论、中华优秀传统文学理论、国外文学理论中的积极成果。

在研究方法上，文学理论应以马克思主义为指导，即以辩证唯物主义和历史唯物主义为基本的世界观和方法论，有分析、有批判地吸纳和借鉴古今中外一切科学的文学研究方法中的积极成果，全面地、历史地和辩证地分析文学现象，把握文学创作、文学批评、文学接受等的规律。文学理论还形成若干具体研究方法，一些研究方法与相关学科紧密交叉，就产生文学理论的研究分支。

本书逻辑结构根据文学和文学活动诸要素及其关系而建立。绪论阐明文学理论的研究对象、性质和方法，明确基本立场和指导思想。正文依次阐述文学理论学科体系的十个基本构成部分——文学的性质，文学的价值与功能，文学创作，文学作品，文学体裁，文学的风格、流派与思潮，文学接受，文学批评，文学的历史演变和文学活动的当代发展。

二、关键词与考点

（一）关键词

1. 文学理论。文学理论是研究文学的规律和特性的学科，是中国语言文学一级学科下设二级学科文艺学的研究方向之一。

2. 文学理论的研究对象。文学理论的研究对象是处于社会生活中的文学活动的普遍规律和特性。

3. 文学活动。文学活动是一个由社会生活、作家、作品和读者等多种要素构成的多环节活动。

4. 文学理论的性质。文学理论的性质在于，它是研究文学的普遍规律和特性的理论型学科。

5. 文学理论的特征。文学理论的特征在于实践性、科学性和人文性。文学理论的实践性，主要体现为它既来自以文学创作和文学接受为主的文学活动实践，并且又回到这种实践中经受检验。文学理论的科学性在于它揭示的是文学活动的客观规律和特性。文学的人文性是指文学活动具有指向人的精神或灵魂状况的特性。

6. 文学理论的指导思想。文学理论的指导思想是马克思主义。马克思主义以辩证唯物主义与历史唯物主义的世界观和方法论为理论基础，批判地继承人类优秀文化遗产和文学理论遗产，科学地总结文学活动的实践经验，形成一套独特的文学思想体系，并随着时代和文学活动的发展而不断丰富和发展，对当前我国文艺事业及其理论建设具有重要的指导意义。

7. 文学理论的思想资源。文学理论的思想资源主要是指马克思主义文学理论、中华优秀传统文学理论和国外文学理论中的积极成果。

8. 文学理论的研究方法。文学理论的研究方法是马克思主义。马克思主义要求以辩证唯物主义和历史唯物主义为基本的世界观和方法论，有分析、有批判地吸纳和借鉴古今中外一切科学的文学研究方法中的积极成果，全面地、历史地和辩证地分析文学现象，把握文学创作、文学批评、文学接受等的规律。

（二）考点

1. 文学理论。要求理解文学理论是研究文学的规律和特性的学科，是中国语言文学一级学科下设二级学科文艺学的研究方向之一。

2. 文学理论的研究对象。要求把握文学理论的研究对象是处于社会生活中的文学活动的普遍规律和特性。

3. 文学活动的定义。要求理解文学活动是一个由社会生活、作家、作品和读者等多种要素构成的多环节活动。

4. 文学理论的性质。要求理解文学理论的性质在于，它是研究文学的普遍规律和特性的理论型学科。

5. 文学理论的特征。要求理解文学理论的特征在于实践性、科学性和人文性。文学理论的实践性，主要体现为它既来自以文学创作和文学接受为主的文学活动实践，并且又回到这种实践中经受检验。文学理论的科学性在于它揭示的是文学活动的客观规律和特性。文学的人文性是指文学活动具有指向人的精神或灵魂状况的特性。

6. 文学理论的指导思想。要求掌握文学理论的指导思想是马克思主义。马克思主义以辩证唯物主义与历史唯物主义的世界观和方法论为理论基础，批判地继承人类优秀文化遗产和文学理论遗产，科学地总结文学活动的实践经验，形成一套独特的文学思想体系，并随着时代和文学活动的发展而不断丰富和发展，对当前我国文艺事业及其理论建设具有重要的指导意义。

7. 文学理论的思想资源。要求领会文学理论的三种思想资源：马克思主义文学理论、中华优秀传统文学理论和国外文学理论中的积极成果。

8. 文学理论的研究方法。要求理解文学理论的研究方法是马克思主义。马克思主义要求以辩证唯物主义和历史唯物主义为基本的世界观和方法论，有分析、有批判地吸纳和借鉴古今中外一切科学的文学研究方法中的积极成果，全面地、历史地和辩证地分析文学现象，把握文学创作、文学批评、文学接受等的规律。

三、知识点精讲

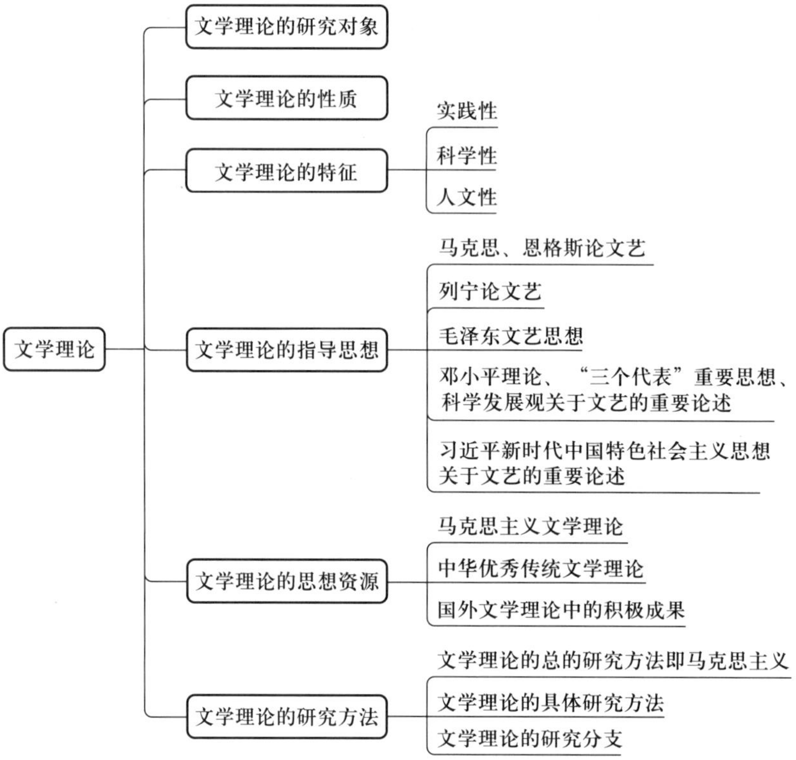

本章知识结构图

本部分知识点，主要有文学理论、文学理论的研究对象、文学理论的性质、文学理论的特征、文学理论的指导思想、文学理论的思想资源、文学理论的研究方法。

1. 文学理论。文学理论是中国语言文学一级学科下设二级学科文艺学的研究方向之一，是研究文学的规律和特性的学科。这里需要了解文学理论所置身其中的文艺学的学科体系状况：中国语言文学一级学科除文艺学外，还有语言学及应用语言学、汉语言文字学、中国古典文献学、中国古代文学、中国现当代文学、中国少数民族语言文学、比较文学与世界文学等其他二级学科。与其他学科相比，文学理论和它所置身其中的文艺学有自己的特定研究对象、性质和方法。同时，在高校本科专业课程体系中，文学理论学科可以大体对应“文学概论”（“文学导论”或“文艺学概论”等）课程，是汉语言文学专业及其他相关专业的一门必修核心课程。

2. 文学理论的研究对象。文学理论的研究对象是指处于社会生活中的文学活动的普遍规律和特性。这里包含四个相互关联的要点：(1) 文学不只是个人创造，而是社会生活的产物；(2) 文学也不是单纯的作家或作品，而是一种活动，从而谈论文学也就是谈论文学活动；(3) 文学活动实际上应当是指由社会生活、作家、作品和读者等多种要素构成的多环节活动；(4) 文学理论的研究对象是处于社会生活中的文学活动的普遍规律和特性。

3. 文学理论的性质。理解这一点需要明确：(1) 文学理论不只是研究具体的作家及作品，而是通过考察若干作家、作品现象或案例，从中抽象出文学的带有一定普遍性的规律和特性；(2) 因此，文学理论的性质在于，它是研究文学的普遍规律和特性的理论型学科。

4. 文学理论的特征。文学理论具有实践性、科学性和人文性等特征。文学理论的实践性，是指它既来自以文学创作和文学接受为主的文学活动实践，并且又回到这种实践中经受检验。文学理论的科学性是指它致力于揭示文学活动的客观规律和特性。文学理论的人文性是指文学活动具有指向人的精神或灵魂状况的特性。

5. 文学理论的指导思想。理解这个问题，需要抓住如下要点：

(1) 文学理论的指导思想是马克思主义。马克思主义以辩证唯物主义与历史唯物主义的世界观和方法论为理论基础，批判地继承人类优秀文化遗产和文学理论遗产，科学地总结文学活动的实践经验，形成一套独特的文学思想体系，并随着时代和文学活动的发展而不断丰富和发展，对当前我国文艺事业及其理论建设具有重要的指导意义。

(2) 马克思主义创始人开创了马克思主义文学理论。马克思、恩格斯虽然没有留下文学理论专著，但在其哲学、政治经济学、科学社会主义、历史学著作和大量的书信、手稿、笔记中有着十分丰富而深刻的文学和美学思想。第一，为文学理论确立唯物史观基础，即，物质生活的生产方式制约着整个社会生活、政治生活和精神生活的过程，人们的社会存在决定人们的意识。文学艺术作为“意识形态的形式”之一，必须被放到社会存在这一基础上去认识。第二，科学地论述文学的社会地位和作用。在承认经济基础对上层建筑具有决定和制约作用的同时，看到上层建筑对经济基础具有反作用，明确经济基础与上层建筑之间有一定的“中介”或“中间环节”（例如社会心理），深入把握文学艺术与经济社会发展的平衡和不平衡关系。第三，重视文学艺术的特点。文学艺术作为一种社会意识形态，作为人类精神掌握世界的一种方式，有自己的特殊性，其掌握世界的方式主要有充分发挥想象力的作用、努力塑造典型的艺术形象、重视文学语言的特殊性质等特点。第四，为文学理论提供独特的人学思想。从现实的人出发构成文学理论乃至一切人文科学的根本出发点，把自由自觉的活动视为人区别于动物的一般特征，对人的本质作科学阐释，强调人民群众是历史的创造者，将人的自由全面发展与文学的未来联系起来。第五，从"美的规律"出发阐明文学的创作原则和批评标准，论述了文学创作的现实主义原则、典型环境中的典型性格、"莎士比亚化"，主张坚持"美学的和历史的"批评原则等。

（3）列宁丰富和发展了马克思主义文学理论。列宁在帝国主义和无产阶级革命时代，继承和弘扬俄国革命民主主义的文学传统，科学地总结列夫·托尔斯泰和高尔基等文学创作实践的新鲜经验，创造性地发展了马克思主义文学理论。第一，明确文学发展的根本方向，第一次提出文学事业"为千千万万劳动人民"服务的口号，主张"艺术属于人民"。第二，阐述党对文学事业的领导与创作自由的关系，文学创作事业应当成为整个无产阶级事业的一部分，成为由整个工人阶级先锋队所开动的一部巨大的革命机器的"齿轮和螺丝钉"。但同时，也"绝对必须保证有个人创造性和个人爱好的广阔天地，有思想和幻想、形式和内容的广阔天地"。第三，号召接近工农群众、创造典型形象。第四，对批判继承优秀的文化遗产与建设社会主义文化的关系作了辩证回答，"只有确切地了解人类全部发展过程所创造的文化，只有对这种文化加以改造，才能建设无产阶级的文化"，社会主义文化建设必须继承和发扬传统民族文化中的优秀成果。第五，树立马克思主义文学批评的典范，从世界文学史的角度充分肯定了托尔斯泰创作的成就和贡献，同时具体而辩证地分析了托尔斯泰思想和创作中的矛盾，全面而深刻地揭示了托尔斯泰思想和作品的两面性及其思想根源。

（4）毛泽东文艺思想是马克思主义文学理论中国化的结晶。毛泽东文艺思想形成于我国新民主主义革命时期，发展于社会主义建设初期，其形成是中国近现代历史发展的必然，是对中国优秀文化传统与新文艺经验的科学总结。第一，确立文艺为人民大众服务的根本方向，要求把文艺"为什么人"的问题作为首要的和中心的问题提出来。第二，阐明文艺与社会生活的辩证关系，主张"人民生活……是一切文学艺术取之不尽、用之不竭的唯一的源泉"，认为文艺既源于生活而又高于生活。第三，揭示文艺的社会本质和社会功用，认为“一定的文化（当作观念形态的文化）是一定社会的政治和经济的反映，又给予伟大影响和作用于一定社会的政治和经济”，主张“文艺是从属于政治的，但又反转来给予伟大的影响于政治”。第四，强调文艺作品思想内容与艺术形式的统一，主张文艺批评的政治标准第一、艺术标准第二，并坚持两者相统一的原则。第五，提出“百花齐放、百家争鸣”和“推陈出新”的方针。

（5）邓小平理论、“三个代表”重要思想、科学发展观关于文艺的重要论述，代表中国特色社会主义理论中的文艺思想。第一，明确提出“文艺为人民服务、为社会主义服务”的“二为”方向。第二，进一步丰富文艺为人民服务的内涵，邓小平指出“我们的文艺属于人民”“人民需要艺术，艺术更需要人民”“人民是文艺工作者的母亲”。第三，倡导弘扬主旋律与提倡多样化的统一。第四，在批判地继承和吸收借鉴的基础上推动文艺创新。第五，加强党对文艺工作的领导。党对文艺工作的领导，不是发号施令，不是要求文学艺术从属于临时的、具体的、直接的政治任务，而是根据文学艺术的特征和发展规律，帮助文艺工作者获得条件来不断提高文学艺术水平，繁荣文学艺术事业。

（6）习近平新时代中国特色社会主义思想关于文艺的重要论述，对当前文艺事业发展具有重要的指导意义。习近平新时代中国特色社会主义思想，是当代中国马克思主义、21 世纪马克思主义，其中包含着一系列文艺方面的重要论述。这些论述立足社会主要矛盾发生变化、文艺实践发生深刻变革的时代背景，系统回答和论述了事关文艺繁荣发展的带有根本性、方向性的重大理论与实践问题，体现了党对文艺工作的新思想、新判断、新要求，对新时代文艺事业发展具有重要的指导意义。第一，进行无愧于时代的文艺创造。实现中华民族伟大复兴，必须高度重视和充分发挥文艺和文艺工作者的重要作用。文艺是时代前进的号角，最能代表一个时代的风貌，最能引领一个时代的风气。实现中华民族伟大复兴的中国梦，文艺的作用不可替代。衡量一个时代的文艺成就最终要看作品。最根本的是要创作出无愧于时代、无愧于人民、无愧于民族的优秀作品。把提高作品的精神高度、文化内涵、艺术价值作为追求，坚持思想精深、艺术精湛、制作精良三者的统一，努力书写中华民族新史诗，创造“扛鼎之作，传世之作，不朽之作”，为“筑就中华民族伟大复兴时代的文艺高峰”而奋斗。第二，坚持以人民为中心的创作导向。文艺坚持以人民为中心的创作导向，就是要热爱人民，深入生活、扎根人民，为人民而创造。文艺工作者不仅应当“身入”，更要“心入”“情入”，真切感受和反映人民生活的波澜壮阔、酸甜苦辣、欢乐忧伤。要坚持服务人民，用积极的文艺歌颂人民，以强烈的现实主义精神和浪漫主义情怀，观照人民的生活、命运、情感，表达人民的心愿、心情、心声，创作出在人民中传之久远的精品力作，努力为人民创造文化杰作、为人类贡献不朽作品。第三，中国精神是社会主义文艺的灵魂。要发挥文艺在培育和弘扬社会主义核心价值观方面的独特作用，把社会主义核心价值观生动活泼、活灵活现地体现在文艺创作之中，真正起到凝神聚气、培根铸魂的作用，增强做中国人的骨气和底气，提高全民族的文化自信。当代文艺要把爱国主义作为文艺创作的主旋律，引导人民树立正确的历史观、民族观、国家观、文化观。文艺创作要大力弘扬中华优秀传统文化中的思想道德精髓，传承和弘扬中华美学精神，在继承基础上实现创造性转化和创新性发展。要认真学习借鉴世界各国人民创造的优秀文艺，坚持洋为中用、开拓创新，中西合璧、融会贯通，努力创作更多坚守中华文化立场、传承中华文化基因、展现中华审美风范、传播当代中国价值观念、符合世界进步潮流的优秀作品。第四，加强和改进文艺理论和文艺评论工作。文艺批评是文艺创作的一面镜子、一剂良药，是引导创作、多出精品、提高审美、引领风尚的重要力量。应以马克思主义文艺理论为指导，继承创新中国古代文艺批评理论优秀遗产，批判借鉴现代西方文艺理论，打磨好批评这把“利器”，把好文艺批评的方向盘，运用历史的、人民的、艺术的、美学的观点评判和鉴赏作品。要发扬“批评精神”，褒优贬劣、激浊扬清。第五，切实加强和改进党对文艺工作的领导。要“用符合文艺规律的方式领导文艺事业”，把那些德才兼备、能同文艺工作者打成一片的干部放到文艺工作领导岗位上来，尊重文艺工作者的创作个性和创造性劳动，重视文艺阵地建设和管理，努力造就一批有影响的各领域文艺领军人物，培养大批德艺双馨的文艺名家。

6. 文学理论的思想资源。当前从事文学理论研究，应当以马克思主义为指导，善于融通古今中外各种资源，主要需把握三方面资源：马克思主义文学理论、中华优秀传统文学理论和国外文学理论中的积极成果。需要注意如下要点：

（1）马克思主义文学理论，既是文学理论的指导思想，又是文学理论的最宝贵的思想资源。这一思想资源由马克思主义经典作家文艺思想、马克思主义文学理论中国化的成果，特别是习近平新时代中国特色社会主义思想关于文艺的重要论述等构成，是当前文学理论的主体内容。马克思主义文学理论是随着时代文艺发展而发展的开放的文学理论体系，把坚持和发展马克思主义文学理论统一起来，结合新时代文艺实践不断作出新的理论创造，才能永葆马克思主义文学理论的生机与活力。

（2）运用马克思主义文学理论科学地分析中华优秀传统文学理论，构成文学理论的又一重要思想资源。中国优秀传统文学理论虽然资源丰厚、作用甚大，但必须首先运用马克思主义文学理论去加以科学分析。中国文学理论历经数千年发展和演变而形成了独特的思维方式、范畴体系、方法论构架和表述文体等。这是长期生长于中华文化沃土，依托独特的文学和文化传统及“中华美学精神”而形成的富于民族气质和民族精神的文学理论。中国传统文学理论的这种美学精神内容极其丰富，可以为当前中国文学理论探索提供源源不断的智慧之源。晚清以来，特别是“五四”以来，在民主和科学精神的引领下，一大批作家、诗人和理论家，继承前人又突破前人，开辟新的境界，以充满现代精神和民族精神的作品，奠定了新的现代文学和文论传统。中华人民共和国成立以来，特别是进入改革开放时代以来，作家和文学理论家更是意气风发，创造了众多文学佳作和文学理论硕果。生活在中华大地上的各民族共同创造了无数的文学及文学理论成果，成为当前文学理论发展的丰厚资源。

（3）运用马克思主义文学理论科学分析和借鉴国外（这里主要是指西方）文学理论中的积极成果，构成文学理论的又一不可忽视的思想资源。这里同样首先要求运用马克思主义文学理论去科学地分析和批判国外文学理论。对于世界各国创造的无数优秀的文学理论成果，例如柏拉图、亚里士多德、贺拉斯、维柯、布瓦洛、莱辛、康德、席勒、黑格尔、别林斯基、车尔尼雪夫斯基、杜勃罗留波夫、普列汉诺夫等人的文学思想，20世纪以来陆续出现的一系列有影响的文学理论与批评流派，如俄国形式主义、英美新批评、结构主义、解构主义、现象学与阐释学、接受美学、读者反应理论、女性主义、后殖民主义、新历史主义、西方马克思主义和文化研究等，以及“模仿”、“审美无功利”、“美的艺术”、“典型”、“美是生活”、浪漫主义、现实主义、社会主义现实主义等文学理论主张，都应当运用马克思主义去作科学分析、批判和借鉴。

（4）探索马克思主义文学理论指导下的古今中外各种思想资源的融通，目的在于中国特色文学理论的建设和创新。马克思主义文学理论本身应当是与时俱进的，特别是中国马克思主义文学理论更需要随新时代文学活动状况的演变而实现自身的理论创新。中华传统优秀文学理论至今仍具有影响力，需要运用马克思主义原理，按照今天的时代需要，加以提炼、转化、融合或改造，赋予其新的时代内涵，激活其在当代的概括潜能和创造力。国外文学理论中的积极成果，散发出各国文化及文艺的多彩光芒，但终究植根于它们自身的民族文化土壤中，不能不加区分地生搬硬套，而同样需要运用马克思主义原理，根据我国文学活动和文学理论发展的特定要求，加以科学分析、批判和鉴别，汲取其中的精华，去除其中的糟粕。当前，文学理论研究需要在马克思主义指导下，坚持古为今用、洋为中用，通过上述各种思想资源的融通，为构建新时代中国特色文学理论学科体系、学术体系和话语体系而努力。

为了推进上述工作，还应密切关注来自当前全球化语境下文艺实践的新挑战。通向未来的中国特色文学理论，应当是马克思主义指导下的、古今中外各种思想资源高度融通的、从当代文艺实践中来又能在其中检验并产生引导作用的文学理论。

7. 文学理论的研究方法。回答这个问题，需要把握四个要点：

（1）文学理论的总的研究方法是马克思主义。这就是运用辩证唯物主义和历史唯物主义的世界观和方法论，有分析、有批判地吸纳和借鉴古今中外一切科学的文学研究方法中的积极成果，全面地、历史地和辩证地分析文学现象，把握文学创作、文学批评、文学接受等规律。

（2）文学理论的具体研究方法。从文学理论的思维方式看，可以有偏于理论思辨的研究，偏于实证的研究，以及理论思辨与实证结合的研究等；从文学理论著述文体看，有对话体、散文体、韵文体、论文体和著作体等；从文学理论的研究对象看，有联系作家的人生经历和创作过程等去理解作品的传记研究方法，着重发掘作品与社会现实、历史传统的联系的社会历史研究方法，倾力分析作品语言形式的形式研究方法，长于把握文学人物的心理特点及作家创作心理的心理研究方法等。

（3）文学理论的研究分支。当一些研究方法与相关学科紧密交叉，逐渐生成为相对稳定的带有明显的学科交叉特点的研究路径时，就产生了文学理论的研究分支：当以哲学方法去研究，就形成文学哲学；当以社会学方法去研究，就形成文学社会学；当以心理学方法去研究，就形成文学心理学；当以语言学方法去研究，就形成文学语言学。

（4）这些具体研究方法和研究分支既有其优势也有其局限。无论选择哪种具体研究方法和研究分支，文学理论都应当以马克思主义的辩证唯物主义和历史唯物主义为总的指导思想和研究方法，从整体上分析、总结文学和文学活动的规律。

四、思考题解答

1. 简述文学理论的研究对象和性质。

（1）答题要点

文学理论是研究文学的规律和特性的学科。文学理论的研究对象是处于社会生活中的文学活动的普遍规律和特性。文学理论的性质表现在，文学理论是研究文学的普遍规律和特性的理论型学科。

（2）引述或案例提示

此题需注意将文学理论的研究对象和性质，同单一文学体裁或文学史研究的对象和性质区分开来。故案例选择时，应注意将文学理论研究的普遍性与文学体裁或文学史研究的特殊性加以区分。可引用叶燮《原诗》的论述："原夫作诗者之肇端而有事乎此也，必先有所触以兴起其意，而后措诸辞、属为句、敷之而成章。当其有所触而兴起也，其意、其辞、其句，劈空而起，皆自无而有，随在取之于心。出而为情、为景、为事，人未尝言之，而自我始言之，故言者与闻其言者，诚可悦而永也。"这段话论述的并非具体诗歌创作的发生，例如并非四言、五言或七律等具体诗歌体裁，也非特定的唐诗或宋诗作品，而是历朝历代所有诗歌体裁在其创作时的普遍规律和特性。

2. 马克思主义文学理论在发展中经历了哪些阶段?

（1）答题要点

这里应掌握两个要点：一是马克思主义文学理论迄今为止经历了三个发展阶段，二是中国化马克思主义文学理论自身也有三种发展形态。

马克思主义文学理论经历了三个发展阶段。第一阶段为马克思、恩格斯创立的马克思主义文学理论，其主要内容有：为文学理论确立唯物史观基础，科学地论述文学的社会地位和作用，重视文学艺术的特点，为文学理论提供独特的人学思想，从"美的规律"出发阐明文学的创作原则和批评标准。第二阶段为列宁在帝国主义和无产阶级革命时代发展了马克思主义文学理论，其主要内容有：明确文学发展的根本方向，阐述党对文学事业的领导与创作自由的关系，号召接近工农群众、创造典型形象，对批判继承优秀的文化遗产与建设社会主义文化的关系作了辩证回答，树立马克思主义文学批评的典范。第三阶段为中国共产党领导人创造性地发展的中国化马克思主义文学理论，其中包含三种形态：毛泽东文艺思想，邓小平理论、“三个代表”重要思想、科学发展观关于文艺的重要论述，习近平新时代中国特色社会主义思想关于文艺的重要论述。

中国化马克思主义文学理论自身也有三种发展形态。第一，毛泽东文艺思想。其主要精神有：确立文艺为人民大众服务的根本方向，阐明文艺与社会生活的关系，揭示文艺的社会本质和社会功用，强调文艺作品思想内容与艺术形式的统一，提出“百花齐放、百家争鸣”和“推陈出新”的方针。第二，邓小平理论、“三个代表”重要思想、科学发展观关于文艺的重要论述。这是马克思主义文艺理论在改革开放时代的重要创新发展。其主要精神有：提出“文艺为人民服务、为社会主义服务”的“二为”方向，丰富文艺为人民服务的内涵，倡导弘扬主旋律与提倡多样化的统一，在批判地继承和吸收借鉴基础上推动文艺创新，要求加强党对文艺工作的领导。第三，习近平新时代中国特色社会主义思想关于文艺的重要论述。其主要精神有：进行无愧于时代的文艺创造，坚持以人民为中心的创作导向，中国精神是社会主义文艺的灵魂，加强和改进文艺理论和文艺评论工作，切实加强和改进党对文艺工作的领导。

（2）引述或案例提示

可从马克思主义文学理论三阶段、中国化马克思主义文学理论三形态中选择自己体会最深的一点，去作重点阐发。

3. 结合具体文艺实例，谈谈学习习近平新时代中国特色社会主义思想关于文艺的重要论述的体会。

（1）答题要点

回答这个问题，要抓住如下要点：第一，习近平新时代中国特色社会主义思想关于文艺的重要论述具有重要意义。这些文艺论述立足社会主要矛盾发生深刻变化、文艺实践发生深刻变革的历史背景，系统回答和论述了新时代一系列重大文艺理论与实践问题，特别是明确回答了新时代文艺写什么、怎么写和为谁写这三个关键问题，对新时代文艺事业发展具有重要的指导意义。第二，习近平新时代中国特色社会主义思想关于文艺的重要论述主要有五方面内容：一是进行无愧于时代的文艺创造，二是坚持以人民为中心的创作导向，三是中国精神是社会主义文艺的灵魂，四是加强和改进文艺理论和文艺评论工作，五是切实加强和改进党对文艺工作的领导。

(2) 引述或案例提示

可以选取习近平新时代中国特色社会主义思想关于文艺的重要论述的五方面中的任何一方面，紧密结合当前文艺发展案例去加以阐述。例如，习近平总书记《在文艺工作座谈会上的讲话》中就上述第四方面即加强和改进文艺理论和文艺评论工作作出重要论述："要高度重视和切实加强文艺评论工作。文艺批评是文艺创作的一面镜子、一剂良药，是引导创作、多出精品、提高审美、引领风尚的重要力量。文艺批评要的就是批评，不能都是表扬甚至庸俗吹捧、阿谀奉承，不能套用西方理论来剪裁中国人的审美，更不能用简单的商业标准取代艺术标准，把文艺作品完全等同于普通商品，信奉'红包厚度等于评论高度'。文艺批评褒贬甄别功能弱化，缺乏战斗力、说服力，不利于文艺健康发展。"这一论述对于纠正文艺批评领域的不正之风、增强文艺批评的"褒优贬劣、激浊扬清"功能，具有重要的作用。

4. 当前从事文学理论研究需要特别注意融通哪些思想资源？如何在各种文学理论思想资源的融通中坚持马克思主义文学理论的指导地位？

(1) 答题要点

这里应抓住三个要点。第一，当前从事文学理论研究需要特别注意融通三种思想资源：一是马克思主义文学理论，二是中华优秀传统文学理论，三是国外文学理论中的积极成果。第二，在上述三种思想资源中，马克思主义文学理论具有特殊的地位：既是一种思想资源，又在三种思想资源的融通中具有指导地位，也就是对其他两种思想资源起到不可或缺的指导作用。要做到这一点，就必须时时事事处处都以马克思主义文学理论为指导思想，统率对中华优秀传统文学理论和国外文学理论中的积极成果的科学分析、合理鉴别或创造性转化。第三，探索马克思主义文学理论指导下的古今中外各种思想资源的融通，目的在于中国特色文学理论的建设和创新。马克思主义文学理论本身应当是与时俱进的，特别是中国马克思主义文学理论更需要随新时代文学活动状况的演变而实现自身的理论创新。中华优秀传统文学理论至今仍具有影响力，需要运用马克思主义原理，按照今天的时代需要，加以提炼、转化、融合或改造，赋予其新的时代内涵，激活其在当代的概括潜能和创造力。国外文学理论中的积极成果，散发出各国文化及文艺的多彩光芒，但终究植根于它们自身的民族文化土壤中，不能不加区分地生搬硬套，而同样需要运用马克思主义原理，根据我国文学活动和文学理论发展的特定要求，加以科学分析、批判和鉴别，汲取其中的精华，去除其中的糟粕。当前，文学理论研究需要在马克思主义指导下，坚持古为今用、洋为中用，通过上述各种思想资源的融通，为构建新时代中国特色文学理论学科体系、学术体系和话语体系而努力。

（2）引述或案例提示

可从三种思想资源中选取任何一种去论述，也可选择三种思想资源之间的融通去论述。相比而言，更切实的是，依托一位现代文艺理论家或批评家（王国维、梁启超、鲁迅、朱光潜、宗白华、李长之等）的具体论述，论述其中的思想资源及其融通问题。例如，朱光潜的早期论文《无言之美》援引欧洲美学中的“超现实”观念去重新阐释中国古典“含蓄”传统，体现出中国古典诗学传统与西方“超现实”观念之间的融通策略。李长之的《司马迁之人格与风格》借用西方的“理想人格”观念去阐释司马迁在《史记》中寄寓的史家人格投影，呈现出中西思想融通的效应。今天考察中国文学理论的当代发展，更应当自觉地运用马克思主义去批判地融通中华优秀传统文学理论和西方文学理论中的积极成果。

5. 怎样理解文学理论的具体研究方法和研究分支？

（1）答题要点

文学理论形成的具体研究方法：从文学理论的思维方式看，有理论思辨研究、实证研究、理论思辨与实证结合的研究；从文学理论的著述文体看，有对话体、散文体、韵文体、论文体和著作体等；从文学理论的研究对象看，有传记研究方法、社会历史研究方法、形式研究方法、心理研究方法等。

文学理论的研究分支：文学哲学、文学社会学、文学心理学、文学语言学等。

（2）引述或案例提示

可在上述论述基础上，进一步选择具体研究方法或研究分支案例去加以阐发。例如，传记研究方法，可列举中国的“知人论世”说、法国的圣伯夫等实例；文学社会学，可列举法国布尔迪厄的“艺术场”理论等实例。

6. 结合进入新时代以来我国文艺创作或文艺评论的新现象或新经验，谈谈怎样加强文学理论学习。

（1）答题要点

进入新时代以来，我国文艺创作、文艺评论已经和正在发生一系列深刻变化。可提及如下一些变化：一是全国文艺界凝神聚气进行无愧于时代的文艺创造，二是中华优秀传统文化的魅力在文艺创作中得到生动再现，三是网络新媒体在文艺创作和文艺评论中的作用日趋活跃，四是现实主义精神持续深化，五是通俗文艺与高雅文艺之间的融通呈现复杂局面，六是网络文学与其他艺术门类之间的跨媒介、跨门类交融已成为常态，等等。面对这些新变化，如何加以回应？无疑地，固守传统文学理论显然已不适宜，需要加强文学理论学习，提高文学理论素养，探索和运用新的文学理论视角、方法和手段去分析新现象和新问题，作新阐释，以便让新的文学理论成为顺应和推动文艺活动发展的重要力量。

（2）引述或案例提示

可在上述理论论述基础上，进而选取如上几点变化中的任何一点去深入阐发。例如，针对如上第六点，可选取国产科幻大片《流浪地球》与小说原著的关系去分析。

五、阅读书目

1. ［英］希·萨·柏拉威尔：《马克思和世界文学》，梅绍武、苏绍亨、傅惟慈、董乐山译，生活·读书·新知三联书店 1984 年版。著者是牛津大学日耳曼语文系泰勒讲座教授，全书由序言、正文 13 章、结语、年表、参考文献选目、附录马克思读过的书等组成，按年代顺序呈现马克思一生的文学渊源。它重点阐述马克思一生各阶段所发表的文学言论，分析他把自己的文学阅读体验及相关文学的渊博学识创造性地运用到学术著作中去的特色，同时注意阐明马克思的文艺和美学观点。该书对了解马克思的文艺情怀和文艺理论颇有参考价值。

2. 中共中央文献研究室编：《毛泽东文艺论集》，中央文献出版社 2002 年版。该书汇集了毛泽东自 1936 年至 1976 年关于文学艺术的文稿 101 篇，分为两辑。第 1 辑收入文章、讲话、批示、电报、题词及阅读批语等 54 篇，第 2 辑收入书信 47 篇。每辑都按文稿写作或发表的时间顺序编排。读者可以从这部文艺论集中见出毛泽东文艺思想的形成、发展轨迹和主要精神。

3. 程千帆：《文论十笺》上辑，武汉大学出版社 2008 年版。该书上辑共计选文 5 篇，即章炳麟《文学总略（论文学之界义）》、章学诚《诗教上（论文学与时代）》、刘师培《南北文学不同论（论文学与地域）》、章学诚《文德

（论文学与道德）》、章学诚《质性（论文学与性情）》。读者通过阅读这些原著及其精当笺释，可以了解中国固有的文学理论传统的特质及其现代启迪价值。

4. ［美］勒内·韦勒克、奥斯汀·沃伦：《文学理论》（新修订版）第1、4章，刘象愚等译，浙江人民出版社2017年版。该书是一部风行欧美半个多世纪的文学理论教材，第1章区分了作为创造性活动的文学与作为知识或学问的文学研究，第4章进而辨析文学理论、文学批评和文学史三者之关系，有助于读者了解文学理论的内涵和特点。

5. ［美］刘若愚：《中国文学理论》第1章，杜国清译，江苏教育出版社2006年版。该书第1章论述了文学、文学研究、文学理论等的术语和概念问题，将中国传统批评分成六种文学理论：形上论、决定论、表现论、技巧论、审美论和实用论。这种文学理论构架可供当前理解中国古典文学理论传统时参考。

6. ［英］特雷·伊格尔顿：《二十世纪西方文学理论》导言、结论、后记，伍晓明译，北京大学出版社2007年版。该书是20世纪80年代以来在欧美学界产生广泛影响的教材，其导言阐述了看待文学的话语与权力关系（即意识形态）视角，结论认为所有的文学理论及文学批评都具有政治性，后记追溯了文学理论和文化理论的兴衰过程。

7. ［美］乔纳森·卡勒：《当代学术入门：文学理论》第1章，李平译，辽宁教育出版社1998年版。该书第1章“理论是什么?”论述了文学理论的含义及其当代状况，分析了文学理论在当代呈现出来的跨学科性、分析与话语性、常识批判、反射性等新特征。这些论述有助于认识文学理论的当代新面貌、新特征。

六、试题库

试　题　I

一、填空题（每小题1分）

1. 提出“兴于诗，立于礼，成于乐”的是________。
2. 按照马克思的主张，文学活动应当是“人的________的对象化”。
3. 特雷·伊格尔顿指出：“没有理论，就没有________。”
4. ________说：“真正的理论在世界上只有一种，就是从客观实际抽出来又在客观实际中得到了证明的理论，没有任何别的东西可以称得起我们所讲的理论。”

5. ________从社会实践观点出发，提出了“人也按照美的规律来构造”的科学命题。

6. ________第一次提出“艺术属于人民”。

7. 列宁称赞________“是一个天才的艺术家，不仅创作了无与伦比的俄国生活的图画，而且创作了世界文学中第一流的作品”。

8. ________首次明确提出“文艺为人民服务、为社会主义服务”的“二为”方向。

9. 提出“用符合文艺规律的方式领导文艺事业”这一明确要求的是________。

10. 在中国文学理论史上首次标举“滋味”说的是________。

二、单选题（每小题 1 分）

1. （　　）有“腹有诗书气自华”的名句。

A. 孔子　　B. 孟子

C. 苏轼　　D. 欧阳修

2. 主张“每个人的自由发展是一切人的自由发展的条件”的人是（　　）。

A. 马克思　　B. 恩格斯

C. 列宁　　D. 马克思、恩格斯

3. 文学事业“为千千万万劳动人民”服务这一口号的出处是（　　）。

A.《党的组织和党的出版物》　　B.《德意志意识形态》

C.《怎么办》　　D.《资本论》

4. 毛泽东在（　　）里指出：“人民生活……是一切文学艺术取之不尽、用之不竭的唯一的源泉。”

A.《新民主主义论》　　B.《在延安文艺座谈会上的讲话》

C.《矛盾论》　　D.《实践论》

三、多选题（每小题 2 分）

1. 文学活动是由社会生活、（　　）等多种要素构成的多环节活动。

A. 作家　　B. 政治家

C. 读者　　D. 作品

2. （　　）等致力于马克思主义文学理论在中国的传播，有力地推动了马克思主义文学理论的中国化。

A. 鲁迅　　B. 瞿秋白

C. 朱光潜　　D. 周扬

3. 根据马克思、恩格斯的论述，人类精神掌握世界的方式至少有四种，即（　　）和实践—精神的方式。

A. 理论的方式　　B. 艺术的方式

C. 经验的方式　　D. 宗教的方式

4. 毛泽东指出："文艺作品中反映出来的生活却可以而且应该比普通的实际生活更高，更强烈，（　　），因此就更带普遍性。"

A. 更完美　　B. 更有集中性

C. 更典型　　D. 更理想

5. 习近平要求"把提高作品的（　　）作为追求"。

A. 精神高度　　B. 文化内涵

C. 艺术价值　　D. 哲理深度

四、名词解释（每小题 4 分）

1. 文学理论

2. 文学活动

3. 文学理论的研究对象

4. 文学理论的性质

五、辨析题（每小题 4 分）

1. 文学理论是一门科学。

2. 文学理论具有人文性。

3. 文学理论无需关注具体文学现象。

4. "典型"是中国本土文化孕育的文学理论范畴。

六、简答题（每小题 7 分）

1. 简述马克思主义文学理论的三个发展阶段。

2. 简要列举中国古代文学理论代表人物。

七、论述题（每小题 15 分）

1. 试论述中国化马克思主义文学理论的三种形态。

2. 结合具体实例论述文学理论的普遍性品格。

参考答案

一、填空题

1. 孔子
2. 本质力量
3. 反省的人生
4. 毛泽东
5. 马克思
6. 列宁
7. 列夫·托尔斯泰
8. 邓小平
9. 习近平
10. 钟嵘

二、单选题

1	2	3	4
C	D	A	B

三、多选题

1	2	3	4	5
ACD	ABD	ABD	BCD	ABC

四、名词解释

1. 文学理论是研究文学的规律和特性的学科。

2. 文学活动是指文学实际上是由社会生活、作家、作品和读者等多种要素构成的多环节活动。

3. 文学理论的研究对象是处于社会生活中的文学活动的普遍规律和特性。

4. 文学理论的性质在于，它是研究文学的普遍规律和特性的理论型学科。

五、辨析题

1. 错误。(2分) 文学理论只是具有一定的科学性特征，例如致力于揭示文学活动的客观规律和特性。但是，这一科学性特征不能等同于自然科学所要求的实验化、数量化和精确化。(2分)

2. 正确。(2 分) 文学理论具有人文性，这是指文学活动具有指向人的精神或灵魂状况的特性。文学作品首先就具有人文性，这与作为研究和评价的文学理论之间形成互动关系，使得人文性不能不渗透进文学理论中，后者因此而体现出浓郁的人文性。(2 分)

3. 错误。(2 分) 文学理论恰是要从具体文学现象中抽取出带有普遍性的规律和特征。(2 分)

4. 错误。(2 分) “典型”是一个原生于欧洲的文学理论范畴，但确实历经过去近百年的中国化，已经成为中国现代文学理论的核心范畴之一。(2 分)

六、简答题

1. 马克思主义文学理论经历了三个发展阶段：(1 分) 马克思、恩格斯论文艺 (2 分)、列宁论文艺 (2 分)、中国化马克思主义文学理论 (2 分)。

2. 中国古代文学理论代表人物有陆机、刘勰、钟嵘、司空图、叶燮等。(每答对 1 人给 2 分，答对 3 人即可给 7 分)

七、论述题

1. 第一，毛泽东文艺思想。它形成于我国新民主主义革命时期，发展于社会主义建设初期。毛泽东文艺思想的形成是中国近现代历史发展的必然，是对中国优秀文化传统与新文艺经验的科学总结。主要内容有：一是确立文艺为人民大众服务的根本方向，二是阐明文艺与社会生活的关系，三是揭示文艺的社会本质和社会功用，四是强调文艺作品思想内容与艺术形式的统一，五是提出“百花齐放、百家争鸣”和“推陈出新”的方针。(5 分)

第二，邓小平理论、“三个代表”重要思想、科学发展观关于文艺的重要论述。邓小平理论、“三个代表”重要思想、科学发展观等重大理论成果所包含的丰富的文艺论述，回答了改革开放新时期一系列重大的文艺理论与实践问题，是马克思主义文艺理论的重要创新发展。主要内容有：一是明确提出“文艺为人民服务、为社会主义服务”的“二为”方向，二是进一步丰富文艺为人民服务的内涵，三是倡导弘扬主旋律与提倡多样化的统一，四是在批判地继承和吸收借鉴的基础上推动文艺创新，五是加强党对文艺工作的领导。(5 分)

第三，习近平新时代中国特色社会主义思想关于文艺的重要论述。这是当代中国马克思主义、21 世纪马克思主义，其中包含着一系列文艺方面的重要论述。这些论述立足社会主要矛盾发生变化、文艺实践发生深刻变革的时代背景，系统回答和论述了事关文艺繁荣发展的带有根本性、方向性的重大理论与实践问题，体现了党对文艺工作的新思想、新判断、新要求，对新时代文艺事业发展具有重要的指导意义。主要内容有：一是进行无愧于时代的文艺创造，二是坚持以人民为中心的创作导向，三是中国精神是社会主义文艺的灵魂，四是加强和改进文艺理论和文艺评论工作，五是切实加强和改进党对文艺工作的领导。(5 分)

2. 文学理论的普遍性品格，是指文学理论不会局限于个别文学现象的研究，而是要从个别文学现象中抽象出带有普遍性的规律和特性来。（3 分）这首先是由文学的普遍性决定的，因为个别文学现象中总是存在着其他所有文学现象都适用的共通性质。(3 分）文学理论正是要运用特定的理论和方法去研究个别文学现象，从中抽取在其他许多个别文学现象中也能找到的共通性质，并加以概括和总结，上升为理论认识（3 分)，并且再回到文学实践中加以检验，乃至对新的文学活动产生某种规范或引导作用（3 分)。

可从王国维、鲁迅、胡适、朱光潜、宗白华、李长之、李健吾、王朝闻等文学理论代表人物的著述中选取任一实例去证明。(3 分)

试 题 Ⅱ

一、填空题（每小题 1 分）

1. 提出“文以气为主”的人是________。

2. 马克思、恩格斯在《________》里主张：“每个人的自由发展是一切人的自由发展的条件。”

3. ________第一次提出文学事业“为千千万万劳动人民”服务的口号。

4. ________指出：“人民生活……是一切文学艺术取之不尽、用之不竭的唯一的源泉。”

5. ________指出：“人民是文艺工作者的母亲。”

6. 习近平要求文艺家创作“扛鼎之作，传世之作，________”。

7. 习近平指出：“文艺批评要的就是________，不能都是表扬甚至庸俗吹捧、阿谀奉承。”

8. 《文艺心理学》《诗论》的著者是________。

9. 鲁迅、瞿秋白和周扬等致力于________文学理论在中国的传播，有力地推动了马克思主义文学理论的中国化。

10.《新艺术论》的著者是________。

二、单选题（每小题1分）

1. 文艺的“二为”方向，一是指“为人民服务”，二是指“（　　）”。

A. 为工农兵服务　　B. 为革命服务

C. 为改革开放服务　　D. 为社会主义服务

2. 按照马克思的主张，文学活动应当是“人的（　　）的对象化”。

A. 本质力量　　B. 情感力量

C. 身体力量　　D. 意志力量

3. 按照马克思的论述，文艺创作应当遵循（　　）。

A. 善的规律　　B. 真的规律

C. 美的规律　　D. 爱的规律

4. 习近平指出：“衡量一个时代的文艺成就最终要看（　　）。”

A. 立场　　B. 观点

C. 方法　　D. 作品

三、多选题（每小题2分）

1. 中国有自己的文学理论传统，产生了曹丕、（　　）、司空图、严羽、李贽、王夫之、叶燮等文论家。

A. 陶潜　　B. 陆机

C. 刘勰　　D. 钟嵘

2. 中国文学理论家提出了独特的文学理论学说，如（　　）等。

A. “神思”　　B. “滋味”

C. “表现”　　D. “胸襟”

3. 中国现代文学理论的代表人物有（　　）等。

A. 王国维　　B. 蔡元培

C. 朱光潜　　D. 李长之

4. 西方文学理论的代表人物有（　　）等。

A. 苏格拉底　　B. 亚里士多德

C. 莱辛　　D. 康德

5. 西方文学理论的代表性观点有（　　）。

A. “模仿”　　B. “审美无功利”

C. “美的艺术”　　D. “诗缘情”

四、名词解释（每小题 4 分）

1. 文学理论的指导思想

2. 文学理论的思想资源

3. 文学理论的具体研究方法

4. 文学理论的研究分支

五、辨析题（每小题 4 分）

1. 文学理论的三种思想资源即马克思主义文学理论、中华优秀传统文学理论和国外文学理论中的积极成果之间具有同等重要的地位和作用。

2. 文学理论的总的研究方法即马克思主义与具体研究方法如偏于理论思辨的研究、传记研究方法等之间具有相互依存的关系。

3. 传记研究方法与社会历史研究方法实质上是一回事。

4. 文学理论的研究分支是文学研究方法与相关学科相互交叉的产物。

六、简答题（每小题 7 分）

1. 简述列宁对文艺问题的论述。

2. 简要列举你知道的 20 世纪西方文学理论流派。

七、论述题（每小题 15 分）

1. 简要论述文学理论的研究对象和性质。

2. 结合具体文艺实例，谈谈学习习近平新时代中国特色社会主义思想关于文艺的重要论述的体会。

参考答案

一、填空题

1. 曹丕

2. 共产党宣言

3. 列宁

4. 毛泽东

5. 邓小平

6. 不朽之作

7. 批评

8. 朱光潜

9. 马克思主义

10. 蔡仪

二、单选题

1	2	3	4
D	A	C	D

三、多选题

1	2	3	4	5
BCD	ABD	ACD	BCD	ABC

四、名词解释

1. 文学理论的指导思想，是马克思主义。（2 分）马克思主义以辩证唯物主义与历史唯物主义的世界观和方法论为理论基础，批判地继承人类优秀文化遗产和文学理论遗产，科学地总结文学活动的实践经验，形成一套独特的文学思想体系，并随着时代和文学活动的发展而不断丰富和发展，对当前我国文艺事业及其理论建设具有重要的指导意义。(2 分)

2. 文学理论的思想资源有三方面（2 分）：马克思主义文学理论、中华优秀传统文学理论和国外文学理论中的积极成果（2 分）。

3. 文学理论的具体研究方法有偏于理论思辨的研究、偏于实证的研究，以及理论思辨与实证结合的研究等（2 分）；有对话体、散文体、韵文体、论文体和著作体等；有传记研究方法、社会历史研究方法、形式研究方法、心理研究方法等（2 分）。

4. 文学理论的研究分支有文学哲学、文学社会学（2 分）、文学心理学、文学语言学等(2 分)。

五、辨析题

1. 错误。(2 分）文学理论的三种思想资源中，马克思主义不仅是一种思想资源，而且对于其他两种思想资源即中华优秀传统文学理论和国外文学理论中的积极成果具有指导地位和作用。(2 分)

2. 错误。(2 分）文学理论的总的研究方法马克思主义与众多具体研究方法之间，应当是指导与被指导的关系。(2 分)

3. 错误。(2 分）传记研究方法与社会历史研究方法之间诚然难免有所交叉或借鉴，但毕竟不是一回事。传记研究方法偏重于透过作家的生平传记去理解作品，社会历史研究方法偏重于把作家作品置放到其所从中产生的社会历史

环境中衡量。(2分)

4. 正确。(2分) 文学理论的研究分支确实是文学研究方法与相关学科相互交叉的产物。(2分)

六、简答题

1. 列宁在帝国主义和无产阶级革命时代创造性地发展了马克思主义文学理论。(2分) 其主要内容有：明确了文学发展的根本方向，阐述了党对文学事业的领导与创作自由的关系，号召接近工农群众、创造典型形象，对批判继承优秀的文化遗产与建设社会主义文化的关系作了辩证回答，树立起马克思主义文学批评的典范。(5分)

2. 20世纪西方文学理论流派主要有俄国形式主义、英美新批评、结构主义、解构主义、现象学与阐释学、接受美学、读者反应理论、女性主义、后殖民主义、新历史主义、西方马克思主义和文化研究等。(列出其中4个即给7分)

七、论述题

1. 文学理论的研究对象，是指处于社会生活中的文学活动的普遍规律和特性。第一，文学不只是个人创造，而是社会生活的产物 (2分)；第二，文学不是单纯的作家或作品，而是一种活动，从而谈论文学也就是谈论文学活动 (2分)；第三，文学活动实际上应当是指由社会生活、作家、作品和读者等多种要素构成的多环节活动 (2分)；第四，文学理论的研究对象是处于社会生活中的文学活动的普遍规律和特性 (2分)。

与此相连，文学理论不只是研究具体的作家及作品，而是通过考察若干作家、作品现象或案例，从中抽象出文学的带有一定普遍性的规律和特性 (3分)；因此，文学理论的性质在于，它是研究文学的普遍规律和特性的理论型学科 (4分)。

2. 习近平新时代中国特色社会主义思想，是当代中国马克思主义、21世纪马克思主义，其中包含着一系列文艺方面的重要论述。(5分) 这些论述立足社会主要矛盾发生变化、文艺实践发生深刻变革的时代背景，系统回答和论述了事关文艺繁荣发展的带有根本性、方向性的重大理论与实践问题，体现了党对文艺工作的新思想、新判断、新要求，对新时代文艺事业发展具有重要的指导意义。(5分) 其主要内容有：一是要求进行无愧于时代的文艺创造，二是坚持以人民为中心的创作导向，三是确立中国精神是社会主义文艺的灵魂，

四是对加强和改进文艺理论和文艺评论工作作出新部署，五是就切实加强和改进党对文艺工作的领导制订新措施。(5 分)

试　题　Ⅲ

一、填空题（每小题 1 分）

1. 提出"腹有诗书气自华"的是________。

2.《天真的和感伤的小说家》一书的著者是土耳其作家________。

3. 乔纳森·卡勒在《________》中认为，理论"已经不是一套为文学研究而设的方法，而是一系列没有界限的、评说天下万物的各种著作"。

4.《理论之后》一书的著者是________。

5. 列宁首次提出了"________民族文化"的观点，一种是反动阶级所代表的腐朽、反动的文化，另一种是具有民主主义和社会主义成分的先进文化。

6. 毛泽东《在延安文艺座谈会上的讲话》提出，文艺"________"的问题"是一个根本的问题，原则的问题"。

7. ________明确指出，"我们的文艺属于人民"，"人民需要艺术，艺术更需要人民"。

8. 习近平对文艺创作提出了思想精深、艺术精湛、________三者相统一的要求。

9. 积极采纳"美的艺术"观念、推介丹麦文论家勃兰兑斯的《十九世纪文学主流》、翻译《苦闷的象征》等著作的人是________。

10. 在文学理论的研究分支上，当以心理学方法去研究文学时，就形成了文学________。

二、单选题（每小题 1 分）

1. 马克思、恩格斯为文学理论确立（　　）基础。

A. 物质生产　　　　B. 唯物史观

C. 社会实践　　　　D. 精神观念

2. 马克思、恩格斯要求把握文学艺术与经济社会发展的平衡和（　　）关系。

A. 不平衡　　　　B. 波动

C. 反作用　　　　D. 制约

3. 马克思认为"人的本质不是单个人所固有的抽象物，在其现实性上，它是一切（　　）的总和”。

A. 精神活动　　B. 物质活动

C. 社会关系　　D. 家庭关系

4. 列宁要求文学创作事业成为由整个工人阶级先锋队所开动的一部巨大的革命机器的“（　　）”。

A. 零件　　B. 配件

C. 传送带　　D. 齿轮和螺丝钉

三、多选题（每小题 2 分）

1. 作家根据其生活素材而创作出文学作品，经过（　　）的阅读和接受后，文学活动的整个过程才完成。

A. 读者　　B. 哲学家

C. 批评者　　D. 伦理学家

2. 文学理论的研究方式在于，运用特定的理论和方法，从（　　）等具体文学现象中抽象出有普遍性或共通性的特征。

A. 乐谱　　B. 诗歌

C. 小说　　D. 散文

3. 文学理论在研究文学活动的普遍规律和特性时，主要运用（　　）等方式。

A. 概念　　B. 判断

C. 情感　　D. 推理

4. 习近平指出，推动文艺繁荣发展，最根本的是要创作出（　　）的优秀作品。

A. 无愧于时代　　B. 无愧于国家

C. 无愧于人民　　D. 无愧于民族

5. 乔纳森·卡勒认为当代文学理论具有（　　）等特点。

A. 跨学科性　　B. 分析和话语

C. 思辨性　　D. 对常识的批评

四、名词解释（每小题 4 分）

1. 文学的普遍性

2. 文学理论的实践性

3. 文学理论的科学性

4. 文学理论的人文性

五、辨析题（每小题4分）

1. 中华优秀传统文学理论既然优秀，那就应该直接运用于当代文学现象研究。

2. 真正的文学理论既然来自文学实践，那就无需再回到文学实践。

3. 文艺源于生活，又高于生活。

4. 列夫·托尔斯泰的思想和作品并非完全统一，而是具有两面性。

六、简答题（每小题7分）

1. 谈谈毛泽东文艺思想的主要内容。

2. 简述文学理论研究分支。

七、论述题（每小题15分）

1. 当前从事文学理论研究需要特别注意融通哪些思想资源？如何在各种文学理论思想资源的融通中坚持马克思主义文学理论的指导地位？

2. 结合进入新时代以来我国文艺创作或文艺评论的新现象或新经验，谈谈怎样加强文学理论学习。

参考答案

一、填空题

1. 苏轼（或苏东坡）

2. 帕慕克（或奥尔罕·帕慕克）

3. 文学理论

4. 伊格尔顿（或特雷·伊格尔顿）

5. 两种

6. 为什么人

7. 邓小平

8. 制作精良

9. 鲁迅

10. 心理学

二、单选题

1	2	3	4
B	A	C	D

三、多选题

1	2	3	4	5
AC	BCD	ABD	ACD	ABD

四、名词解释

1. 文学的普遍性，是指文学理论要从个别文学现象中提炼共通性质，并加以概括和总结，上升为理论认识。（2 分）文学理论主要运用概念、判断和推理的方式去研究。这种方式决定了文学理论主要具有理论型学科的性质。（2 分）

2. 文学理论的实践性，主要体现为它既来自以文学创作和文学接受为主的文学活动实践，又回到这种实践中经受检验。（2 分）在当代中国，文学理论的实践性应体现在，以马克思主义为指导，贯彻习近平新时代中国特色社会主义思想，科学总结历代文学活动的实践经验，特别是改革开放以来我国文学活动的实践经验，吸收古今中外的各种文学理论成果，并坚持在新时代文学活动实践中检验、丰富和发展，特别是直接面对和积极回应来自当代文艺实践的新挑战。（2 分）

3. 文学理论的科学性，要求坚持马克思主义的世界观和方法论，研究分析和科学总结文学活动的实践，透过复杂繁多的文学现象而把握其内在本质，从中提炼出规律性认识。（2 分）文学理论的科学性是从既有文学活动的事实出发，通过观察、感悟和研究，借助概念、判断、推理等概括过程，揭示文学活动的规律和特性，从而建立相应的知识系统。文学理论是否具有科学性，必须接受文学活动实践的检验。（2 分）

4. 文学理论的人文性，是指文学活动具有指向人的精神或灵魂状况的特性。在这方面，文学与历史学、哲学等人文学科相近，致力于关怀人类的精神或灵魂的当前状况及其归宿问题。（2 分）文学作品具有人文性，这与作为研究和评价的文学理论之间形成了互动关系，从而使得文学的人文性不能不渗透进文学理论中，后者因此而体现出浓郁的人文性。（2 分）

五、辨析题

1. 错误。（2 分）中华优秀传统文学理论诚然优秀，也不能直接运用于当代文学现象研究中，而是应当运用马克思主义文学理论去作科学分析，按照时代需要，加以提炼、转化、融合或改造，赋予其新的时代内涵，激活其在当代

的概括潜能和创造力。(2 分)

2. 错误。(2 分) 真正的文学理论应当是从文艺实践中概括和总结出来的、能够回头在文艺实践中得到证明、并且还能对文艺实践起到一定的促进和引领作用的理论。(2 分)

3. 正确。(2 分) 按照毛泽东的论述，文艺既源于生活而又高于生活，“文艺作品中反映出来的生活却可以而且应该比普通的实际生活更高，更强烈，更有集中性，更典型，更理想，因此就更带普遍性”。(2 分)

4. 正确。(2 分) 根据列宁的分析，列夫·托尔斯泰的思想和作品具有两面性：一方面是最清醒的现实主义，另一方面又鼓吹世界上最卑鄙龌龊的东西之一即宗教。(2 分)

六、简答题

1. 毛泽东文艺思想形成于我国新民主主义革命时期，发展于社会主义建设初期。毛泽东文艺思想的形成是中国近现代历史发展的必然，是对中国优秀文化传统与新文艺经验的科学总结。(2 分) 其主要内容有：一是确立文艺为人民大众服务的根本方向，二是阐明文艺与社会生活的关系，三是揭示文艺的社会本质和社会功用，四是强调文艺作品思想内容与艺术形式的统一，五是提出“百花齐放、百家争鸣”和“推陈出新”的方针。(5 分)

2. 当一些研究方法与相关学科紧密交叉，逐渐生成为相对稳定的带有明显的学科交叉特点的研究路径时，就产生了文学理论的研究分支。(2 分) 其主要分支有：一是当以哲学方法去研究，就形成文学哲学；二是当以社会学方法去研究，就形成文学社会学；三是当以心理学方法去研究，就形成文学心理学；四是当以语言学方法去研究，就形成文学语言学。(5 分)

七、论述题

1. 当前从事文学理论研究，应当以马克思主义为指导，善于融通古今中外各种资源，主要需把握三方面资源：马克思主义文学理论、中华优秀传统文学理论、国外文学理论中的积极成果。第一，马克思主义文学理论，既是文学理论的指导思想，又是文学理论的最宝贵的思想资源。这一思想资源由马克思主义经典作家文艺思想、马克思主义文学理论中国化的成果，特别是习近平新时代中国特色社会主义思想中的文艺论述等构成，是当前文学理论的主体内容。(2 分) 第二，运用马克思主义文学理论科学地分析中华优秀传统文学理论，构成文学理论的又一重要思想资源。(2 分) 第三，运用马克思主义文学理论科学分析和借鉴国外（这里主要是指西方）文学理论中的积极成果，构成文学理论的又一不可忽视的思想资源，这也应当成为当前中国文学理论的有益滋养。(2 分)

探索马克思主义文学理论指导下的古今中外各种思想资源的融通，目的在于中国特色文学理论的建设和创新。(1 分) 马克思主义文学理论本身应当是与时俱进的，需要随新时代文学活动状况的演变而实现自身的理论创新。(1 分) 中华传统优秀文学理论至今仍具有影响力，需要运用马克思主义原理，按照今天的时代需要，加以提炼、转化、融合或改造，赋予其新的时代内涵，激活其在当代的概括潜能和创造力。(2 分) 国外文学理论中的积极成果，散发出各国文化及文艺的多彩光芒，但终究植根于它们自身的民族文化土壤中，不能不加区分地生搬硬套，而同样需要运用马克思主义原理，根据我国文学活动和文学理论发展的特定要求，加以科学分析、批判和鉴别，汲取其中的精华，去除其中的糟粕。(2 分)

当前，文学理论研究需要在马克思主义指导下，坚持古为今用、洋为中用，通过上述各种思想资源的融通，为构建新时代中国特色文学理论学科体系、学术体系和话语体系而努力。(3 分)

2. 进入新时代以来，我国文艺创作、文艺评论已经和正在发生一系列深刻变化 (1 分)：一是全国文艺界凝神聚气进行无愧于时代的文艺创造 (1 分)，二是中华优秀传统文化的魅力在文艺创作中得到生动再现 (1 分)，三是网络新媒体在文艺创作和文艺评论中的作用日趋活跃 (1 分)，四是现实主义精神持续深化 (1 分)，五是通俗文艺与高雅文艺之间的融通呈现复杂局面 (1 分)，六是网络文学与其他艺术门类之间的跨媒介、跨门类交融已成为常态，等等 (1 分)。

面对这些新变化，固守传统文学理论显然已不适宜，而盲目照搬国外文学理论成果也会水土不服，因而需要加强文学理论学习，提高文学理论素养，探索和运用新的文学理论视角、方法和手段去分析新现象和新问题，作新阐释，以便让新的文学理论成为顺应和推动文艺活动发展的重要力量。(6 分) 通向未来的中国特色文学理论，应当是马克思主义指导下的、古今中外各种思想资源高度融通的、从当代文艺实践中来又能在其中检验并产生引导作用的文学理论。(2 分)

第一章　文学的性质

一、内容提要

文学的性质是指文学本身具有的区别于其他艺术门类及人文学科的内在特性。马克思主义文学理论从社会意识形态、审美和语言等方面，深刻揭示了文学的基本性质。

文学是社会意识形态。马克思主义文学理论以历史唯物主义为理论基础，将文学视为建立于一定社会经济基础之上的观念的上层建筑，一种意识形态的形式。作为一种社会意识形态，文学是作家在社会生活中依据一定的立场、观点和方法所进行的艺术创造，具有认识性、倾向性和实践性等特征。首先，文学具有一般社会意识的共有属性，文学是客观世界在作家主观世界中反映的产物，它蕴含着作家对社会生活的认识，这种认识是对社会生活的整体性掌握，能够对社会生活情状进行真切、丰富、完整的反映。其次，在文学对于社会生活的认识和掌握中总是会表现或流露出一定的价值取向，包括政治、思想、道德、宗教等倾向。政治和思想倾向性是文学倾向性的主要体现，但是只有把文学的政治和思想倾向性以符合艺术规律的形式体现出来，实现文学倾向性与文学真实性的统一，才能创造出成功的文学作品。再次，文学还具有反映社会实践而又通过影响读者心灵来能动地作用于其社会实践行为的特性。文学不仅对社会政治、经济实践和社会变革具有重要影响，而且对个人精神生活的养成和心灵世界的成长具有潜移默化的影响，能够经由人的主体精神的改变，渐进缓慢却又深入持久地影响着社会生活的整体发展。

文学是审美的艺术。与其他社会意识形态相比，文学具有自己的特殊本性即审美属性，是社会意识形态与审美艺术的统一。文学作为审美艺术的特征，主要体现为情感性、形象性和超越性。首先，文学具有表达情感并以此激发读者共鸣、促进社会情感交流的特性。作为一种艺术审美活动，文学活动的审美价值评判主要体现为情感评价，情感构成了审美活动的心理基础。因此，文学的主要目的在于表达情感、以情动人，情感因素在文学活动中具有主导性质，情感性成为文学作为审美艺术的重要特征。文学审美活动中的情感评价以个人体验的方式体现出来，往往呈现出非功利性的特征，但归根结底又同文学活动者所处的实际社会状况密切相关，并受到实际利益需求或直接或隐秘的推动。文学不仅表达情感、以情动人，而且也表现创作者的知性认识和理性观念，因此是直观与认识、情感与理性的交融和统一。其次，文学具有具体生动的形象可感性，形象性是文学艺术之美的重要体现。文学形象是有创造性、有生气、有意蕴的艺术形象，这一点尤其可以从文学与各种日常形体和人工图形的比较中清晰地体现出来。再次，文学还具有通过艺术想象和审美理想提升人的精神境界、使人获得心灵自由的超越性。这种心灵自由的状态具体表现为对人与自然、人与社会现实关系以及自我的超越。

文学是语言的艺术。文学以语言为媒介，语言深刻、全面地影响着文学活动的每一个环节，使文学呈现出有别于其他艺术的间接性、精神性和蕴藉性等特性。文学的间接性，又可称为非直观性，是指文学不能像绘画、舞蹈、戏剧、影视艺术等其他艺术门类那样直接模拟呈现现实世界的物象、声音、行动与事件等，而必须通过语言符号在头脑里展开想象和联想，从而间接地加以呈现。文学的精神性，是指文学具有通过语言符号传达人类精神的丰富性和深刻性的特性。文学的蕴藉性，是指文学具有在富有艺术意味的语言符号运用中含而不露地表达深长意味的特性。

二、关键词与考点

（一）关键词

1. 文学的性质。文学的性质是指文学本身具有的区别于其他艺术门类及人文学科的内在特性。马克思主义文学理论从社会意识形态、审美和语言等方面，深刻揭示了文学的基本性质。相较于经济基础、社会生活，文学是一种社会意识形态；相较于其他社会意识形态，文学是一种审美艺术；相较于其他种类的艺术，文学是一种语言艺术。作为社会意识形态的文学具有认识性、倾向性和实践性，作为审美艺术的文学具有情感性、形象性和超越性，作为语言艺术的文学呈现出有别于其他艺术的间接性、精神性和蕴藉性。

2. 文学的意识形态性。根据唯物史观的观点，文学属于社会意识形态，在根本上受社会存在、经济基础的制约，同时也会对社会存在、经济基础产生能动的作用。文学既具有一般意识形态的共通性，也具有自身的特殊性。作为观念的上层建筑，文学属于“更高地悬浮于空中的意识形态的领域”（恩格斯语），与经济基础的距离较远，与经济基础之间的作用与反作用关系往往要以其他意识形态和社会心理等为中介。同时，文学与其他意识形态相比，在呈现方式上也有自己的特点，与法律、政治、哲学等多以理性逻辑方式表达思想观念不同，文学艺术则以感性审美的方式呈示于人。具体来看，文学作为一种社会意识形态，是作家在社会生活中依据一定的立场、观点和方法所进行的艺术创造，具有认识性、倾向性和实践性等特性。

3. 文学的审美属性。与其他意识形态相比，文学作为一种社会意识形态有其特殊的审美属性，是社会意识形态和审美艺术的统一。马克思主义文学理论历来重视文学的审美属性，并把文学的美学评判作为文学批评的一个不可或缺的重要方面。同时，它在从事文学的美学评判时历来重视不同民族的美学精神和传统。文学作为审美艺术的特征，主要体现为情感性、形象性和超越性。

4. 语言的艺术。文学是一种语言的艺术。与借助于颜料、声音、形体、影像等媒介和具体物质材料进行艺术创造的绘画、音乐、舞蹈、影视、建筑、戏剧等艺术门类不同，文学是以语言为媒介而展开的艺术创造活动。语言的媒介性质，为文学艺术的生成提供了物质符号基础。作为文学的媒介，语言深刻、全面地影响着文学活动的每一个环节，使文学呈现出有别于其他艺术的间接性、精神性和蕴藉性。

（二）考点

1. 文学是社会意识形态。要求了解文学的意识形态规定性的理论来源；充分理解文学作为社会意识形态的普遍共通性与特殊性；重点考查文学的认识性的基本含义及其特殊性，文学的倾向性的基本含义及其特性，文学的实践性的具体体现。

2. 文学是审美的艺术。要求了解文学作为审美艺术的主要特征，重点考查文学的情感性、形象性和超越性的基本含义以及中外文论史上对文学的上述特性的重要论述。

3. 文学是语言的艺术。要求了解文学作为语言艺术的特性，重点考查对文学的间接性、精神性和蕴藉性特征的掌握。

三、知识点精讲

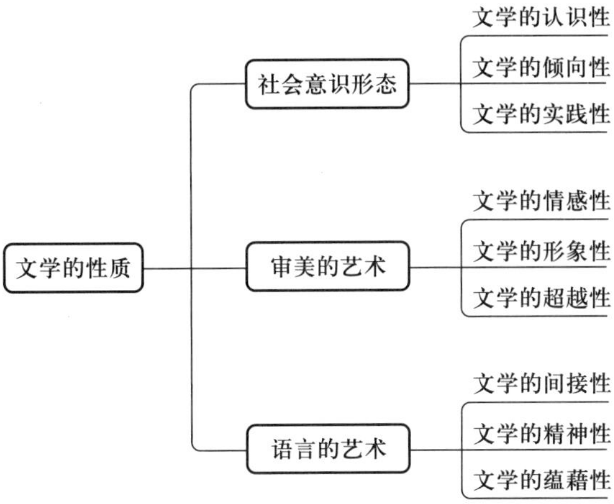

本章知识结构图

本章的主要知识点包括文学作为一种社会意识形态所具有的认识性、倾向性和实践性特征，作为审美艺术所具有的情感性、形象性和超越性属性，作为语言艺术所呈现出的间接性、精神性和蕴藉性等特性。

1. 文学的认识性。文学的认识性，是指文学帮助人们认识自然、社会和精神世界的特性。它通过创造艺术形象，以不同于科学和逻辑的方式反映社会生活。

文学是客观世界在作家主观世界中反映的产物。文学作为一种社会意识形态，不管内容和形式多么丰富，表现方式多么曲折，距离现实多么遥远，总可以在社会生活中找到其历史和现实根源。一般说来，那些具有鲜明现实主义风格的文学作品，往往都是对时代真实社会状况比较直接的反映，而文学史上很多着重表现人类的幻想、想象和理想的文学作品，同样也是社会存在的曲折反映。

文学作品蕴含着作家对社会生活的认识。作为现实生活中的个人，作家和普通人一样处在复杂的社会关系网络之中，但作家又有别于普通人，他会透过多样而又多变的社会现象，把握其内在的发展规律和推动力量，并用合乎艺术规律的方式表达他对社会生活的认识和观点。在创作中，有的作家能够以先进思想为指导，深入体验生活，了解生活，洞察社会生活的发展情势，把握社会历史的发展规律，在表现社会生活的丰富性和复杂性的同时，传达出符合社会进步趋势的意识形态倾向。有的作家虽然没有形成科学的世界观，但由于能够真诚地面对现实，对社会现实采取客观态度和批判精神，依然能够反映现实社会的真实面貌和发展趋向，表现出一定的进步意识。巴尔扎克就是这样一位作家。

文学是对社会生活的整体性掌握。文学对社会生活的认识属于马克思所说的艺术掌握世界的方式。这种认识和掌握世界的方式往往能够超越一般意识形态反映生活过于抽象、曲折的局限，对社会生活情状进行真切、丰富、完整的反映。文学要发挥其社会意识形态作用，不能回避描写社会的重要矛盾冲突，但这并不是要求文学成为社会重大题材的意识形态宣言，也不是要求文学把社会关系的一切方面都铺展出来，而是要求文学以独特的艺术形象描绘出社会生活的整体关系与情状，帮助人们认识社会历史的真实面貌。

2. 文学的倾向性。文学的倾向性，是指文学在反映特定社会生活时表现或流露出来的价值取向。它是作家一定的世界观、人生观、价值观自觉不自觉的显现，包括政治、思想、道德、宗教等倾向。

政治和思想倾向性是文学倾向性的主要体现。文学的政治和思想倾向性主要与两个因素有关：一是作家所具有的特定的阶级立场、思想感情和价值取向，二是社会生活所包含的政治和思想内容。文学在反映社会生活时，总会以不同方式表现与政治的联系，或隐或显地具有一定的政治和思想倾向。在阶级社会中，文学的政治和思想倾向性很大程度上表现为阶级性。作为意识形态重要组成部分的文学自然会反映不同社会中不同阶级的利益、思想和愿望，这是由社会的阶级关系和作家自身的阶级属性所决定的。在社会主义社会，文学的政治和思想倾向性更多地表现在对待人民的态度上。在中国特色社会主义新时代，社会主要矛盾转变为人民日益增长的美好生活需要和不平衡不充分的发展之间的矛盾。文学创作要适应新时代社会主义文艺繁荣发展、建设社会主义文化强国的需要，顺应各族人民过上更好生活的新期待，就应当坚持以人民为中心的创作导向，坚持为人民服务，为社会主义服务。

文学的政治和思想倾向性必须与文学的真实性相统一。文学具有政治和思想倾向性，但是它并不能因此变成时代政治的概念化的宣传工具。文学的政治和思想倾向性应该以符合艺术规律的形式体现出来，应该建立在文学真实性基础之上。文学的真实性是指文学要真实、生动、具体地反映社会生活的本来面目，并艺术地揭示社会生活的某些本质规律和特性。只有把倾向性与真实性统一起来，才能创造出成功的文学作品。

3. 文学的实践性。文学的实践性，是指文学反映社会实践而又通过影响读者心灵而能动地作用于其社会实践行为的特性。

文学对政治实践的影响。文学与政治都属于社会意识形态，因此相对于对经济基础的作用而言，文学对政治实践的影响更为直接。中外文学史上不乏文学影响政治甚至直接参与政治实践的实例。不过，文学的这种政治实践性并不意味着作家需要在作品中直接发表政治宣言，以文学作政治宣传的工具，而是要通过独创的人物形象及其他艺术形象去含蓄地体现其政治实践性。

文学对经济、社会变革的影响。文学与经济发展、社会实践之间存在着深刻而复杂的辩证联系。一方面，文学是在以经济为基础的社会生活之中发展起来的。各个民族、各个时代的文学创作之所以具有不同的思想内容和风格特点，正是由其各不相同的社会生活实践所造成的。另一方面，文学也与其他意识形态相互作用，并给予经济和社会发展以能动影响。

文学对人的精神和观念的影响。文学的实践性有其特殊的实现途径和方式，它不像政治、法律、道德、宗教等其他意识形态那样以明确的规范性条文和观念来指导和约束人们的现实实践和具体行为，而通常是借助于审美化的文学形象和艺术手段，通过激励和提升人的精神来实现的。文学有利于人的感情的激发、愿望的表达、信心的培养等，不仅能对个人精神生活的养成和心灵世界的成长产生潜移默化的影响，而且能够经由人的主体精神的改变，渐进缓慢却又深入持久地影响着社会生活的整体发展。

4. 文学的情感性。文学的情感性，是指文学表达情感并以此激发读者共鸣、促进社会情感交流的特性。

情感性是文学审美活动的基本特征。作为一种艺术审美活动，文学活动的审美体验和价值评判主要体现为情感体验和情感评价，情感构成了审美活动的心理基础。文学的主要目的即在于表达情感、以情动人，情感因素在文学中具有主导性质。因此，情感性成为文学作为审美艺术的重要特征。在文学活动中，文学情感性的具体表现形态多样：可以是对美好事物的由衷向往和赞美，也可以是对丑恶现象的无情暴露和批判；可以是对崇高力量和精神的礼赞和敬仰，也可以是对卑下者的鄙夷和唾弃。在这些主要情感形式之外，还有对平凡生命和普通事物的关注、珍惜和同情。文学情感性的表现形式尽管不同，但都要发乎真情实感，不能无病呻吟。

情理交融是文学审美活动的现实表现。审美活动对应的主要是人类的情感领域，但在实际上，很多美的事物和艺术不仅与情感有关，而且会涉及认知和道德。审美艺术是人类在一定思想观念指导下的创造活动，其中既表现了创造者的感性直观和情感体验，也融合了创造者的知性认识和理性观念，因此是直观与认识、情感与理性的相互统一。在文学中，情感与理性的统一应遵循文学创作的特殊规律，不是简单拼凑和机械相加，而应该达到水乳交融、浑然无间的状态。

5. 文学的形象性。文学的形象性，是指文学创造具体生动的艺术形象以反映社会生活的特性。文学的情感性侧重于就审美主体而言，文学的形象性则偏重于从审美对象来说。

形象性是文学艺术之美的重要体现。文学之所以美，很重要的一点在于它的形象可感性。人们通过阅读文学作品的语言文字，首先想象和感知到的往往是具体生动的文学形象；文学作品的艺术价值，也主要凝结在作家创造的各具生气的文学形象之中。文学的这种形象性特征，在与哲学、科学等比较时体现得尤其鲜明。与哲学主要用概念、科学主要用定理和公式抽象地反映客观世界不同，文学主要是用感性具体的艺术形象反映客观与主观世界。

文学形象是有创造性、有生气、有意蕴的形象。这一点尤其可以从文学与各种日常形体和人工图形的比较中清晰地体现出来。具体可感的形象不仅存在于文学作品中，而且也同时广泛存在于日常生活、自然环境和教学科研活动中。生活中的真实形象诚然在任何时候都是文学形象的鲜活素材，但不同的是，文学形象主要是作家的艺术心灵创造的产物，是具有高度创造性的精神活动的结晶。相对于那些精细、逼真的教学挂图和科技模型，文学形象的不同主要在于它内在于形象的鲜活生气和深厚意蕴。

6. 文学的超越性。文学的超越性，是指文学通过艺术想象和审美理想提升人的精神境界、使人获得心灵自由的特性。这种心灵自由的状态具体表现为对人与自然、人与社会现实关系以及自我的超越。

一是对人与自然关系的超越。人本来是自然的一部分，不得不受制于自然的规律，但文学可以使人在审美的瞬间暂时超越自然规律的束缚，达到心灵自由的境界。首先，人在文学中能够能动地刻画自然并表达自身的感受。其次，人在文学中能借助于想象和幻想，从而能动地驾驭自然，实现对自然的精神超越。再次，人在文学中能够同自然结为知己，由此在精神上实现对自然的能动超越。

二是对人与社会现实关系的超越。与人在现实生活中总是受到社会关系的支配不同，文学审美使人在想象中摆脱现实社会关系的束缚，实现一定程度的精神超越。面向未来、追求理想是人类社会生活的一个特点，人们总是在文学中寻找理想、追求理想，优秀的文学在帮助人树立远大理想、超越现实局限和苦难时可以发挥巨大作用。

三是对人自我的超越。文学审美是心灵的自由活动。在文学审美中，审美主体的各种心理要素相互结合，相互促进，形成一种自由协调的精神活动，从而产生心灵的愉悦。这种审美体验会使人的整个心灵得到舒展和解放，同时，它还有助于陶冶性灵，塑造人格，完善人性。

文学审美活动具有的精神超越性，可以潜移默化地促进人的感性与理性、能力与志趣、道德精神与审美情趣的多方面协调发展，有利于使文学成为陶冶人们道德情操、抒发人类美好理想、丰富人们艺术享受、推动社会发展进步的一个重要领域。

7. 文学的间接性。文学的间接性，又可称为非直观性，是指文学不能像绘画、舞蹈、戏剧、影视艺术等其他艺术门类那样直接模拟呈现现实世界的物象、声音、行动与事件等，而必须通过语言符号在头脑里展开想象和联想，从而间接地加以呈现。文学所使用的语言文字是一种抽象符号，在创作和接受中，人们需要将语言符号表现的事物转化为一系列内心形象，通过内在的感官来感受这些形象，形成相应的心理表象和情感体验。

文学语言在表现形象上的间接性，使文学艺术形象具有较多的不确定性。人们在许多优秀的文学作品中，认识了无数鲜明生动的人物形象，欣赏过各种各样的社会场景和自然景物，体验过形形色色的故事情节，但还是感到不“解渴”，而是进一步希望通过影视等视听艺术获得更直观的艺术感受。其中一个重要原因，就是影视等大众艺术形式能够创造出比文学形象更加直观、明确的艺术形象，更大程度地满足人们审美感官的需要。

当然，文学形象的间接性也可以为读者插上纵情想象或幻想的翅膀，留下更加自由的创造空间。

8. 文学的精神性。文学的精神性，是指文学具有通过语言符号传达人类精神的丰富性和深刻性的特性。

文学的精神性充分体现在文学作品的心理描写之中。借助语言，作家可以自由出入每一个人物的内心，将人们所能体会和认识到的各种心理活动描述出来，让读者深切地感受到人类灵魂的每一种存在状态。

在文学创作中，作家往往灵活运用各种修辞方法，通过外貌描写、神态描写、心理描写、动作描写、环境描写等，同时借助幻想、梦境、变形等手段，赋予文学形象十分丰富复杂而又深刻微妙的精神内涵。

9. 文学的蕴藉性。文学的蕴藉性，是指文学具有在富有艺术意味的语言符号运用中含而不露地表达深长意味的特性。优秀作家能够充分发挥语言符号的审美表现潜力，在有限的语言符号中含蓄而不直露地表达主观情志与生命之思，而且其表达的意味或者说文本的内在蕴含往往又是具有复义性、多样性的，难以用直白明晰的语词加以概括，甚至还给人以含混难解的印象。

文学语言的蕴藉性赋予文学作品耐人寻味的魅力。只有认识和把握文学的蕴藉性特征，跳出语言符号的直接性现实指涉和明确性概念所指，在对文学语言的领悟和赏析中幻化言内之象、品味韵外之致和味外之旨，方能真正进入文学审美的境界，享受到文学审美的滋味与乐趣。

四、思考题解答

1. 马克思主义文学理论如何界定文学的性质？

（1）答题要点

马克思主义文学理论以唯物史观为基础，从社会意识形态、审美和语言等方面，深刻揭示了文学的基本性质。首先，文学作为一种社会意识形态，是作家在社会生活中依据一定的立场、观点和方法所进行的艺术创造，具有认识性、倾向性和实践性等特征。其次，文学具有审美属性，是社会意识形态和审美艺术的统一。文学作为审美艺术的特征，主要体现为情感性、形象性和超越性。再次，文学作为语言的艺术，呈现出有别于其他艺术的间接性、精神性和蕴藉性。

（2）引述或案例提示

物质生活的生产方式制约着整个社会生活、政治生活和精神生活的过程。不是人们的意识决定人们的存在，相反，是人们的社会存在决定人们的意识。……随着经济基础的变更，全部庞大的上层建筑也或慢或快地发生变革。在考察这些变革时，必须时刻把下面两者区别开来：一种是生产的经济条件方面所发生的物质的、可以用自然科学的精确性指明的变革，一种是人们借以意识到这个冲突并力求把它克服的那些法律的、政治的、宗教的、艺术的或哲学的，简言之，意识形态的形式。（［德］马克思：《〈政治经济学批判〉序言》，

《马克思恩格斯文集》第 2 卷，人民出版社 2009 年版，第 591—592 页）

作为观念形态的文艺作品，都是一定的社会生活在人类头脑中的反映的产物。革命的文艺，则是人民生活在革命作家头脑中的反映的产物。人民生活中本来存在着文学艺术原料的矿藏，这是自然形态的东西，是粗糙的东西，但也是最生动、最丰富、最基本的东西；在这点上说，它们使一切文学艺术相形见绌，它们是一切文学艺术的取之不尽、用之不竭的唯一的源泉。（毛泽东：《在延安文艺座谈会上的讲话》，《毛泽东选集》第 3 卷，人民出版社 1991 年版，第 860 页）

政治、法、哲学、宗教、文学、艺术等等的发展是以经济发展为基础的。但是，它们又都互相作用并对经济基础发生作用。这并不是说，只有经济状况才是原因，才是积极的，其余一切都不过是消极的结果，而是说，这是在归根到底不断为自己开辟道路的经济必然性的基础上的相互作用。（［德］恩格斯：《致瓦尔特·博尔吉乌斯（1894 年 1 月 25 日）》，《马克思恩格斯文集》第 10 卷，人民出版社 2009 年版，第 668 页）

2. 文学作为社会意识形态有哪些主要特征？

（1）答题要点

作为一种社会意识形态，文学具有认识性、倾向性和实践性等特征。文学是客观世界在作家主观世界中反映的产物，它蕴含着作家对社会生活的认识，这种认识是对社会生活的整体性掌握，能够对社会生活情状进行真切、丰富、完整的反映。文学的倾向性，是指文学在反映特定社会生活时表现或流露出来的价值取向，包括政治、思想、道德、宗教等倾向。政治和思想倾向性是文学倾向性的主要体现，只有把文学的政治和思想倾向性以符合艺术规律的形式体现出来，实现文学倾向性与文学真实性的统一，才能创造出成功的文学作品。文学的实践性，就是指文学反映社会实践而又通过影响读者心灵而能动地作用于其社会实践行为的特性。文学不仅能对个人精神生活的养成和心灵世界的成长产生潜移默化的影响，而且能够经由人的主体精神的改变，渐进缓慢却又深入持久地影响着社会生活的整体发展。

（2）引述或案例提示

现代英国的一批杰出的小说家，他们在自己的卓越的、描写生动的书籍中向世界揭示的政治和社会真理，比一切职业政客、政论家和道德家加在一起所揭示的还要多。（［德］马克思：《英国资产阶级》，《马克思恩格斯全集》第 10

卷，人民出版社 1962 年版，第 686 页）

我决不反对倾向诗本身。悲剧之父埃斯库罗斯和喜剧之父阿里斯托芬都是有强烈倾向的诗人，但丁和塞万提斯也不逊色；而席勒的《阴谋与爱情》的主要价值就在于它是德国第一部有政治倾向的戏剧。现代的那些写出优秀小说的俄国人和挪威人全是有倾向的作家。可是我认为，倾向应当从场面和情节中自然而然地流露出来，而无须特别把它指点出来；同时我认为，作者不必把他所描写的社会冲突的历史的未来的解决办法硬塞给读者。（［德］恩格斯：《致明娜·考茨基（1885 年 11 月 26 日）》，《马克思恩格斯文集》第 10 卷，人民出版社 2009 年版，第 545 页）

文艺是国民精神所发的火光，同时也是引导国民精神的前途的灯火。这是互为因果的，正如麻油从芝麻榨出，但以浸芝麻，就使它更油。（鲁迅：《论睁了眼看》，《鲁迅全集》第 1 卷，人民文学出版社 2005 年版，第 254 页）

3. 文学的审美属性具体表现在哪些方面？

（1）答题要点

文学的审美属性主要体现为情感性、形象性和超越性。文学的情感性，是指文学表达情感并以此激发读者共鸣、促进社会情感交流的特性。文学不仅表达情感、以情动人，而且也表现创作者的知性认识和理性观念，因此是直观与认识、情感与理性的相互交融。文学的形象性是指文学创造具体生动的艺术形象以反映社会生活的特性，这是文学艺术之美的重要体现。文学形象是有创造性、有生气、有意蕴的艺术形象。文学的超越性，是指文学通过艺术想象和审美理想提升人的精神境界、使人获得心灵自由的特性。这种心灵自由的状态具体表现为对人与自然、人与社会现实关系以及自我的超越。

（2）引述或案例提示

艺术品是将情感（指广义的情感，亦即人所能感受到的一切）呈现出来供人观赏的，是由情感转化成的可见的或可听的形式。（［美］苏珊·朗格：《艺术问题》，滕守尧、朱疆源译，中国社会科学出版社 1983 年版，第 24 页）

夫诗有别材，非关书也；诗有别趣，非关理也。然非多读书，多穷理，则不能极其至。所谓不涉理路，不落言筌者，上也。（〔宋〕严羽：《诗辨》，《沧浪诗话校释》，郭绍虞校释，人民文学出版社 1961 年版，第 26 页）

诗指示出自然界的各种秘密，企图用形象（durchs Bild）来解决它们；哲学指示出理性的各种秘密，企图用文字来解决它们。（［德］歌德：《慧语集》，中国社会科学院外国文学研究所外国文学研究资料丛刊编辑委员会编：《外国理论家、作家论形象思维》，钱锺书等选译，中国社会科学出版社 1979 年版，第 35 页）

《咏怀》之作，可以陶性灵，发幽思。言在耳目之内，情寄八荒之表。洋洋乎会于《风》《雅》，使人忘其鄙近，自致远大，颇多感慨之词。（〔南朝梁〕钟嵘：《诗品》，《诗品集注》，曹旭集注，上海古籍出版社 1992 年版，第 123 页）

4. 文学作为语言艺术具有什么特点？

（1）答题要点

文学是语言的艺术。文学以语言为媒介，语言深刻、全面地影响着文学活动的每一个环节，使文学呈现出有别于其他艺术的间接性、精神性和蕴藉性。文学的间接性，又可称为非直观性，是指文学不能像绘画、舞蹈、戏剧、影视艺术等其他艺术门类那样直接模拟呈现现实世界的物象、声音、行动与事件等，而必须通过语言符号在头脑里展开想象和联想，从而间接地加以呈现。文学的精神性，是指文学具有通过语言符号传达人类精神的丰富性和深刻性的特性。文学的蕴藉性，是指文学具有在富有艺术意味的语言符号运用中含而不露地表达深长意味的特性。

（2）引述或案例提示

诗固然也能运用丰富多彩的手段去使事物成为可供观照的鲜明形象，因为艺术想象的原则一般都是要提供可供观照的形象；但是诗特别要在观念或思想中活动，而观念或思想是精神性的，所以诗要显出思想的普遍性，就不能达到感性观照的那种明确性。（［德］黑格尔：《美学》第 3 卷下册，朱光潜译，商务印书馆 1981 年版，第 5—6 页）

当我们感到作者所指的东西并不清楚明了，同时，即使对原文没有误解也可能产生多种解释的时候，在这样的情况下，作品该处便可称之为朦胧。（［英］威廉·燕卜荪：《朦胧的七种类型》第二版序言，周邦宪等译，中国美术学院出版社 1996 年版，第 4 页）

5. 结合具体实例谈谈你对文学性质的理解。

（1）答题要点

首先，文学作为一种社会意识形态，具有认识性、倾向性和实践性等特征。其次，文学作为审美艺术的特征，主要体现为情感性、形象性和超越性。

再次，文学作为语言艺术，呈现出间接性、精神性和蕴藉性等特性。

（2）引述或案例提示

回答本问题需要的经典理论论述，参见以上4道题的“引述或案例提示”，可以视情况选用。本问题还要求结合具体实例来回答，答题者可根据自己熟悉的文学作品来自由举例，只要所举例子恰当且具有说服力即可。

五、阅读书目

1. 陆梅林辑注：《马克思　恩格斯论文学与艺术》，人民文学出版社1983年版。该著作“上编”包括“科学的世界观和方法论”“艺术发展论”“美·美感·艺术”“创作和批评”“文学艺术和无产阶级”五辑内容，分别辑注了马克思、恩格斯有关文艺问题的一些基本理论论述和观点，有助于加强对文学的意识形态性质、社会作用及其发生发展规律性的认识和理解。

2. ［英］雷蒙德·威廉斯：《马克思主义与文学》，王尔勃、周莉译，河南大学出版社2008年版。该著以马克思主义与文学的关系为基本理论构架，分为三部分：第一部分讨论并分析了“文化”“语言”“文学”和“意识形态”四个基本概念；第二部分分析探讨了文化理论的关键性概念，包括“基础与上层建筑”“决定”“生产力”“从反映到中介”“典型化与同构”“霸权”“传统、习俗机构与构型”“主导、残余与新兴”“感觉结构”“文化社会学”等；第三部分深入探讨了“写作的多样性”“审美情境与其他情境”“从媒介到社会实践”“符号与标写”“惯例”“体裁”“形式”“作者”“立场与党性”“创作实践”等文学理论概念。该著重点考察了马克思主义对这些概念的运用，也注意将它们置于更广阔的发展中，考察其中一些要素的变化，关注不同形式的马克思主义与其他思潮之间的相互作用，有助于拓展对马克思主义文学理论基本问题尤其是文学性质问题的理解。

3. ［法］萨特：《什么是文学?》，《萨特文论选》，施康强选译，人民文学出版社1991年版。该著分为“什么是写作?”“为什么写作?”“为谁写作?”“1947年作家的处境”四部分，全面阐释了萨特的存在主义文学理论。萨特反对形式主义、“为艺术而艺术的”观点，提出文学应当介入社会生活的理论主张。萨特的这一理论有助于理解文学的功用以及文学的实践性特征。

4. ［德］康德：《美的分析论》，《判断力批判》，邓晓芒译，人民出版社2002年版。在《美的分析论》中，康德从质、量、关系、模态四个契机全面分析了鉴赏判断的性质，论述了审美活动的无功利性与情感性特征，阐释了审美活动既具有个体性、主观性又具有普遍性、必然性的特性。这些论述有助于理解文学的审美属性。

5. ［德］黑格尔：《美学》第3卷下册，朱光潜译，商务印书馆1981年版。该书集中探讨了作为浪漫型艺术的诗（文学），分为序论、诗的艺术作品与散文的艺术作品的区别、诗的表现、诗的分类四部分。黑格尔在该书中强调了诗的精神性特征，将诗视为艺术发展的最高阶段。该书能够帮助读者认识文学作为语言艺术的间接性、精神性等特性。

6. ［英］威廉·燕卜荪：《朦胧的七种类型》，周邦宪等译，中国美术学院出版社1996年版。该书集中探讨了文学语言在表意方面的朦胧（也译为含混）现象，它结合大量文学文本，对朦胧的七种类型进行了非常详细的分析。该书有助于认识文学作为语言艺术所具有的蕴藉性特征。

六、试题库

试 题 I

一、填空题（每小题1分）

1. 文学艺术不同于以法律的和政治的设施等形式而存在的上层建筑，而是________。

2. 文学对社会生活的认识属于马克思所说的________掌握世界的方式。

3. ________指出：“艺术的作品不是叙述，而是用形象、图画来描写现实。”

4. 文学语言在表现形象上的________，使文学艺术形象具有较多的不确定性。

二、单选题（每小题1分）

1. “作为观念形态的文艺作品，都是一定的社会生活在人类头脑中的反映的产物。”这段话出自（　　）。

A.《恩格斯致玛格丽特·哈克奈斯（1888年4月初）》

B.《列夫·托尔斯泰是俄国革命的镜子》

C.《新民主主义论》

D.《在延安文艺座谈会上的讲话》

2.（　　）说：“文学把你投入战斗；写作，这是某种要求自由的方式；

一旦你开始写作，不管你愿意不愿意，你已经介入了。”

A. 列宁　　B. 萨特

C. 高尔基　　D. 胡风

3. “夫诗有别材，非关书也；诗有别趣，非关理也。”这段话出自（　　）。

A.《诗式》　　B.《二十四诗品》

C.《沧浪诗话》　　D.《姜斋诗话》

4. 恩格斯在《致明娜·考茨基（1885年11月26日）》的信中指出：“我决不反对（　　）本身。……可是我认为，倾向应当从场面和情节中自然而然地流露出来，而无须特别把它指点出来；同时我认为，作者不必把他所描写的社会冲突的历史的未来的解决办法硬塞给读者。”

A. 政治倾向　　B. 文学倾向

C. 倾向性　　D. 倾向诗

5.（　　）认为，小说家重要的才能之一，在于把人物内心深处的精神状态活灵活现地表现出来，以便揭示“心理过程本身，心理过程的形式，心理过程的规律，用明确的术语来表达，这就是心灵的辩证法”。

A. 别林斯基　　B. 车尔尼雪夫斯基

C. 杜勃罗留波夫　　D. 列夫·托尔斯泰

6.（　　）曾以“朦胧”（也译为“含混”）解释蕴藉现象：“当我们感到作者所指的东西并不清楚明了，同时，即使对原文没有误解也可能产生多种解释的时候，在这样的情况下，作品该处便可称之为朦胧。”

A. 威廉·燕卜荪　　B. 韦勒克

C. 雅各布森　　D. 索绪尔

三、多选题（每小题2分）

1. 马克思主义文学理论以唯物史观为基础，融合古今中外文学研究的优秀成果，从(　　)等方面，深刻揭示了文学的基本性质。

A. 社会意识形态　　B. 审美

C. 政治　　D. 语言

2. 文学的政治和思想倾向性主要与两个因素有关：一是（　　），二是（　　）。

A. 作家所具有的特定的阶级立场、思想感情和价值取向

B. 作家的童年期经历

C. 社会生活所包含的政治和思想内容

D. 作家的文学经验与审美趣味

3. 文学作为审美艺术的特征，主要体现为（　　）。

A. 情感性　　B. 形象性

C. 思想性　　D. 超越性

4. 勃兰兑斯认为，任何事物都可以从三方面去看——（　　），由此形成对事物的三种态度和评价。

A. 实用的角度　　B. 政治的角度

C. 科学的角度　　D. 美学的角度

5. 在黑格尔看来，浪漫型艺术主要包括（　　）等艺术门类。

A. 建筑　　B. 绘画

C. 音乐　　D. 诗

四、名词解释（每小题 4 分）

1. 社会意识形态

2. 文学的倾向性

3. “别材”与“别趣”

4. 文学的间接性

五、辨析题（每小题 4 分）

1. 较之于法律的和政治的意识形态，文学艺术与经济基础的距离较远。

2. 文学要发挥其社会意识形态作用，不能回避描写社会的重要矛盾冲突，就必须把社会关系的一切方面都铺展出来。

3. 美是某种外在于人的客观自然之物。

4. 黑格尔认为，诗（文学）是最具有精神性因而也是最高的艺术。

六、简答题（每小题 6 分）

1. 简述文学的真实性与倾向性的关系。

2. 简述文学的形象性特征。

3. 简述文学对人与自然关系的超越。

七、论述题（每小题 15 分）

1. 恩格斯指出：“政治、法、哲学、宗教、文学、艺术等等的发展是以经济发展为基础的。但是，它们又都互相作用并对经济基础发生作用。这并不是说，只有经济状况才是原因，才是积极的，其余一切都不过是消极的结果，而是说，这是在归根到底不断为自己开辟道路的经济必然性的基础上的相互作用。”结合这段话，谈谈你对文学与经济发展、社会实践之间关系的理解。

2. 论述文学审美活动的基本特征。

参考答案

一、填空题

1. 观念上层建筑（意识形态/社会意识形态）

2. 艺术

3. 高尔基

4. 间接性

二、单选题

1	2	3	4	5	6
D	B	C	D	B	A

三、多选题

1	2	3	4	5
ABD	AC	ABD	ACD	BCD

四、名词解释

1. 社会意识形态是指与一定的经济基础相适应的“观念上层建筑”，包括法律、政治、宗教、哲学、文学、艺术等多种不同的形式。(2 分) 法律的和政治的意识形态，与经济基础的距离较近，并且多以理性逻辑的方式表达思想观念。文学艺术与经济基础的距离较远，往往以感性审美的方式呈现于人。(2 分)

2. 文学的倾向性，是指文学在反映特定社会生活时表现或流露出来的价值取向。(2 分) 它是作家一定的世界观、人生观、价值观自觉不自觉的显现，包括政治、思想、道德、宗教等倾向。(1 分) 政治和思想倾向性是文学倾向性的主要体现。(1 分)

3. “别材”与“别趣”是我国宋代诗论家严羽在《沧浪诗话》中提出的诗学术语。(1 分) 严羽认为文学与抽象的书本知识和理性观念无关，需要一种“别材”和“别趣”。(1 分) “别材”和“别趣”是指文学作品中具有审美性质的特殊内容和趣味。(2 分)

4. 文学的间接性，又可称为非直观性，是指文学不能像绘画、舞蹈、戏剧、影视艺术等其他艺术门类那样直接模拟呈现现实世界的物象、声音、行动与事件等（2 分），而必须通过语言符号在头脑里展开想象和联想，从而间接地加以呈现（2 分）。

五、辨析题

1. 正确。（2 分）较之于法律的和政治的意识形态，文学艺术属于“更高地悬浮于空中的意识形态的领域”，与经济基础距离较远，其对于经济基础的认识反映和反作用往往要通过其他意识形态和社会心理等中间环节。（2 分）

2. 错误。（2 分）文学要发挥其社会意识形态作用，不能回避描写社会的重要矛盾冲突，但这并不是要求文学成为社会重大题材的意识形态宣言，也不是要求文学把社会关系的一切方面都铺展出来，而是要求文学以独特的艺术形象描绘出社会生活的整体关系与情状，帮助人们认识社会历史的真实面貌。（2 分）

3. 错误。（2 分）美不是某种外在于人的客观自然之物，它只能存在于人类各种具体的审美活动之中，是人在审美活动中对审美对象的一种价值判断。（2 分）

4. 正确。（2 分）黑格尔依据诗（文学）是用语言这种精神性的媒介传达精神性的内容这一点，将其视为最具有精神性因而也是最高的艺术。（2 分）

六、简答题

1. 文学具有政治和思想倾向性，但是文学并不能因此变成时代政治的概念化的宣传工具。（2 分）文学的政治和思想倾向性应该以符合艺术规律的形式体现出来，应该建立在文学真实性基础之上。（2 分）文学的真实性是指文学要真实、生动、具体地反映社会生活的本来面目，并艺术地揭示社会生活的某些本质规律和特性。（1 分）只有把倾向性与真实性统一起来，才能创造出成功的文学作品。（1 分）

2. 文学的形象性，是指文学创造具体生动的艺术形象以反映社会生活的特性。（2 分）形象性是文学艺术之美的重要体现。文学之所以美，很重要的一点在于它的形象可感性。（2 分）与大量的日常形体和人工图形相比，文学形象是有创造性、有生气、有意蕴的形象。（2 分）

3. 文学的超越性首先表现为通过想象等文学手段实现对人与自然关系的精神超越。人本来是自然的一部分，不得不受制于自然的规律，但文学可以使人在审美的瞬间暂时超越自然规律的束缚，达到心灵自由的境界。（3 分）这种超越主要体现为三点：人在文学中能动地刻画自然并表达自身感受（1 分）；人在文学中借助想象和幻想实现对自然状况的精神超越（1 分）；人在文学中同自然结为知己（1 分）。

七、论述题

1. 恩格斯这段话表明，他在强调历史过程中的决定性因素归根到底是现实生活的生产和再生产的同时，也反对将经济因素当作唯一的决定性因素，认为这是对唯物史观的歪曲。(3 分)

结合恩格斯这段话，我们认为，文学与经济发展、社会实践之间存在着深刻而复杂的辩证关系。（3 分）一方面，文学是在以经济为基础的社会生活之中发展起来的。纵观中外文学的发展历史，各个民族、各个时代的文学创作之所以具有不同的思想内容和风格特点，正是由其各不相同的社会生活实践所造成的。(3 分）另一方面，文学与其他意识形态之间具有相互作用的关系，以此给予其他意识形态和社会心理的发展以重要影响，并借此给予经济和社会发展以能动作用。(3 分)

文学对经济发展和社会变革的影响，体现出文学的实践性特征，即文学反映社会实践而又通过影响读者心灵而能动地作用于其社会实践行为的特性。(3 分)

2. 情感性是文学审美活动的基本特征。（2 分）审美是人类特有的活动。美从根本上说是事物的一种价值属性，反映的是对象与主体之间的一种价值关系。因此，美不是某种外在于人的客观自然之物，只能存在于人类各种具体的审美活动之中，是人在审美活动中对审美对象的一种价值判断。这种价值判断，从审美主体方面来看，主要体现为情感评价。(2 分)

与实用价值评价、科学价值评价相比，审美价值评价有三个特征：第一，审美是一种非实用而又使人产生情感愉悦的活动。审美活动关注的不是审美对象可供消费和利用的物质性和材料性，而是其外在的形式和表象。（2 分）第二，审美是一种非概念而又能引起情感与认知的自由协调运动的过程。(2 分)第三，审美是一种个体的同时又可以普遍传达和交流的内心情感体验。对任何事物的审美评价都必须由一个个具体的审美主体完成，因此审美具有鲜明的个体特征，表现为每一个审美主体独特的情感体验；但是又因为审美活动具有非功利和非实用的特征，所以审美感受可以跨越人际关系的障碍而实现自由传达和交流，在社会群体中产生共鸣，具有广泛的社会性。（2分）当然，不能孤立地看审美价值评价的上述特征，而需要同社会实践联系起来考察。在马克思主义看来，个体的审美价值评价归根到底同他所处的实际社会生活状况密切相关，并受到实际利益需求或直接或隐秘的推动。（2分）

由审美价值评价的上述特征可以看出，情感构成了审美活动的心理基础。文学的主要目的是表达情感、以情动人。情感因素在文学中具有主导性质，因此，情感性成为文学作为审美艺术的重要特征。（3分）

试　题　Ⅱ

一、填空题（每小题1分）

1. 不同于法律、政治等多以理性逻辑方式表达思想观念，文学艺术则往往以________的方式呈示于人。

2. 在社会主义社会，文学的政治和思想倾向性更多地表现在对待________的态度上。

3. ________说："感性观照的形式是艺术的特征，因为艺术是用感性形象化的方式把真实呈现于意识。"

4. "语言是思想的________"这一特点，给文学带来了其他艺术难以比拟的精神深刻性。

二、单选题（每小题1分）

1. （　　）在论述诗之"兴""观"的关系时说："于所兴而可观，其兴也深；于所观而可兴，其观也审。"

A. 钟嵘　　B. 司空图
C. 严羽　　D. 王夫之

2. （　　）是文学倾向性的主要体现。

A. 道德倾向性　　B. 宗教倾向性
C. 政治和思想倾向性　　D. 审美倾向性

3. （　　）指出："过去的文艺作品不是源而是流，是古人和外国人根据他们彼时彼地所得到的人民生活中的文学艺术原料创造出来的东西。"

A. 列宁　　B. 毛泽东
C. 邓小平　　D. 习近平

4. "若乃春风春鸟，秋月秋蝉，夏云暑雨，冬月祁寒，斯四候之感诸诗者也。嘉会寄诗以亲，离群托诗以怨。……凡斯种种，感荡心灵，非陈诗何以展其义，非长歌何以骋其情？”这段话出自（　　）。

A. 《诗大序》　　B. 《诗品序》

C. 《二十四诗品》　　D. 《姜斋诗话》

5. （　　）认为：“诗指示出自然界的各种秘密，企图用形象来解决它们；哲学指示出理性的各种秘密，企图用文字来解决它们。”

A. 歌德　　B. 黑格尔

C. 别林斯基　　D. 高尔基

6. （　　）以“文外之重旨”“义生文外”“余味曲包”等词语来界定文学之“隐”，揭示出文学具有韵味无穷而含义丰富的蕴藉性。

A. 钟嵘　　B. 司空图

C. 刘勰　　D. 皎然

三、多选题（每小题 2 分）

1. 文学的实践性主要体现为（　　）。

A. 文学对文学理论的影响

B. 文学对政治实践的影响

C. 文学对经济、社会变革的影响

D. 文学对人的精神和观念的影响

2. 审美评价的特征主要有（　　）。

A. 审美是一种非实用而又使人产生情感愉悦的活动

B. 审美是一种非概念而又能引起情感与认知的自由协调运动的过程

C. 审美是一种具有客观标准的活动

D. 审美是一种个体的同时又可以普遍传达和交流的内心情感体验

3. 意识形态的形式主要包括（　　）或哲学的。

A. 法律的　　B. 政治的

C. 宗教的　　D. 艺术的

4. 苏珊·朗格指出，艺术品“是由（　　）转化成的可见的或可听的（　　）”。

A. 思想　　B. 情感

C. 形象　　D. 形式

5. 高尔基强调，“艺术的作品不是叙述，而是用（　　）、（　　）来描写现实”。

A. 人物　　B. 形象

C. 图画　　D. 语言

四、名词解释（每小题 4 分）

1. 文学的真实性

2. 情理交融

3. 文学的超越性

4. 浪漫型艺术

五、辨析题（每小题 4 分）

1. 在现实社会中，巴尔扎克是一位“保皇派”，他的阶级立场属于封建贵族，因而他在文学作品中对资产阶级必然战胜封建贵族这一历史发展趋势缺乏清醒的认识。

2. 情感因素在文学中具有主导性质，因此，情感性成为文学作为审美艺术的重要特征。

3. 中国古人常用“诗中有画”称赞某人的诗作，这既肯定了文学语言描绘画面或形象的能力，又肯定了文学在画面或形象呈现方面完全可以和绘画相媲美。

4. 现实主义文学虽然善于刻画社会生活环境，但在展示人物精神世界的丰富性和微妙性方面存在不足。

六、简答题（每小题 6 分）

1. 为什么说文学是对社会生活的整体性掌握？

2. 简述文学的实践性特征。

3. 简述文学的精神性特征。

七、论述题（每小题 15 分）

1. 谈谈你对文学的倾向性的理解。

2. 俄罗斯文学理论家瓦·叶·哈利泽夫在《文学学导论》中指出：“有别于绘画、雕塑、舞台和屏幕的画面，语言画面（语词描绘）是非物质性的。也就是说，文学中存在形象（物象），但却不是那种直接呈现的直观图像。”这段话主要讲述的是文学的何种性质？这种性质对文学产生了怎样的影响？

参考答案

一、填空题

1. 感性审美

2. 人民

3. 黑格尔

4. 直接现实

二、单选题

1	2	3	4	5	6
D	C	B	B	A	C

三、多选题

1	2	3	4	5
BCD	ABD	ABCD	BD	BC

四、名词解释

1. 文学的真实性是指文学要真实、生动、具体地反映社会生活的本来面目，并艺术地揭示社会生活的某些本质规律和特性。（3 分）真实性是伟大文学作品的重要品质。（1 分）

2. 审美艺术是人类在一定思想观念指导下的创造活动，其中既表现了创造者的感性直观和情感体验，也融合了创造者的知性认识和理性观念，因此是直观与认识、情感与理性的相互统一。（2 分）在文学中，情感与理性的统一应遵循文学创作的特殊规律，不是简单拼凑和机械相加，而应该达到水乳交融、浑然无间的状态。（2 分）

3. 文学的超越性，是指文学通过艺术想象和审美理想提升人的精神境界、获得心灵自由的特性。（2 分）这种心灵自由的状态具体表现为对人与自然、人与社会现实关系以及自我的超越。（2 分）

4. 黑格尔将人类艺术划分为象征型、古典型和浪漫型三种历史类型。（1 分）他认为，与象征型艺术和古典型艺术相比，浪漫型艺术是精神已经溢出物质形式的艺术形态。（2 分）浪漫型艺术主要包括绘画、音乐、诗等艺术门类。（1 分）

五、辨析题

1. 错误。（2 分）在现实社会中，巴尔扎克是一位“保皇派”，他的阶级立场属于封建贵族，但强烈的现实主义精神，促使巴尔扎克在文学作品中对资产阶级必然战胜封建贵族这一历史发展趋势有着十分清醒的认识。（2 分）

2. 正确。（2 分）情感构成了审美活动的心理基础。文学作为审美艺术，其主要目的是表达情感、以情动人。情感因素在文学中具有主导性质，因此，情感性成为文学作为审美艺术的重要特征。(2 分)

3. 错误。(2 分）中国古人常用“诗中有画”称赞某人的诗作，这一方面肯定了文学语言描绘画面或形象的能力，另一方面又承认文学在表现画面或形象方面应该以绘画为榜样，但在画面或形象呈现方面又很难真正企及绘画。(2 分)

4. 错误。(2 分）现实主义文学的精神不仅表现在刻画社会生活环境上，而且还表现在可以把人物精神世界的丰富性和微妙性高度传神地展示出来。在文学创作中，作家往往灵活运用各种修辞方法，通过外貌描写、神态描写、心理描写、动作描写、环境描写等，同时借助幻想、梦境、变形等手段，赋予文学形象十分丰富复杂而又深刻微妙的精神内涵。(2 分)

六、简答题

1. 文学对社会生活的认识属于马克思所说的艺术掌握世界的方式。(2 分)这种认识和掌握世界的方式往往能够超越一般意识形态反映生活过于抽象、曲折的局限，对社会生活情状进行真切、丰富、完整的反映。(2 分）但这并不意味着文学要把社会关系的一切方面都铺展出来，文学以独特的艺术形象描绘出社会生活的整体关系与情状，能够帮助人们认识社会历史的真实面貌。(2 分)

2. 文学的实践性，是指文学反映社会实践而又通过影响读者心灵而能动地作用于其社会实践行为的特性。（3 分）文学的实践性主要体现为三个方面。第一，文学对政治实践的影响。相对于对经济基础的作用而言，文学对政治实践的影响更为直接。（1 分）第二，文学也给予经济和社会发展以能动影响。(1 分）第三，文学能对个人精神生活的养成和心灵世界的成长产生潜移默化的影响。(1 分)

3. 文学的精神性，是指文学具有通过语言符号传达人类精神的丰富性和深刻性的特性。(2 分）“语言是思想的直接现实”这一特点，给文学带来了其他艺术难以比拟的精神深刻性。造型艺术可以通过对神情和形体的描绘表现人物的心灵，但是没有文学对心理的描写直接；音乐可以运用旋律和节奏直接表现心灵的情感状态，但是很难达到文学刻画心灵的细致具体。（2 分）文学的精神性充分体现在文学作品的心理描写之中。借助语言，文学可以将人们所能体会和认识到的各种心理活动描述出来。(2 分)

七、论述题

1. 文学的倾向性，是指文学在反映特定社会生活时表现或流露出来的价值取向。它是作家一定的世界观、人生观、价值观自觉不自觉的显现，包括政治、思想、道德、宗教等倾向。(4 分)

政治和思想倾向性是文学倾向性的主要体现。文学的政治和思想倾向性主要与两个因素有关：一是作家所具有的特定的阶级立场、思想感情和价值取向，二是社会生活所包含的政治和思想内容。文学在反映社会生活时，总会以不同方式表现与政治的联系，文学总是或隐或显地具有一定的政治和思想倾向。(4 分)

政治和思想倾向性是文学的一种较为普遍的属性。马克思主义创始人明确肯定了文学的政治和思想倾向性。在阶级社会中，文学的政治和思想倾向性很大程度上表现为阶级性。在社会主义社会，文学的政治和思想倾向性更多地表现在对待人民的态度上。(3 分)

文学的政治和思想倾向性必须与文学的真实性相统一。文学具有政治和思想倾向性，但是文学并不能因此变成时代政治的概念化的宣传工具。文学的政治和思想倾向性应该以符合艺术规律的形式体现出来，应该建立在文学真实性基础之上。文学的真实性是指文学要真实、生动、具体地反映社会生活的本来面目，并艺术地揭示社会生活的某些本质规律和特性。只有把倾向性与真实性统一起来，才能创造出成功的文学作品。(4 分)

2. 瓦・叶・哈利泽夫的这段话主要讲述的是文学在形象上的间接性特征。文学的间接性，又可称为非直观性，是指文学不能像绘画、舞蹈、戏剧、影视艺术等其他艺术门类那样直接模拟呈现现实世界的物象、声音、行动与事件等，而必须通过语言符号在头脑里展开想象和联想，从而间接地加以呈现。(3 分) 文学能够描绘事物的形貌，但总不如绘画、雕塑和舞蹈等直观可感；能够描摹事物的声音，但总不及音乐丰富真切；能够描述人物的行动和事件的发展，但无法达到戏剧和影视的生动逼真。文学的间接性与语言媒介的非直观性密切相关。(2 分)

文学语言在表现形象上的间接性，使文学艺术形象具有较多的不确定性。(1 分) 人们在许多优秀的文学作品中，认识了无数鲜明生动的人物形象，欣赏过各种各样的社会场景和自然景物，体验过形形色色的故事情节，但还是希望通过影视等视听艺术获得更直观的艺术感受。(2 分) 其中一个重要原因，就是影视等大众艺术形式能够创造出比文学形象更加直观、明确的艺术形象，更大程度地满足人们审美感官的需要，以及形成更大量受众的同时观赏、交流和共鸣效应。小说需要插图，诗歌适合配画，剧本有待演出，都表明了这个道理。(2 分)

当然，文学形象的间接性也可以为读者插上纵情想象或幻想的翅膀，留下更加自由的创造空间。(2 分) 当读者在脑海里把一首诗歌、一部小说或一篇散文的语言符号转化为文学形象时，可以依据自身的生活经验和艺术趣味，再造出无数带有读者个性色彩的或大同小异、或迥然有别的具体形象。(3 分)

试　题　Ⅲ

一、填空题（每小题 1 分）

1. 马克思主义文学理论以________为理论基础，融合古今中外文学研究的优秀成果，从社会意识形态、审美和语言等方面，深刻揭示了文学的基本性质。

2. 严羽指出："诗者，吟咏________也。盛唐诸人惟在兴趣，羚羊挂角，无迹可求。"

3. 文学的间接性，又可称为________，是指文学不能像绘画、舞蹈、戏剧、影视艺术等其他艺术门类那样直接模拟呈现现实世界的物象、声音、行动与事件等，而必须通过语言符号在头脑里展开想象和联想，从而间接地加以呈现。

4. 法律、政治等多以理性逻辑方式表达思想观念，恩格斯称之为"________的意识形态"。

二、单选题（每小题 1 分）

1. "精骛八极，心游万仞"出自（　　）。

A.《诗品》　　B.《文心雕龙》

C.《沧浪诗话》　　D.《文赋》

2.（　　）将文学的蕴藉性表述为"言有尽而意无穷"。

A. 陆机　　B. 曹丕

C. 严羽　　D. 刘勰

3.（　　）认为："从历史和美学的观点来看，'无倾向性的''真正的'艺术是一种神话。……在最理想的美学体系中，要求为社会利益和人民利益服务的倾向，被看作是艺术的神圣职责。"

A. 马克思　　B. 恩格斯

C. 列宁　　D. 卡尔·李卜克内西

4.（　　）说：“文艺是国民精神所发的火光，同时也是引导国民精神的前途的灯火。这是互为因果的，正如麻油从芝麻榨出，但以浸芝麻，就使它更油。”

A. 巴金　　B. 郭沫若

C. 鲁迅　　D. 胡风

5. 作为文学的媒介，语言深刻、全面地影响着文学活动的每一个环节，使文学呈现出有别于其他艺术的间接性、（　　）和蕴藉性特征。

A. 形象性　　B. 超越性

C. 精神性　　D. 认识性

6.（　　）认为，与象征型艺术和古典型艺术相比，浪漫型艺术是精神已经溢出物质形式的艺术形态。

A. 雨果　　B. 黑格尔

C. 席勒　　D. 雪莱

三、多选题（每小题 2 分）

1. 文学作为一种社会意识形态，是作家在社会生活中依据一定的立场、观点和方法所进行的艺术创造，具有（　　）等特征。

A. 认识性　　B. 倾向性

C. 超越性　　D. 实践性

2. 毛泽东指出：“在现在世界上，一切文化或文学艺术都是属于一定的阶级，属于一定的政治路线的。（　　）和政治并行或互相独立的艺术，实际上是不存在的。”

A. 为艺术的艺术　　B. 形式主义的艺术

C. 抽象主义的艺术　　D. 超阶级的艺术

3. 恩格斯指出，文学作品的“倾向应当从（　　）和（　　）中自然而然地流露出来，而无须特别把它指点出来”。

A. 场面　　B. 形象

C. 情节　　D. 情感

4. 罗兰·巴特认为，因为文本结构中存在（　　）与（　　）两个相异的系统，所以造成文学文本的复义效果。

A. 直接意指　　B. 含蓄意指

C. 能指　　D. 所指

5. 文学情感性的具体表现形态多样：(　　)。

A. 可以是对美好事物的由衷向往和赞美

B. 可以是对丑恶现象的无情暴露和批判

C. 可以是对崇高力量和精神的礼拜和敬仰

D. 可以是对卑下者的鄙夷和唾弃

四、名词解释（每小题 4 分）

1. 莎士比亚化

2. 诗中有画

3. 不涉理路，不落言筌

4. 朦胧

五、辨析题（每小题 4 分）

1. 恩格斯认为，历史过程中的决定性因素归根到底是社会的生产和再生产，因此他将经济因素当作唯一的决定性因素。

2. 审美具有鲜明的个性化和主观化特征，所以不具有普遍性和社会交流性。

3. 审美价值评价的表面的非实用中，实际上隐伏着功利考虑。

4. 文学以语言为媒介，语言具有表意的准确性和明晰性，所以文学的意义明晰而确定。

六、简答题（每小题 6 分）

1. 为什么说文学既具有一般意识形态的共通性，又具有自身的特殊性？

2. 简述文学的认识性特征。

3. 简述文学的蕴藉性特征。

七、论述题（每小题 15 分）

1. 比较文学形象与各种日常形体和人工图形的区别。

2. 文学是语言的艺术，请结合语言的特性谈谈你对文学特征的理解。

参考答案

一、填空题

1. 唯物史观（或历史唯物主义）

2. 情性

3. 非直观性

4. 纯粹抽象

二、单选题

1	2	3	4	5	6
D	C	D	C	C	B

三、多选题

1	2	3	4	5
ABD	AD	AC	AB	ABCD

四、名词解释

1. 马克思在致斐·拉萨尔的信中认为，文学作品应该“更加莎士比亚化”，而不能“席勒式地把个人变成时代精神的单纯的传声筒”。(2分)“莎士比亚化”指的是文学的政治和思想倾向性应该以符合艺术规律的形式体现出来，应该建立在文学真实性基础之上。(2分)

2. 苏轼在《东坡题跋·书摩诘〈蓝田烟雨图〉》中指出：“味摩诘之诗，诗中有画；观摩诘之画，画中有诗。”“诗中有画”一般用来形容长于描写景物的诗，使读者如置身图画当中。（2分）从文学理论的角度来讲，文学语言具有描绘画面或形象的能力，另一方面，文学在表现画面或形象方面应该以绘画为榜样，但在画面或形象呈现方面又很难真正企及绘画，总不如绘画直观可感。(2分)

3. 这是宋代诗论家严羽在《沧浪诗话》中提出的主张。(2分）所谓“不涉理路，不落言筌”，即要求在诗与文学的创作中，知识和理性应当不着痕迹地融化在“情性”之中，如“羚羊挂角，无迹可求”，形成一种情理交融的“兴趣”，使作品具有一种似实而虚、言近意远的空灵蕴藉之美。(2分)

4. “朦胧”是英国批评家威廉·燕卜荪提出的概念，用来解释文学的蕴藉现象，也译为含混。（2分）他说：“当我们感到作者所指的东西并不清楚明了，同时，即使对原文没有误解也可能产生多种解释的时候，在这样的情况下，作品该处便可称之为朦胧。”(2分)

五、辨析题

1. 错误。(2分）恩格斯在强调历史过程中的决定性因素归根到底是现实生活的生产和再生产的同时，也反对将经济因素当作唯一的决定性因素，认为这是对唯物史观的歪曲。恩格斯指出，文学艺术等各种意识形态之间也都互相作用并对经济基础产生作用。(2 分)

2. 错误。(2 分) 审美是一种个体的同时又可以普遍传达和交流的内心情感体验。对任何事物的审美评价都必须由一个个具体的审美主体完成，因此审美具有鲜明的个体特征，表现为每一个审美主体独特的情感体验；但是又因为审美活动具有非功利和非实用的特征，所以审美感受可以跨越人际关系的障碍而实现自由传达和交流，在社会群体中产生共鸣，具有广泛的社会性。(2 分)

3. 正确。(2 分) 在马克思主义看来，个体的审美价值评价归根到底同他所处的实际社会生活状况密切相关，并受到实际利益需求或直接或隐秘的推动。审美价值评价的表面的非实用中，实际上隐伏着功利考虑，也就是鲁迅所说的“不用之用”。(2 分)

4. 错误。(2 分) 文学以语言为媒介，与其他艺术表现符号相比，语言的表现具有明显的非直观性。因此，文学的意味或者说文本的内在蕴含往往具有复义性、多样性、含混性。(2 分)

六、简答题

1. 根据唯物史观的观点，文学属于社会意识形态，和意识形态的其他形式一样，都是观念上层建筑，在根本上受社会存在、经济基础的制约，同时也会对社会存在、经济基础产生能动的作用。因此，文学具有一般意识形态的共通性质。(3 分) 同时，文学还具有自身的特殊性。较之于法律的和政治的意识形态，文学艺术属于“更高地悬浮于空中的意识形态的领域”，与经济基础的距离较远。与法律、政治等多以理性逻辑方式表达思想观念不同，文学艺术往往以感性审美的方式呈示于人。(3 分)

2. 文学的认识性，是指文学帮助人们认识自然、社会和精神世界的特性。文学通过创造艺术形象，以不同于科学和逻辑的方式反映社会生活。(3 分) 首先，文学是客观世界在作家主观世界中反映的产物。(1 分) 其次，文学作品蕴含着作家对社会生活的认识。(1 分) 再次，文学是对社会生活的整体性掌握。文学对社会生活的认识属于马克思所说的艺术掌握世界的方式。这种认识和掌握世界的方式往往能够超越一般意识形态反映生活过于抽象、曲折的局限，对社会生活情状进行真切、丰富、完整的反映。(1 分)

3. 文学的蕴藉性，是指文学具有在富有艺术意味的语言符号运用中含而不露地表达深长意味的特性。（2 分）中外优秀作家的一个共同特征，就是能够充分发挥语言符号的审美表现潜力，在有限的语言符号中含蓄而不直露地表达主观情志与生命之思，而且其表达的意味或者说文本的内在蕴含往往又是具有复义性、多样性的，难以用直白明晰的语词加以概括，甚至还给人以含混难解的印象。（2 分）文学语言的蕴藉性赋予文学作品耐人寻味的魅力。（2 分）

七、论述题

1. 文学形象的特点在于，它是有创造性、有生气、有意蕴的艺术形象。这一点尤其可以从文学形象与各种日常形体和人工图形的比较中清晰地体现出来。（3 分）

各种日常形体，即社会生活和自然中的真实形象，它们的具体和丰富是任何文学作品都无法比拟的，它们在任何时候都是文学形象的鲜活素材。但与其相比，文学形象作为作家的艺术心灵创造的产物，是具有高度创造性的精神活动的结晶。（2 分）文学形象不仅可以保留现实形象（包括社会形象和自然形象）本身具有的外部特征和情感、智慧、个性、理想等人性内涵，还可以并应该在形象创造中投入作家本人的艺术趣味、情感态度、人格精神和社会理想等。（2 分）因此，文学形象比各种日常形体更集中、更典型，更能体现人类生活和精神的多样性、深刻性和创造性。（2 分）

虽然像教学挂图和科技模型等人工图形比文学形象更加精细逼真，但文学形象有着它们并不具备的内在于形象的鲜活生气和深厚意蕴。（2 分）教学挂图和科技模型是一种纯粹的代替性符号，其目的在于提供准确、客观的知识和信息，因此制作得越逼真越好。但是一幅医学人体教学挂图，即使它逼真到皮肤毛发、肌肉骨骼甚至毛细血管都历历在目，也无法传达人的独特情感、个性和精神。（2 分）文学形象不仅是具体可感的，而且是生动灵活、意蕴丰富的；不仅能够细致再现对象的外部特征，更擅长深入表现对象的精神世界。（2 分）

2. 文学是语言的艺术。作为文学的媒介，语言深刻、全面地影响着文学活动的每一个环节，文学语言的非直观性、思想性、多义性使文学呈现出有别于其他艺术的间接性、精神性和蕴藉性特征。（3 分）

语言的非直观性导致了文学的间接性特征。与其他艺术表现符号相比，语言的表现具有明显的非直观性。绘画、舞蹈等艺术是以形象符号塑造艺术形象的，可以直接作用于作者和接受者的感官。文学则以一种抽象符号即语言文字来表现艺术形象，它不能像绘画、舞蹈、戏剧、影视艺术等其他艺术门类那样直接模拟呈现现实世界的物象、声音、行动与事件等，而必须通过语言符号在头脑里展开想象和联想，从而间接地加以呈现。（2 分）文学语言在表现形象上的间接性，使文学艺术形象具有较多的不确定性，也为读者留下更加自由的再度创造空间。(2 分)

“语言是思想的直接现实”这一特点，给文学带来了其他艺术难以比拟的精神深刻性。文学的精神性充分体现在文学作品的心理描写之中。（2 分）造型艺术可以通过对神情和形体的描绘表现人物的心灵，但是没有文学对心理的描写直接；音乐可以运用旋律和节奏直接表现心灵的情感状态，但是很难达到文学刻画心灵的细致具体。借助语言，文学可以将人们所能体会和认识到的各种心理活动描述出来，能够让读者深切地感受到人类灵魂的每一种存在状态。(2 分)

语言的多义性强化了文学的蕴藉性特征。（1 分）语言在表意方面具有多义性特征，许多优秀的作家充分利用语言的这一特点，在有限的语言符号中含蓄而不直露地表达主观情志与生命之思，其表达的意味或者说文本的内在蕴含往往是复义性、多样的，甚至是含混的。（2 分）蕴藉性赋予文学作品耐人寻味的魅力。(1 分)

第二章　文学的价值与功能

一、内容提要

文学的价值与功能是文学对于人与社会的意义和作用的集中体现。

首先，文学价值是文学作品满足人和社会需要的属性。文学之所以存在，就在于它能够为人们提供独特的精神力量。文学价值既是作家创造的，又需要通过读者阅读接受和再创造去实现，文学价值的生成包括文学价值的创造和文学价值的实现两个重要环节。

文学价值来自作家的创造，是主客观统一的产物。从客观方面讲，文学价值则是根源于生活的价值，植根于社会生活沃土之中，是社会生活价值的集中表现与升华。考察文学价值的生成，必定要追溯到生活价值这个本源上来。从主观方面讲，文学是人类艺术地掌握世界的一种方式，意味着文学活动是对生活价值加以转化和提升。文学价值除了来自表现对象的价值外，还体现了艺术创造活动本身的价值，其中包含着作家对社会生活的感知、认识评价和审美创造。

文学价值的最终实现，是通过读者的阅读和接受完成的。读者的阅读是主动参与的过程，读者的价值观往往会影响对文学作品价值的认识和判断。因此，随着社会的变化和人的审美的变化，人们对文学价值的认识也会发生变化。文学价值既具有客观的和相对不变的特性，又具有随接受者及其阅读语境变化而发生变化的特性。

文学价值多种多样，共同构成一个相互联系和渗透的整体，这既包括文学作品本身价值的多样性，也包括文学作品在读者接受中所显示出的价值多样性与变化性。其中，总有一种价值居于主导地位，成为主导价值。人类社会生活之所以需要文学，就在于文学具有独特的价值。文学的这种独特价值往往体现在真、善、美三个方面，它们的内涵不同却又内在统一，可以给予人们以精神滋养。

其次，关于文学功能。它是文学价值属性的实际反映和体现。文学的功能有很多，但都不是孤立存在的，而是相互联系、相互渗透，具有整体性。其中，文学给予人的认识和教育功能很大。文学的认识功能主要不在于探求客观真理，而在于用艺术的方式实现对人与世界真实关系的把握。因此，不能把文学的认识与哲学、科学的认识混同起来。文学的教育功能在于通过提升和净化人的心灵，起到某种具有现实影响力的实践性功能，它使人向“完整的人”和

"丰富的人"的方向迈进。文学的教育功能必须同文学的其他功能结合起来，潜移默化、润物无声地发生作用。

文学的审美功能和娱乐功能同样是不可或缺的。文学的审美功能是由文学的审美本性决定的，审美是文学最基本的功能。文学的审美功能不仅表现在其他各种功能在内容上都渗透和蕴含着情感体验的审美因素，具有审美的意义与特征，而且表现在其他各项功能都统一于审美，都要以审美为旨归。文学的娱乐功能有助于文学其他功能的实现，但也要防止文学作品的"娱乐过度"。

二、关键词与考点

（一）关键词

1. 文学价值。文学价值是文学作品满足人和社会需要的属性。人们在文学作品中得到心灵的震撼和美的享受，并将这种精神力量用于现实的社会实践。

2. 审美理想。审美理想是指人们在特定社会历史和文化语境中形成的、由个人审美经验和人格境界所肯定的关于美的基本观念和规范。

3. 文学价值的真。文学价值的真是指文学要通过合乎艺术规律的方式，将社会的真实状况、人生的真正面目、作家的真诚体验等表现出来，也就是在认识客观事物的本质和规律的基础上反映真实、表现真情、追求真理。

4. 文学价值的善。文学价值的善是指文学要反映出对生命的尊重，对人性健康发展的追求，对人类和平、幸福的向往，以及对人类与自然和谐关系的珍惜等，也就是在追求真理和进步的过程中与人为善，尊重、理解、关心和爱护人。

5. 文学价值的美。文学价值的美是指文学在真和善相统一的基础上，满足人们对美的追求和需要，给人精神上的愉悦。它通过作家创作和读者接受的过程，具体地体现为语言美、形象美、精神美、意境美和形式美等。

6. 文学功能。文学功能是文学价值属性的实际反映和体现。文学功能存在的内在依据是文学的价值。

7. 文学的认识功能。文学的认识功能是指文学具有帮助人了解一定时代和民族的社会生活状况，获得社会和人生知识，加深对人和社会理解的功能。

8. 文学的教育功能。文学的教育功能是指文学作品具有影响思想情感、净化心灵世界、增强生活勇气和信心的功能。

9. 文学的审美功能。文学的审美功能是指文学具有沟通文学活动中主体与客体的美感和情感交流，使人获得对现实的精神超越，实现审美理想，促进个性和才能的自由而全面发展的功能。

10. 文学的娱乐功能。文学的娱乐功能是指文学可以给人带来身体快适、心情愉悦、精神自由和情欲宣泄的功能。

（二）考点

1. 文学价值及其生成。要求理解文学价值的内涵以及文学价值生成过程中作家的创作和读者的阅读所起的作用。

2. 文学价值与文学评价。要求理解文学评价对文学价值的影响，把握审美理想对于文学价值生成的重要意义。

3. 文学价值的多样性。要求能够结合文学现象理解文学价值的多样性、变化性以及文学经典在价值上的动态稳定性。

4. 文学的主导价值。要求理解文学的主导价值及其在历史上和当代现实中的呈现。

5. 文学的真、善、美价值。要求理解文学的真、善、美的内涵及其在文学活动中的内在关系。

6. 文学的认识功能、教育功能、审美功能、娱乐功能。要求准确理解文学认识功能、教育功能的内涵及其特殊性，把握审美功能、娱乐功能在文学功能系统中的作用与价值。

三、知识点精讲

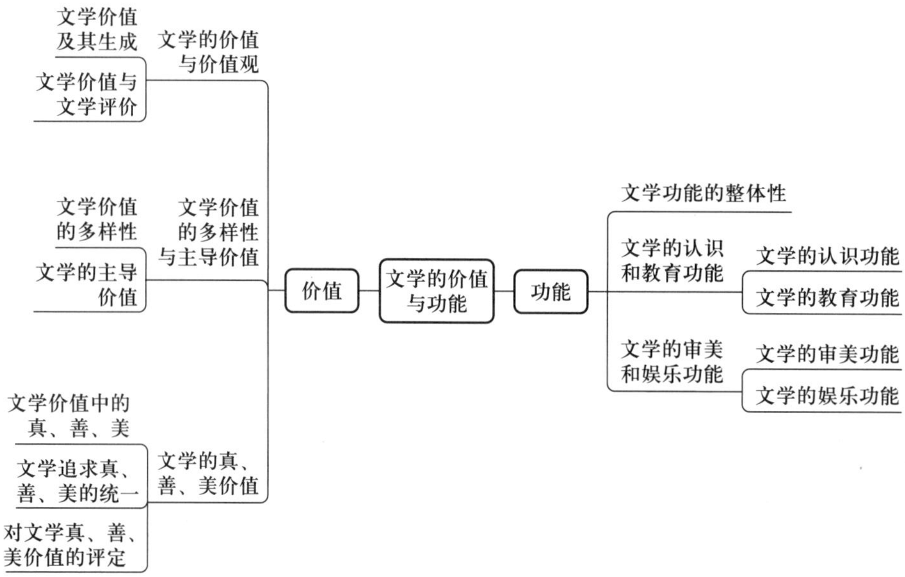

本章知识结构图

本章主要内容是讨论文学价值以及价值的实际表现，即文学功能。重点是文学价值的生成，文学的真、善、美价值及其特殊性，文学功能及其主要的几种类型：认识功能、教育功能、审美功能和娱乐功能等。

1. 文学价值及其生成

价值存在于主客体关系之间，是客体满足主体需要的属性。它不是客体固有的属性，譬如物体的物理属性、化学属性，而是客体与主体的需要相关联的属性，因此不能离开主体的需要抽象地讨论客体的价值。

文学价值是文学作品满足人和社会需要的属性。文学价值既是作家创造的，又需要通过读者的阅读接受和再创造，最终进行一定的思想实践和社会物质实践来完成。因而文学价值的生成包含两个重要环节，即文学价值的创造和文学价值的实现。作家在其创作的作品中，通过对特定社会生活的艺术表现和评价，创造出一定的文学价值；而读者在其对作品的传播和接受过程中，又会根据自身情况对作品所表现的社会生活和作者的价值立场作出自己的选择和评价，这种价值选择进而又会反作用于读者的生活，完成文学价值的实现和再创造。

作家的创造，是主客观统一的产物：从客观方面讲，文学价值则是根源于生活的价值，植根于社会生活沃土之中，是社会生活的价值的集中表现与升华。社会生活丰富多彩，无论是平凡小事还是重大历史事件，都有其特定的意义，都是文学价值的源泉。考察文学价值的生成，必定要追溯到生活价值这个本源上来。白居易在《与元九书》中提出“文章合为时而著，诗歌合为事而作”。这里谈到的“时”和“事”便是生活。白居易的新乐府诗歌、杜甫的“三吏三别”、毛泽东的《长征》、路遥的《平凡的世界》等，讨论这些经典作品的文学价值是一定不能脱离它们所承载生活本身的价值的。并且，历史和现实的事件与现象所具有的生活价值存在一定的差异，事有巨细，义有深浅，那些重大事件与现象所携带的巨大生活价值，往往可以转化为文学作品的内在价值，成为其社会影响力的重要根源。但是，这一说法的前提是必须充分肯定作家的主观创造在文学价值生成中具有不可或缺的作用，否则将陷入机械唯物主义的题材决定论。

从主观方面讲，作家通过文学创造活动对生活价值加以转化和提升，即运用各种语言艺术手段对生活进行表现，使生活价值向艺术价值转化。文学价值包含着作家艺术创造活动本身的价值，这往往是艺术作品价值高低分野的根本原因，其中既体现着作家对社会生活的感知、认识、评价和反思，也体现着作家的审美创造能力。

文学价值的最终实现，是读者通过阅读和接受来实现从文学到实践的转化来完成的。读者在阅读过程中，通过对作品符号的解读进入作品的内在空间，认识到作品所反映的社会生活关系，理解和体验到作者的审美趣味、思想观点和道德立场，赏析作品的艺术手法。读者由此或认识生活，或受到感染与教育，或获得身心愉悦。作品的潜在价值通过阅读接受而成为一种显性的存在。这种对读者主体的改变最终会影响以之为主体的各类实践活动。读者的阅读是主动参与的过程，读者的价值观往往会影响对文学作品价值的认识和判断。在阅读过程中，读者总是以自己的生活经验、审美趣味与文化水准作为“前理解”来感受作品、理解形象，完成文学的“二度创造”。正因为如此，文学价值既具有客观的、相对不变的特性，又具有随接受者及其阅读语境变化而发生变化的特性。

无论是作家的创作还是读者的阅读，在文学活动的各个环节中，不同的主体对文学价值的需求、认识和评价是不一样的。主体的文学观念特别是其中的审美理想对于文学价值的生成有着非常重要的影响。

2. 文学价值的多样性与主导价值

文学具有多种不同的价值，这既包括文学作品本身价值的多样性，也包括文学作品在读者接受中所显示出的价值多样性与变化性。人类社会生活是丰富多彩的，反映社会生活的文学作品也必然是丰富多彩的。这是文学价值多样性的客观依据。文学作品的要素与结构不同，其价值系统也会有相应的差异，诗歌、小说等的价值往往各有偏重。并且，文学价值的选择接受与评判尺度会随着时代的文化变迁和读者需求的变化而发生变化。所以，同一部作品的文学价值在不同时代往往呈现出明显的多样性、变化性和差异性。但同时，也要注意到那些经典作品往往具有价值上的动态稳定性。这种动态稳定性来自经典作品本身所蕴含的价值再创造的强大潜力。

在文学作品多样性价值中总有一种占主导地位的价值。一般来说，文学的思想、伦理、认识等价值常常居于主导地位。“文以载道”是中华民族的优秀传统。历史上，尽管人们对“道”的含义认识不同，但用“文”来承载民族精神和美好理想的愿望是相同的。在当代中国，文学的主导价值是社会主义核心价值。体现当代中国文学的主导价值，首先要倡导正确的文学价值取向，追求以人民为本位的价值导向；其次还要遵循文学自身的规律。这就要坚持文学发展的正确方向和方针，遵循文学发展的艺术规律，在文学价值的多样性中体现主导性，把弘扬主旋律与提倡多样化统一起来。

3. 文学的真、善、美价值

真、善、美是文学的永恒价值，是其独特力量的源泉。文学要通过合乎艺术规律的方式，将社会的真实状况、人生的真正面目、作家的真诚体验等表现出来。也就是要在认识客观事物的本质和规律的基础上反映真实，表现真情，追求真理。这是知、情、意三个相互交织的层面在艺术“求真”中的体现。文学的“求真”，所求的是一种从人的角度逼近生活的真。文学要反映出对生命的尊重，对人性健康发展的追求，对人类和平幸福的向往，以及对人类与自然和谐关系的珍惜等。人的个体生命的维护与尊重、人性的健康完满、人类的和平幸福三个维度所体现出来的文学“求善”的追求，是文学作为人学的核心内容。文学还要在真和善相统一的基础上，满足人们对美的追求和需要，给人精神上的愉悦。它通过作家创作和读者接受的过程，具体地体现为语言美、形象美、精神美、意境美和形式美等。

尽管在文学史上，也出现过不少只强调真、善、美某个方面或两个方面的观点，但文学中的真、善、美三者在本质上应该是一致的，是一个相互联系、渗透的整体。文学的这种价值追求，从根本上说源自人对自由自觉活动价值的追求。

在阶级社会中，各个阶级都对真、善、美持有不同的评价标准，表现为各个阶级的审美观念和欣赏趣味。在马克思主义看来，文学真、善、美的价值评判，不能靠少数人的主观好恶，而要接受广大人民群众的评判，要接受历史、实践的检验，要把人民作为文艺审美的鉴赏家和评判者。

4. 文学的认识功能和教育功能

文学是社会、历史和人生的“百科全书”，是人们获得社会生活知识的重要渠道，能够帮助人们了解一定时代和民族的社会生活状况，获得社会和人生知识，加深对人和社会的理解。通俗地讲，看了文学作品，人们便知道了“别人”的某些生活方式、相关的自然面貌、社会环境以及在此环境中人的生活与命运等，从而引发思考，有所受益。当然，文学的认识功能不同于哲学、科学的认识功能。文学的认识功能主要不在于探求客观真理，而在于用艺术的形式实现对人与世界真实关系的把握。因此，不能把文学的认识与哲学、科学的认识混同起来。文学"认识"有自己的特点，它不是概念化和抽象的。文学所有的知识性因素都含寓于形象与情感深处，比较含蓄、丰富、细腻，须经过品味和思考去感受和体验，而非直接的认知。这种经由品味、思考得到的对人生感悟、社会规律的体认，往往又由于人的阅历不同而呈现多样化，富于开放性，这与哲学和科学的认识所需要的概念的明晰性与确定性是有一定差异的。

文学作品具有影响思想情感、净化心灵世界、增强生活勇气和信心的功能。文学的教育功能，实质上就是一种通过提升和净化人的心灵起到某种具有现实影响力的实践性功能。正是在这一意义上才可以说，文学是疗治社会与心灵的良药，它使人向"完整的人"和"丰富的人"的方向迈进。文学的教育功能表现在道德、伦理、教化、政治、美育、人生等多个方面，在强调文学的教育功能时，应当防止片面性。一方面，文学的教育功能植根于文学与生活之间的内在联系，因此文学的教育功能与文学表现的内容应当是一致的。这里，文学的表现内容的教育意义，既指文学反映和表现的对象本身具有教育意义，也指在其中渗透着的作家的爱憎臧否等思想感情倾向与审美判断具有教育意义。爱国主义教育是文学作品的一个永恒主题。另一方面，文学的教育功能必须同文学的其他功能结合起来，才能更好地发挥积极的作用。

5. 文学的审美和娱乐功能

文学审美功能是由文学的审美本性决定的。由于语言的智慧与韵味、形式的别致与优雅、情感的真挚与动人、形象的杰出与光彩等因素，文学可以让人产生无须经过抽象反思即可获得的、具体而生动的审美感受。因此，文学能够沟通文学活动中主体与客体在感性层面上的交流，使人获得对现实的精神超越，实现审美理想，促进个性和才能的自由而全面发展。

作为一种语言艺术，文学主要是为了满足人的审美需求而存在和发展的，因此，从根本意义上讲，审美是文学最基本的功能。文学的各种功能是相互关联着的，有时相互促进，有时相互冲突，有时则相互转化，共同构成了一个繁复的文学功能系统。其中，文学的审美功能往往发挥更基本、更核心的作用。一方面，文学的审美功能实际上是文学实现其他功能的中介；另一方面，文学的审美功能又是以情感为中心的整体性概念，它是文学各种功能协调统一的重要条件。因此，文学的审美功能不仅表现在其他各种功能在内容上都渗透和蕴含着情感体验的审美因素，具有审美的意义与特征，而且表现在其他各项功能都统一于审美，都要以审美为旨归。

文学可以给人带来身体快适、心情愉悦、精神自由和情欲宣泄，让接受者产生生理和心理的快感。文学娱乐功能的内涵是多方面的：文学的娱乐功能既具有生理满足的意义，并主要是一种想象化的满足与宣泄，又有着益智的特点。并且，文学的娱乐功能有助于文学其他功能的实现。文学价值的实现靠的不是命令式的“强制”而是协商、对话式的“劝导”。所以，好的文学作品常常是“寓教于乐”。文学的娱乐功能最终应该指向精神的陶冶，而不能滑向过度娱乐，形成对文学其他功能的挤压与排斥。

四、思考题解答

1. 何谓文学价值？文学价值是如何形成的？

（1）答题要点

文学价值是文学作品满足人和社会需要的属性。文学价值既是作家创造的，又需要读者通过阅读接受和再创造来最终实现。因而文学价值的生成包含两个重要环节，即文学价值的创造和文学价值的实现。作家在其创作的作品中，通过对特定社会生活的艺术表现和评价，创造出一定的文学价值；而读者在其对作品的接受和传播过程中，又会根据自身情况对作品所表现的社会生活和作者的价值立场作出自己的选择和评价。这种价值选择与评价进而又会反作用于读者的生活，完成文学价值的实现和再创造。

（2）引述或案例提示

可援引一些现实主义文学作品讨论生活的价值对于文学价值生成的意义，譬如托尔斯泰的《战争与和平》、“诗圣”杜甫的诗歌、毛泽东的《七律·长征》，等等；援引契诃夫的小说来讨论作家的审美创造在文学价值生成中的重要作用；援引郭沫若在人生不同时期对于屈原作品的理解的差异，进一步讨论不同语境中读者接受对于文学作品价值的影响与再创造。

2. 什么是文学的认识功能和教育功能？

（1）答题要点

文学的认识功能是指文学具有帮助人了解一定时代和民族的社会生活状况，获得社会和人生知识，加深对人和社会的理解的功能。文学是社会、历史和人生的“百科全书”，是人们获得社会生活知识的重要渠道。通俗地讲，看了文学作品，人们便知道了“别人”的某些生活方式（注意：了解“别人”实际上也是自我认识的一部分，不能单纯理解为理解他者）、相关的自然面貌、社会环境以及在此环境中人的生活与命运等，从而引发思考，有所受益。文学的认识功能不同于哲学、科学的认识功能。文学的认识功能主要不在于探求客观真理，而在于用艺术的形式实现对人与世界真实关系的把握，并且往往是在审美感知、情感状态下发生和实现的。文学的教育功能，实质上就是一种通过提升和净化人的心灵起到某种具有现实影响力的实践性功能。正是在这一意义上才可以说，文学是疗治社会与心灵的良药，它使人向“完整的人”和“丰富的人”的方向迈进。文学的教育功能植根于文学与生活之间的内在联系，主要有两方面：一方面在于文学反映和表现的对象本身具有教育意义；另一方面在于文学对生活的反映和表现中渗透着作家爱憎臧否等思想感情倾向与审美判断，自然成为一种对读者的影响力和吸引力。文学的教育功能必须同文学的其他功能结合起来，才能更好地发挥积极的作用。

（2）引述或案例提示

可以援引车尔尼雪夫斯基关于“美是生活”的看法，援引曾被马克思高度赞扬的狄更斯等“现代英国的一批杰出的小说家”卓越的小说作品如何帮助人们更好地认识社会生活中的“政治和社会真理”，来论述文学的认识功能。可以援引中国古代的“文以载道”思想以及英国学者 F. R. 利维斯的著作《伟大的传统》中关于文学应提供“生活上的教益”的看法，来讨论文学的教育功能。

3. 为什么说审美功能是文学最基本的功能？

（1）答题要点

文学的审美功能是指文学具有沟通文学活动中主体与客体的美感和情感交流，使人获得对现实的精神超越，实现审美理想，促进个性和才能的自由而全面发展的功能。文学审美功能是由文学的审美本性决定的。作为一种语言艺术，文学主要是为了满足人的审美需求而存在和发展的，因此，从根本意义上讲，审美是文学最基本的功能。文学的各种功能是相互关联着的，有时相互促进，有时相互冲突，有时则相互转化，共同构成了一个繁复的文学功能系统。其中，文学的审美功能往往发挥更基本、更核心的作用。这可以从两个方面加以理解：一方面，文学的审美功能实际上是文学实现其他功能的中介。因为无论是认识、教育功能，还是娱乐及其他的功能，在文学中都是通过读者不同程度的审美体验才能得以实现的。另一方面，文学的审美功能又是以情感为中心的整体性概念，它是文学各种功能协调统一的重要条件。因此说，文学的审美功能不仅表现在其他各种功能在内容上都渗透和蕴含着情感体验的审美因素，具有审美的意义与特征，而且表现在其他各项功能都统一于审美，都要以审美为旨归。

（2）引述或案例提示

可援引马拉美等作家的创作，论述语言上的审美创新对打破机械化的生活经验的积极意义；可以鲁迅的《狂人日记》等作品为例，论述凭借语言形式技巧实现的民族心理分析、思想启蒙等意图；可以中国古代文学理论中有关“文”“质”对立统一的理论说明审美形式的重要性。

4. 试说明各种文学功能之间的关系。

（1）答题要点

文学的功能不是孤立地存在的，而是存在着一个功能系统。文学的功能有很多，最基本的有认识功能、教育功能、审美功能和娱乐功能，此外还有交流功能、凝聚功能、益智功能、心理补偿功能等。文学功能具有整体性，这些功能相互联系、相互渗透，体现在文学对人的情感、欲望、理想、信念、道德、人格等方面潜移默化的影响。从根本意义上讲，审美功能是文学最基本的功能。审美功能不仅是文学实现其他功能的中介，而且审美功能以情感为中心协调统一其他功能，文学功能系统最终以审美为旨归。

（2）引述或案例提示

可以援引清代王夫之关于诗歌“兴观群怨”功能及其相互关系的论述、古罗马贺拉斯的“寓教于乐”的思想等，进一步探讨文学功能系统的整体性；可以结合自己阅读的各种具体文学作品来讨论文学的某些具体功能。

五、阅读书目

1.［美］勒内·韦勒克、奥斯汀·沃伦：《文学的作用》，《文学理论》（新修订版），刘象愚等译，浙江人民出版社 2017 年版。书中讨论了历史上各种关于文学作用的看法，诸如“甜美”与“有用”、“认知”作用、“文学的真理”、“净化”等，并对此作了富有启发性的展开和延伸，强调文学作用的多样性和独特性，即文学可以有多种作用，忠实于它的本性是它最基本的和主要的作用。

2.［美］哈罗德·布鲁姆：《序曲：为什么读?》，《如何读，为什么读》，黄灿然译，译林出版社 2015 年版。作者关于审美阅读、经典有许多非常有价值的思想。这里他提出的读书的几个原则，秉承了他一贯的审美阅读的思想。

3.［古希腊］亚里士多德：《诗学》第六章，罗念生译，《诗学 诗艺》，人民文学出版社1962年版。亚里士多德讨论了悲剧的“净化”功能及其发生机制。

4.［法］丹纳：《艺术中的理想》，《艺术哲学》（彩图本），傅雷译，上海书画出版社2011年版。书中讨论了艺术作品的理想的种类，并从事物特征的“重要程度”“有益程度”和“集中程度”来考察艺术的价值等级。

5.［意］伊塔洛·卡尔维诺：《为什么读经典》，黄灿然、李桂蜜译，译林出版社2012年版。卡尔维诺列举了经典的14个特征，或者说考察经典的维度，虽然并不是严格意义上的定义，也缺乏充分的理论论证，但在书后对于具体作家作品的讨论中可以深入地理解卡尔维诺关于经典的思考。

6.［法］茨维坦·托多罗夫：《文学何能》，《濒危的文学》，栾栋译，华东师范大学出版社2016年版。托多罗夫认为文学的目的是塑造一种以人类生存的总体经验为语境的“共同体”意识，通过阅读和创作理解人的生存环境及人自身，实现对现实生活的反思，进而启发人去追求、创造更好的生活。

7.［法］让-保尔·萨特：《为什么写作》，《什么是文学?》，施康强译，人民文学出版社2018年版。萨特以存在主义哲学为出发点，阐明了文学是人在创造中实现自己的自由，即其所谓的“自为的存在”的一种方式，文学既是人们实现自由的方式，也是保卫自由的武器。

8.［法］雅克·朗西埃：《文学的政治》，张新木译，南京大学出版社2014年版。朗西埃认为文学能够对“感性的分割”进行干预，从而影响人们体验生活、形成经验的方式，文学的政治性就体现在文学通过这种方式影响了现实生活中人的价值选择和理性判断。

9.［美］希利斯·米勒：《为什么阅读文学》，《文学死了吗》，秦立彦译，广西师范大学出版社2007年版。米勒认为虚构和想象是人的本性之一，而文学作为一种言语行为，塑造了一种独特的虚构世界。在此世界中，文学的作用是双重的，其一是它可以使人以共情的方式生存，其二是文本阐释与作者意图之间的张力使人获得了突破权威、自由创造的能力。

六、试题库

试 题 I

一、填空题（每小题1分）

1. 文学功能是文学________的实际反映和体现。

2. ________认为："一部小说之所以存在，其唯一的理由就是它确实试图表现生活。"

3. 卢那察尔斯基盛赞________的作品，认为他的作品"当然不是欣赏现实，而是欣赏艺术家的画布上作出的素描。正是可以陶然沉醉于有点漫画化的、准确的、音乐般的、每根单独的细线条都完美无瑕的、艺术性的现实复制品"。

4. ________采用"失事求似"的艺术方法创作出了《屈原》这一现代剧的经典之作，宣扬了为国为民抗争战斗的时代精神。

5. 文学观念涉及文学主体精神和心理的多个层面，如审美理想、道德追求、情感愿望、兴趣爱好等。其中，________在文学观念中有着统领地位。

6. 苏轼曾盛赞大诗人________的诗歌"质而实绮，癯而实腴。自曹、刘、鲍、谢、李、杜诸人，皆莫及也"。

7. 文学价值，就要体现追求真、善、美，也可以称作________、________和________。

8. ________曾说，对于文学来说"它的目的是呼唤人们的自由，以便他们实现并维持人的自由的统治"。

9. ________指出："人民历来就是什么样的作者'够资格'和什么样的作者'不够资格'的唯一判断者。"

10. ________在分析文学的社会功能时提到："诗可以兴，可以观，可以群，可以怨。迩之事父，远之事君；多识于鸟兽草木之名。"

二、单选题（每小题1分）

1. 文学是人类（　　）掌握世界的一种方式。

A. 科学地　　　　B. 道德地

C. 艺术地　　　　D. 娱乐地

2. （　　）认为："一部经典作品是一本永不会耗尽它要向读者说的一切东西的书。"

A. 布鲁姆　　　　B. 卡尔维诺

C. 奥尔巴赫　　　　D. 昆德拉

3. "文变染乎世情，兴废系乎时序"这一观点出自（　　）。

A. 刘勰《文心雕龙》　　　　B. 钟嵘《诗品》

C. 曹丕《典论·论文》　　　　D. 陆机《文赋》

4. 列宁在（　　）中强调：“（文学创作）必须保证有个人创造性和个人爱好的广阔天地，有思想和幻想、形式和内容的广阔天地。”

A.《无政府主义和社会主义》　　B.《马克思学说的历史命运》

C.《我们纲领中的民族问题》　　D.《党的组织和党的出版物》

三、多选题（每小题 2 分）

1. 文学价值的来源包括（　　）。

A. 作家的艺术创造活动　　B. 生活中有意义的素材

C. 读者的阅读和再创造　　D. 时代和社会印记的影响

2. 按照其具体内涵，文学价值包括（　　）等。

A. 审美价值　　B. 科学价值

C. 潜在价值　　D. 商业价值

3. 我国诗歌领域的“现代格律派”认为，诗歌的审美特征包括（　　）。

A. 舞蹈美　　B. 音乐美

C. 绘画美　　D. 建筑美

4. 毛泽东指出，鲁迅的方向，就是中华民族新文化的方向。这个方向，就是（　　），是无产阶级服务人民大众的方向。

A. 民族的　　B. 革命的

C. 科学的　　D. 大众的

5. 文学的基本功能包括（　　）。

A. 认识功能　　B. 教育功能

C. 审美功能　　D. 娱乐功能

四、名词解释（每小题 4 分）

1. 文学价值

2. 文学评价

3. 文学功能

4. 审美理想

五、辨析题（每小题 4 分）

1. 文学价值根源于生活的价值，因此题材越重大，作品价值就越高。

2. 文学价值随着阅读语境的变化而变化，因此没什么“经典”可言。

3. 体现文学的主导价值，一方面要倡导正确的文学价值取向，另一方面要遵循文学自身的规律。

4. 在快节奏、高压力的当代社会，娱乐功能已经成为文学的主要功能。

六、简答题（每小题 7 分）

1. 简述文学真、善、美价值的内涵及其关系。

2. 文学的四个基本功能是什么？分别举例说明。

七、论述题（每小题 15 分）

1. 文学价值是怎样生成的？结合实例进行阐述。

2. 为什么说审美功能是文学最基本的功能？

参考答案

一、填空题

1. 价值属性

2. 亨利·詹姆斯

3. 契诃夫

4. 郭沫若

5. 审美理想

6. 陶渊明

7. 认识价值　道德价值　审美价值

8. 萨特

9. 马克思

10. 孔子

二、单选题

1	2	3	4
C	B	A	D

三、多选题

1	2	3	4	5
ABCD	ABD	BCD	ACD	ABCD

四、名词解释

1. 文学价值是文学作品满足人和社会需要的属性。（2 分）好的文学作品能够为人们提供独特的精神力量并促使人们把这种力量用于社会实践。（2 分）

2. 文学评价是读者依据其价值观对作品的价值进行审视、对话和评价的结

果。(2分) 文学评价既具有内在稳定性，又可以随着时代、社会、读者的变化而发生变化。(2分)

3. 文学功能是文学价值属性的实际反映和体现，其存在的内在依据是文学的价值。(2分) 文学功能包括认识功能、教育功能、审美功能和娱乐功能等，各功能之间具有整体性，体现在文学对人的情感、欲望、理想、信念、道德、人格等方面潜移默化的影响。(2分)

4. 审美理想是指人们在特定社会历史和文化语境中形成的、由个人审美经验和人格境界所肯定的关于美的基本观念和规范。(2分) 审美理想在文学观念中有着统领地位，任何一个作家或读者在进行文学活动时，都会自觉不自觉地遵循自身审美理想的要求。(2分)

五、辨析题

1. 错误。(2分) 从客观方面来讲，文学价值根源于生活的价值；从主观方面来讲，文学价值来源于作家对生活价值的转化和提升。因此，现实生活价值与作家的艺术创造共同构成了文学价值的来源。只强调前者可能陷入“题材决定论”的错误倾向。(2分)

2. 错误。(2分) 尽管在不同时代和读者那里，对一部文学作品的价值判断存在着差异性与不确定性，但总体说来，那些经典作品往往具有价值上的动态稳定性。这种动态稳定性来自经典作品本身所蕴含的价值再创造的强大潜力。虽然经典作品在漫长的历史时期中，会随着语境的变迁发生价值上的变化，然而在不同的历史时期、文化语境下却都能被不同时代、不同民族的读者阐发出不同的文学价值。(2分)

3. 正确。(2分) 一般来说，文学的思想、伦理、认识等价值常常居于主导地位，但它要和审美、语言艺术等价值融合起来，才能体现它的主导作用。体现当代中国文学的主导价值，一方面要强调文学应坚持正确导向、弘扬社会正气、反映时代精神、引领社会进步；另一方面要遵循文学发展的艺术规律，把弘扬主旋律与提倡多样化统一起来。(2分)

4. 错误。(2分) 文学价值的实现不能靠强制的手段，所以，好的文学作品常常是“寓教于乐”的。但是文学的娱乐功能最终应该指向精神的陶冶，只突出娱乐功能的文学，严格说来只能算作“准文学”或粗劣之作。(2分)

六、简答题

1. 所谓“真”，是指文学要通过合乎艺术规律的方式，将社会的真实状况、人生的真正面目、作家的真诚体验等表现出来。(2 分）所谓“善”，是指文学要反映出对生命的尊重，对人性健康发展的追求，对人类和平幸福的向往，以及对人类与自然和谐关系的珍惜等。(2 分）所谓美，是指文学通过充沛的情感、形象的言说、创造性的形式和技巧等手段，形成了一种更高形态的美，即文学的艺术美。(2 分）文学中的真、善、美三者在本质上是一致的，是一个相互联系、渗透的整体。(1 分)

2. 认识功能，即文学具有帮助人了解一定时代和民族的社会生活状况，获得社会和人生知识，加深对人和社会理解的功能。(1 分）教育功能，即文学具有影响思想情感、净化心灵世界、增强生活勇气和信心的功能，以及政治的、社会的、伦理道德的启蒙和教化功能。(1 分）审美功能，即文学具有沟通文学活动中主体与客体的美感和情感交流，使人获得对现实的精神超越，实现审美理想，促进个性和才能的自由而全面发展的功能。(1 分）娱乐功能，即文学可以给人带来身体快适、心情愉悦、精神自由和情欲宣泄的功能。(1 分）（举例分析部分共 3 分，举出作家或作品实例给 1 分，在实例基础上加以分析酌情给 1~2 分。)

七、论述题

1. 文学价值的生成包含两个重要环节，即文学价值的创造和文学价值的实现。

首先，文学价值来自作家的创造，是主客观统一的产物。从客观方面讲，文学价值根源于生活的价值，是社会生活价值的集中表现与升华。考察文学价值的生成，必定要追溯到生活价值这个本源上来，重大事件与现象所携带的巨大生活价值，往往可以转化为文学作品的内在价值构成，成为其社会影响力的重要根源。(3 分）从主观方面讲，文学是人类艺术地掌握世界的一种方式，是一种高层次的精神活动，从而意味着文学活动是对生活价值加以转化和提升。文学价值除了来自表现对象的价值外，还体现了艺术创造活动本身的价值，其中既包含着作家对社会生活的感知、认识和评价，也包含着作家的审美创造。(3 分)

其次，文学价值的最终实现，是通过读者的阅读和接受完成的。读者在阅读过程中，通过对作品符号的解读进入作品的内在空间，认识到作品所反映的社会生活关系，理解和体验到作者的审美趣味、思想观点和道德立场，赏析作品的艺术手法。读者由此或认识生活，或受到感染与教育，或获得身心愉悦。

（3分）作品的潜在价值通过阅读接受而成为一种显性的存在。读者的阅读是主动参与的过程，读者的价值观往往会影响对文学作品价值的认识和判断。同一部作品，由于不同时期、不同读者的解读不同，其价值的呈现也会有明显不同。（2分）

可以毛泽东、杜甫、契诃夫、卡夫卡、郭沫若、曹雪芹等作家的创作实例举例，对自己的观点进行说明。（举例分析共4分，作家与生活的主客观统一部分举出1例给2分；读者的阅读再创造部分举出1例给2分。）

2. 文学功能包括认识功能、教育功能、审美功能和娱乐功能，各种功能都相互联系、相互渗透，具有整体性。其中，审美功能是指文学具有沟通文学活动中主体与客体的美感和情感交流，使人获得对现实的精神超越，实现审美理想，促进个性和才能的自由而全面发展的功能。（2分）

文学审美功能是由文学的审美本性决定的。（1分）作为一种语言艺术，文学主要是为了满足人的审美需求而存在和发展的，文学作品是作者按一定的审美理想和美的规律对来自现实生活中的素材加工改造的产物。文学形象相较于现实事物，更集中、更独特、更典型、更普遍、更有情感性。（2分）人们欣赏文学作品的时候，就会获得更为强烈、更为丰富、更为深刻、更为迷人的审美感受，就会得到更大的精神上的愉悦和满足。因此，从根本意义上讲，审美是文学最基本的功能。（2分）

文学的各种功能是相互关联着的，共同构成了一个繁复的文学功能系统，其中，文学的审美功能往往发挥更基本、更核心的作用。（2分）一方面，文学的审美功能实际上是文学实现其他功能的中介。因为无论是认识、教育功能，还是娱乐及其他的功能，在文学中都是通过读者不同程度的审美体验才能得以实现的。审美是读者把握文学形象及思想内涵的主要通道，也是将作家对人生的体验和感悟转化为读者精神财富的必经之途。（3分）另一方面，文学的审美功能又是以情感为中心的整体性概念，它是文学各种功能协调统一的重要条件。因此说，文学的审美功能不仅表现在其他各种功能在内容上都渗透和蕴含着情感体验的审美因素，具有审美的意义与特征，而且表现在其他各项功能都统一于审美，都要以审美为旨归。（3分）

试　题　Ⅱ

一、填空题（每小题1分）

1. 文学价值是作家和________共同创造的。

2. ________曾指出："名副其实的悲剧乃一所道德学校。纯戏剧与道德课本的唯一区别，即在于悲剧中的教训完全化作了情节。"

3. ________说，文学虽然是一种对生活的模仿，但是，它首先"是通过语言实现的模仿"。

4. ________从《红楼梦》中读出"示人生之真相"的"悲剧中之悲剧"。

5. 就价值的意义和效果而论，文学价值又可分为正面价值和负面价值、现实价值和未来价值、显在价值和________等。

6. 钟嵘的________只把陶渊明的诗列为"中品"。

7. 意大利作家________说："一部经典作品是一本永不会耗尽它要向读者说的一切东西的书。"

8. ________在《文心雕龙·时序》中说："文变染乎世情，兴废系乎时序。"

9. ________提出的"童心说"，把"真"（真性、真情）置于至高无上的地位。

10. 孔子说："诗可以________，可以观，可以群，可以怨。迩之事父，远之事君；多识于鸟兽草木之名。"

二、单选题（每小题 1 分）

1. 近代提出小说"熏、浸、刺、提"论的是（　　）。

A. 王国维　　B. 梁启超

C. 章太炎　　D. 龚自珍

2. 以下观点中，对文学的判断有误的一项是（　　）。

A. 文学是人类艺术地掌握世界的一种方式

B. 文学是一种高层次的精神活动

C. 文学的意义只能属于作家个人

D. 文学活动是对生活价值加以转化和提升

3.（　　）曾说过，他写小说是为了唤醒病态社会中不幸的人们，"意思是在揭出病苦，引起疗救的注意"。

A. 鲁迅　　B. 郭沫若

C. 老舍　　D. 梁启超

4. 强调悲剧的"净化"功能的是（　　）。

A. 柏拉图　　B. 亚里士多德

C. 贺拉斯　　D. 康德

三、多选题（每小题 2 分）

1. 文学观念涉及文学主体精神和心理的多个层面，包括（　　）。

A. 审美理想　　B. 道德追求

C. 情感愿望　　D. 兴趣爱好

2. 闻一多提出诗歌创作应该具有“三美”，包括（　　）。

A. 音乐美　　B. 绘画美

C. 建筑美　　D. 形象美

3. 文学的正面价值包括（　　）。

A. 真　　B. 善

C. 恶　　D. 美

4. 文学具有（　　）等功能。

A. 认识功能　　B. 审美功能

C. 娱乐功能　　D. 教育功能

5. 文学的娱乐功能包括（　　）。

A. 身体快适　　B. 心情愉悦

C. 提升道德　　D. 精神自由

四、名词解释（每小题 4 分）

1. 文学价值
2. 文学的认识功能
3. 文学的审美功能
4. 二度创作

五、辨析题（每小题 4 分）

1. 文学具有追求真的价值。
2. 文学的价值是不变的。
3. 文学的价值具有单一性。
4. 文学与哲学、科学具有同样的认识功能。

六、简答题（每小题 7 分）

1. 简述作家与读者对文学价值的创造。
2. 简述文学追求善的价值。

七、论述题（每小题 15 分）

1. 试论文学的教育功能。
2. 试论文学价值中的真、善、美及其相互关系。

参考答案

一、填空题

1. 读者
2. 伏尔泰
3. 托多罗夫
4. 王国维
5. 潜在价值
6. 《诗品》
7. 卡尔维诺
8. 刘勰
9. 李贽
10. 兴

二、单选题

1	2	3	4
B	C	A	B

三、多选题

1	2	3	4	5
ABCD	ABC	ABD	ABCD	ABD

四、名词解释

1. 文学价值是文学作品满足人和社会需要的属性。(2 分) 好的文学作品能够为人们提供独特的精神力量，并促使人们将这种精神力量用于社会实践。(2 分)

2. 文学的认识功能是指文学具有帮助人了解一定时代和民族的社会生活状况，获得社会和人生知识，加深对人和社会理解的功能。(2 分) 文学是社会、历史和人生的“百科全书”，是人们获得社会生活知识的重要渠道。(2 分)

3. 文学的审美功能是指文学具有沟通文学活动中主体与客体的美感和情感

交流，使人获得对现实的精神超越，实现审美理想，促进个性和才能的自由而全面发展的功能。（2 分）文学审美功能是由文学的审美本性决定的。作为一种语言艺术，文学主要是为了满足人的审美需求而存在和发展的，因此，从根本意义上讲，审美是文学最基本的功能。(2 分)

4. 读者的阅读是主动参与的过程，读者的价值观往往会影响对文学作品价值的认识和判断。（2 分）在阅读过程中，读者总是以自己的生活经验、审美趣味与文化水准作为“前理解”来感受作品、理解形象，完成文学的“二度创作”。(2 分)

五、辨析题

1. 正确。（2 分）文学价值的真，是指文学要通过合乎艺术规律的方式，将社会的真实状况、人生的真正面目、作家的真诚体验等表现出来。也就是在认识客观事物的本质和规律的基础上反映真实，表现真情，追求真理。(2 分)

2. 错误。(2 分）文学价值既具有客观的、相对不变的特性，又具有随接受者及其阅读语境变化而发生变化的特性。(2 分)

3. 错误。(2 分）文学具有多种不同的价值。文学价值的多样性是指文学具有多种不同的价值，这既包括文学作品本身价值的多样性，也包括文学作品在读者接受中所显示出的价值多样性与变化性。(2 分)

4. 错误。(2 分）文学的认识功能不同于哲学、科学的认识功能。文学的认识功能主要不在于探求客观真理，而在于用艺术的方式实现对人与世界真实关系的把握。(2 分)

六、简答题

1. 由于文学价值是作家和读者共同创造的，因而文学价值的生成包含两个重要环节，即文学价值的创造和文学价值的实现。（1 分）作家在其创作的作品中，通过对特定社会生活的艺术表现和评价，创造出一定的文学价值（3 分)；而读者在其对作品的传播和接受过程中，又会根据自身情况对作品所表现的社会生活和作者的价值立场作出自己的选择和评价，完成文学价值的实现和再创造（3 分)。

2. 文学价值的善是指文学要反映出对生命的尊重，对人性健康发展的追求，对人类和平幸福的向往，以及对人类与自然和谐关系的珍惜等。也就是在追求真理和进步的过程中与人为善，尊重、理解、关心和爱护人。(3 分）文学中假如缺少了“善”，就难以感动人，而其潜移默化的教育价值也就无从谈起。

文学的价值指向，一般来讲是不违背人类基本的“向善”“求真”的原则的。(4分)

七、论述题

1. 文学的教育功能是指文学作品具有影响思想情感、净化心灵世界、增强生活勇气和信心的功能。广义地讲，文学的教育功能还包括文学具有政治的、社会的、伦理道德的启蒙和教化功能。(3分)

文学的教育功能实质上就是一种通过提升和净化人的心灵起到某种具有现实影响力的实践性功能。正是在这一意义上才可以说，文学是疗治社会与心灵的良药，它使人向“完整的人”和“丰富的人”的方向迈进。利维斯就曾把“生活上的教益”当作了小说在价值判断上的根本依据之一。(2分)强调文学的教育功能，目的就是要使作家和读者都产生社会责任意识和自我提高意识。因为作家在文学作品中，总是寄托一定的社会理想与审美观念，表现出自己对生活的态度与评价。一个优秀的作家要通过自己的文学作品，向读者展示什么是好的，是值得赞美的；什么是坏的，是应该批评的人生态度和文学观念。(2分)

文学的道德教育与一般的道德教育是有区别的。文学借助人物形象赋予道德内容，除了要对道德进行美感审视以外，还须将道德理性成功地情感化，并使之转变为形象，这涉及一些重要而复杂的创作环节。(2分)但转化之后，道德的说服力就由直接变为间接，由急切的规约变为潜在的感化，也只有这样，文学的道德教育功能才能得以很好地实现。(2分)

文学的教育功能植根于文学与生活之间的内在联系，主要有两方面：一方面在于文学反映和表现的对象本身具有教育意义，另一方面在于文学对生活的反映和表现中渗透着作家爱憎臧否等思想感情倾向与审美判断，自然成为一种对读者的影响力和吸引力。(2分)前一种根源好理解，因为只有作品中有了令人敬佩的英雄，才会产生英雄式的榜样和示范的作用，没有这样的英雄或英雄故事就很难产生这样的教育作用。后一种根源，则主要是由作家的主观价值取向因素造成的。(2分)

2. 追求真、善、美，这是人类最鲜明的特性，也是人类不断发展进步的体现，文学承载着并在精神世界中实现着人类这种美好理想。文学价值，就要体现追求真、善、美。(2分)这是精神价值中的三种基本形式，也可以称作认识价值、道德价值和审美价值。人们接受文学作品，主要也是从这三种价值着眼

的。(2 分)

文学价值的真，是指文学要通过合乎艺术规律的方式，将社会的真实状况、人生的真正面目、作家的真诚体验等表现出来。也就是在认识客观事物的本质和规律的基础上反映真实，表现真情，追求真理。文学的“求真”，所求的是一种从人的角度逼近生活的真。尽管它有时对反映的事物进行夸张或变形，但那往往是为了凸显事物的特征，仍会具有鲜明的认识价值，并且构成其他价值的基础。(2 分)

文学价值的善，是指文学要反映出对生命的尊重，对人性健康发展的追求，对人类和平幸福的向往，以及对人类与自然和谐关系的珍惜等。(2 分) 也就是在追求真理和进步的过程中与人为善，尊重、理解、关心和爱护人。文学中假如缺少了善，就难以感动人，而其潜移默化的教育价值也就无从谈起。文学的价值指向，一般来讲是不违背人类基本的“向善”“求真”的原则的。(1 分)

文学有了真和善的内涵，再加上充沛的情感、形象的言说、创造性的形式和技巧等，便形成了一种更高形态的美——文学的艺术美。文学价值的美，是指文学在真和善相统一的基础上，满足人们对美的追求和需要，给人精神上的愉悦。它通过作家创作和读者接受的过程，具体地体现为语言美、形象美、精神美、意境美和形式美等。(2 分) 文学的美不但不违背现实美感中本来就有的情感愉悦、心境娱乐或生理快感，反而会有力地给予强化、升华，使之成为人类精神活动的主要方式之一，产生巨大的精神与文化价值。(1 分)

不同时代、阶级和流派对文学真、善、美价值具体内涵的理解有所不同，如有的人以自然主义描写为真，有的人以替特权阶级歌功颂德为善，有的人以矫揉造作的形式为美等。这些观点反映了他们对真、善、美的认识，但也具有明显的时代局限性和阶级性。(2 分) 马克思主义所肯定的文学真、善、美，反映着人类历史发展的进步方向，体现着广大人民群众的文化审美需求。文学中的真、善、美三者在本质上是一致的，是一个相互联系、渗透的整体。(1 分)

试　题　Ⅲ

一、填空题（每小题 1 分）

1. ________称赞陶渊明的诗为“质而实绮，癯而实腴。自曹、刘、鲍、谢、李、杜诸人，皆莫及也”。

2. 托多罗夫认为，文学是对生活的一种模仿，“是通过________实现的模仿”。

3. 毛泽东曾强调指出，“________（人名）的方向，就是中华民族新文化的方向”。

4. 在中国文学理论史上首次标举“兴观群怨”说的是________。

5. 桑塔格主张，“艺术的目的终究总是提供________”。

6. ________曾说，对于文学来说“它的目的是呼唤人们的自由，以便他们实现并维持人的自由的统治”。

7. 鲁迅曾谈到，“人在劳动时，既用歌吟以自娱，借它忘却劳苦了，则到休息时，亦必要寻一种事情以消遣闲暇。这种事情，就是彼此谈论故事，而这谈论故事，正就是________（一种文体）的起源”。

8. 古罗马的________提出文学具有“寓教于乐”的功能。

9. 刘勰《文心雕龙·时序》说：“________，兴废系乎时序。”

10. ________指出：“就让艺术满足于它的崇高而美丽的使命：当现实不在眼前的时候，在某种程度上代替现实，并且给人作为生活的教科书。”

二、单选题（每小题1分）

1. “无可争论，写作事业最不能机械划一，强求一律，少数服从多数。无可争论，在这个事业中，绝对必须保证有个人创造性和个人爱好的广阔天地，有思想和幻想、形式和内容的广阔天地。”这段话出自（　　）。

A. 毛泽东《在延安文艺座谈会上的讲话》

B. 列宁《党的组织和党的出版物》

C. 鲁迅《对于左翼作家联盟的意见》

D. 高尔基《论短见与远见》

2. 主张“童心说”的人是（　　）。

A. 李贽　　B. 王阳明

C. 王夫之　　D. 顾炎武

3. 卢那察尔斯基在《论欧洲文学》中评价（　　）的作品不仅批判现实，而且在其中“畸形的现实被艺术欣赏战胜了，——当然不是欣赏现实，而是欣赏艺术家的画布上作出的素描。正是可以陶然沉醉于有点漫画化的、准确的、音乐般的、每根单独的细线条都完美无瑕的、艺术性的现实复制品”。

A. 福楼拜　　B. 列夫·托尔斯泰

C. 契诃夫　　D. 左拉

4. 文艺批评的最高标准之美学观点和历史观点的提出者是(　　)。

A. 马克思　　B. 恩格斯

C. 列宁　　D. 毛泽东

三、多选题(每小题 2 分)

1. 文学价值多种多样,主要包括(　　)等多个方面。

A. 认识价值　　B. 伦理价值

C. 审美价值　　D. 政治价值

2. 关于文学的社会功能,(　　)等有过论述或阐发。

A. 孔子　　B. 王夫之

C. 梁启超　　D. 鲁迅

3. 20 世纪二三十年代,我国诗歌领域中的“现代格律派”把诗歌的审美特征阐释为(　　)。

A. 音乐美　　B. 戏剧美

C. 绘画美　　D. 建筑美

4. 韦勒克、沃伦在《文学理论》中提出:“我们在谈论艺术的作用时,必须同时尊重(　　)这两方面的要求。”

A. 甜美　　B. 娱乐

C. 劝谕　　D. 有用

5. 习近平提出,在人类发展的每一个重大历史关头,文艺都能(　　),成为时代变迁和社会变革的先导。

A. 立审美之潮头　　B. 发时代之先声

C. 开社会之先风　　D. 启智慧之先河

四、名词解释(每小题 4 分)

1. 文学价值

2. 文学功能

3. 文以载道

4. 审美理想

五、辨析题(每小题 4 分)

1. 审美功能是文学最基本的功能。

2. 文学不应具有娱乐功能。

3. 文学价值等同于社会生活的价值。

4. 文学作品是文学价值的载体。

六、简答题（每小题7分）

1. 简述文学“真、善、美”三种价值的具体含义。

2. 简要列举主张文学之社会功能的代表人物及理论。

七、论述题（每小题15分）

1. 谈谈你对当代中国文学的主导价值的理解。

2. 结合具体实例，论述市场化写作中文学的娱乐功能问题。

参考答案

一、填空题

1. 苏轼（或苏东坡）

2. 语言

3. 鲁迅

4. 孔子

5. 快感

6. 萨特

7. 小说

8. 贺拉斯

9. 文变染乎世情

10. 车尔尼雪夫斯基

二、单选题

1	2	3	4
B	A	C	B

三、多选题

1	2	3	4	5
ABCD	ABCD	ACD	AD	BCD

四、名词解释

1. 文学价值是文学作品满足人和社会需要的属性。（2分）好的文学作品能够为人们提供独特的精神力量，并促使人们把这种力量用于社会实践。（2分）

2. 文学功能是文学价值属性的实际反映和体现，其存在的依据是文学的价值。（2分）文学功能包括认识功能、教育功能、审美功能和娱乐功能等，各功能之间具有整体性，体现在文学对人的情感、欲望、理想、信念、道德、人格等方面潜移默化的影响。（2分）

3. “文以载道”是中唐时期韩愈等古文运动家提出的，经宋代理学家的解释得到完善。（2分）文学是传播儒家之道的手段和工具，这样的文学观念偏重于文学的教化目的。（2分）

4. 审美理想是指人们在特定社会历史和文化语境中形成的、由个人审美经验和人格境界所肯定的关于美的基本观念和规范。（2分）审美理想在文学观念中有着统领地位，任何一个作家或读者在进行文学活动时，都会自觉不自觉地遵循自身审美理想的要求。（2分）

五、辨析题

1. 正确。（2分）文学的审美功能在文学的各种功能中发挥更基本、更核心的作用，这可以从两个方面加以理解：一方面，文学的审美功能实际上是文学实现其他功能的中介；另一方面，文学的审美功能又是以情感为中心的整体性概念，它是文学各种功能协调统一的重要条件。（2分）

2. 错误。（2分）文学具有娱乐功能，它指的是文学可以给人带来身体快适、心情愉悦、精神自由和情欲宣泄的功能。（2分）

3. 错误。（2分）文学价值根源于生活的价值，但作家要通过文学创造活动对生活的价值加以转化和提升。因此，文学价值包含着作家艺术创造活动本身的价值。（2分）

4. 正确。（2分）文学作品作为文学价值的载体，是作家对社会生活进行艺术反映与表现的产物。（2分）

六、简答题

1. 文学价值要体现追求真、善、美。这是精神价值中的三种基本形式，也可以称作认识价值、道德价值和审美价值。人们接受文学作品，主要也是从这三种价值着眼的。（1分）

文学价值的真，是指文学要通过合乎艺术规律的方式，将社会的真实状况、人生的真正面目、作家的真诚体验等表现出来。（2分）

文学价值的善，是指文学要反映出对生命的尊重，对人性健康发展的追求，对人类和平、幸福的向往，以及对人类与自然和谐关系的珍惜等。（2分）

文学价值的美，是指文学在真和善相统一的基础上，满足人们对美的追求和需要，给人精神上的愉悦。它通过作家创作和读者接受的过程，具体地体现为语言美、形象美、精神美、意境美和形式美等。(2 分)

2. 中国自古就有重视文学社会功能的传统，如孔子的“兴观群怨”，王夫之以“情”重新阐释“兴观群怨”，梁启超的“熏、浸、刺、提”论，鲁迅的“疗救”论等；西方有亚里士多德的“净化”说，贺拉斯的“寓教于乐”等。(每答对 1 人给 2 分，答对 3 人即可给 7 分。)

七、论述题

1. 文学的主导价值，是指在文学作品多样性价值中总有一种占主导地位的价值。一般来说，文学的思想、伦理、认识等价值常常居于主导地位，但它要和审美、语言艺术等价值融合起来，才能体现它的主导作用。(3 分) 文学作为一个总体概念，其主导价值往往就是一定时代和国家的主流意识形态的体现。(2 分)

在当代中国，文学的主导价值是社会主义核心价值观的反映。(2 分)

体现当代中国文学的主导价值，首先要倡导正确的文学价值取向。文学的价值取向关系到文学“为什么人”这个根本问题。(2 分) 中国共产党历来重视文学的主导价值，强调文学要坚持正确导向、弘扬社会正气、反映时代精神、引领社会进步。新民主主义革命时期，中国共产党把鲁迅作为中国新文化的旗手。毛泽东多次赞扬鲁迅的政治远见、斗争精神和牺牲精神，并强调指出:“鲁迅的方向，就是中华民族新文化的方向。”这个方向，就是民族的、科学的、大众的，是无产阶级服务人民大众的方向。鲁迅在新文学运动中历史地位的确立，有力地促进了中国的文学革命和新民主主义文化的发展。“大力弘扬以爱国主义为核心的民族精神和以改革创新为核心的时代精神，大力弘扬中华优秀传统文化，大力发展社会主义先进文化，不断增强全党全国各族人民的精神力量”，则是现阶段我国文学发展的价值主题。要牢牢把握社会主义先进文化的前进方向，建设社会主义核心价值观，弘扬民族优秀文化传统，借鉴人类有益文明成果，进一步形成全社会共同的理想信念和道德规范，打牢全国各族人民团结奋斗的思想道德基础。(2 分)

其次，体现文学的主导价值，还要遵循文学自身的规律。这就要坚持文学发展的正确方向和方针，遵循文学发展的艺术规律，在文学价值的多样性中体现主导性，把弘扬主旋律与提倡多样化统一起来，在文学创作上提倡不同形式和风格的自由发展，在文学理论上提倡不同观点和学派的自由讨论。（2分）从作家方面来说，作家在对现实生活作出价值评判时，需要掌握时代精神，把握先进文化的前进方向。同时，要充分地重视文学的艺术特征和审美特性，用艺术的方式回答时代的问题。历史经验表明，文学事业“最不能作机械划一，强求一律，少数服从多数”，它“必须保证有个人创造性和个人爱好的广阔天地，有思想和幻想、形式和内容的广阔天地”。(2分)

2. 在市场化写作中，文学同样可能具有认识功能、教育功能、审美功能和娱乐功能等多种功能。但是，其中娱乐功能往往占据主导地位，甚至成为不可或缺的成分。(2分)

在市场经济条件下，市场化写作往往把文学的娱乐性表现得淋漓尽致。一方面，文学的娱乐功能发挥得越充分，人们对娱乐功能的要求便会越强烈，形成欲望再生产；另一方面，读者对娱乐性文学作品的追捧，势必使文学的娱乐性越发突出。(4分)

但是，文学绝不能仅限于娱乐功能。只突出娱乐功能的文学，严格说来只能算作“准文学”或粗劣之作。这种作品不会成为文学的精华，也不会成为文学的主体。文学的“娱乐过度”是有害于创作和接受的。(3分)

因此，在任何时候，文学都不应该忘记它应有的精神内涵、终极关怀和道德导向。既坚守文学的社会意义，又坚持文学的审美属性，文学的各种功能才能取得平衡而相得益彰，为满足人们的精神文化生活服务。(3分)

结合具体理论和作品，以及当代市场化中的文学现象，选取任一实例进行论证。(3分)

第三章　文学创作

一、内容提要

文学创作是文学活动的重要环节，是作家对社会生活经验进行审美加工，从而形成艺术形象的过程。理解文学创作，可以从创作过程、创作心理机制及作家主体条件三方面来入手。

文学创作是指作家从产生创作动机和创作冲动，到完成艺术构思和艺术传达的过程。这个过程主要涉及创作动因、艺术构思和语言呈现三个环节。创作动因是指作家生活体验积累到一定程度时产生的创作内驱力，包括创作动机和创作冲动。创作动机是指作家从事具体创作活动的目的，创作冲动则指一种迫使作家进入具体创作过程的愿望和心理躁动。创作动机若实现为创作行为，必须要有创作冲动的出现，没有创作冲动也就不会产生艺术创作活动。艺术构思是作家在创作动机的指引和创作冲动的驱使下，通过一系列艺术手段形成完整的艺术世界的思维过程。它一般包括形成作品整体框架、设计具体艺术形象及安排情节演变三个步骤。艺术构思的主要方式是艺术概括，一般包括艺术综合、艺术简化和艺术变形三种方式。语言呈现是作家将构思成熟的艺术形象用语言表达出来的过程，主要涉及语言的运用。文学创作中的语言运用需要考虑恰如其分、表现力和独创性三方面的因素。

文学创作是一种复杂的创造性精神活动，主要涉及艺术直觉、艺术情感、艺术想象和艺术理解四方面艺术心理要素。艺术直觉是指创作主体在瞬间直接把握客体审美意蕴的思维方式或能力。它追求的是事物的审美价值，带有较强的个人主观性和情感色彩。艺术情感是指作家在艺术创作过程中产生的、作为艺术创作动力和表现对象的态度和体验。它在文学创作过程中的作用主要有三个方面：第一，艺术情感的表达需求构成了文学创作的重要动力。第二，情感的再度体验构成文学创作的核心。第三，艺术情感是艺术形象的重要构成成分。艺术想象是指文艺活动主体调动过去积累的记忆表象，通过艺术加工而创造艺术形象的心理过程。它具有超越时空、形象与情感相互交织的特点。根据艺术想象在创作过程中所起的作用，它可分为再现性想象、创造性想象、相似性想象三大类型。艺术理解是指创作主体融合了形象和情感的理性思维活动，其内涵与作用主要体现在落实创作动机、选材与构思方面。

文学创作的主体条件，主要是要求作家具有良好的思想文化修养和高度的社会责任感，具有丰富的生活积累和鲜明的创作个性。首先，作家要有丰富的生活体验。作家的生活体验越丰富，他对生活的理解就越深刻，这对他的创作就越有利。其次，作家要有较高的思想道德修养和文化艺术素养。作家的人格境界越高，人文、社会科学、自然科学等知识的积累越丰富，在保持创作激情、培养观察力、增强语言驾驭力等方面表现越突出，创作出的作品感染力就越强，就更能惠及社会。最后，作家要把人民的需求放在中心地位，文艺创作的性质、意图、源泉、态度及品格等方面，体现出以人民为中心的创作导向。

二、关键词与考点

（一）关键词

1. 创作动机。创作动机是指作家从事具体创作活动的目的。作家或有某种思想感情需要传达，或要赞美、批评某种现存事物，或要呼唤某种新的社会变革等，心中有所郁积或触动，不吐不快，于是产生了创作动机。创作动机主要由个体性和社会性两方面因素构成。

2. 创作冲动。创作冲动主要是指一种迫使作家进入具体创作过程的愿望和心理躁动。创作冲动具有三方面主要特征，它是一种具有主导性的朦胧的情绪体验，是一种复杂的和升华了的情绪，总是指向作家的内心世界。

3. 艺术构思。艺术构思是作家在创作动机的指引和创作冲动的驱使下，通过艺术直觉、情感、想象、理解等心理活动，以艺术综合、简化、变形等构思方式，孕育艺术形象序列或意念心境、构织故事情节、形成完整的艺术世界的思维过程。

4. 语言呈现。语言呈现是创作过程的最后阶段，是作家将构思成熟的艺术形象用语言表达出来的过程，主要涉及语言的运用。文学创作中的语言运用需要考虑恰如其分、表现力和独创性三方面的因素。

5. 艺术直觉。艺术直觉是指创作主体在瞬间直接把握客体审美意蕴的思维方式或能力。人们用这个概念来指称那种在艺术活动中区别于逻辑思维的独特的艺术思维。它追求的是事物的审美价值，带有较强的个人主观性和情感色彩。

6. 艺术情感。艺术情感是指作家在艺术创作过程中产生的、作为艺术创作动力和表现对象的态度和体验。艺术情感是日常情感的升华，是文学创作的重要动力，对情感积累的再度体验是文学创作的核心，是艺术形象的重要构成成分，因此，这种艺术情感被很多作家视为文学创作及文学作品的灵魂。

7. 艺术想象。艺术想象是指文艺活动主体调动过去积累的记忆表象，通过艺术加工而创造艺术形象的心理过程。艺术想象可以在活动的瞬间突破现实时间和空间的限制，纵览古今，驰骋内外，具有超越时空的特点。在艺术想象中，形象的再现、连接、改变和创造，总是与情感紧密联系，如影随形，具有形象与情感相互交织的特点。根据艺术想象在创作过程中所起的作用，它可分为再现性想象、创造性想象、相似性想象三大类型。

8. 艺术理解。艺术理解是指创作主体融合了形象和情感的理性思维活动。在创作动机方面，艺术理解要解决的是作家如何落实创作目的的问题。在创作选材方面，需要运用艺术理解来分析判断。在创作构思方面，其内涵与作用主要体现在落实创作动机、选材与构思方面。

9. 生活体验。生活体验是指个人对社会生活的亲身体察与感受。作家可以自觉地觉察并捕捉这种体验，他们的生活体验不仅是丰富的、深刻的，而且是自觉的。一般说来，作家的生活体验越丰富，他对生活的理解就越深刻，这对他的创作就越有利。

10. 作家修养。作家修养主要指作家的人格境界、知识积累和独特素质。作家是人类灵魂的铸造者，需要怀着对社会人生、人类命运的深厚关切，具有较高的人格境界，并在人文、社会科学及自然科学知识方面有丰厚的积累，有饱满而持续的创作激情、敏锐的观察力和超常的语言驾驭能力。

11. 创作导向。作家要把人民的需求放在中心地位，坚持以人民为中心的创作导向：在文艺创作的宗旨上，坚持为社会主义服务、为人民服务；目的上，应为人民而创作，满足人民日益高涨的文艺审美需求；源泉上，坚持深入生活、扎根人民；态度上，应当热爱人民；品格上，应有高尚的精神追求，自觉增强社会责任感。

（二）考点

1. 文学创作过程。要求了解文学创作是作家从产生创作动机和创作冲动到完成艺术构思和艺术传达的过程。重点考察创作动机及创作冲动产生的原因、构成、作用及特征，艺术构思的过程和主要构思方式，语言传达的恰如其分、表现力及独创性问题。

2. 文学创作的心理机制。要求了解文学创作是一种复杂的创造性精神活动。重点理解艺术直觉与科学直觉、创作灵感的联系与区别，理解艺术情感对日常情感的升华及在文学创作过程中的作用，理解艺术想象的特点及其类型，通过艺术理解与创作动机、选材、构思的关系，掌握艺术理解的内涵与作用。

3. 文学创作的主体条件。要求理解文学产品是具有广泛社会影响的文化消费品，因而要求作家具有良好的思想文化修养和高度的社会责任感，具有丰富的生活积累和鲜明的创作个性。重点掌握作家与生活体验、人格修养、知识积累、独特素质及创作导向的关系。

三、知识点精讲

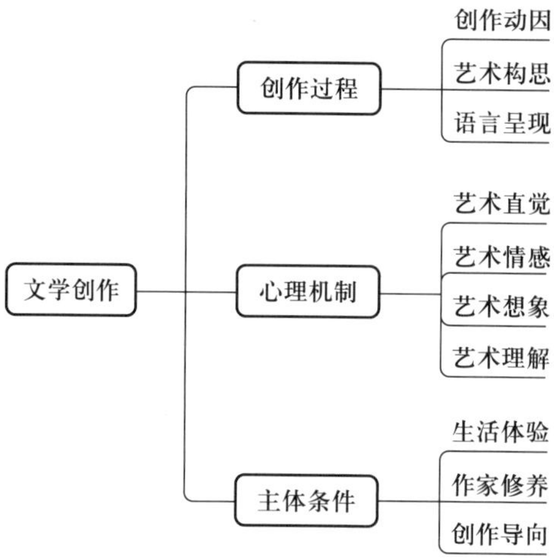

本章知识结构图

本章知识点，主要包括文学创作过程中的创作动因、艺术构思、语言呈现，创作心理机制中的艺术直觉、艺术情感、艺术想象、艺术理解，创作主体条件中的生活体验、作家修养、创作导向十个方面。

1. 创作动因。创作动因是指作家生活体验积累到一定程度时产生的创作内驱力，包括创作动机和创作冲动。这是文学创作过程的开端。

（1）创作动机是指作家从事具体创作活动的目的。作家或有某种思想感情需要传达，或要赞美、批评某种现存事物，或要呼唤某种新的社会变革等，心中有所郁积或触动，不吐不快，于是产生了创作动机。创作动机由个体性因素和社会性因素构成。

创作动机的个体性因素是指驱使作家创作的那些个人生活经历或心理体验需求。作家个人的童年经历、精神创伤、阅历与见闻等都可以成为重要的动机因素。曹雪芹写《红楼梦》，就是由于他自己有一肚子见闻经历和不平之气需要表达，所以才会说“满纸荒唐言，一把辛酸泪”。然而，创作动机往往不是由单一因素，而是由诸多因素综合构成的。正如心理学家阿瑞提所说，创作动因“并不是一种动机而是几种动机混在一起的，其中有些是有意识的，有些是无意识的，某一方或许占有优势”。

创作动机的社会性因素是指驱使作家创作的那些非个人需求。由于作家无不生活在社会关系的网络中，受到社会制约，这就使得创作动机除了个体性因素外，还具有社会性因素。文学创作实际上是一种由个体性面貌呈现的社会性行为。唐代诗人白居易反对“嘲风雪、弄花草”的作品，要求诗文创作向上“补察时政”，向下“泄导人情”。这无疑是中唐时期社会需求所决定的。

创作动机不仅起到激励作家进入创作过程的作用，而且在整个创作过程中都发挥着重要的影响，甚至还左右着作品的风格与基本价值取向。

(2) 创作冲动主要是指一种迫使作家进入具体创作过程的愿望和心理躁动。创作冲动具有三方面主要特征。首先，它是一种具有主导性的朦胧的情绪体验，作家只能体验到它们的存在，却无法说出它们从何处来，向何处去。其次，它是一种复杂的和升华了的情绪，是日常情感的再度体验和升华。最后，它总是指向作家的内心世界，将作家的注意力引向自己的心理现实，从而使他按照一种内在逻辑去思考、去体验。

2. 艺术构思。艺术构思是文学创作过程的核心环节，指作家在创作动机的指引和创作冲动的驱使下，通过艺术直觉、情感、想象、理解等心理活动，以艺术综合、简化、变形等构思方式，孕育艺术形象序列或意念心境、构织故事情节、形成完整的艺术世界的思维过程。

(1) 艺术构思一般包括三个步骤。一是形成作品整体框架。这个框架形成或者是由局部到整体，或者是由整体到局部，是作家对作品整体面貌的大致设计。苏东坡说画竹“必先得成竹于胸中”，讲的意思也适用于文学创作的艺术构思。二是设计具体艺术形象。在叙事作品中，主要指的是人物形象的设计，是对人物肖像、衣着、动作、性格等方面的详细构想。三是安排情节演变。在叙事作品中，当人物形象已经有了大致眉目后，所要做的就是让他行动起来，即安排场面与情节。故事情节本身要合情合理，更要吻合人物的性格。在实际文学创作过程中，艺术构思的这三个步骤是紧密相连而难以分解的，并不一定有先后次序。而在某些抒情类文学作品中，也不见得一定要有艺术形象或情节的演变，而很可能是一时心境或情绪的表达。

（2）艺术构思的主要方式是艺术概括。艺术概括是指创作主体对选定的材料进行艺术加工从而形成艺术形象的过程，是生活素材上升为艺术形象的必经之途。艺术概括一般包括艺术综合、艺术简化和艺术变形三种方式。艺术综合是作家对各种材料进行重新组合从而形成完整艺术形象的过程。鲁迅说他的小说人物的原型往往“嘴在浙江，脸在北京，衣服在山西”，说的就是艺术综合。艺术简化是作家对材料进行简略化处理的过程。艺术简化是一切文学艺术创作都必不可少的手段，因为任何创作不可能将生活中发生的一切都写进作品中，只能是抓住重点，突出特征。艺术变形是作家有意将描写对象用不同于生活常态的变异形式表现出来，以达到某种艺术效果的过程。由于作家创作出的审美世界不会也不能简单照搬生活常态，多少都会做变形处理，所以艺术变形也是文学构思的基本方式之一。卡夫卡的《变形记》写主人公一觉醒来发现自己变成了大甲虫，这里就运用了艺术变形的手法。

3. 语言呈现。语言呈现是作家将构思成熟的艺术形象用语言表达出来的过程。这是创作过程的最后阶段。作家精心构思出的艺术形象与整个艺术世界只是作家的“内在世界”，还需要用语言呈现出来，才会成为供读者欣赏文学作品。这个过程主要涉及语言传达的功夫，有时作品的高下就由此见出。若想创作出高质量的作品，语言的运用一般要考虑如下三个方面：

（1）恰如其分。作家心中之情、眼中之景都要靠文字呈现于作品，故而选词觅句就显得十分重要。选择词语既要考虑与所表现之物是否相符，也要考虑在读者心目中的效果问题，有时需要作家费尽思量。苦吟诗人贾岛自述“独行潭底影，数息树边身”两句诗的创作，“二句三年得，一吟双泪流”。可见其苦思之甚。

（2）富有表现力。作家寻词觅句，目的是将自己内心世界中经过再度体验的情感、朦朦胧胧的意象，以及某种意念完整而准确地向读者表现出来。古人把诗人内心世界的蕴含比喻为“鱼”，把语言技巧比喻为“筌”，提倡“得鱼忘筌”，也正是指语言不是目的，通过语言使内心世界得到表现并激发读者的审美情感才是目的。唐代诗人李商隐的《锦瑟》，初读似觉语言浅近，细品却悟其意味无穷，显示出诗歌语言丰富的表现力。

（3）追求独创性。语言表达要有自己的特色，给人以新奇感，是作家在创作中的普遍追求。杜甫说“语不惊人死不休”，讲的就是这个道理。古今中外凡是称得上优秀作品的，其文学语言无不既有独特性又富于表现力。比如阮籍的《咏怀》："但恐须臾间，魂气随风飘。终身履薄冰，谁知我心焦！"语言风格就比较独特，寥寥数语，一个生于乱世、战战兢兢以谋存活的诗人形象就跃然纸上。

4. 艺术直觉。艺术直觉是指创作主体在瞬间直接把握客体审美意蕴的思维方式或能力。人们用这个概念来指称那种在艺术活动中区别于逻辑思维的独特的艺术思维。理解艺术直觉，应在它与科学直觉、创作灵感的联系与区别中去把握。

（1）科学直觉主要表现在一般认识活动与科学研究过程中。科学直觉的最大特点是不依靠概念、判断和推理的逻辑思维过程而能直接把握认知对象的性质和规律，它的结果常常是知识或科学发现，具有直接的、无逻辑推理过程的、创造的等特征。艺术直觉也同样具有这些特征。但相比于科学直觉，艺术直觉把握的不是事物的内在规律而是审美价值，体现出的不是对象的客观属性而是个人主观性，驱动艺术直觉前行的不是逻辑而是情感。

（2）创作灵感是创作主体在创作过程中情绪、想象力和创造力都极为活跃的特殊思维状态。艺术直觉与创作灵感有十分密切的联系，创作灵感到来之时也就是艺术直觉能力充分展现之时。但相比于创作灵感，艺术直觉并非是瞬间的情绪与想象力勃发状态，而是一种思维能力，是作家经过长期积累与实践形成的艺术洞察力，具有较强的稳定性。

5. 艺术情感。艺术情感是指作家在艺术创作过程中产生的、作为艺术创作动力和表现对象的态度和体验。这种艺术情感被很多作家视为文学创作及文学作品的灵魂。艺术情感是日常情感的升华，是维戈茨基所讲的"智慧的情绪"。所以，艺术情感虽然可能包含痛苦的因素，但归根结底还是一种审美的愉悦。艺术情感在文学创作中的作用主要体现在如下三个方面：

（1）艺术情感的表达需求构成了文学创作的重要动力。艺术创作本质上乃是一种情感宣泄与传达，是情感积累必然导致的结果。

（2）情感的再度体验构成文学创作的核心。情感的再度体验是指主体对以往情感积累（情绪记忆）的唤醒、复现、回味和观照的过程。经过情感的再度体验，作家才把自己的日常情感转化为具有普遍性的艺术情感。

（3）艺术情感是艺术形象的重要构成成分。艺术形象的形成，是感性形式、情感及理性三种因素的组合。在艺术作品中，情感与感性形式和理性是不可分拆的有机整体。其中，情感在艺术创作中具有统摄作用。

6. 艺术想象。艺术想象是指文艺活动主体调动过去积累的记忆表象，通过艺术加工而创造艺术形象的心理过程，是文学创作的一个不可或缺的重要心理因素。

（1）艺术想象有两方面基本特征。首先，艺术想象具有超越时空的特性。这是说想象可以在活动的瞬间突破现实时间和空间的限制，纵览古今，驰骋内外。陆机在《文赋》中说“精骛八极，心游万仞”，指的就是艺术心灵在想象中的自由状态。其次，艺术想象是形象与情感相互交织的过程。在艺术想象中，形象的再现、连接、改变和创造，总是与情感相互交织，如影随形。想象的发生缘于情感的驱动，想象的内涵受情感影响，想象的目的则是情感的表达。刘勰的《文心雕龙·神思》说“登山则情满于山，观海则意溢于海”，讲的就是这个道理。

（2）艺术想象的分类可以从不同角度进行。根据在创作过程中所起的作用，艺术想象可以分为再现性想象、创造性想象、相似性想象三大类型。再现性想象是主体对过去积累的记忆表象进行回忆的过程。鲁迅对少年闰土的形象和活动的描写就是对沉潜于自己心灵深处数十年的美好记忆的复现，是再现性想象的产物。创造性想象是作家对再现性想象加工熔铸而产生新的艺术形象的过程。孙悟空这个形象有着人的喜怒哀乐、猴的顽皮急躁、神的本领超凡，不可能是生活事实的再现，其中蕴含了作家的大胆创造。相似性想象是作家由一物触发而想到另一物的心理过程。作家最常用的修辞手段如比喻、象征、拟人等，都是以这种想象类型为心理依据的。

7. 艺术理解。艺术理解是指创作主体融合了形象和情感的理性思维活动。艺术理解在文学创作中的内涵和作用，可以通过它与创作动机、选材、构思的关系表现出来。

（1）在创作动机方面，艺术理解要解决的是作家如何落实创作目的的问题。作家产生创造动机，一方面固然需要情感的抒发与生活经验的触发，但另一方面，这种触发总是与理解交融在一起并发挥重要作用的。没有艺术理解的参与就不可能有效地进行艺术创作。白居易创作“新乐府”诗，是为了“惟歌生民病，愿得天子知”。这种动机渗透着他对人民的深切理解和同情，情与理融为一体，因而也是一种艺术理解。在成熟的艺术家创作的作品中，理解因素常常是隐蔽或含蓄地呈现的。

（2）选材是指作家在大量的生活经验储备中挑选准备表现的材料的过程。怎样的生活材料最适合表达作家的创作意图呢？这就需要运用艺术理解来分析判断。鲁迅选择一个落魄书生的故事来创作《孔乙己》，就是因为他感到整个故事能够表现他对科举制度的深刻批判。

（3）在艺术构思过程中，从性格刻画到情节安排，都离不开艺术理解的帮助。作家在描写人物形象和编织情节时常常要思考如何才能使其合情合理，这就离不开理解。没有理解的帮助，文学创作的构思过程是无法进行的。

8. 生活体验。毛泽东说过，社会生活是一切文学艺术“唯一的源泉”，离开社会生活，一切文学创作都无从谈起。所以，优秀的作家应该深入生活，对生活有着深刻而独到的体验。

生活体验是指个人对社会生活的亲身体察与感受。人人都有生活体验，但是作为作家，他的生活体验不仅是丰富的、深刻的，而且是自觉的，也就是说，作家可以自觉地觉察并捕捉这种体验。一般说来，作家的生活体验越丰富，他对生活的理解就越深刻，这对他的创作就越有利。柳青为写《创业史》，在原陕西长安县皇甫村蹲点时间长达十四年。他和农民生活在一起，熟悉他们的喜怒哀乐，真切感受到时代变化环境下农民从情感到思想的转变。仅写作作品第一部，就花费了六年时间，并做过四遍修改。在对生活的感受方面，如果没有这样的身入、情入、心入，像梁生宝、徐改霞这样的血肉丰满的人物形象的出现，就是难以想象的。

9. 作家修养。作家修养主要指作家的人格境界、知识积累和独特素质。理解作家修养，主要应从三方面入手：

（1）作家是人类灵魂的铸造者，需要怀着对社会人生、人类命运的深切关怀，具有较高的人格境界。清代诗论家沈德潜在《说诗晬语》中说：“有第一等襟抱、第一等学识，斯有第一等真诗。”人格境界不高，也就难以创作出能打动人的好作品来。更重要的是，如果作家人格修养不高，其作品非但不能惠及社会和大众，反而会起到污染灵魂的坏作用。

（2）作家应该有丰富的文学艺术修养及人文、社会科学、自然科学知识积累。首先，作家应有丰富的文学艺术修养。由于文学创作与其他艺术门类的创作有许多相通之处，一些作家也很注意绘画、音乐等艺术方面的修养，甚至有些作家本身也是画家、音乐家。多读文学作品，多向其他艺术门类学习，是作家提高创作技能的有益途径。唐代诗人王维本身就是画家，有《辋川图》《雪溪图》等名画传世。其次，作家要有较好的人文与社会科学知识基础。这样可以让作家从日常琐碎的事实中走出来，发现有价值的东西，更能有助于他们创造出一个新颖的艺术世界。著名作家杰克·伦敦就认为，积累哲学、历史学、伦理学等多方面知识，会扩大作家视野，开拓活动范围，唤醒“独创性的思想”。最后，要有包括自然科学知识在内的比较广泛的兴趣和爱好。文学作品特别是小说一般都要涉及许多生活领域，所以作家也要掌握除人文、社会科学之外的自然科学文化知识，这样，在写各种生活场景的时候才会得心应手。

（3）作家应有的独特素质。作家除了高尚的人格修养和文化素养外，还需要一些独特的素质。第一，经常保持创作激情状态。若想激发、保持这种创作激情，需要作家对文学的热爱和浓厚的兴趣。没有这些，他们非但没有创作激情，也很难专注下来，成为作家。第二，对生活中那些具有特征的、隐含重要意义的事物有敏锐的观察力。作家的这种观察力是自觉和不自觉训练的结果，但也有天赋的因素在内。第三，对语言有超常的敏感与驾驭能力。他们善于捕捉语言中细微的变化，善于将一件旁人看来很平常的事绘声绘色地叙述出来，善于发现并掌握生活中那些有特色的、富于表现力的言语。

10. 创作导向。作家要把人民的需求放在中心地位，文艺创作的宗旨、目的、源泉、态度及品格等方面，体现出以人民为中心的创作导向。

首先，在文艺创作宗旨上，坚持为社会主义服务、为人民服务。毛泽东之所以肯定鲁迅的创作，原因有很多，但其“横眉冷对千夫指，俯首甘为孺子牛”的为人民服务精神，无疑是其中最为重要的一点。

其次，在文艺创作目的上，应为人民而创作，满足人民的日益高涨的文艺审美需求。人民需要文艺。作家只有真正了解并满足这些需求，表达出民众的心声，才有创作出伟大作品的可能。古代伟大诗人屈原若无忧国忧民的深切情思，就很难留下“长太息以掩涕兮，哀民生之多艰”这般千古传唱的名句。

第三，在文艺创作的源泉上，坚持深入生活、扎根人民。文艺需要人民，需要从人民的波澜壮阔的生活中吸取源头活水。无论哪个时代的作家，关在象牙塔里独善其身，是写不出伟大作品的。只有深入社会生活，感动于其中，才会得到灵感和材料，创作才会具备生命力。

第四，在文艺创作的态度上，文艺家应当热爱人民，切身体验人民的喜怒哀乐、人民生活的酸甜苦辣。柳青多年和农民生活在一起，对他们的音容姿态、爱恨梦想等都十分熟悉，情感上也有深切的共鸣，这样他才能写出反映农民生活的杰出作品。

最后，在文艺创作的品格上，应有高尚的精神追求，自觉体现社会责任感。文艺不能当市场的奴隶。为人民大众创作，首先要考虑的是社会价值，考虑的是作品构成的审美世界，是否反映出人类进步的精神追求。

当然，以人民为中心的创作导向，绝不是以牺牲作家的个性与自由为代价。作家通过提高自己的人格修养和文化素养，使这种责任感成为自己的内在使命而不是外在强制，使自己的人格理想与社会进步的趋势相一致，使自己的个人利益与人民大众的社会利益相一致，这时候，二者在作家那里会自然而然统一起来。

四、思考题解答

1. 分析创作冲动与创作动机的区别。

（1）答题要点

创作冲动与创作动机既有联系又有区别。创作冲动主要是指一种迫使作家进入具体创作过程的愿望和心理躁动，创作动机是指作家从事具体创作活动的目的。一位作家怀有某种创作动机，却可能许多年也没有产生创作冲动，未能将创作动机实现为创作行为；创作冲动则不能离开创作活动而长时间存在下去，它常常稍纵即逝，倏忽来去。创作冲动有三方面主要特征，它是一种具有主导性的朦胧的情绪体验，是一种复杂的和升华了的情绪，总是指向作家的内心世界。

（2）引述或案例提示

最好结合具体事例，具体阐发创作冲动区别于创作动机的主要特征。创作动机可以选择白居易的例子，他反对“嘲风雪、弄花草”的作品，要求诗文创作向上“补察时政”，向下“泄导人情”（〔唐〕白居易：《与元九书》，《白居易集》第3册，顾学颉校点，中华书局1979年版，第960页）；创作冲动可参考宗白华青年时代留学德国时的一段创作经历（宗白华：《我和诗》，《宗白华全集》第2卷，安徽教育出版社1994年版，第154—155页）。

2. 艺术直觉与科学直觉有哪些差异？

（1）答题要点

艺术直觉与科学直觉有联系，但区别也很明显。首先，科学直觉主要把握事物内在的特质或规律，艺术直觉则把握事物蕴含的审美价值。其次，科学直觉排斥个人偏见，艺术直觉则带有明显的个人主观性。科学直觉若含个人偏见，会破坏主体对对象的正确把握；艺术直觉则面对事物的审美价值，对不同的人来说，一件事物的审美价值不尽相同。最后，科学直觉较少带有情感色彩，艺术直觉则有着强烈的情感性。艺术直觉属于一种在情感而不是逻辑思维推动下的心理活动，所以它的发动必然以情感为基础。

（2）引述或案例提示

回答此题时，首先应指出科学直觉的特点。德国数学家魏尔发现引力规范理论时，最初只是直觉到它很美，也相信是真的，多年后被证明正确。这说明，科学直觉是在探寻对象的客观规律时发生的，受这种客观规律支配，较少个人主观性和情感性。更应突出论述艺术直觉的审美价值、主观性和情感性。可结合苏轼和李煜的诗词分析加以对比。前者“大江东去，浪淘尽，千古风流人物”中的大江，表现为一种深沉的历史感；后者“问君能有几多愁，恰似一江春水向东流”中的江水，则表现为不尽的愁思。二者的艺术直觉都体现出很高的审美价值，但也含有不同的个人主观性和情感色彩。

3. 艺术情感与文学创作的关系如何?

（1）答题要点

艺术情感对于文学创作的作用主要表现在三个方面。第一，艺术情感的表达需求构成了文学创作的重要动力。艺术创作本质上乃是一种情感宣泄与传达，是情感积累必然导致的结果，没有情感宣泄就没有文学艺术创作发生。第二，情感的再度体验构成文学创作的核心。情感的再度体验是指主体对以往情感积累（情绪记忆）的唤醒、复现、回味和观照的过程。经过情感的再度体验，作家才把自己的日常情感转化为具有普遍性的艺术情感。第三，艺术情感是艺术形象的重要构成成分。艺术形象的形成，是感性形式、情感及理性三种因素的组合，在艺术作品中，情感与感性形式和理性是不可分拆的有机整体。其中，情感在艺术创作中具有统摄作用。

（2）引述或案例提示

可用作家的体验来说明艺术情感对文学创作的作用。关于第一、二两个方面，可参考华兹华斯对创作动力、情感再度体验的说明：“诗是强烈情感的自然流露。它起源于在平静中回忆起来的情感。诗人沉思这种情感直到一种反应使平静逐渐消逝，就有一种与诗人所沉思的情感相似的情感逐渐发生，确实存在于诗人的心中。一篇成功的诗作一般都从这种情形开始，而且在相似的情形下向前展开；然而不管是什么一种情绪，不管这种情绪达到什么程度，它既然从各种原因产生，总带有各种的愉快；所以我们不管描写什么情绪，只要我们自愿地描写，我们的心灵总是在一种享受的状态中。”（［英］华兹华斯：《〈抒情歌谣集〉1810 年版序言》，曹葆华译，伍蠡甫主编：《西方文论选》下卷，上海译文出版社 1979 年版，第 17—18 页）第三个方面可结合唐代诗人刘禹锡的诗句“山围故国周遭在，潮打空城寂寞回。淮水东边旧时月，夜深还过女墙来”，来理解情感与感性形式和理性的整体性关系。

4. 艺术想象的特点是什么？

（1）答题要点

艺术想象是指文艺活动主体调动过去积累的记忆表象，通过艺术加工而创造艺术形象的心理过程。艺术想象有两个基本特征。第一，艺术想象具有超越时空的特性。想象可以在活动的瞬间突破现实时间和空间的限制，纵览古今，驰骋内外。第二，艺术想象是形象与情感相互交织的过程。在艺术想象中，形象的再现、连接、改变和创造，总是与情感相互交织，如影随形。想象的发生缘于情感的驱动，想象的内涵受情感影响，想象的目的则是情感的表达。

（2）引述或案例提示

说明艺术想象超越时空的特性时，可用陆机在《文赋》中的话“精骛八极，心游万仞”，“观古今于须臾，抚四海于一瞬”等，来理解艺术心灵在想象中的自由状态。理解艺术想象是形象与情感相互交织的过程时，可以参考刘勰在《文心雕龙·神思》中的“思理为妙，神与物游”，“登山则情满于山，观海则意溢于海”，“神用象通，情变所孕”等说法，来帮助理解艺术想象的这个特点。

5. 为什么说生活体验对文学创作具有重要意义？

（1）答题要点

作家的生活体验对文学创作的意义主要应从两方面来理解。第一，社会生活是文学创作的重要源泉。离开社会生活，一切文学创作都无从谈起。所以，优秀的作家必须深入生活，对生活有着深刻而独到的体验。第二，作家对生活的体验越丰富、深刻、自觉，对他的创作就越有利。

（2）引述或案例提示

可以引用毛泽东的话来说明生活体验的源泉作用。《在延安文艺座谈会上的讲话》中说，社会生活是“一切文学艺术的取之不尽、用之不竭的唯一的源泉”。应重点论述第二点，可选取一些重要作家（鲁迅、柳青、赵树理等）的人生经历和生活体验，来说明这些经历、体验与他们创作的关系。比如鲁迅，他曾经生活在农村，接触过生活在社会底层的农民，对他们的处境有着深刻的了解与同情，如此才可以塑造出祥林嫂、闰土、七斤、阿 Q 这样栩栩如生的人物形象来。

6. 怎样理解创作个性?

（1）答题要点

作家的创作个性与以人民为中心的创作导向并不矛盾。首先，作家通过提高自己的人格修养和文化素养，使社会责任感成为自己的内在使命而不是外在强制，使自己的人格理想与社会进步的趋势相一致，使自己的个人利益与人民大众的社会利益相一致，这时候，二者在作家那里会自然而然统一起来。其次，责任和义务并不会限制自由，而且作家恰恰是通过履行责任和义务，才能使创作达到真正的自由。

（2）引述或案例提示

作家的创作个性主要是相对人民性而言的。回答这个问题，应在个人与社会的统一中来理解，最好结合鲁迅的创作体会。他在谈《呐喊》的创作时说，里面的作品都是“遵命文学”，“不过我所遵奉的，是那时革命的前驱者的命令，也是我自己所愿意遵奉的命令，决不是皇上的圣旨，也不是金元和真的指挥刀”。这段话中所体现的社会责任感和个性就是完全统一的，故而成为鲁迅的创作动力。

五、阅读书目

1.〔南朝梁〕刘勰：《文心雕龙》（《时序》除外，《神思》至《物色》20 篇），郭绍虞、罗根泽主编：《文心雕龙注》下册，范文澜注，人民文学出版社 1958 年版。《时序》除外，《神思》至《物色》20 篇是刘勰的创作论，系统阐释了作家禀赋、学识修养及情感、想象、构思、修辞、艺术理解等在文学创作过程中的特点和作用，是中国古代第一部系统的文学创作论，影响深远。

2. 中国青年出版社编辑：《鲁迅谈创作》，中国青年出版社 1955 年版。全书按体裁分 4 个部分。其中《鲁迅谈自己的创作》是鲁迅对自己创作经验的介绍，内容包括创作与作家社会责任感的关系、创作动机、作家修养、形象塑造等文学创作关键问题。

3. 朱光潜：《文艺心理学》，漓江出版社 2011 年版。该书的作者为著名美学家、文艺理论家朱光潜，初版于 1936 年。全书共 17 章，以深入浅出的方式论述了与文艺创作心理有关的美感经验、创作起源、审美创造、美感类型等问题。其中第一章（“美感经验的分析”），第六章（“美感与联想”），第七、八章（“文艺与道德”），第十一章（“克罗齐派的美学批评”），第十二章（“艺术的起源与游戏”），第十三、十四章（“艺术的创造”），对理解文学创作的起因、构思、语言传达、艺术想象、创作灵感、创作个性、作家修养等，很有参考价值。

4. ［古希腊］柏拉图：《柏拉图文艺对话集》，朱光潜译，人民文学出版社 1963 年版。该文集共收录了柏拉图 8 篇论美、美感、美育、修辞等问题的文章，其中《伊安篇》对创作灵感的论述，对后世影响巨大。

5. ［法］布瓦洛：《诗的艺术》（修订版），任典译，人民文学出版社 2009 年版。该书是法国古典主义文艺理论的经典著作。全书以诗体写成，共分四章。第一章谈论了创作灵感、艺术理解、艺术简化、语言传达等问题；第四章主要谈论了作家的个人品格修养及社会责任感问题，特别是作家“绝不能贪图金钱”，牟利会伤害“作者神思”的意见，对今天的文学创作仍具有警醒意义。

6. ［法］狄德罗：《狄德罗美学论文选》，徐继曾等译，人民文学出版社 1984 年版。该书分 11 部分，分别收集了狄德罗关于美与真实的关系、美育、市民剧、绘画等的看法。特别是其中“论戏剧诗”部分，集中谈到了艺术想象、谋篇布局、人物性格、场面设计、作家修养等文学创作关键要素，对领会和理解这些要素颇有助益。

7. ［俄］列夫·托尔斯泰：《列夫·托尔斯泰论创作》，董启译，漓江出版社 1982 年版。该书收录的是托尔斯泰的创作体会，按类别分 11 部分，其中 3 部分与文学创作有关。“文艺的人民性”谈的是创作与人民性的关系。“创作过程”涉及生活体验、情节构思、创作动机与创作冲动等艺术要素。“语言和风格”则主要和语言传达相关。

8. ［奥地利］西格蒙德·弗洛伊德：《弗洛伊德论美文选》，张唤民、陈伟奇译，裘小龙校，知识出版社 1987 年版。弗洛伊德是当代西方具有广泛影响的精神分析学大师。该书是弗洛伊德论美文章的选编，共有 9 篇。其中《〈俄狄浦斯王〉与〈哈姆莱特〉》讨论了文学创作冲动的心理学来源，认为性冲动起到了重要作用。《戏剧中的精神变态人物》主要讲述了艺术情感的宣泄作用。

《作家与白日梦》区分开了艺术想象世界与现实世界。

9.［美］纳博科夫：《文学讲稿》，申慧辉等译，生活·读书·新知三联书店 1991 年版。纳博科夫是著名现代派作家。全书共有八部分。第一部分“优秀读者与优秀作家”中，纳博科夫谈了文学创作的独创性、虚构性、艺术构思、作家修养等问题。第二至第八部分则是狄更斯、卡夫卡、《尤利西斯》等 7 篇作家、作品论。他的创作体会有助于理解现代派文学创作的特点和价值。

10.［美］勒内·韦勒克、奥斯汀·沃伦：《文学理论》（新修订版）第七、八章，刘象愚等译，浙江人民出版社 2017 年版。第七章论述了作家的创作个性及生活体验与文学创作的关系。第八章集中探讨了文学创作的心理机制，尤其是作家的个性禀赋、创作灵感、潜意识等对文学创作的影响。

六、试题库

试　题　I

一、填空题（每小题 1 分）

1. ________认为，“不应该为了挣钱而生活，写作”。

2. 陆游说，苏武、李陵、陶潜、谢灵运、杜甫、李白，激于不能自已，故其诗为________。

3. 列夫·托尔斯泰选择一个妓女被判刑的事件作为长篇小说________的基本情节。

4. 陆机《文赋》中的“精骛八极，心游万仞”，说明了艺术想象具有________的特性。

5. 情感的________构成文学创作的核心。

6. 提出“语不惊人死不休”的人是________。

7. 鲁迅说他的小说人物的原型往往“嘴在浙江，脸在北京，衣服在山西”，这说的就是________。

8. 提出“不平则鸣”说的人是________。

9. ________写作长篇小说《包法利夫人》，用了近五年的时间推敲每一个字句，可谓不厌其烦、精益求精。

10. 赞赏王维诗中有画、画中有诗的人是________。

二、单选题（每小题 1 分）

1. 自述“二句三年得，一吟双泪流”的诗人是（　　）。

A. 李商隐　　B. 贾岛

C. 苏轼　　D. 陆游

2. （　　）认为“灵感大半是由于在潜意识中所酝酿成的东西猛然涌现于意识”。

A. 柏拉图　　B. 宗白华

C. 华兹华斯　　D. 朱光潜

3. （　　）是作家由一物触发而想到另一物的心理过程。

A. 创造性想象　　B. 消极想象

C. 相似性想象　　D. 积极想象

4. “推翻吃人的社会，救救孩子”的呼声出自鲁迅的（　　）。

A. 《孔乙己》　　B. 《狂人日记》

C. 《药》　　D. 《伤逝》

5. 按照心理学的解释，（　　）是指以原有表象或经验为基础创造新形象的心理过程。

A. 直觉　　B. 虚构

C. 想象　　D. 构思

三、多选题（每小题 2 分）

1. 以相似性为心理依据的修辞手段有（　　）。

A. 比喻　　B. 对偶

C. 象征　　D. 拟人

2. （　　）是鲁迅以农村生活体验为依据，创造出的艺术形象。

A. 祥林嫂　　B. 阿 Q

C. 七斤　　D. 子君

3. 冯友兰认为，人的境界应该分为（　　）、天地境界。

A. 审美　　B. 自然

C. 功利　　D. 道德

4. 文学创作中涉及的主要心理因素包括（　　）及艺术情感。

A. 艺术直觉　　B. 艺术冲动

C. 艺术想象　　D. 艺术理解

5. 艺术概括的主要方式包括（　　）。

A. 艺术综合　　B. 艺术简化

C. 艺术变形　　D. 艺术描写

四、名词解释（每小题 4 分）

1. 创作动机

2. 艺术简化

3. 作家人格修养

4. 创造性想象

5. 艺术情感

五、辨析题（每小题 3 分）

1. 文学创作是文学活动最重要的环节。

2. 优秀的作家必须深入生活，对生活有着深刻而独到的体验。

3. “观古今于须臾，抚四海于一瞬”，描述的是艺术想象中形象与情感相互交织的过程。

4. 艺术直觉是一种情绪与想象力的瞬间勃发状态。

5. 语言呈现是创作过程的最后阶段。

六、简答题（每小题 5 分）

1. 简述作家应有的独特素质。

2. 简述艺术理解与创作动机的关系。

七、论述题（每小题 15 分）

1. 如何理解艺术构思的三个步骤？

2. 谈及语言表达问题时，王国维在《人间词话》中曾说过如下一段话：

问“隔”与“不隔”之别，曰：陶谢之诗不隔，延年则稍隔矣。东坡之诗不隔，山谷则稍隔矣。“池塘生春草”“空梁落燕泥”等二句，妙处唯在不隔。词亦如是。即以一人一词论，如欧阳公《少年游》咏春草上半阕云：“阑干十二独凭春，晴碧远连云。二月三月，千里万里，行色苦愁人。”语语都在目前，便是不隔；至云“谢家池上，江淹浦畔”则隔矣。白石《翠楼吟》“此地。宜有词仙，拥素云黄鹤，与君游戏。玉梯凝望久，叹芳草、萋萋千里”便是不隔；至“酒祓清愁，花消英气”则隔矣。

请谈谈你对这段话的理解，并作具体论述。

参考答案

一、填空题

1. 马克思

2. 百代法

3. 《复活》

4. 超越时空

5. 再度体验

6. 杜甫

7. 艺术综合

8. 韩愈

9. 福楼拜

10. 苏轼

二、单选题

1	2	3	4	5
B	D	C	B	C

三、多选题

1	2	3	4	5
ACD	ABC	BCD	ACD	ABC

四、名词解释

1. 创作动机是指作家从事具体创作活动的目的。(1 分) 创作动机由个体性和社会性两方面因素构成。(1 分) 创作动机的个体性因素是指驱使作家创作的那些个人生活经历或心理体验需求。(1 分) 创作动机的社会性因素是指驱使作家创作的那些非个人需求。(1 分)

2. 艺术简化是作家对材料进行简略化处理的过程。(1 分) 艺术简化是一切文学艺术创作都必不可少的手段,(1 分) 因为任何创作不可能将生活中发生的一切都写进作品中,只能是抓住重点,突出特征 (2 分)。

3. 作家是人类灵魂的铸造者,需要怀着对社会人生、人类命运的深切关怀,具有较高的人格境界。(2 分) 人格境界不高,也就难以创作出能打动人的好作品来。(2 分)

4. 在再现记忆表象的基础上,作家还要对它们进行加工改造、重新熔铸,从而创造出不同于其生活原型的艺术形象来,这就是创造性想象。(3 分) 创造性想象是作家对再现性想象加工熔铸而产生新的艺术形象的过程。

（1 分）

5. 艺术情感是指作家在艺术创作过程中产生的、作为艺术创作动力和表现对象的态度和体验。（2 分）这种艺术情感被很多作家视为文学创作及文学作品的灵魂。（1 分）艺术情感是日常情感的升华。（1 分）

五、辨析题

1. 错误。（1 分）文学创作只是文学活动的重要环节之一，文学接受、文学批评等也是文学活动的重要环节。（2 分）

2. 正确。（1 分）一般说来，作家的生活体验越丰富，他对生活的理解就越深刻，这对他的创作就越有利。（2 分）

3. 错误。（1 分）它讲的是艺术想象超越时空的特征，描述的是艺术心灵在想象中的自由状态。（2 分）

4. 错误。（1 分）创作灵感才是一种情绪与想象力的瞬间勃发状态，而非艺术直觉。（2 分）

5. 正确。（1 分）只有经过语言呈现，作家的创作动机、创作冲动和艺术构思才能实现。（2 分）

六、简答题

1. 作家除了高尚的人格修养和文化素养外，还需要一些独特的素质。（1 分）第一，经常保持创作激情状态。（1 分）第二，对生活中那些具有特征的、隐含重要意义的事物有敏锐的观察力。（2 分）第三，对语言有超常的敏感与驾驭能力。（1 分）

2. 在创作动机方面，艺术理解要解决的是作家如何落实创作目的的问题。（1 分）作家产生创造动机，一方面固然需要情感的抒发与生活经验的触发，另一方面，这种触发总是与理解交融在一起并发挥重要作用的，没有艺术理解的参与就不可能有效地进行艺术创作。（2 分）在成熟的艺术家创作出的作品中，理解因素常常是隐蔽或含蓄地呈现的。（2 分）

七、论述题

1. 艺术构思一般包括三个步骤。

一是形成作品整体框架。这个框架形成或者是由局部到整体，或者是由整体到局部，是作家对作品整体面貌的大致设计。苏东坡说画竹“必先得成竹于胸中”，讲的意思也适用于文学创作的艺术构思。（4 分）

二是设计具体艺术形象。在叙事作品中，主要指的是人物形象的设计，是

对人物肖像、衣着、动作、性格等方面的详细构想。(4分)

三是安排情节演变。在叙事作品中，当人物形象已经有了大致眉目后，作家要做的就是让他行动起来，即安排场面与情节。故事情节本身要合情合理，更要吻合人物的性格。(4分)

在实际文学创作过程中，艺术构思的这三个步骤是紧密相连而难以分解的，并不一定有先后次序。(1分)而在某些抒情类文学作品中，也不见得一定要有艺术形象或情节的演变，而很可能是一时心境或情绪的表达。(2分)

2. 这段话讲的是如何用语言将人们的所思所想所感准确地传达出来的问题。(1分)王国维提出的"隔"与"不隔"之论，就是要探讨诗歌创作如何既要借助语言，又要超越语言的限制的方法。(2分)

"隔"就是所用文字的表现力不够，以致影响情感与意念的表达；特别是指用事、用典过多，使诗人的真实情感被淹没在其中。(5分)

"不隔"有两层含义。第一层是说文字运用得恰到好处，使读者能够直接体会到诗词中蕴含的内涵而感觉不到丝毫的文字障碍。(3分)"不隔"的第二层含义是指用直书其事的方式作诗，不堆砌典故，使人无需猜想就能直接感知诗中蕴含的情感。(3分)要技巧又似乎无技巧，用语言又似乎无语言，这就是"不隔"的境界。(1分)

试 题 Ⅱ

一、填空题（每小题1分）

1. 在文学理论中，________是指作家从事具体创作活动的目的。

2. 提出语言表达"隔"与"不隔"之论的人是________。

3. 创作动机除了个体性因素外，还具有________因素。

4. 以________为主导动机的作家，所写作品往往尽力迎合读者趣味，从而增加销量。

5. 根据教材论述，作家的独特素质之一，就是经常保持创作的________状态。

6. ________提倡作家"必须学习古典文艺，继承我们的优良传统"。

7. 柳青为写________，在原陕西长安县皇甫村蹲点时间长达14年。

8. 构思是作家调动各种________，将纷乱的材料组织成有序的艺术世界的过程。

9. 创作动因包括创作动机和________。

10. 要求诗文创作向上“补察时政”，向下“泄导人情”的人是________。

二、单选题（每小题1分）

1. “故画竹必先得成竹于胸中”，出自苏轼的（　　）。

A.《文与可画筼筜谷偃竹记》　　B.《醉白堂记》

C.《石氏画苑记》　　D.《画水记》

2. 中国古代反对“嘲风雪、弄花草”的文学家是（　　）。

A. 屈原　　B. 李白

C. 杜甫　　D. 白居易

3. 鲁迅以一个落魄书生的故事为原型写出的作品是（　　）。

A.《孔乙己》　　B.《狂人日记》

C.《药》　　D.《阿Q正传》

4.（　　）的主要方式是艺术概括。

A. 艺术综合　　B. 艺术构思

C. 艺术简化　　D. 艺术变形

5. 语言呈现是作家将构思成熟的（　　）用语言表达出来的过程。

A. 艺术世界　　B. 艺术形象

C. 故事情节　　D. 艺术体验

三、多选题（每小题2分）

1. 巴金以“爱”为核心人格写出的作品包括（　　）。

A.《家》　　B.《春》

C.《秋》　　D.《寒夜》

2. 文学创作过程涉及的主要环节是（　　）。

A. 艺术想象　　B. 创作动因

C. 艺术构思　　D. 语言呈现

3. 除人格修养外，作家的文化素养还包括（　　）。

A. 人文、社会科学知识　　B. 道德修养

C. 自然科学知识　　D. 生活经历

4. 艺术理解这种理性思维活动，创作主体融合进了（　　）。

A. 形象　　B. 直觉

C. 情感　　D. 灵感

5. 以下描述艺术想象特点的语词包括（　　）。

A. 思接千载
B. 心游万仞
C. 成竹于胸
D. 神与物游

四、名词解释（每小题 4 分）

1. 艺术变形
2. 艺术理解
3. 再度体验
4. 不平则鸣
5. 生活体验

五、辨析题（每小题 3 分）

1. 作家可以说是人类灵魂的铸造者，社会有权要求作家具有较高的文化修养。

2. 怎样的生活材料最适合表达作家的创作意图呢？这就需要运用艺术理解来分析判断。

3. 被伏尔泰称为“积极想象”的，其实就是“再现性想象”。

4. 超越时空的自由不仅是艺术想象的特征，也是科学想象的特征。

5. 艺术情感完全不同于日常情感。

六、简答题（每小题 5 分）

1. 简述艺术构思中艺术理解的内涵与作用。
2. 简述情感在艺术想象中的功能。

七、论述题（每小题 15 分）

1. 如何理解冯友兰在《新原人》中提出的人的境界说？
2. 怎样理解以人民为中心的创作导向？

参考答案

一、填空题

1. 创作动机
2. 王国维
3. 社会性
4. 商业利益
5. 激情
6. 老舍
7. 《创业史》

8. 心理机能

9. 创作冲动

10. 白居易

二、单选题

1	2	3	4	5
A	D	A	B	B

三、多选题

1	2	3	4	5
ABCD	BCD	AC	AC	ABD

四、名词解释

1. 艺术变形是作家有意将描写对象用不同于生活常态的变异形式表现出来，以达到某种艺术效果的过程。（2 分）作家创作出的审美世界不会也不能简单照搬生活常态，多少都会做变形处理，所以艺术变形也是文学构思的基本方式之一。（2 分）

2. 艺术理解是指创作主体融合了形象和情感的理性思维活动。（1 分）在创作动机方面，艺术理解要解决的是作家如何落实创作目的的问题。（1 分）在创作选材方面，需要运用艺术理解来分析判断。（1 分）在创作构思方面，其内涵与作用主要体现在落实创作动机、选材与构思方面。（1 分）

3. 再度体验是指主体对以往情感积累（情绪记忆）的唤醒、复现、回味和观照的过程。（2 分）经过情感的再度体验，作家才把自己的日常情感转化为具有普遍性的艺术情感。（2 分）

4. “不平则鸣”是唐代文学家韩愈提出来的，意思是说人心中有所不平才会通过创作来表达。（2 分）“不平则鸣”涉及创作动机的个体性因素，即驱使作家创作的那些个人生活经历或心理体验需求。（2 分）

5. 生活体验是指个人对社会生活的亲身体察与感受。（1 分）一般人都有生活体验。但是好作家的生活体验不仅是更加丰富的、深刻的，而且是更加自觉的。也就是说，好作家可以自觉地觉察并捕捉这种体验。（3 分）

五、辨析题

1. 错误。（1 分）这里讲的是人类灵魂铸造，对应的应是作家个人的人格

修养，包括思想品格、道德等，而不是人文、社会科学等方面的知识素养。(2 分)

2. 正确。(1 分) 这里讲的是艺术理解在选材中的作用，选材固然离不开艺术直觉与艺术想象的帮助，但同时更离不开艺术理解的作用。(1 分) 在这里，艺术理解是判断生活材料有用性的主要手段。(1 分)

3. 错误。(1 分) 和再现性想象对应的是消极想象 (1 分)，是一种简单地保存对事物的印象的想象能力 (1 分)。

4. 正确。(1 分) 超越时空不能区分科学想象和艺术想象，形象的再现、连接、改变和创造等总是与情感相互交织，才是艺术想象的特点。(2 分)

5. 错误。(1 分) 艺术情感是日常情感的升华 (1 分)，没有日常情感的基础也就不可能有艺术情感 (1 分)。

六、简答题

1. 在艺术构思过程中，从性格刻画到情节安排，作家都离不开艺术理解的帮助。(1 分) 艺术理解是作家的形象与情感交融的理性思维活动。(1 分) 作家在描写人物形象和编织情节时常常要思考如何才能使其合情合理，这就离不开理解。(1 分) 没有理解的帮助，文学创作的构思过程是无法进行的。(2 分)

2. 艺术想象是形象与情感相互交织的过程。(1 分) 在艺术想象中，形象的再现、连接、改变和创造，总是与情感相互交织，如影随形。(1 分) 想象的发生缘于情感的驱动，想象的内涵受情感影响，想象的目的则是情感的表达。(3 分)

七、论述题

1. 冯友兰把人的境界由低到高分为自然、功利、道德、天地境界四种。(2 分)

自然境界是说人只按本能或社会习惯办事，没有自己的主见 (2 分)；功利境界是说人的所有行为“总是为他自己的利”，但有时在客观上也可以惠及他人 (2 分)；道德境界是说人的行为符合严格意义上的道德价值，目的是“与”，而不是功利性的“取”(2 分)；天地境界是说人也应意识到自己是宇宙中的一员，游乎天地间，不但要有贡献于社会，也要有贡献于宇宙，“堂堂地做一个人”(2 分)。

这些人格的等差，均可以通过修养不断取上而升华。有些人永远只看到自己的利害得失而不顾及他人，有的人则能够胸怀天下苍生；有的人只对有实际用途的东西感兴趣，有的人则能对一切美的事物产生美感。（2分）作家无疑应该提高自己的人生境界，扩大自己的精神空间，培养自己的高尚人格。（3分）

2. 作家要把人民的需求放在中心地位，文艺创作的宗旨、目的、源泉、态度及品格等方面，体现出以人民为中心的创作导向。(1分)

第一，在文艺创作宗旨上，坚持为社会主义服务、为人民服务。(2分）第二，在文艺创作目的上，应为人民而创作，满足人民的日益高涨的文艺审美需求。(2分）第三，在文艺创作的源泉上，坚持深入生活、扎根人民。（2分）第四，在文艺创作的态度上，文艺家应当热爱人民，切身体验人民的喜怒哀乐、人民生活的酸甜苦辣。(2分）第五，在文艺创作的品格上，应有高尚的精神追求，自觉增强社会责任感。(2分)

当然，以人民为中心的创作导向，绝不是以牺牲作家的个性与自由为代价。(2分）作家通过提高自己的人格修养和文化素养，使这种责任感成为自己的内在使命而不是外在强制，使自己的人格理想与社会进步的趋势相一致，使自己的个人利益与人民大众的社会利益相一致，这时候，二者在作家那里会自然而然统一起来。(2分)

试　题　Ⅲ

一、填空题（每小题1分）

1. 文学创作虽然是享有高度自由的个体________，但其产物即文学作品又是具有广泛社会影响的文化消费品。

2. 想象的________受情感影响，想象的目的则是情感的表达。

3. 艺术创作本质上乃是一种________宣泄与传达。

4. ________说：“灵感大半是由于在潜意识中所酝酿成的东西猛然涌现于意识。”

5. 人们用________这个概念来指称那种在艺术活动中区别于逻辑思维的独特的艺术思维。

6. “语不惊人死不休”讲的是文学语言追求________的特点。

7. 作家的独特素质之一，是要对生活中那些具有特征的、隐含重要意义的事物有敏锐的________。

8. 在文艺创作的源泉上，作家需要坚持________、扎根人民。

9. ________谈自己的创作体会时说："文艺就是组织得很惬当的一连串语言，离开了语言无所谓文艺。"

10. 古人提倡"得鱼忘筌"，讲的是语言应该追求________。

二、单选题（每小题1分）

1. 提倡用知识的哲学武装作家，唤醒独创性思想的人是（　　）。

A. 杰克·伦敦　　B. 汪曾祺

C. 列夫·托尔斯泰　　D. 冯友兰

2. 创作"新乐府"诗，创作动机为"惟歌生民病，愿得天子知"的作家是（　　）。

A. 韩愈　　B. 柳宗元

C. 白居易　　D. 杜甫

3. 孙悟空形象是（　　）的产物。

A. 艺术综合　　B. 艺术直觉

C. 创造性想象　　D. 相似性想象

4. （　　）说，创作灵感是"长期修养""偶然得之"。

A. 周恩来　　B. 朱光潜

C. 毛泽东　　D. 宗白华

5. 说"作家是不可能有希望为了追求自己宝贵的思想和形象而远离尘嚣"的人是（　　）。

A. 杰克·伦敦　　B. 阿尔贝·加缪

C. 列夫·托尔斯泰　　D. 果戈里

三、多选题（每小题2分）

1. 情感的再度体验是指对以往情感积累的（　　）。

A. 直觉　　B. 唤醒

C. 复现　　D. 回味

2. 艺术形象的组合因素包括（　　）。

A. 感性形式　　B. 情感

C. 客观世界　　D. 理性因素

3. 描述艺术想象是形象与情感相互交织过程的表述包括（　　）。

A. 瞻万物而思纷　　B. 登山则情满于山

C. 神与物游　　D. 思接千载

4. 创作冲动是（　　）的情绪。

A. 单一　　B. 综合性

C. 主导性　　D. 朦胧

5. 以下符合以人民为中心创作导向的表述有（　　）。

A. 俯首甘为孺子牛　　B. 情变所孕

C. 为生民立命　　D. 哀民生之多艰

四、名词解释（每小题 4 分）

1. 神思

2. 艺术直觉

3. 积极想象

4. 智慧的情绪

5. 相似性想象

五、辨析题（每小题 3 分）

1. 以人民为中心的创作导向，就是要让作家完全放弃个性与自由而服从于社会与人民利益。

2. 艺术构思均是一个“由小到大”“由局部到整体”的过程。

3. 创作灵感是一种思维能力。

4. 鲁迅讲的“遵命文学”，意味着对国家、对人民的责任感。

5. 情感与感性形式和理性是不可分拆的有机整体。

六、简答题（每小题 5 分）

1. 简述艺术直觉与科学直觉的区别。

2. 简述艺术情感与日常情感的关系。

七、论述题（每小题 15 分）

1. 请结合下面这段话，分析艺术想象的特点：

> 古人云：“形在江海之上，心存魏阙之下。”神思之谓也。文之思也，其神远矣，故寂然凝虑，思接千载；悄焉动容，视通万里；吟咏之间，吐纳珠玉之声；眉睫之前，卷舒风云之色；其思理之致乎。故思理为妙，神与物游。（〔南朝梁〕刘勰《文心雕龙·神思》）

2. 别林斯基说：“在真正诗的作品里，思想不是以教条方式表现出来的抽象概念，而是构成充溢在作品里面的作品灵魂，像光充溢在水晶体里一般。”请针对他的话发表自己的看法，并结合具体作品进行论述。

参考答案

一、填空题

1. 精神活动
2. 内涵
3. 情感
4. 朱光潜
5. 艺术直觉
6. 独创性
7. 观察力
8. 深入生活
9. 叶圣陶
10. 表现力

二、单选题

1	2	3	4	5
A	C	C	A	B

三、多选题

1	2	3	4	5
BCD	ABD	ABC	BCD	ACD

四、名词解释

1. “神思”出自刘勰的《文心雕龙》，描述了艺术想象的特点。（1分）“神思”指的是作者的主观意识，包括情感、思绪等。（1分）它具有超越时空的特性，是形象与情感相互交织的过程。（2分）

2. 艺术直觉是一种思维能力（2分），是创作主体经过长期社会生活积累、文化知识学习、创作实践锻炼而形成的艺术洞察力，具有较强的稳定性（2分）。

3. “积极想象”由法国哲学家伏尔泰提出。（1分）他说想象有两种：一种简单地保存对事物的印象，是消极想象（1分）；另一种将这些意象千变万化地排列组合，是积极想象、创造性想象（2分）。

4. “智慧的情绪”由苏联文艺理论家维戈茨基提出。（1分）他认为艺术情绪本质上是智慧的情绪。（1 分）艺术情感不像日常情感那样，使人全身心沉浸其中并与主体的个人利害得失直接相关，而是能够超越其束缚而上升到“智慧”的高度，是一种审美的愉悦，是情感更集中、更强烈、更典型的体验。（2 分）

5. 相似性想象是想象的一种类型（1 分），是作家由一物触发而想到另一物的心理过程（1 分）。作家最常用的修辞手段如比喻、象征、拟人等，都是以这种想象类型为心理依据的。（2 分）

五、辨析题

1. 错误。（1 分）以人民为中心的创作导向，绝不是以完全放弃或牺牲作家的个性与自由为代价。作家通过提高自己的人格修养和文化素养，使这种责任感成为自己的内在使命而不是外在强制，成为自己个性的自觉表达，使自己的人格理想与社会进步的趋势相一致，使自己的个人利益与人民大众的社会利益相一致，这时候，二者在作家那里会自然而然统一起来。（2 分）

2. 错误。（1 分）艺术构思在形成作品整体框架时有时是这样（1 分），但在另外一些时候，也可能是“由大到小”“由整体到局部”的过程（1 分）。

3. 错误。（1 分）艺术直觉是一种思维能力（1 分），创作灵感则是一种情绪与想象力的瞬间勃发状态（1 分）。

4. 正确。（1 分）鲁迅遵从的是那时革命的前驱者的命令，也是他自己所愿意遵奉的命令（1 分），他的个人意愿和对国家、人民的责任感是一致的（1 分）。

5. 正确。（1 分）艺术形象的形成是感性形式、情感和理性三种因素的组合，其生成过程其实也就是日常情感升华为艺术情感的过程。（1 分）这个形象是一个具有感性形式、情感内容与理性因素的复杂的审美意象。（1 分）

六、简答题

1. 艺术直觉与科学直觉有联系，但区别也很明显。（1 分）首先，科学直觉主要把握事物内在的特质或规律，艺术直觉则把握事物蕴含的审美价值。（2 分）其次，科学直觉排斥个人偏见，艺术直觉则带有明显的个人主观性。（1 分）最后，科学直觉较少带有情感色彩，艺术直觉则有着强烈的情感性。（1 分）

2. 艺术情感与日常情感有联系也有区别。（1 分）艺术情感是日常情感的升华，没有日常情感的基础也就不可能有艺术情感。（2 分）艺术情感虽然可能包含痛苦的因素，但归根结底还是一种审美的愉悦，是情感更集中、更强

烈、更典型的体验，是作家、艺术家跨越实际生活的现实条件束缚而产生并升华了的、具有精神意蕴的情感。(2 分)

七、论述题

1. 刘勰这段话论述的是艺术想象的特点和过程。(2 分) 艺术想象的基本特征可以从以下两个方面来理解：

第一，艺术想象具有超越时空的特性。(3 分) 所谓“故寂然凝虑，思接千载；悄焉动容，视通万里”，即是说想象可以在活动的瞬间突破现实时间和空间的限制，纵览古今，驰骋内外。(2 分)

第二，艺术想象是形象与情感相互交织的过程。(3 分) 在艺术想象中，形象的再现、连接、改变和创造，总是与情感相互交织，如影随形。(2 分) 想象的发生缘于情感的驱动，想象的内涵受情感影响，想象的目的则是情感的表达。(2 分)“思理为妙，神与物游”这里的“神”即是作者的主观意识，包括情感、思绪等；“物”是物象，讲的就是这个道理。(1 分)

2. 别林斯基这里谈的是艺术理解问题。(1 分) 艺术理解是指创作主体融合了形象和情感的理性思维活动。在整个创作过程中，艺术理解始终发挥着重要作用。(1 分) 艺术理解的内涵和作用可以通过如下几个方面表现出来。

在创作动机方面，艺术理解要解决的是作家如何落实创作目的的问题。作家产生创作动机，一方面固然需要情感的激动与生活经验的触发，另一方面，这种触发总是与理解交融在一起并发挥重要作用的。没有艺术理解的参与就不可能有效地进行艺术创作。(3 分) 白居易创作“新乐府”诗，是为了“惟歌生民病，愿得天子知”。这种动机渗透着他对人民的深切理解和同情，情与理融为一体，因而也是一种艺术理解。(2 分)

选材是指作家在大量的生活经验储备中挑选准备表现的材料的过程。怎样的生活材料最适合表达作家的创作意图呢？这就需要运用艺术理解来分析判断。(2 分) 列夫·托尔斯泰之所以选择一个妓女被判刑的事件作为长篇小说《复活》的基本情节，是因为他朦胧地意识到这一情节适合表现其道德上自我完善的主张。(2 分，也可列举其他恰当的例子)

构思是作家调动各种心理机能将纷乱的材料组织成有序的艺术世界的过程。(2 分) 在构思过程中，从性格刻画到情节安排，都离不开艺术理解的帮助。列夫·托尔斯泰构思《复活》时，就是运用艺术理解来调整思路的。(2 分，也可列举其他恰当的例子)

第四章　文学作品

一、内容提要

文学作品是文学创作的成果，也是文学接受和文学批评的对象，蕴含着丰富的结构层次。本章参考中外有关文学作品理论，分文学语言层、文学形象层和文学意蕴层来把握文学作品的具体结构。

文学作品的语言是文学作品最基本的层次，是一种具有表现目的和个性特征的整体性语言构造，在表达目的、真实性标准、意义生成方式等方面都与日常语言及其他专业语言有所不同。其目的是构筑虚拟的艺术世界而非真实世界，其真实性往往根据内心的真实感受和体验而不仅是遵循现实世界的逻辑和法则，其意义生成于特定语境中的文学语言所构造的艺术形象世界，而不是依据语言的词典意义和语法规则。

文学语言的主要特征有自指性、新异性、生动性和韵律性。文学语言的自指性是指文学语言在表意的同时，又通过呈现语言自身的手法、结构和特征以引起读者注意的特殊性质。文学语言的新异性是指文学语言所追求的与表意相统一的、不同于日常语言的新颖性以及有别于其他文学作品语言的特异性。文学语言的生动性是指文学语言在表现生命世界、表达生命感受、创造生命形式过程中所体现的生气、灵动与活力。文学语言的韵律性是指作家艺术地运用语言，使之具有节奏美和声韵美的特性。

文学形象是由文学语言所创造的艺术世界中的具体生活画面，包括人物、景物等具体形象及其构成的整体形象。与日常生活中常见的图画或画面及科技文献中的插图或图表等可感形貌相比，文学形象的基本特征表现为主观性与客观性的交融，虚构性与真实性的结合，确定性与不确定性的并存，个别性与概括性的统一。

文学形象的主要形态有文学象征、文学意境和文学典型三种。文学象征是以表达观念和哲理为目的、以暗示为基本艺术手段、具有荒诞性和审美求解性的艺术形象，其主要特征有暗示性、哲理性和多义性。文学意境主要是指抒情性作品中呈现的情景交融、虚实相生的形象系统及其生发的审美想象空间，具有情境交融的表现特征、虚实相生的结构特征和韵味无穷的审美特征。文学典型主要是指叙事作品中塑造的显出性格特征的富有魅力的人物形象，能表现突出的个性特征，能呈现生命的斑斓色彩，能反映人类灵魂的深度，蕴含着深刻的历史真实。

文学作品的意蕴是指由文学语言和文学形象所传达的意义，属于文学作品结构的最深层次。文学作品的意蕴可分为审美情韵层、历史内容层和哲学意味层三个主要层次。由于整个文学作品及其艺术世界是作为有机的生命形式存在的，所以作品的意蕴也构成由表及里的有机系统，进入文学意蕴层次，文学作品的意义就会呈现出更多的不确定性或灵活性，这固然依赖于作家创作所赋予作品的社会生活意义之深广程度，也与读者自身的文学阅读与接受素养及眼光等紧密相连。

二、关键词与考点

（一）关键词

1. 文学语言的基本性质。文学作品的语言是文学作品最基本的层次，是一种具有表现目的和个性特征的整体性语言构造。与日常语言及其他专业语言相比，其目的是构筑虚拟的艺术世界而非真实世界，其真实性往往根据内心的真实感受和体验而不仅是遵循现实世界的逻辑和法则，其意义生成于特定语境中的文学语言所构造的艺术形象世界，而不是依据语言的词典意义和语法规则。

2. 文学语言的主要特征。文学语言的主要特征有自指性、新异性、生动性和韵律性。文学语言的自指性是指文学语言在表意的同时，又通过呈现语言自身的手法、结构和特征以引起读者注意的特殊性质。文学语言的新异性是指文学语言所追求的与表意相统一的、不同于日常语言的新颖性以及有别于其他文学作品语言的特异性。文学语言的生动性是指文学语言在表现生命世界、表达生命感受、创造生命形式过程中所体现的生气、灵动与活力。文学语言的韵律性是指作家艺术地运用语言，使之具有节奏美和声韵美的特性。

3. 文学形象及其基本特征。文学形象是由文学语言所创造的艺术世界中的具体生活画面，包括人物、景物等具体形象及其构成的整体形象。文学形象的基本特征表现为主观性与客观性交融，虚构性与真实性结合，确定性与不确定性并存，个别性与概括性统一。

4. 文学象征及其特征。文学象征是以表达观念和哲理为目的、以暗示为基本艺术手段、具有荒诞性和审美求解性的艺术形象，其主要特征有暗示性、哲理性和多义性。

5. 文学意境及其特征。文学意境主要是指抒情性作品中呈现的情景交融、虚实相生的形象系统及其生发的审美想象空间，具有情境交融的表现特征、虚实相生的结构特征和韵味无穷的审美特征。

6. 文学典型及其特征。文学典型主要是指叙事作品中塑造的显出性格特征的富有魅力的人物形象，能表现突出的个性特征，能呈现生命的斑斓色彩，能反映人类灵魂的深度，蕴含着深刻的历史真实。

7. 文学作品意蕴的含义和层次。文学作品的意蕴，是指由文学语言和文学形象所传达的意义，属于文学作品结构的最深层次。文学作品的意蕴可分为审美情韵层、历史内容层和哲学意味层三个主要层次。这三层意蕴在不同类型的文学作品中各有偏重。

（二）考点

1. 文学语言与其他语言的差异。要求学生结合相关中外文论及具体文学语言实例，分析文学语言异于日常语言的几种基本特征。

2. 文学语言的自指性。要求学生在具体阅读中感受和认识文学语言自身所具有的指向文学作品艺术世界的审美价值。

3. 文学语言的新异性。要求学生通过文学语言与日常语言比较以及不同文学作品语言的相互比较，体会并认识文学语言的新异性特征。

4. 文学形象的基本特征。要求学生在主观性与客观性、虚构性与真实性、确定性与不确定性、个别性与概括性等矛盾统一关系中理解文学形象的特征。

5. 文学象征的特征。要求学生结合中外文学作品具体分析文学象征所体现的暗示性、哲理性和多义性等主要特征。

6. 文学意境的特征。要求学生结合有关诗歌作品和诗论，体会、理解并分析文学意境所具有的情景交融、虚实相生、韵味无穷等艺术特征。

7. 文学典型的特征。要求学生能从个性特征、生命色彩、灵魂深度、历史真实等多个层次具体分析文学作品中典型形象的特征。

8. 文学作品意蕴的多重层次。要求学生能根据不同文学作品的特点，分析其中的审美情韵、历史内容、哲学意味等多层次意蕴。

三、知识点精讲

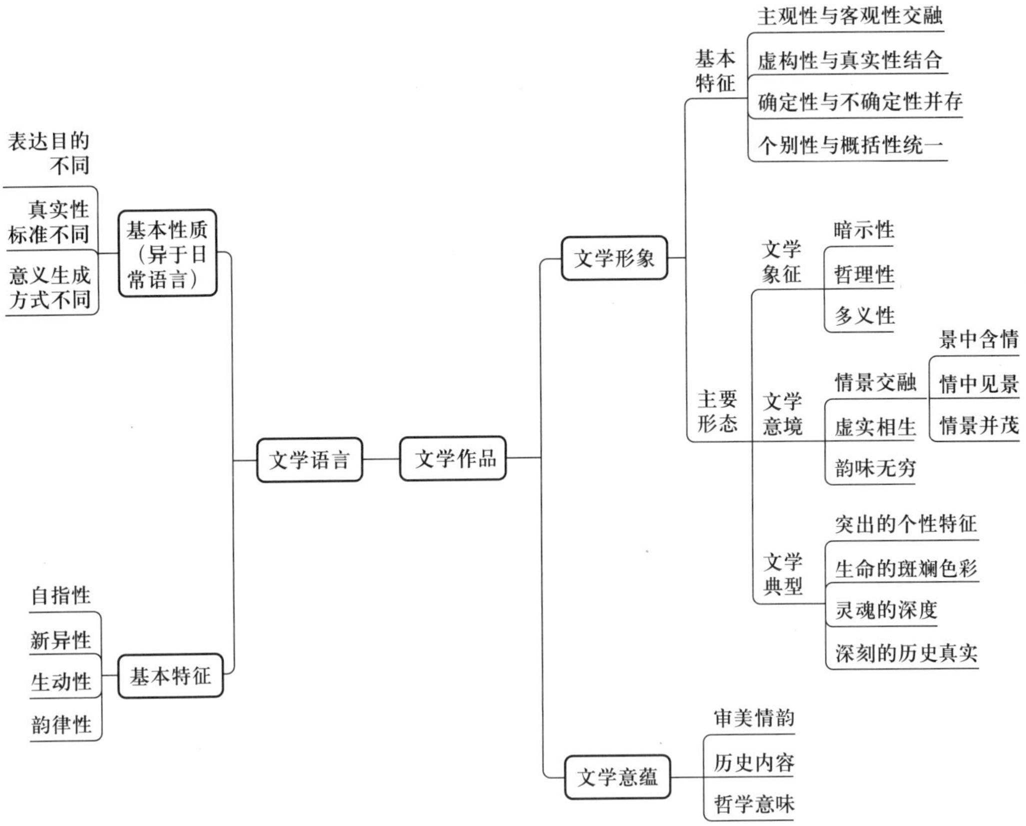

本章知识结构图

本章的重要知识点包括文学语言的基本性质和主要特征、文学作品形象的主要类型及其特征、文学作品意蕴的层次及其联系等。

1. 文学语言的基本性质和主要特征。文学作品的语言是作家对日常语言进行精心选择和加工、用来创造艺术世界、具有艺术魅力的语言。第一，表达目的不同。日常语言和科学语言等主要用于使用者与外在世界的交往，其语言行为如议论、陈述、抒情等一般指向现实世界。文学语言的直接目的是构筑虚拟的艺术世界，艺术世界是一种假定和虚拟的存在，是如黑格尔所说的“诉之于心灵”和“经过心灵化”的东西。第二，真实性标准不同。日常语言和科学语言等一般要服从于现实世界和日常生活的真实性，有真假正误之分。文学语言则服务于艺术世界的虚拟性，因而作家在创作过程中可以根据内心真实感受和体验进行虚构。第三，意义生成方式不同。日常语言和科学语言等往往以意义的表达和接受的畅通为基础，基本要求是准确、鲜明。文学语言意义的生成方式多是间接的，文学语义往往并不直接产生于语言的词典意义和语法规则，而是生成于特定语境中的文学语言所构造的艺术形象世界，读者需要从文学作品的语言和艺术形象整体中，逐渐领悟其全部意义。

从众多的优秀作品中，可以概括出文学语言的如下特征：第一，自指性。文学语言的自指性是指文学语言在表意的同时又通过呈现语言自身的手法、结构和特征以引起读者注意的特殊性质。文学创作是一种高度自觉的语言创造活动，因此文学语言必然会超越日常实用语言的媒介性和工具性，其自身也会成为作家审美观照和艺术表现的对象。第二，新异性。文学语言的新异性是指文学语言所追求的与表意相统一的不同于日常语言的新颖性以及有别于其他文学作品语言的特异性。第三，生动性。文学语言的主要目的是创造具有生命形式的文学作品。作家在遣词造句时，总是追求如生命一般的自然浑成和生气灌注。文学语言的这种生动性可以用一个“活”字来概括。汪曾祺在《中国文学的语言问题》中说：“语言像树，枝干树叶，汁液流转，一枝动，百枝摇；它是‘活’的。”第四，韵律性。韵律是语言的固有特征，它是由语言自身的音节、声调、长短等相互呼应、对比所形成的有规律的现象。相对于各种实用语言来说，文学语言具有更强的节奏和声韵之美。如朱光潜在《散文的声音节奏》中说：“声音节奏在科学文里可不深究，在文学里却是一个最主要的成分，因为文学须表现情趣，而情趣就大半要靠声音节奏来表现，犹如在说话时，情感表现于文字意义的少，表现于语言腔调的多，是一个道理。”

2. 文学形象的主要类型及其特征。文学形象是由文学语言所创造的艺术世界中的具体生活画面，包括人物、景物等具体形象及其构成的整体形象。文学形象的主要形态有文学象征、文学意境和文学典型。

文学象征是以表达观念和哲理为目的、以暗示为基本艺术手段、具有荒诞性和审美求解性的艺术形象，其主要特征表现为：第一，暗示性。读者通过作者所提供的语词构造而猜想出其中隐藏的深意，就是暗示性。如黑格尔所说：“象征一般是直接呈现于感性观照的一种现成的外在事物，对这种外在事物并不直接就它本身来看，而是就它所暗示的一种较广泛较普遍的意义来看。”第二，哲理性。古今中外诸多文学作品，都以表达哲理作为创造文学象征的目标。如中国古代神话“精卫填海”，其形象是象征，在象征形象背后所寓含的却是以小持大、奋斗不息的哲理。第三，多义性。文学象征往往是作家个人创造的象征，与作为惯例存在的公众象征有所不同。公众象征的意义是文化赋予的，比较明确，如十字架在基督教文化中的象征意义、龙在中国文化中的象征意义等。文学象征作为作家“个人的象征”，往往是在一种文学形象中蕴含着多重意义空间。文学象征的多义性不同于文学意境的含蓄性。含蓄性的“言外之意”往往是通过情景交融的方式，融情于景，以景含情，创造一种情思弥漫的意境和氛围，让读者去慢慢品味。寄托性的“言外之意”属于象征型文学形象的“多义性”，一般是通过托物言志、寓言比兴的方式，将内心的人格精神、理想怀抱、思想观念等与某个真实或虚构的外在具体事物相对应，外化为事物的一些特征。

文学意境主要是指抒情性作品中呈现的情景交融、虚实相生的形象系统及其生发的审美想象空间，其主要特征有：第一，情景交融。作家藏情于景，一切都通过逼真的画面来表达，虽不言情，但情含景中，更显得情真意浓，此为景中含情式。作家往往直抒胸臆，有时不用写景，但景象却历历如现，此为情中见景式。作家亦景亦情，抒情与写景浑然一体，此为情景并茂式。第二，虚实相生。实境是指意境中逼真存在的景、形、境，因此又称“真境”“事境”“物境”。虚境是指由实境诱发和开拓的审美想象空间：一方面是原有画面在联想中的延伸和扩大，即所谓“象外之象”“景外之景”；另一方面是伴随这种具象联想而产生的对情、神、意等虚境的体味和感悟，即所谓“不尽之意”。所以虚境又称为“神境”“情境”和“灵境”。实境是艺术表现的重心，虚境是实境的升华，体现着意境创造的意向和目的。第三，韵味无穷。“韵味”是指意境中所蕴含的咀嚼不尽的艺术之美。南朝刘义庆、萧子显等提倡的“气韵”，刘勰、钟嵘提倡的“余味”“滋味”，晚唐司空图提出的“味外之味”和“韵外之致”说，宋代梅尧臣提出的“含不尽之意见于言外”说，都是对意境的这一审美特征的理论总结。

文学典型主要是指叙事作品中塑造的显出性格特征的富有魅力的人物形象，其主要特征有：第一，具有突出的个性特征。文学典型的特征性可以从两个方面来理解。一方面，文学典型必须具有贯穿其全部活动的、统摄其整个生命的主要特征。另一方面，文学典型还必须通过局部特征反映和形成主要特征。第二，具有生命的斑斓色彩。18 世纪以前，西方的典型塑造一般关注类型化，人物性格往往是单色调的。到了 19 世纪，随着现实主义文学创作达到顶峰，人物性格的描写也由简单到复杂，写实文学发展到以性格复杂丰满的“圆形人物”为美的阶段。第三，具有灵魂的深度。所谓“灵魂的深度”，主要表现为人物性格在何种程度上表达了人类解放自身的要求和改变现存不合理秩序的愿望。第四，蕴含着深刻的历史真实。文学典型体现的历史真实还包括作家真诚的人格与心灵，这仍然是那个时代的精神或社会心理的表现。

3. 文学作品意蕴的层次及其联系。文学作品的意蕴，是指由文学语言和文学形象所传达的意义，属于文学作品结构的最深层次。文学作品的意蕴可分为三个主要层次：第一，审美情韵层。审美情韵，是指由作品的形象和情境中流溢出来的美的情感和韵致。第二，历史内容层。文学的历史内容是指文学作品所反映的历史真相、趋势和意义等历史意蕴。第三，哲学意味层。作品意蕴的最深层一般是哲学意味层。亚里士多德在《诗学》中说："写诗这种活动比写历史更富于哲学意味，更被严肃地对待；因为诗所描写的事带有普遍性，历史则叙述个别的事。"

由于整个文学作品及其艺术世界是作为有机的生命形式存在的，所以作品的意蕴也构成由表及里的有机系统。如小说《红楼梦》首先全面呈现了那个时代不同社会阶层日常生活的历史真实。其次，小说着力表现了封建大家族中众多年轻女性被压抑、受欺凌、遭伤害的悲剧性的真实命运。最后，小说在表现贾、王、史、薛四大家族由盛转衰以及众多年轻女性悲剧命运的基础上，进一步揭示了一种盛衰无常、繁华如梦、色空不异的人生真相。

四、思考题解答

1. 文学语言与日常语言有什么不同？

（1）答题要点

文学作品的语言是作家对日常语言进行精心选择和加工、用来创造艺术世界、具有艺术魅力的语言。与日常语言相比，文学语言主要体现出如下特殊性质：

第一，表达目的不同。日常语言主要用于使用者与外在世界的交往，其语言行为如议论、陈述、抒情等一般指向现实世界。文学语言的直接目的是构筑虚拟的艺术世界，通过艺术世界而间接反映和作用于现实世界。如在"一川烟草""蓝田日暖玉生烟"等诗句中，"烟"字不再表示其现实中的直指意义，表达的是诗人的主观印象和感受，引发的是读者的美好联想和体验。

第二，真实性标准不同。日常语言一般要服从于现实世界和日常生活的真实性，有真假正误之分。文学语言则服务于艺术世界的虚拟性，因而作家在创作过程中可以根据内心真实感受和体验进行虚构。如杜甫《古柏行》诗中的

“霜皮溜雨四十围，黛色参天二千尺”，也不是对物理事实的反映，而是诗人心中真实感受的表达。

第三，意义生成方式不同。日常语言往往以意义的表达和接受的畅通为基础，基本要求是准确、鲜明。文学语言意义生成于特定语境中的文学语言所构造的艺术形象世界，读者需要从文学作品的语言和艺术形象整体中，逐渐领悟其全部意义。

（2）引述或案例提示

可以援引朱光潜《诗论》中关于“烟”的科学直指意义与文学联想意义的区分，辨析文学语言与日常语言在表达目的上的差异；援引沈括《梦溪笔谈》对杜甫《古柏行》诗句的批评，分析文学语言与日常语言在真实标准上的不同。

2. 文学作品的语言的特征是什么？请举例说明。

（1）答题要点

从众多的优秀作品中，可以概括出文学语言的如下特征：

第一，自指性。文学语言的自指性是指文学语言在表意的同时又通过呈现语言自身的手法、结构和特征以引起读者注意的特殊性质。诗歌中常见的押韵、平仄、对仗、用典、隐喻、反讽以及化用陈言、锻炼新语等手法，实际上都会加强文学语言的自指倾向。

第二，新异性。文学语言的新异性是指文学语言所追求的与表意相统一的不同于日常语言的新颖性以及有别于其他文学作品语言的特异性。如杜甫的《登岳阳楼》写洞庭湖水面之开阔和水势之盛大，不是选取“烟波”“澒洞”“浩荡”等常用词汇，而是精心锤炼出“吴楚东南坼，乾坤日夜浮”一联，以新奇的联想和夸张的笔法，写出了洞庭湖给登楼远望的诗人带来的巨大震撼。

第三，生动性。文学语言的主要目的是创造具有生命形式的文学作品。如谢灵运“池塘生春草，园柳变鸣禽”（《登池上楼》）中的“生”和“变”，王维“泉声咽危石，日色冷青松”（《过香积寺》）中的“咽”和“冷”，王安石“含风鸭绿粼粼起，弄日鹅黄袅袅垂”（《南浦》）中的“含”和“弄”等。

第四，韵律性。文学语言的韵律性，是指作家艺术地运用语言，使之具有节奏美和声韵美的特性。韵律是语言的固有特征，是由语言自身的音节、声调、长短等相互呼应、对比所形成的有规律的现象。闻一多的诗作《死水》《静夜》等，都是诗歌韵律美实践的成功之作。

（2）引述或案例提示

可以援引雅各布森《何谓诗》中有关诗歌语言特征的论述，结合具体文学作品分析文学语言的自指性特征；援引杜甫“语不惊人死不休”、韩愈“惟陈言之务去”等论文之语，结合具体作品分析文学语言的新异性特征；援引苏珊·朗格《情感与形式》和汪曾祺《中国文学的语言问题》有关论述，结合李白《峨眉山月歌》等分析文学语言的生动性特征；援引韩愈“气盛言宜”说和朱光潜《散文的声音节奏》中有关论述，结合具体作品分析文学语言的韵律性特征。

3. 试述文学形象的特征。

（1）答题要点

文学形象是由文学语言所创造的艺术世界中的具体生活画面，包括人物、景物等具体形象及其构成的整体形象，其基本特征有：

第一，主观性与客观性的交融。文学形象是作家精心塑造和想象的产物，寄托着作家的主观情思，因此具有主观性。同时，文学形象又总是源于社会生活，作家塑造文学形象必须有一定现实根据，因此文学形象又具有一定的客观性。文学形象的主客交融既体现为杜甫的《秋兴八首》之类心物相融的抒情之作，也体现为巴尔扎克的《人间喜剧》之类寓主观倾向于客观描写的叙事之作，还体现为马尔克斯的《百年孤独》这种亦真亦幻的“魔幻现实主义”作品。

第二，虚构性与真实性的结合。艺术真实性是指形象的“合理”与“合情”。“合理”还意味着文学形象要合乎理想。如陶渊明的《桃花源记》，不仅真实地表达了人民的心愿，而且还表现人们对动乱不平的现实世界的否定性评价，所以也包含着真实的因素。“合情”是指文学形象必须反映人们真切的感受、真挚的情感和真诚的意向。如汤显祖在《牡丹亭》里让杜丽娘因情而死，又因情而生，表达了爱情的崇高与真诚。

第三，确定性与不确定性的并存。文学形象是用语言塑造的，不是直观的而是想象的，不是直接的而是间接的，因此，文学形象具有确定性与不确定性相统一的特征。如《红楼梦》中的林黛玉形象，她是林姑妈的女儿，是贾宝玉的表妹，是一个美丽、聪慧、纤弱、多愁善感的少女。但是林黛玉具体如何美丽，有怎样的相貌、气质和神韵，作者的描写又极不确定，读者需要调动自己的生活经验去想象、补充和创造，在想象和再创造中获得审美愉悦。

第四，个别性与概括性的统一。作为艺术概括的文学形象，始终不离个别，而且还要强化、突出个别性，从而更显著、更充分地表达出“一般”。如鲁迅笔下的祥林嫂形象，概括了旧中国千千万万劳动妇女的悲惨命运。

（2）引述或案例提示

可以结合古典抒情诗词、中外叙事小说、西方象征戏剧等不同类型文学作品，具体分析文学形象的主客观统一的特征；可以援引李泽厚《虚实隐显之间》论生活之“实”与艺术之“实”的区别，以汤显祖《牡丹亭》、陶渊明《桃花源记》等作品为例，分析文学形象虚构性与真实性统一的特征；结合《红楼梦》中林黛玉形象和莎士比亚塑造的哈姆雷特形象，分析文学形象的确定性与不确定性统一的特征；可以援引茅盾在《通信》和《读〈呐喊〉》中有关《阿Q正传》的评论，分析文学形象的个别性与概括性统一的特征。

4. 试结合具体实例论述文学象征的特征。

（1）答题要点

文学象征是以表达观念和哲理为目的、以暗示为基本艺术手段、具有荒诞性和审美求解性的艺术形象。文学象征的特征主要表现在三个方面：

第一，暗示性。这是指文学象征所具有的非直接的表义特征。如梅特林克的剧作《青鸟》通过两个孩子寻找青鸟的故事，象征着人类对幸福的渴望与追求。

第二，哲理性。如中国古代神话《精卫填海》，在象征形象背后所寓含的却是以小持大、奋斗不息的哲理。

第三，多义性。文学象征作为作家“个人的象征”，往往在一种文学形象中蕴含着多重意义空间。如李商隐的《锦瑟》一诗就其主题即有“悼亡”“自伤”“代序”“寄托”等多重理解，而诗中的“锦瑟”“五十弦”“沧海珠泪”“蓝田玉烟”等具体意象究竟象征什么，暗示什么，寓意何事，也总是引起后世读者无限求解的冲动。

（2）引述或案例提示

可以援引《史记·屈原贾生列传》所引刘安有关《离骚》“其称文小而其指极大，举类迩而见义远”的评论，分析文学象征的暗示性特点；可以援引神话《精卫填海》《夸父逐日》或西方现代戏剧《青鸟》《等待戈多》等，分析文学象征的哲理性特征；还可以援引皮锡瑞《经学通论·诗经》论中国古典诗词中常见的“托意男女”手法，结合傅毅《孤竹篇》、张衡《同声歌》、曹植

《美女篇》等作品，分析文学象征的多义性特征。

5. 文学意境的特征是什么？举例说明意境结构的虚实相生。

（1）答题要点

文学意境主要是指抒情性作品中呈现的情景交融、虚实相生的形象系统及其生发的审美想象空间。文学意境的特征主要表现在三个方面：

第一，情景交融的表现特征。在景中含情意境创造中，作家藏情于景，一切都通过逼真的画面来表达，虽不言情，但情含景中，更显得情真意浓，如李白的《送孟浩然之广陵》。情中见景式意境创造方式往往直抒胸臆，有时不用写景，但景象历历如现，如陈子昂的《登幽州台歌》。在情景并茂式意境中，抒情与写景达到浑然一体的程度，如李商隐的《夜雨寄北》。

第二，虚实相生的结构特征。实境是指意境中逼真存在的景、形、境，因此又称“真境”“事境”“物境”。虚境是指由实境诱发和开拓的审美想象空间：一方面是原有画面在联想中的延伸和扩大，即所谓“象外之象”“景外之景”；另一方面是伴随这种具象联想而产生的对情、神、意等虚境的体味和感悟，即所谓“不尽之意”。如叶绍翁的《游园不值》中具体描写的园外之景是实境。诗人由一枝红杏引起的怦然心动的愉悦，以及对满园春色、百花盛开的推测和联想，则是由实境诱发和开拓的第一层审美想象的空间。出墙的红杏、紧闭的园门与联想中的满园春色，又引人进入哲理的思考，领悟到美好的东西总是封锁不住的道理，这是由实境诱发和开拓的第二层审美想象的空间。

第三，韵味无穷的审美特征。“韵味”是指意境中所蕴含的咀嚼不尽的艺术之美，有情韵、韵致、理趣、意味、兴趣、兴味、趣味等多种别名。如阅读唐代诗人张若虚的《春江花月夜》这首诗，从中可以领略到月夜春江的如梦美景，体会到青春的生机荡漾和纯洁新鲜，感受到闺中对游子驱之不去的牵挂，察悟到自然与人事的息息相通，甚至从灵魂深处生出对无限宇宙的不尽困惑和追寻。

（2）引述或案例提示

可以援引欧阳修《六一诗话》所引梅尧臣“必能状难写之景，如在目前；含不尽之意，见于言外”之语，对“鸡声茅店月，人迹板桥霜”等诗句中情景关系作点评，分析有关诗文中意境的特征和内涵；可以援引王夫之《姜斋诗话·夕堂永日绪论内编》关于“景以情合，情以景生”的品评，探析诗歌意境中情景融合方式的多样性和丰富性；还可以援引宗白华《中国艺术意境之诞生》所论，并结合李白《玉阶怨》等作品，分析意境虚实相生的结构特征。

6. 请联系具体文学作品说明文学意境与文学象征的区别。

（1）答题要点

文学象征的多义性不同于文学意境的含蓄性。钱锺书对此作过很清楚的比较和说明："夫'言外之意'，说诗之常，然有含蓄与寄托之辨。诗中言之而未尽，欲吐复吞，有待引申，俾能圆足，所谓'含不尽之意，见于言外'，此一事也。诗中所未尝言，别取事物，凑泊以合，所谓'言在于此，意在于彼'，又一事也。前者顺诗利导，亦即蕴于言中，后者辅诗齐行，必须求之文外。"

含蓄性的"言外之意"往往是通过情景交融的方式，融情于景，以景含情，创造一种情思弥漫的意境和氛围，让读者去慢慢品味。如戴叔伦的《过三闾庙》感屈子之冤深难言，化情语为景语，那"日暮秋风"仿佛是作者内心涌起的无限伤悼和同情，那"潇潇枫林"又仿佛在诉说着屈子无尽的冤屈和离愁。

寄托性的"言外之意"属于象征型文学形象的"多义性"，一般是通过托物言志、寓言比兴的方式，将内心的人格精神、理想怀抱、思想观念等与某个真实或虚构的外在具体事物相对应，外化为事物的一些特征，如刘桢的《赠从弟三首》以青松"罹凛寒"的习性象征其坚贞不屈的人格骨气，以凤凰高翔的姿态象征其高远的人生志向。

（2）引述或案例提示

可以援引钱锺书《管锥编》论"言外之意"分"寄托与含蓄"两种类型，辨析象征式"托物言志"与意境式"意情景交"的区别，援引汉代王逸《楚辞章句序》"引譬连类"之"兴"与南宋李仲蒙"触物以起情"之"兴"，讨论中国古代象征式"兴"论向意境式"兴"论的转换。

7. 何谓文学典型？试述文学典型的美学特征。

（1）答题要点

文学典型主要是指叙事作品中塑造的显出性格特征的富有魅力的人物形象。文学典型的美学特征表现如下：

第一，文学典型具有突出的个性特征。文学典型必须具有贯穿其全部活动的、统摄其整个生命的主要特征，如王熙凤的"心狠手辣"、阿 Q 的"精神胜利法"等。

第二，文学典型具有生命的斑斓色彩。如在林黛玉的性格中，既有一颗聪慧过人、缠绵悱恻、向往着美好爱情的女儿之心，又有一颗诗意充盈、敏感多思、向往着自由和舒展个性的诗人之心，还有一颗饱读诗书、超凡脱俗、孤独自傲的士子之心。

第三，文学典型具有灵魂的深度。黑格尔说：“一个艺术家的地位愈高，他也就愈深刻地表现出心情和灵魂的深度。”所谓“灵魂的深度”，主要表现为人物性格在何种程度上表达了人类解放自身的要求和改变现存不合理秩序的愿望。

第四，文学典型蕴含深刻的历史真实。如阿 Q 的悲剧命运，既是对当时现实关系的逼真写照，也深刻地反映了辛亥革命失败的历史真实。

（2）引述或案例提示

可以援引明代李贽《水浒传》第三回评点中关于鲁智深、武松、阮小七、石秀、呼延灼、刘唐等急性之人同中有异的比较，分析典型人物的个性特征；可以援引普希金在《茶余饭后的漫谈》中对莎士比亚与莫里哀剧中人物形象的比较，分析典型人物性格的复杂性；还可以援引王昆仑《红楼梦人物论》对王熙凤、林黛玉、薛宝钗、晴雯等人物形象的解读，分析典型人物形象真实品格和社会意义。

8. 举例说明文学作品意蕴的系统性和丰富性。

（1）答题要点

文学作品的意蕴，是指由文学语言和文学形象所传达的意义，属于文学作品结构的最深层次。文学作品的意蕴可分为三个主要层次：第一，审美情韵层，是指由作品的形象和情境中流溢出来的美的情感和韵致。第二，历史内容层，是指文学作品所反映的历史真相、趋势和意义等历史意蕴。第三，哲学意味层。“哲学意味”不是干巴巴的道理，而是融合了生动形象和真挚情感的道理。

由于整个文学作品及其艺术世界是作为有机的生命形式存在的，所以作品的意蕴也构成由表及里的有机系统。如《红楼梦》首先全面呈现了那个时代不同社会阶层日常生活的历史真实，汇聚了由“翰墨”“技艺”“人物”“事迹”等多方面构成的丰富多样的社会生活画卷。其次，着力表现了封建大家族中众多年轻女性被压抑、受欺凌、遭伤害的悲剧性的真实命运。最后，小说在表现贾、王、史、薛四大家族由盛转衰以及众多年轻女性悲剧命运的基础上，进一步揭示了一种盛衰无常、繁华如梦、色空不异的人生真相。

（2）引述或案例提示

可以援引王蒙《红楼启示录》关于《红楼梦》反映生活整体和本体的论述，分析诸如《红楼梦》《子夜》《家》《平凡的世界》等古今优秀小说中的丰富意蕴。

五、阅读书目

1.〔南朝梁〕刘勰：《文心雕龙注释》，周振甫注释，人民文学出版社1981年版。《文心雕龙》是中国古代具有文章总论性质的经典著作，弥纶群言，包举宏纤，除“文之枢纽”“论文叙笔”“剖情析采”等主要内容，还论述了文章写作与历史自然（《时序》《物色》）、文章作者才能（《才略》）、文章鉴赏批评（《知音》）、立言与立功（《程器》）等问题。《文心雕龙》中包含着丰富的文章（含文学作品）结构理论，最基本的是言与意、情与辞、义与词等二分结构，在此基础上又有更加具体的“情志—事义—辞采—宫商（韵律）”四分结构（《附会》）等。

2. 王国维：《人间词话》，徐调孚、周振甫注，人民文学出版社1960年版。《人间词话》是中国近现代之际产生的一部试图融合中西文学观念的词学著作，以“境界”为中心概念，以情景关系为主线，以“真”为基本标准，对历代诗词进行点评，在具体批评中区分了有我之境与无我之境、写境与造境、大境与小境、隔与不隔等，总结、丰富并拓展了中国传统意境理论。

3. 宗白华：《美学散步》，上海人民出版社1981年版。《美学散步》汇集了宗白华一生最精要的美学篇章，虽无严整宏大的理论体系，却充满了灵思和妙悟，其中《中国艺术意境之诞生》《中国艺术表现里的虚和实》《论文艺的空灵与充实》《中国诗画中所表现的空间意识》等篇，对意境创造中情与景、虚与实、心灵与宇宙、有限与无限等问题，都作了精妙的描述和阐发。

4. 朱光潜：《诗论》，上海古籍出版社2005年版。朱光潜一生著述宏富，但他本人很看重《诗论》，曾自述：“在我过去的写作，自认为用功较多，比较有点独到见解的，还是这本《诗论》。”在《诗论》中，朱光潜试图用西方诗论来解释中国古典诗歌，同时用中国诗论来印证西方诗论，对中国诗歌走上律诗道路的内在机制作了积极探索，从声、顿、韵等方面分析了中国古典诗歌节奏和韵律的特征。

5. 汪曾祺：《汪曾祺全集》第9卷《谈艺卷》，人民文学出版社2019年版。

在中国现当代作家中，汪曾祺作品语言的特色非常鲜明，自然而不失精致，讲究而充满生活气息，似脱口而出，却总是恰到好处，富有节奏之美。汪曾祺关于文学语言的心得体会和认识理解，见于他本人所写的《“花儿”的格律——兼论新诗向民歌学习的一些问题》（1979 年）、《关于文学的语言问题——在大足县业余作者座谈会上的讲话》（1982 年）、《语言是艺术》（1983 年）、《用韵文想》（1986 年）、《关于小说语言（札记）》（1986 年）、《中国作家的语言意识》（1987 年）、《文学语言杂谈》（1987 年）等文章。

6. ［波兰］罗曼·英加登（又译“英伽登”）：《论文学作品——介于本体论、语言理论和文学哲学之间的研究》，张振辉译，河南大学出版社 2008 年版。《论文学作品》是英伽登关于文学和艺术最重要的美学著作，其前身是 1931 年德文版的《文学的艺术作品》，1960 年被译为波兰文时改名为《论文学作品》，并作了一些改动和补充。英伽登认为，作为“意向客体”的文学作品并非由偶然因素拼凑起来的松散结合体，而是由语音、意义、图式观相、再现客体四个层次构成的有机统一整体。书中对文学作品的每个结构层次都作了具体分析和说明。

7. ［苏联］什克洛夫斯基：《散文理论》，刘宗次译，百花洲文艺出版社 1994 年版。什克洛夫斯基是俄国形式主义学派的代表人物，书中发表于 1917 年的《作为手法的艺术》一文集中反映了作者及俄国形式主义学派对艺术本质的认识。作者认为艺术作品是种种手法的总和，艺术为了不断唤起读者的新鲜感，需要不断追求语言和手法的“奇异化”（“陌生化”），而相对于散文语言的节约、易懂和正确，诗歌语言则是一种困难的、艰深化的、障碍重重的语言。

8. ［德］黑格尔：《美学》第 2 卷，朱光潜译，商务印书馆 1996 年版。黑格尔在《美学》中提出“美是理念的感性显现”，认为各种特殊的艺术类型是美的理念在不同历史阶段的发展。根据美的理念在发展过程中内容与形式统一程度由低到高的不同，黑格尔将艺术的基本类型分为象征型、古典型和浪漫型三种。在象征型艺术中，理念本身还未获得其定性，无法在具体现象中找到适合它的表现形式，导致理念越出了有限事物的形象，形成了崇高的一般性格。

9. ［英］E. M. 福斯特：《小说面面观》，朱乃长译，中国对外翻译出版公司 2002 年版。1927 年福斯特应邀在剑桥大学主持“克拉克讲座”，发表了一系列关于长篇小说的演讲，后汇集成书出版，名为《小说面面观》。此书由作家批评作家及其作品，文辞生动，深入浅出，书中论及小说中“圆形人物”与“扁形人物”的分类和特征，“故事”与“情节”的区分和联系，“模式”和“节奏”的功能，“幻想”和“预言”的作用等，观点独到，富有启发性。

10. ［美］M. H. 艾布拉姆斯：《镜与灯：浪漫主义文论及批评传统》，郦稚牛、张照进、童庆生译，北京大学出版社2004年版。该书重点研究西方浪漫主义文学理论和文学批评，同时对西方文艺理论做了全面回顾和总结。作者在书中系统提出了文学活动“四要素”说，又根据西方文艺理论和批评对不同文学要素的偏重，划分为“模仿说”“实用说”“表现说”和“客观说”，并从历史发展的角度阐述了不同类型文论的兴衰和利弊，使读者对西方文艺理论史和文学批评史有一个比较全面、清晰的认识。

六、试题库

试　题　I

一、填空题（每个空1分）

1. 在由作品、世界、作者和读者这四个要素组成的文学活动中，________居于中心位置。

2. 王昌龄所作《诗格》中的“三境”说包括________、情境、意境。

3. 文学语言的特征可概括为：________、新异性、________、韵律性。

4. 清代学者________在《文史通义·易教下》中指出“人心营构之象，亦出天地自然之象也”。

5. 宋人梅尧臣说：“必能状难写之景，________；含不尽之意，________，然后为至矣。”

6. 司空图在________中提出“韵外之致”和“味外之旨”。

7. 俄国的________提出了“似曾相识的不相识者”（又译“熟悉的陌生人”）的命题。

8. 刘勰在《文心雕龙》中提出：“文之英蕤，________。”

二、单选题（每小题1分）

1. （　　）把文学作品的内在结构分为语音、意义、图示观相和再现客体共四个层次。

A. 罗曼·英伽登　　B. M. H. 艾布拉姆斯

C. 苏珊·朗格　　D. 黑格尔

2. （　　）是人们在生活中使用的比较自然朴素的语言。

A. 文学语言　　B. 科学语言

C. 哲学语言　　D. 日常语言

3. 文学语言的自指性在（　　）文体中体现得最为突出。

A. 散文　　B. 小说

C. 诗歌　　D. 戏剧

4. “真实地再现典型环境中的典型人物”，这一命题的提出者是（　　）。

A. 马克思　　B. 恩格斯

C. 巴尔扎克　　D. 狄更斯

5. 司空图在（　　）中提出“思与境谐”。

A. 《诗式》　　B. 《与极浦书》

C. 《与王驾评诗书》　　D. 《与李生论诗书》

三、多选题（每小题 2 分）

1. 文学作品的主要结构层次有（　　）。

A. 文学语言层　　B. 文学体式层

C. 文学形象层　　D. 文学意蕴层

2. 以下属于象征派诗人及其代表作的有（　　）。

A. 叶芝《荒原》　　B. 瓦雷里《海滨墓园》

C. 里尔克《豹》　　D. 艾略特《塔楼》

3. 根据黑格尔在《美学》中的典型观，典型人物形象应该体现出（　　）。

A. 典型性　　B. 特殊性

C. 普遍性　　D. 个体性

4. 文学意蕴的层次可以划分为（　　）。

A. 审美情韵层　　B. 历史内容层

C. 审美意境层　　D. 哲学意味层

5. 文学象征的特征主要包括（　　）。

A. 含蓄性　　B. 暗示性

C. 哲理性　　D. 多义性

四、名词解释（每小题 3 分）

1. 文学典型

2. 文学作品的意蕴
3. 《诗的格律》
4. 哲学意味层
5. 情景交融

五、辨析题（每小题 4 分）

1. 文学语言具有一定的虚拟性。
2. 文学作品中的语言本身也能够成为艺术表现的对象。
3. 韵律美只在古体诗中存在。
4. 文学形象完全是作家主观创造的产物。
5. 文学作品必须具有审美情韵层。

六、简答题（每小题 6 分）

1. 文学语言与日常语言及其他专业语言相比表现出哪些特殊性质？
2. 文学形象的虚构性创造怎样才能做到“合情合理”？
3. 试辨别文学象征的多义性与文学意境的含蓄性。

七、论述题（每小题 11 分）

1. 结合本章关于文学语言的论述，试分析下面这首元曲的语言特点。

天净沙·秋思

马致远

枯藤老树昏鸦，
小桥流水人家，
古道西风瘦马。
夕阳西下，
断肠人在天涯。

2. 试具体分析陈忠实小说《白鹿原》的意蕴层次。

参考答案

一、填空题

1. 文学作品
2. 物境
3. 自指性　生动性
4. 章学诚
5. 如在目前　见于言外

6.《与李生论诗书》

7. 别林斯基

8. 有秀有隐

二、单选题

1	2	3	4	5
A	D	C	B	C

三、多选题

1	2	3	4	5
ACD	BC	ABD	ABD	BCD

四、名词解释

1. 文学典型主要是指叙事作品中塑造的具有鲜明性格特征、极富魅力的人物形象。(1 分) 文学典型应当显现突出的个性特征，具有生命的斑斓色彩，呈现出灵魂深度，蕴含深刻的历史真实。(2 分)

2. 文学作品的意蕴是指由文学语言和文学形象所传达的意义，属于文学作品结构的最深层次。(1 分) 文学作品的意蕴可分为三个主要层次：审美情韵层、历史内容层、哲学意味层。(1 分) 由于文学作品及其艺术世界是作为有机的生命形式存在的，所以作品的意蕴也具有有机系统性与丰富性。(1 分)

3.《诗的格律》是闻一多的作品。(1 分) 他特别强调格律对现代汉语诗歌的重要意义，提出诗歌应该具有音乐美、绘画美和建筑美。(1 分) 音乐美和建筑美都是诗歌声律之美的集中体现，要求在声调、押韵和节奏等方面做到协调、匀称。绘画美是指语词的使用可以产生视觉上的具体印象。(1 分)

4. 作品意蕴的最深层一般是哲学意味层。(1 分) 文学作品所描写的事带有普遍性，即具有某种带规律性的道理，其中包含“哲学意味”。(1 分) “哲学意味”不是生硬的道理，而是融合了生动形象和真挚情感的道理，蕴含在感性、具体的场景和氛围中，只可意会，不可言传。(1 分)

5. 情景交融是意境的表现特征。(1 分) 情景交融的方式可分为三种：景中含情式、情中见景式、情景并茂式。(2 分)

五、辨析题

1. 正确。(2 分) 文学语言与日常语言的真实性标准不同，主要以体验的

真实为标准，作家在创作过程中可以根据内心真实感受和体验进行虚构。(2分)

2. 正确。(2分) 文学语言具有自指性，在表意的同时也能够通过呈现语言自身的手法、结构和特征以引起读者注意。因此，文学语言必然会超越日常语言的媒介性和工具性，其自身也会成为作家审美观照和艺术表现的对象。(2分)

3. 错误。(2分) 中国古代格律诗是文学语言韵律之美长期凝练后形成的相对固定的模式。在现代白话诗和小说中，语言同样具有韵律美，只是其韵律美的形式不再像古体诗那样固定，而是更加自由、多样。(2分)

4. 错误。(2分) 文学形象是主观性与客观性的交融，既是作家精心塑造和想象的产物，寄托着作家的主观情思，具有主观性；同时又来源于社会生活，作家塑造文学形象必须有一定的现实根据，具有一定的客观性。(2分)

5. 正确。(2分) 审美情韵是指由作品的形象和情境中流溢出来的美的情感和韵致，文学作品首先必须是一种审美对象，因此每一部文学作品可以没有其他意蕴，但至少应具有审美情韵层。(2分)

六、简答题

1. 第一，表达目的不同。日常语言和其他专业语言等强调指向现实世界的交往功能，而文学语言的直接目的是构筑虚拟的艺术世界。(2分)

第二，真实性标准不同。日常语言和其他专业语言等一般要服从于现实世界和日常生活的真实性。文学语言则服务于艺术世界的虚拟性，允许合理的虚构。(2分)

第三，意义生成方式不同。日常语言和其他专业语言等一般遵循的是语义逻辑。文学语言意义往往生成于文学语言所构造的艺术形象整体世界，其生成方式多是间接、多样的。(2分)

(举例说明亦可酌情给分)

2. 文学形象的虚构性应当做到“合情合理”、情理统一。

所谓“合理”，是指文学形象要符合现实世界的客观规定性，以保证文学形象的真实。此外，“合理”还意味着文学形象要合乎人类积极、美好的理想。(3分)

所谓“合情”，是指文学形象必须反映人们真切的感受、真挚的情感和真诚的意向。在塑造文学形象时，要求情与理的统一；而当情与理发生矛盾时，更要以情

为主，以情统理。(3 分)

3. 文学象征的多义性不同于文学意境的含蓄性。

含蓄性的“言外之意”往往是通过情景交融的方式，融情于景，以景含情，创造一种情思弥漫的意境和氛围，让读者去慢慢品味。(3 分)

寄托性的“言外之意”属于象征型文学形象的“多义性”，一般是通过托物言志、寓言比兴的方式，将内心的人格精神、理想怀抱、思想观念等与某个真实或虚构的外在具体事物相对应，外化为事物的一些特征。(3 分)

七、论述题

1. 首先，文学语言具有自指性。自指性是指文学语言在表意的同时又通过呈现语言自身的手法、结构和特征以引起读者注意的特殊性质。文学语言能够超越日常实用语言的媒介性和工具性，其自身也能够成为作家审美观照和艺术表现的对象。在这首散曲中，前三句共 18 个字 9 个名词，其间无一虚词，后两句也极为简短，全曲简洁凝练，场景勾勒得恰到好处，“增之一分则太长，减之一分则太短”。(3 分)

其次，文学语言具有新异性。新异性是指文学语言所追求的与表意相统一的不同于日常语言的新颖性以及有别于其他文学作品语言的特异性。《天净沙·秋思》中的景物意象并不新鲜，古已有之，但作者将自己的情感浓缩于这十个意象之中，最后才以点睛之笔揭示全曲主题，前三句全是名词和形容词，无一动词，各种景物的关系以及它们各自的动态与形状，全靠读者根据意象之间的组织排列顺序以及自己的生活经验去把握。这种奇妙的用字法，实在为古之所罕见，其用字之简练已达到不能再减的程度。用最少的文字来表达丰富的情感，这正是《天净沙·秋思》这首小令艺术上取得成功的原因之一。(3 分)

再次，文学语言具有生动性。文学语言的主要目的就是创造具有生命形式的文学作品。因此，作家在遣词造句时，总是追求如生命一般的自然浑成和生气贯注。《天净沙·秋思》的艺术效果，又得力于成功地运用映衬技法。作者将许多相对独立的事物同时纳入一个画面之中，从而形成动与静、明与暗、背景与主体的相互映衬，使得整幅画面生动如在目前。同时，其语言所构造的意象都是最能体现秋季凄凉萧条景色，最能表现羁旅行人孤苦惆怅情怀的，使艺术世界的氛围浑然一体。(3 分)

最后，文学语言具有韵律性。文学的韵律性是指作家艺术地运用语言使之具有节奏美和声韵美的特性。韵律是语言的固有特征，它是由语言自身的音节、声调、长短等相互呼应、对比所形成的有规律的现象。这曲小令短短28字，随着平仄转换，音调变换，气息也随之转换，结构精巧，平仄起伏，顿挫有致，音韵铿锵，直贯灵心。(2分)

2. 文学作品的意蕴是指由文学语言和文学形象所传达的意义，属于文学作品结构的最深层次。《白鹿原》是陈忠实历时六年完成的一部“扛鼎之作”，其艺术水准有目共睹，作品中的意蕴也十分丰富。(2分)

首先，从审美情韵层来看，《白鹿原》具有丰厚的审美意蕴。审美情韵是指由作品的形象和情境中流溢出来的美的情感和韵致。由于文学作品首先必须是一种审美对象，所以每一部作品都至少具有审美情韵层。在《白鹿原》中，“白鹿”意象是白鹿原地域符号的代表，它隐含了自然崇拜、神灵崇拜、祖先崇拜、英雄崇拜等神话意识，体现了人与自然、人与人、人与社会和谐统一的生态审美观念。此外，小说所描写的具有地域色彩的农耕文化、祠堂文化，以及具有传承性的岁时节庆礼仪、艺术文化民俗，也体现出文化形态层面的审美意蕴。(3分)

其次，从历史内容层来看，《白鹿原》具有厚重的历史底蕴。文学的历史内容是指文学作品所反映的历史真相、趋势和意义等历史意蕴。《白鹿原》在将近半个世纪的历史时空里，演绎着关中地域的两个家族、众多人物之间的悲欢离合、恩怨情仇，是一部“凸显民族秘史”的现代乡土历史小说。(3分)

最后，从哲学意蕴层来看，《白鹿原》具有悲剧色彩，引发哲学思考。这部作品体现了关中地区丰富多彩的文化，也揭示了儒家传统文化与新时期文化之间的激烈碰撞而产生的文化悲剧。此外，作者把他对生命、生存的深刻体验及悲剧意识熔铸于作品之中，写出了人在历史进程之中的生存困境，展现出历史的悲剧性。(3分)

(只要从各个层次写出相应理由，言之成理即可酌情给分。)

试　题　Ⅱ

一、填空题（每个空1分）

1. ________提出：“当人们称诗为艺术时，很明显是要把诗的语言同普通的会话语言区别开来。……然而至今却找不到一种方法能把语言的诗歌功能同语言的所有其他功能区别开来。”

2. 一般而言，艺术真实性是指形象的________与________。

3. 闻一多在《诗的格律》中提出诗歌应当具有________、________和________。

4. 王国维在《文学小言》中提到:“文学中有二原质焉:曰________,曰________。”

5. 曹魏时________提出了“触类可为其象,合义可为其征”的命题。

6. 清代________说:“情景名为二,而实不可离。神于诗者,妙合无垠。巧者则有情中景,景中情。”

二、单选题(每小题1分)

1. (　　)说:“诗的新语汇以美学为目标新形式出现,其基本特征是出人预料、标新立异、不同凡响。”

A. 什克洛夫斯基　　B. 马克思

C. 别林斯基　　D. J. 穆卡洛夫斯基

2. 文学作品的(　　)是文学作品最基本的层次。

A. 语言　　B. 结构

C. 形象　　D. 意义

3. (　　)不属于文学语言的基本特征。

A. 自指性　　B. 新异性

C. 严谨性　　D. 生动性

4. 文学形象必须具备(　　)的因素,成为读者理解文学形象的基本依据。

A. 确定　　B. 想象

C. 个人　　D. 间接

5. 卡夫卡的小说(　　)表达了他关于现代人性异化的哲理思考。

A.《荒原》　　B.《鼠疫》

C.《都柏林人》　　D.《变形记》

三、多选题(每小题2分)

1. 以下篇目中涉及象意关系讨论的是(　　)。

A.《论衡·乱龙》　　B.《周易·系辞上》

C.《周易略例·明象》　　D.《庄子·外物》

2. 王昌龄在《诗格》中提出的“三境”包括(　　)。

A. 物境　　B. 情境

C. 意境　　D. 诗境

3. 清代文论家刘熙载说“所贵乎炼者,是往活处炼,非往死处炼也”的对象包括（ ）。

A. 炼篇 B. 炼章

C. 炼句 D. 炼字

4. 在中国传统文论中，源自《周易》的文学作品的结构划分包括（ ）。

A. 言 B. 境

C. 意 D. 象

5. 以下代表性文学象征与其出处搭配正确的是（ ）。

A. 龚自珍《病梅馆记》——“病梅” B. 莫言《蛙》——“红萝卜”

C. 艾略特《青鸟》——“青鸟” D. 臧克家《老马》——“老马”

四、名词解释（每小题 3 分）

1. 文学形象

2. 虚实相生

3. 节奏

4. 文学象征

5. 灵魂的深度

五、辨析题（每小题 4 分）

1. 文学语义往往等同于其词典意义。

2. 作品中“意义的表现”的形象即是文学象征的主要目的。

3. 为了强调文学语言的韵律，闻一多提出了诗歌“三美”的主张。

4. 文学语言直接指向现实世界。

5. 文学形象可以完全虚构，不必要求合乎情理。

六、简答题（每小题 6 分）

1. 简述文学语言的基本特征。

2. 结合相关理论分析文学典型的特征性。

3. 简要分析文学作品的三个主要意蕴层次。

七、论述题（每小题 11 分）

1. 唐代诗人张继有诗《枫桥夜泊》：“月落乌啼霜满天，江枫渔火对愁眠。姑苏城外寒山寺，夜半钟声到客船。”欧阳修在《六一诗话》中评说道：“诗人贪求好句而理有不通，亦语病也。……再如唐人‘姑苏台下寒山寺，夜半钟声到客船’，句则佳矣，其如三更不是打钟时。”而明人胡应麟则认为："诗流借景立言，惟在声律之调，兴象之合，区区事实，彼岂暇计？无论夜半是非，即钟声闻否，未可知也。"（《诗薮》）请结合本章内容，谈谈你的看法。

2. 请结合下面这首诗，谈谈你对文学象征的理解。

病玫瑰

［英］威廉·布莱克

哦，玫瑰，你病了。
那看不见的小虫
飞翔在黑夜里，
在咆哮的暴风雨中：

发现了你的床
沉湎在猩红色的欢欣：
他那黑色的秘密的爱情
却毁掉了你的生命。

（选自《天真与经验之歌》，杨苡译，译林出版社 2012 年版）

参考答案

一、填空题

1. 苏珊·朗格
2. "合理" "合情"
3. 音乐美 绘画美 建筑美
4. 景 情
5. 王弼
6. 王夫之

二、单选题

1	2	3	4	5
D	A	C	A	D

三、多选题

1	2	3	4	5
ABCD	ABC	ABCD	ACD	AD

四、名词解释

1. 文学形象是由文学语言所创造的艺术世界中的具体生活画面，包括人物、景物等具体形象及其构成的整体形象。(2分) 文学形象主要包括文学象征、文学意境和文学典型三种形态。(1分)

2. 虚实相生是意境创造的结构特征。(1分) 实境是艺术表现的重心，所谓“真境逼而神境生”。虚境是实境的升华，体现着意境创造的意向和目的。(2分)

3. 相对于各种实用语言来说，文学语言具有更强的节奏和声韵之美。(1分) 节奏是由语言自身的音节、声调、长短等相互呼应、对比所形成的有规律的现象。优秀的作家能够将语言的节奏、韵律与思想情感的运动、变化统一起来，使二者相得益彰。(2分)

4. 文学象征是以表达观念和哲理为目的、以暗示为基本艺术手段、具有荒诞性和审美求解性的艺术形象。(1分) 文学象征的特征主要表现在暗示性、哲理性、多义性。(2分)

5. 黑格尔说：“一个艺术家的地位愈高，他也就愈深刻地表现出心情和灵魂的深度。”(1分) 所谓“灵魂的深度”，主要表现为人物性格在何种程度上表达了人类解放自身的要求和改变现存不合理秩序的愿望。(2分)

五、辨析题

1. 错误。(2分) 不同于日常语言要求意义准确、鲜明，文学语言意义的生成方式大多是间接的，文学语义往往并不直接产生于语言的词典意义和语法规则，而是生成于特定语境中的文学语言所构造的艺术形象世界。读者一般需要从文学作品的语言和艺术形象整体中逐渐领悟其全部意义。(2分)

2. 错误。(2分) 文学象征所创造的形象本身并不是文学象征的主要目的，其作用主要在于启示人们透过表层形象去思索、领悟更深远的意义和观念，这种暗示性是文学象征所具有的非直接的表义特征。(2分)

3. 正确。(2分) 在当时新诗创作完全不讲格律的散文化倾向的背景下，为了强调格律对于现代汉语诗歌的重要意义，在《诗的格律》中，闻一多提出了诗歌应该具有音乐美、绘画美和建筑美。(2分)

4. 错误。(2分) 文学语言与日常语言的表达目的不同。日常语言一般指向现实世界，文学语言的直接目的则是构筑虚拟的艺术世界，再通过艺术世界间接反映和作用于现实世界。(2分)

5. 错误。(2 分) 文学形象是虚构性与真实性的结合。尽管虚构是文学形象生成的重要途径，但文学形象的虚构性也必须与真实性相结合。文学形象要符合客观规定性，要合乎理想，还必须反映人们真切的感受、真挚的情感和真诚的意向。总之，文学形象的虚构性需要合情合理。(2 分)

六、简答题

1. 第一，文学语言具有自指性。文学语言在表意的同时也通过呈现语言自身的手法、结构和特征引起审美观照。

第二，文学语言表现出新异性。文学语言追求的与表意相统一，不同于日常语言的新颖性、特异性。

第三，文学语言强调生动性。文学语言总是追求如生命一般的自然浑成和生气贯注，以创造具有生命形式的文学作品。

第四，文学语言富有韵律性。文学语言具有较一般语言更强的节奏美、声韵美。(答出一点 2 分，两点 4 分，全部答出 6 分。)

2. 文学典型往往表现出突出、鲜明的个性特征，这就是文学典型的特征性。

黑格尔美学强调典型理论，认为“特征”就是“组成本质的那些个别标志”。马克思主义美学同样强调典型的特征性。马克思在批评拉萨尔的剧本《济金根》时提出了典型的评价原则。(2 分)

文学典型的特征性可以从两个方面来理解。一方面，文学典型必须具有贯穿其全部活动的、统摄其整个生命的主要特征。(2 分) 另一方面，文学典型还必须通过局部特征反映和形成主要特征。文学要利用每个富有特征性的语言、细节、场面和事件，为反映和形成主要特征服务。(2 分) (列举其他相关理论，言之成理亦可。)

3. 文学作品的意蕴可分为三个主要层次，即审美情韵层、历史内容层、哲学意味层。

第一，审美情韵层。是指由作品的形象和情境中流溢出来的美的情感和韵致。审美情韵层是一切文学作品中最基础、最本质的意蕴层次。(2 分)

第二，历史内容层。指文学作品所反映的历史真相、趋势和意义等历史意蕴。历史内容层反映着文学作品对社会现实状况、历史发展趋势的生动把握。在一些优秀的作品中，充满性格魅力的人物形象构成的审美情韵层可以直接呈现出丰富的历史意蕴。(2 分)

第三，哲学意味层。指的是文学作品所揭示的，融合了生动形象和真挚情感的道理。哲学意味层一般构成作品意蕴的最深层次。(2 分)

七、论述题

1. 文学作品中的语言是经过作家对日常语言的精心选择与加工的，是用来构造艺术世界的工具和方式，具有其独特的艺术魅力。因此，文学语言明显区别于日常语言、科学语言等，呈现出不同的审美特征。欧阳修在《六一诗话》中对诗人的指责更多的是站在现实生活的逻辑上来看待文学语言，而正如胡应麟所说，倘若文学语言所构造出来的艺术世界具有艺术魅力，那么也无需苛求“区区事实”了。(2 分)

首先，文学语言与日常语言的表达目的不同。日常语言等主要用于使用者和外在世界的交往，一般指向现实世界；而文学语言的直接目的是构筑虚拟的艺术世界，艺术世界是一种假定和虚拟的东西，是黑格尔所说的“诉之于心灵”和“经过心灵化”的东西。因此，张继在客船上是否能够在深夜听到钟声其实并不是那么重要，更重要的是他借用这样的诗歌语言所构造的艺术世界与诗人的主观感受。(3 分)

其次，文学语言所服从的真实性标准不同。日常语言等一般要服从于现实世界和日常世界的真实性，有真假正误之分；而文学语言则服务于艺术世界的虚拟性，因而作家在创作过程中可以根据内心真实感受和体验进行虚构。文学作品的语言主要以体验的真实为标准，不能用生活事实或物理事实去刻板地要求它。(3 分)

最后，文学语言的意义生成方式不同。日常语言等往往以意义的表达和接受的畅通为基础，其基本要求是准确、鲜明；而文学语言意义的生成方式多是间接的，文学语义往往并不直接产生于语言的词典意义和语法规则，而是生成于特定语境中的文学语言所构造的艺术形象世界。(3 分)

2. 本题从文学象征的暗示性、哲理性、多义性等方面对诗作进行分析，言之成理即可得分。

文学象征是以表达观念和哲理为目的、以暗示为基本艺术手段、具有荒诞性和审美求解性的艺术形象。威廉·布莱克的《病玫瑰》恰恰有着突出的文学象征意味。这主要表现在三个方面：(3 分)

第一，暗示性。这是指文学象征所具有的非直接的表义特征。如“病玫瑰”一词具备深切的暗示意味。(3 分)

第二，哲理性。这体现在文学象征往往以揭示哲理、启发哲思为创作目的。这首诗在“病玫瑰”意象中寄寓丰厚的哲理意味，令人回味无穷。(2 分)

第三，多义性。这是指文学往往在一种形象中蕴含着多重意义空间。“玫瑰”“小虫”“黑夜”“暴风雨”“猩红色”“黑色”“欢欣”“爱情”等词语，都可能蕴含多重不确定的意义。(3 分)

试　题　Ⅲ

一、填空题（每个空 1 分）

1. ________曾把文学作品的内在结构分为语音、意义、图示观相和再现客体共四个层次。

2. 郭沫若说：“________之于诗是它的外形，也是它的生命。”

3. 刘勰在《文心雕龙·声律》中提到：“是以声画妍蚩，寄在吟咏。滋味流于下句，气力穷于和韵。________，________。”

4. ________提出“立象以尽意”。

5. 黑格尔将________看成是人类艺术（包括文学）的最早阶段和类型。

6. 在中国传统文论中，关于文学作品的结构出现过若干不同划分，但以源自《周易》的__________________三分法较为常见。

7. 法国象征主义诗人________说：“诗永远应当是一个谜。”

8. 作品意蕴的层次可分为：________、________、哲学意味层。

二、单选题（每小题 1 分）

1.《镜与灯：浪漫主义文论及批评传统》是（　　）的著作。

A. M. H. 艾布拉姆斯　　B. 黑格尔

C. 罗曼·英伽登　　D. 苏珊·朗格

2.（　　）说：“写诗这种活动比写历史更富于哲学意味，更被严肃的对待；因为诗所描写的事带有普遍性，历史则叙述个别的事。”

A. 柏拉图　　B. 贺拉斯

C. 亚里士多德　　D. 朗吉弩斯

3. 南宋范晞文在（　　）中说：“情景相融而莫分也。”

A.《对床夜语》　　B.《姜斋诗话》

C.《六一诗话》　　D.《诗式》

4. 闻一多在（　　）中提出诗歌应该具有音乐美、绘画美和建筑美。

A.《唐诗杂论》　　B.《神话与诗》

C.《古典新义》　　D.《诗的格律》

5. 曹魏时（　　）概括了象征的创造方法是“触类可为其象，合义可为其征”。

A. 何晏　　B. 王弼

C. 嵇康　　D. 郭象

三、多选题（每小题 2 分）

1. 提出了“味外之旨”说的是（　　）。

A. 司空图　　B.《与极浦书》

C.《与李生论诗书》　　D. 皎然

2. 王夫之认为诗歌审美意境实现情景交融的方式包括（　　）。

A. 景中含情　　B. 情中见景

C. 情景并茂　　D. 以景就情

3. 一般而言，艺术真实性是指形象的（　　）。

A. 典型性　　B. 合理

C. 合情　　D. 客观性

4. 文学语言的特征包括（　　）。

A. 自指性　　B. 新异性

C. 生动性　　D. 画面性

5. 以下不属于文学意境中的“虚境”的是（　　）。

A. 真境　　B. 神境

C. 物境　　D. 灵境

四、名词解释（每小题 3 分）

1. 隐秀

2. 典型环境

3. 似曾相识的不相识者（熟悉的陌生人）

4. 韵味

5. 特征化

五、辨析题（每小题 4 分）

1. 韵律是语言的固有特征，所以文学语言与日常实用语言的韵律性相同。

2. 文学形象要追求个性，摒弃一般。

3. 文学典型是只具有特殊性的文学形象。

4. 作为文学作品的最深层次，意蕴层本身也是一个多层次的有机系统。

5. 文学语言意义往往需要通过其所构筑的艺术世界来体味。

六、简答题（每小题 6 分）

1. 简述文学形象的基本特征。

2. 试举例说明文学象征的特征。

3. 试结合具体文学作品分析文学意蕴层次的有机系统性与丰富性。

七、论述题（每小题 11 分）

1. 恩格斯在给明娜·考茨基的信中曾指出："每个人都是典型，但同时又是一定的单个人。"别林斯基也认为："在真正的艺术里，一切形象都是新鲜的，具有独特性的，其中没有哪一个形象重复着另一个形象，每一个形象都凭着它所特有的生命而活着。"结合这两段话，谈谈你对文学典型的理解。

2. 结合下列材料，谈谈文学意境的特征。

作诗之妙，全在意境融彻，出音声之外，乃得真味。(〔明〕朱承爵《存馀堂诗话》)

夫诗以情为主，景为宾。景物无自生，惟情所化。情哀则景哀，情乐则景乐。(〔清〕吴乔《围炉诗话》)

不能作景语，又何能作情语邪？(〔清〕王夫之《姜斋诗话》)

关情者景，自与情相为珀芥也。情景虽有在心在物之分，景生情，情生景，哀乐之触，荣悴之迎，互藏其宅。(〔清〕王夫之《姜斋诗话》)

参考答案

一、填空题

1. 罗曼·英伽登

2. 节奏

3. 异音相从谓之和　同声相应谓之韵

4. 《周易·系辞上》

5. 象征艺术

6. "言—象—意"

7. 马拉美

8. 审美情韵层　历史内容层

二、单选题

1	2	3	4	5
A	C	A	D	B

三、多选题

1	2	3	4	5
AC	ABC	BC	ABC	AC

四、名词解释

1. 出自刘勰的《文心雕龙》。（1 分）刘勰将优秀作品分为“隐”篇和“秀”句两种，其中“隐”的特点是“深文隐蔚，余味曲包”，即曲折地包含了多层意蕴，需要读者反复体味。(1 分)“秀”是“篇中独拔”，即一篇之中独特的、出类拔萃的诗句，要求写景鲜明直接，抒情真切含蓄。(1 分)

2. 恩格斯提出：“据我看来，现实主义的意思是，除细节的真实外，还要真实地再现典型环境中的典型人物。”(1 分）所谓典型环境，是充分地体现了现实关系真实风貌的人物的生活环境。（1 分）只有达到环境的典型性与人物的典型性有机统一时，这个人物形象才能成为典型。(1 分)

3. 由俄国的别林斯基提出。(1 分）他认为在真正有才能的作家笔下，每一个人物都是典型。对于读者而言，每个典型都是一个似曾相识的不相识者。(1 分）这一命题既强调了典型性格的创新性和独特性，又强调了典型“普遍性”品格，丰富和发展了典型论。(1 分)

4. 韵味是指意境中所蕴含的咀嚼不尽的艺术之美（1 分)，它包含着情、理、意、趣、韵、味等多种因素，因而有情韵、韵致、理趣、意味、兴趣、兴味、趣味等多种别名（2 分)。

5. 作家抓住生活中最富有特征性的东西加以艺术强化、生发的过程叫做“特征化”。(1 分）文学典型的特征性可以从两个方面来理解。一方面，文学典型必须具有贯穿其全部活动的、统摄其整个生命的主要特征。另一方面，文学典型还必须通过局部特征反映和形成主要特征。(2 分)

五、辨析题

1. 错误。(2 分）韵律固然是语言的固有特征，但文学语言的韵律性是指作家艺术地运用语言，使之具有节奏美和声韵美的特性。文学语言是一种艺术性语言，相对于日常实用语言来说，文学语言具有更强的节奏和声韵之美。（2分）

2. 错误。（2分）文学形象是个别性与概括性的统一。文学形象始终不离“个别”，并且要强化和突出个别，从而更显著、更充分地表达出“一般”。（2分）

3. 错误。（2分）文学典型是特征化的结果，“特征化”是指作家抓住生活中最富有特征性的东西加以艺术强化、生发的过程，文学典型要能够“以鲜明生动而突出的个别性”，去“显著而充分地表现”出具有“相当社会意义的普遍性”。（2分）

4. 正确。（2分）文学作品的意蕴是指由文学语言和文学形象所传达的意义，属于文学作品结构的最深层次。文学作品的意蕴可以分为审美情韵层、历史内容层与哲学意味层，每个层次又可以做多层次分析，从而构成由表及里的有机系统。（2分）

5. 正确。（2分）日常语言通常遵循语义逻辑，意义比较单一、直接，而文学语言则往往并不直接产生于语言的词典意义和语法规则，而是生成于特定语境中的文学语言所构造的艺术形象世界，因此其多重意义需要通过艺术世界来整体地、形象地显示并让读者去体味。（2分）

六、简答题

1. 第一，文学形象往往体现出主观性与客观性的交融。文学形象是作家依据一定现实加以艺术创造的产物，因此既体现出主观性，又具有一定的客观性。

第二，文学形象是虚构性与真实性的结合。文学形象强调艺术真实性，往往在“合情合理”的尺度内，实现了虚构与真实的统一。

第三，文学形象是确定性与不确定性的并存。文学形象是用语言塑造的，不是直观的而是想象的，不是直接的而是间接的。因此，文学形象具有确定性与不确定性相统一的特征。

第四，文学形象是个别性与概括性的统一。文学形象作为艺术概括，往往通过强化、突出个别性来实现“一般”的充分表达。

（答出一点2分，两点4分，全部答出6分。）

2. 文学象征的特征包括暗示性、哲理性、多义性。

暗示性是指文学象征所具有的非直接的表义特征。如戴望舒的《雨巷》，通过勾画在悠长的雨巷徘徊的寻觅者的形象，暗示出创作主体对某种人生理想的苦苦求索。(2分)

哲理性体现在文学象征往往以揭示哲理、启发哲思为创作目的。如朱熹的《观书有感》中的“问渠那得清如许，为有源头活水来”，就揭示出了学习之于人生的能动效力。(2分)

多义性指文学往往在一种文学形象中蕴含着多重意义空间。李商隐的《锦瑟》既可作爱情诗解，亦可作政治诗、哲理诗解，恰因诗歌中文学象征意指不明而赋予了诗歌无穷的韵味与无限的可能。(2分)

3. 由于整个文学作品及其艺术世界是作为有机的生命形式存在的，所以作品的意蕴也构成由表及里的有机系统。(2分)

审美情韵层是一切文学作品中最基础、最本质的意蕴层次；历史内容层反映着文学作品对社会现实状况、历史发展趋势的生动把握；哲学意味层一般构成作品意蕴的最深层次。三个层次构成完整的文学作品意蕴系统。(2分) 对于优秀的作品而言，人物形象构成的审美情韵层可以直接呈现出丰富的历史意蕴；而对历史与现实的批判往往也蕴含着深刻的哲思。(2分)

七、论述题

1. 恩格斯与别林斯基所说的都是关于文学中的独特形象，即文学典型的观点。文学典型主要是指叙事作品中塑造的显出性格特征的富有魅力的人物形象。两位理论家既强调了文学典型的独特性与创新性，又强调了典型的历史性品格。(3分)

首先，文学典型具有独特个性。典型的创造是通过特征化实现的，高明的作家可能通过特征化将文学形象变成文学典型，如巴尔扎克所说，“特征”的特点就在于“用最小的面积惊人地集中了最大量的思想”。(4分)

其次，文学作品中的典型形象也应当具有丰厚的历史意蕴。文学典型形象的创造以真实性为基础，应该真实地表现一定的现实关系，反映某种具有代表性的人类精神状态，通过“卓越的个性刻画”体现出“对现实关系的真实描写”。(4分)

(本题围绕文学典型的独特性与普遍性两方面来谈论，言之成理即可得分。)

2. 以上材料均是我国古代文论中关于文学意境的论述。意境概念是中国抒情文学和抒情理论高度发达的产物。文学意境主要是指抒情性作品中呈现的情景交融、虚实相生的形象系统及其生发的审美想象空间。(2 分)

情景交融是文学意境的表现特征。在意境中情与景两大元素是交融在一起的，不论是作家藏情于景，虽不言情，但情含景中，更显情真意浓的景中含情式，还是直抒胸臆，不用写景，景象却历历如现的情中见景式，抑或是抒情与写景达到浑然一体程度的情景并茂式，文学作品中的情与景都是相互交融的，故而王夫之说“景生情，情生景”“互藏其宅”。(3 分)

虚实相生是文学意境的结构特征。宋代梅尧臣将意境分为虚境和实境。实境是指意境中逼真存在的景、形、境，因此又称“真境”“事境”“物境”。虚境是指由实境诱发和开拓的审美想象空间：一方面是原有画面在联想中的延伸和扩大，即所谓“象外之象”“景外之景”；另一方面是伴随这种具象联想而产生的对情、神、意等虚境的体味和感悟，即所谓“不尽之意”。所以虚境又称为“神境”“情境”和“灵境”。实境是艺术表现的重心，所谓“真境逼而神境生”；虚境是实境的升华，体现着意境创造的意向和目的。(3 分)

韵味无穷是文学意境的审美特征。“韵味”是指意境中所蕴含的咀嚼不尽的艺术之美。它包含着情、理、意、趣、韵、味等多种因素，因而有情韵、韵致、理趣、意味、兴趣、兴味、趣味等多种别名。明人陆时雍认为“韵”是意境的生命，“有韵则生，无韵则死”，突出了韵味在意境中的重要性。(3 分)

第五章　文学体裁

一、内容提要

文学体裁是指在结构形态和话语表达上具有明显可辨特征的文学作品类型，它对读者感受和理解文本起规范作用。文学体裁是文学发展到一定阶段的产物，中西方文学体裁观念源远流长。文学体裁分类有“两分法”“三分法”“四分法”。我国古代把文章分为韵文和散文，属于“两分法”。“三分法”根据文学作品的性质和表现方式分为叙事文学、抒情文学和戏剧文学。“四分法”主要依据外在形态、语言运用和表现手法等分为诗歌、小说、戏剧文学（剧本）和散文。“四分法”是我国常用的文学体裁分类方法。

诗歌是一种以富有韵律的语言和丰富的想象来表情达意的文学体裁，在文学史上出现最早。诗歌具有强烈的情感、跳跃性的言语结构、富有音乐美的语言、凝练的意象等主要艺术特征。在类型上，按照抒情与叙事元素可分为抒情诗与叙事诗，按照格律规范又分为格律诗、自由诗和歌谣体诗等。

小说是一种用散文形式写成的叙事性虚构作品。小说具有叙事性、故事性、文体的杂糅性等基本特征。小说可根据语言特点分为白话小说、文言小说；根据结构体式分为章回体小说、日记体小说、书信体小说和自传体小说等；根据叙述范式和容量分为短篇小说、中篇小说和长篇小说。

剧本是一种通过人物台词和舞台提示营造戏剧情境、集中反映矛盾冲突的文学体裁。剧本为戏剧表演提供文学脚本，也可以作为脱离戏剧演出而独立存在的文学作品。剧本的艺术特征包括尖锐激烈的戏剧冲突、高度集中的戏剧结构、以对话为主的戏剧语言。在类型上，剧本可根据矛盾冲突性质、人物命运表现出来的价值取向和审美差异划分为悲剧、喜剧和正剧。

散文在古代指韵文、骈文之外的所有文学作品，新文学运动以来散文指与诗歌、小说、戏剧文学并列的文学体裁。散文感受新颖、情感真挚，题材广泛、内容丰富多彩，形式自由、形散神聚，语言自然优美。散文在类型上一般根据表达方式和表现对象分为记叙性散文、抒情性散文和议论性散文。

文学创作在遵循文学体裁基本规则的同时，也会打破常规、呈现新的结构方式和表达方式。当下现实环境发生了深刻变化，人们对生活有新的感觉和体验，产生了难以归类的新文学文本，文学体裁出现融合和新变。体裁的融合表现为不同语域的混用、不同艺术媒介的融合，体裁的新变则体现为数字文学的问世、非虚构文本的挑战。文学体裁所具有的普遍性、规范性奠定体裁分类的基础，同时文学体裁又非固守不变，而是处于不断地更新、发展变化之中。

二、关键词与考点

（一）关键词

1. “三分法”。“三分法”是根据文学作品的性质和表现方式的不同，把文学分为叙事文学、抒情文学和戏剧文学三种类型。“三分法”是欧洲文学史上传统的文学分类方法，可以追溯至古希腊时期。

2. “四分法”。“四分法”是我国自五四运动以来借鉴西方“三分法”并适当补充而形成的文学体裁分类方法，主要依据文学作品的外在形态、语言运用和表现手法等方面的特征，将文学分为诗歌、小说、戏剧文学（剧本）和散文四类。“四分法”是我国常用的文学体裁分类方法。

3. 诗歌。诗歌是一种以富有韵律的语言和丰富的想象来表情达意的文学体裁，在文学史上出现最早。诗歌具有强烈的情感、跳跃性的言语结构、富有音乐美的语言、凝练的意象等主要艺术特征。

4. 小说。小说是一种用散文形式写成的叙事性虚构作品。小说具有叙事性、故事性、文体的杂糅性等基本特征。

5. 剧本。剧本是一种通过人物台词和舞台提示营造戏剧情境、集中反映矛盾冲突的文学体裁。剧本为戏剧表演提供文学脚本，也可以作为脱离戏剧演出而独立存在的文学作品。剧本具有尖锐激烈的戏剧冲突、高度集中的戏剧结构、以对话为主的戏剧语言。

6. 散文的艺术特征。感受新颖、情感真挚，题材广泛、内容丰富多彩，形式自由、形散神聚，语言自然优美。

7. 文学体裁的融合与新变。当下现实环境发生了深刻变化，人们对生活有新的感觉和体验，产生了难以归类的新文学文本，文学体裁出现融合和新变。体裁的融合表现为不同语域的混用、不同艺术媒介的融合，体裁的新变则体现为数字文学的问世、非虚构文本的挑战。

8. 体裁的变与不变。文学创作在遵循文学体裁基本规则的同时，也会打破常规、呈现新的结构方式和表达方式。文学体裁所具有的普遍性、规范性奠定体裁分类的基础，同时文学体裁又非固守不变，而是处于不断地更新、发展变化之中。

（二）考点

1. 体裁的分类。文学体裁分类有“两分法”“三分法”“四分法”。我国古代把文章分为韵文和散文，属于“两分法”。“三分法”根据文学作品的性质和表现方式分为叙事文学、抒情文学和戏剧文学。“四分法”主要依据外在形态、语言运用和表现手法等分为诗歌、小说、戏剧文学（剧本）和散文。

2. 诗歌的艺术特征。强烈的情感、跳跃性的言语结构、富有音乐美的语言、凝练的意象。

3. 小说的艺术特征。叙事性、故事性、文体的杂糅性。

4. 剧本的艺术特征。尖锐激烈的戏剧冲突、高度集中的戏剧结构、以对话为主的戏剧语言。

5. 散文的艺术特征。感受新颖、情感真挚，题材广泛、内容丰富多彩，形式自由、形散神聚，语言自然优美。

6. 体裁的融合与新变。体裁的融合表现为不同语域的混用、不同艺术媒介的融合，体裁的新变则体现为数字文学的问世、非虚构文本的挑战。

7. 题材的变与不变。文学体裁所具有的普遍性、规范性奠定体裁分类的基础，同时文学体裁又非固守不变，而是处于不断地更新、发展变化之中。

三、知识点精讲

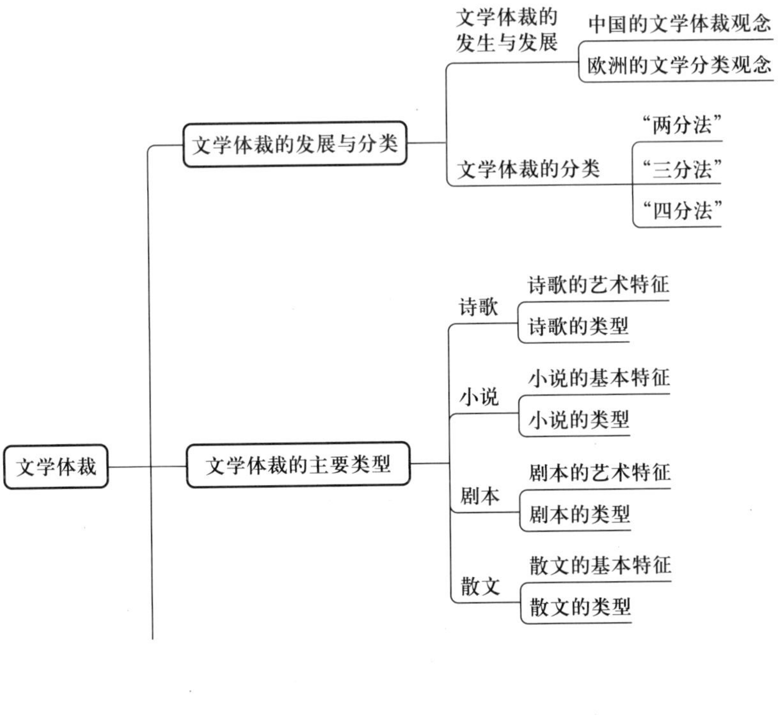

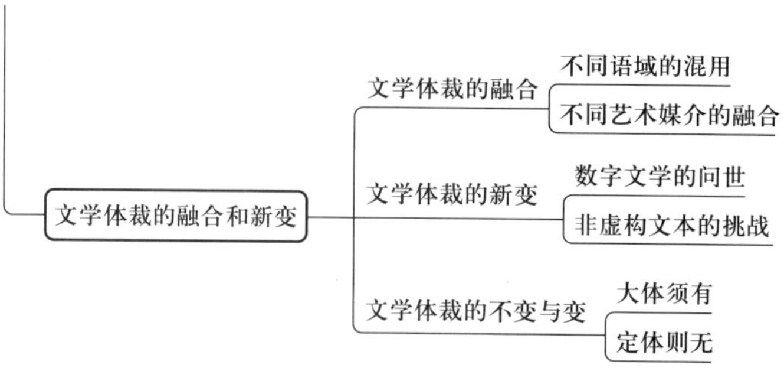

本章知识结构图

本章的知识点包括文学体裁的发生、发展与分类，四种主要文学体裁的艺术特征，文学体裁的融合与新变等。

1. 文学体裁的发生、发展与分类。文学体裁是指在结构形态和话语表达上具有明显可辨特征的文学作品类型，它对读者感受和理解文本起规范作用。

文学体裁是文学发展到一定阶段的产物，中西方文学体裁观念源远流长。中国先秦文献已有典、谟、诰、誓、训等文体区分。魏晋时期出现了辨体实践，曹丕的《典论·论文》提出“四科八体”之说，并概括诗与赋的体裁特征。陆机的《文赋》进一步区分了诗与赋的不同文体特征。稍后挚虞的《文章流别论》对文体的异同、性质、历史演变作了专门研究。刘勰的《文心雕龙》提到文笔之辨，他还进一步将有韵之“文”加以分类。南北朝时萧统的《昭明文选》按体裁的不同分类编纂。明清相关著作都对体裁的分类、性质、源流等作了辨识与考证。欧洲文学分类观念可以追溯到古希腊时期。亚里士多德根据文学摹仿现实的不同方式对文艺作品类型作了分类，后来的文艺理论家根据这种区分划分出叙事文学、抒情文学和戏剧文学，这个基本框架在西方一直沿用到现代。

按照不同的分类标准，可以对文学体裁作不同的分类。文学体裁分类主要有“两分法”“三分法”“四分法”。我国古代大体上分为韵文和散文，属于“两分法”。“两分法”在形式上很清楚，但很少涉及俗文学，也未对“文学”作明确界定。“三分法”是欧洲文学史上传统的分类方法，主要根据文学作品的性质和表现方式的不同，把文学分为叙事文学、抒情文学和戏剧文学三种类型。“三分法”着眼于情感体验和艺术表现方式的不同，其划分标准具有“类”的概括性和逻辑性，但相对忽视了文学作品语言形式方面的特点。“四分法”主要依据文学作品的外在形态、语言运用和表现手法等方面的特征，将文学分为诗歌、小说、戏剧文学（剧本）和散文四类。“四分法”从文学作品的整体形态出发，关注它们的体式、语言方面的不同，分类明了、易于把握，但也存在分类交叉的问题。我国常用的文学体裁分类方法是“四分法”。

2. 四种主要文学体裁的艺术特征。根据“四分法”，文学体裁分为诗歌、小说、戏剧文学（剧本）和散文。诗歌是一种以富有韵律的语言和丰富的想象来表情达意的文学体裁，在文学史上出现最早，它具有强烈的情感、跳跃性的言语结构、富有音乐美的语言、凝练的意象等主要艺术特征。在类型上，按照抒情与叙事元素可分为抒情诗与叙事诗，按照格律规范又分为格律诗、自由诗和歌谣体诗等。小说是一种用散文形式写成的叙事性虚构作品，它具有叙事性、故事性、文体的杂糅性等基本特征。在类型上，小说可根据语言特点分为白话小说、文言小说；根据结构体式分为章回体小说、日记体小说、书信体小说和自传体小说等；根据叙述范式和容量分为短篇小说、中篇小说和长篇小说。剧本是一种通过人物台词和舞台提示营造戏剧情境、集中反映矛盾冲突的文学体裁。剧本为戏剧表演提供文学脚本，也可以作为脱离戏剧演出而独立存在的文学作品，它的艺术特征包括尖锐激烈的戏剧冲突、高度集中的戏剧结构、以对话为主的戏剧语言。在类型上，剧本分类繁多，根据矛盾冲突性质、人物命运表现出来的价值取向和审美差异划分为悲剧、喜剧和正剧。散文在古代指韵文、骈文之外的所有文学作品，新文学运动以来散文指与诗歌、小说、戏剧文学并列的文学体裁。散文感受新颖、情感真挚，题材广泛、内容丰富多彩，形式自由、形散神聚，语言自然优美。在类型上，散文一般根据表达方式和表现对象分为记叙性散文、抒情性散文和议论性散文三大类。

3. 文学体裁的融合与新变。文学创作在遵循文学体裁基本规则的同时，往往会打破常规，呈现新的结构方式和表达方式。由此，一些新的难以归类的文学文本应运而生。

文学体裁的交融古已有之，如今随着视听文化的异军突起而拥有了新质，具体表现在两个方面：一是不同语域的混用。二是不同艺术媒介的融合。当然，纸质文本、数字文本并行不悖仍有现实基础。

文学体裁的新变与数字技术的普及、社会生活的快速变化密切相关，文学体裁尤其是文本叙事性作品面临着更大的冲击。数字文学创造了新的创作方式与传播方式，它不仅改变了文学内部的结构形态，而且带来新的阅读体验和审美体验。与此同时，非虚构文本的流行对文学体裁的边界造成了新的冲击。

数字文学是文学与数字技术结合的产物，它通过计算机软件或超链接生成。数字文学与网络有密切的关系，离开网络就不可能生成。数字文学在线技术的交互性使数字文学具有非线性和无序化的性质。人们借助计算机的链接功能，通过关键词在不同的文本形式（文本、声音、图像等）间产生关联，在词语、图像乃至随意浏览的文档间转换。这种频繁的交互性使文学作品的创作始终处于进行时中。超文本小说就是数字文学的一种代表性类型。它是由作者将众多的信息块链接而成，读者则需要下载特定的软件并通过不断点击链接来延续阅读。超文本小说不仅打造了新型的作者与新型的读者，而且建构了两者的新型关系。除超文本小说外，机器人写作也崭露头角。数字文学的这些类型在促使文学文本的结构方式和传播方式发生变化的同时，也改变了文学的性质和呈现方式。

非虚构文本主要指采用纪实而非纯想象的方式写作的文本。虽然非虚构文本本身并非文学体裁，但它对文学虚构性质的排斥在一定程度上造成了对体裁的解构。进入新世纪以来，非虚构写作受到越来越多的关注。非虚构文本的产生与纷繁复杂的现实生活有关，具有“在场”“介入”和立足个人体验等特征。非虚构文本用“虚构/非虚构”的划分方式打破了原有的诗歌、散文、小说、戏剧文学的分类格局，它试图站在虚构的对立面，重新建立文学与世界的联系，促使人们不得不重新审视体裁的特性，并引发对审美标准的再思考。当然，建立在个人经验基础上的非虚构文学仍无法完全否认虚构的存在，非虚构文本主要存在于叙事作品中，非虚构文本的持续发展还有赖于进一步的创作实践和理论研究。

文学体裁的融合和新变，凸显了文学体裁的变与不变的问题。文学体裁新类型的出现以及对于其他媒介的吸收，并不是要消解文学体裁的边界，更不是对文学体裁的分类作全盘否定。正视和研究文学创作的新变、文学体裁新类型，以便更好地把握文学发展的趋向及其规律。文学体裁的变与不变，是大体须有、定体则无。每种文学体裁应具有与其他体裁相区别的基本要素所构成的整体性特征，有各自相对的稳定性。读者的期待视野所形成的理解习惯，也对文学体裁的基本构架有限定作用。因此文学体裁虽不断变化但“常有其体”。再说文学体裁定体则无。文学体裁绝不是固守不变的，各种文学体裁总在不断发展变化。文学体裁的未定性，除了考察文学自身的发展和作家的自觉追求外，社会的、技术的条件也是新兴文学类型产生的重要推动力。文学体裁从来就不是常规的、固定的形式，而是一个不断更新的领域，探索和变化乃文学体裁的存在方式。构建更为开放的文学体裁观念，从理论上为文学发展提供更为广阔的空间和更多的可能性，将是体裁研究的方向。

四、思考题解答

1. 诗歌的艺术特征是什么?

(1) 答题要点

诗歌具有强烈的情感、跳跃性的言语结构、富有音乐美的语言、凝练的意象等主要艺术特征。

第一，强烈的情感。抒情性是诗歌最根本的特征，也是诗歌的内在要求。诗歌的情感表现是多种多样的，如强烈而浓郁，缠绵而悠长等。

第二，跳跃性的言语结构。这一特征与诗歌的抒情性所体现的不受时空限制的强烈情感和丰富想象有关。诗歌言语结构的跳跃性有多种形态，或是时间上“观古今于须臾”，或是空间上“挫万物于笔端”，天马行空，自由伸展。

诗歌跳跃性的言语结构也与诗歌文体的形式有关。诗歌创作讲究章法，特别是中国古典诗词，要求平仄、对仗和起承转合等；自由诗看似不拘一格，其实也有重复、回旋等形式上的要求。这种文体形式使诗歌不可避免地出现省略、颠倒等，从而形成了诗歌语言结构的跳跃性。

第三，富有音乐美的语言。诗乐同源，诗歌要求具有类似音乐的韵律和节奏。诗歌又是一种语言高度概括、凝练的文体。诗人对每个词都要推敲，以赋予语言充分的表现力。诗人在创作中还采用比喻、隐喻、反讽、双关等多种修辞手段以形成诗歌语言的多义，或运用典故在新的语境下获得新的意蕴，或创造一些背离日常语言的陌生化语言，激起人们对诗歌语言和情感的新鲜感。

第四，凝练的意象。诗人在诗歌中要表现的不是那些物象的实在面貌，而是它们在主体心中所激起的情感和内心活动。因此，诗人的审美感受和体验不会停留在客观物象的表层，而是通过丰富的想象以变形的方式将物象的某一特征凸显出来，创造出包含浓郁情感的鲜明、凝练的意象。

(2) 引述或案例提示

胡适先生自序再版《尝试集》，因为他的诗由词曲的音节进而为纯粹的“自由诗”的音节，很自鸣得意。其实这是很可笑的事。旧词曲的音节并不全是词曲自身的音节，音节之可能性寓于一种方言中；有一种方言，自有一种

"天赋的"（inherent）音节。声与音的本体是文字里内含的质素；这个质素发于诗歌底艺术，则为节奏，平仄，韵，双声，叠韵等表象，寻常的语言差不多没有表现这种潜伏的可能性底力量。厚载情感的语言才有这种力量。诗是被热烈的情感蒸发了的水气之凝结，所以能将这种潜伏的美十足的充分的表现出来。所谓"自然音节"最多不过是散文的音节。散文的音节当然没有诗底音节那样完美。俞君能熔铸词曲的音节于其诗中，这是一件极合艺术原则的事，也是一件极自然的事。用的是中国底文字，作的是诗，并且存心要作好诗，声调铿锵的诗，怎能不收那样的成效呢？我们若根本地不承认带词曲气味的音节为美，我们只有两条路可走：甘心作坏诗——没有音节的诗，或用别国底文字做诗。（闻一多：《〈冬夜〉评论》，《闻一多全集　文艺评论·散文杂文》第2卷，湖北人民出版社1993年版，第64页）

通过韵律的组织和声音的重复达到突出语言，并使语言富有新奇感是诗歌的基础。因此，关于诗歌的理论便设想出不同类型的语言组织——韵律类型的、语音类型的、语义类型的、主题类型的——之间的关系，或者用最概括的方式说，就是语义的和非语义的语言范畴之间的关系，诗歌说些什么和怎样说的之间的关系。诗歌是一种能指的结构，它吸收并重新建构所指。在这个过程中它的正式风格对它的语义结构产生作用，吸收字词在其他语境中的意义并使它们从属于新的组织，变换重点和中心，变字面意义为比喻意义，根据对应的格式把词语组合起来。如果说声音和韵律的"偶然"的特点系统地侵入并影响了思维，那对诗歌来说是不符合实际的。（［美］乔纳森·卡勒：《当代学术入门：文学理论》，李平译，辽宁教育出版社1998年版，第83页）

2. 如何理解小说的基本特征？

（1）答题要点

小说是一种用散文形式写成的叙事性虚构作品。小说具有叙事性、故事性、文体的杂糅性等基本特征。

第一，叙事性是小说最基本的特征。所谓叙事，即叙述者按照一定的叙述方式来结构事件。不同的叙事决定了小说不同的性质和面貌，关注时间和叙述是现代小说的重要特征。小说的叙述方式具体包括叙述角度、叙述者、叙述时间、叙述话语等方面。叙述者从什么角度观察故事，怎样叙述故事，都将直接关涉到小说语言的表达、情节的组织、意义的揭示乃至整个作品的成败。即使处理同一素材时，若从不同的侧面，采用不同的编排方式，或运用不同的语气，将必然会出现风格迥异的小说。第二，故事性是小说的又一基本特征。故事性指小说的结构形态和构成因素，一般包括人物、情节和环境。故事性就是在这三者的相互作用和相互关系中产生的。第三，小说在文体上还具有杂糅性的特征。小说是一种最能表现生活广度的体裁，故能够从容地从其他文体中吸取有用的成分来满足表现社会生活的需要。

（2）引述或案例提示

小说之名，昔者见于庄周之云“饰小说以干县令”（《庄子》《外物》），然案其实际，乃谓琐屑之言，非道术所在，与后来所谓小说者固不同。桓谭言“小说家合残丛小语，近取譬喻，以作短书，治身理家，有可观之辞。”（李善注《文选》三十一引《新论》）始若与后之小说近似，然《庄子》云尧问孔子，《淮南子》云共工争帝地维绝，当时亦多以为“短书不可用”，则此小说者，仍谓寓言异记，不本经传，背于儒术者矣。后世众说，弥复纷纭，今不具论，而征之史：缘自来论断艺文，本亦史官之职也。（鲁迅：《中国小说史略》，《鲁迅全集》第9卷，人民文学出版社2005年版，第6页）

历史的规律，同小说的规律不一样，并非以美好的理想为目标。历史所记载的是，或应该是，过去发生的事实；而“小说却应该描写一个更美满的世界”，上世纪最杰出的思想家之一奈克尔夫人说。可是如果在这种庄严的谎话里，小说在细节上不是真实的话，它就毫无足取了。司各特因为不得不符合一个本质上虚伪的国家的思想，他所写的女人在人性方面是不真实的，因为这些女人的模型是分立派教徒。信奉新教的女人没有理想。她可能是贞节的、纯洁的、有德行的；但是她那永不外露的爱情总是安静的、象是理所当然那样规矩的。仿佛圣母玛利亚把诡辩家变得冷酷无情，他们将她连同大慈大悲都一起从天上赶走。在新教里，女人在失足之后就没有任何指望；但是在天主教教会里面，希望得到宽恕却使她高尚纯洁。因此，在新教徒作家看来，女人只有单独一个，可是天主教作家在每个新的环境里面，都发现一个新的女人。（［法］巴尔扎克：《〈人间喜剧〉前言》，王秋荣编：《巴尔扎克论文学》，中国社会科学出版社1986年版，第67—68页）

3. 散文与剧本在艺术特征上有哪些不同？

（1）答题要点

剧本具有尖锐激烈的戏剧冲突、高度集中的戏剧结构、以对话为主的戏剧语言等艺术特征。散文的艺术特征是感受新颖、情感真挚，题材广泛、内容丰富多彩，形式自由、形散神聚，语言自然优美。

散文与剧本是两种不同的文学体裁，有明显的区别。剧本受舞台演出的制约，在创作时需要考虑是否适合舞台表演的要求。而散文不受时空的限制，结构和行文也没有严格的限定和固定的模式。

第一，就故事情节而言，剧本强调尖锐激烈的戏剧冲突，散文一般不以故事情节取胜，而是在短小精悍的篇幅里，用自然、简洁、优美的语言，表达作者所见、所闻、所思、所感。

第二，就结构而言，剧本要求高度集中的戏剧结构，散文讲求“形散神聚”，在题材选择、材料组织、篇章结构以及表现方式上，纵横捭阖、自由挥洒，同时又高度凝练。

第三，就语言而言，剧本主要体现为台词和舞台提示。台词以对话（对白）为主，还有独白和旁白。舞台提示是以剧作者的口气所写的说明性文字。散文语言不强调对话性，语言优美自然。

第四，就外在形式而言，剧本一般会分幕分场，散文无此形式。

（2）引述或案例提示

写戏须先找矛盾与冲突，矛盾越尖锐，才越会有戏。戏剧不是平板地叙述，而是随时发生矛盾，碰出火花来，令人动心，在最后解决了矛盾。

光知道一件事，不易写成一本戏。我们要知道的很多，以便从容布置，把真事重新组织过，使故事富有戏剧性。人物也是如此，我们须用几个类似的人物创造出一个人来，使他的性格更加突出，生活经验更加丰富。人与人的关系最重要。写戏如用兵，把人调遣得适当，则能彼此呼应，互相支援，以少胜多。所有的剧中人都仿佛用一条线拴着，一个动则全动，这就有了戏。我们得到的资料是真实的，我们的任务便是如何给真实加工，使人与事更加深厚，彼此间的关系更加亲密，以期具体而有力地说明真理。真实往往是零散的，我们须使之集中。真实中往往有金子，也有泥土，我们须取精去粕，详加选择与提炼。（老舍：《老舍全集》第 16 卷，人民文学出版社 2008 年版，第 507 页）

吾文如万斛泉源，不择地皆可出，在平地滔滔汩汩，虽一日千里无难。及其与山石曲折，随物赋形，而不可知也。所可知者，常行于所当行，常止于不可不止，如是而已矣。其他虽吾亦不能知也。（苏轼：《自评文》，《苏轼文集编年笺注》，第九册，李之良笺注，巴蜀书社 2011 年版，第 88 页）

4. 当代文学体裁发生了哪些新变?

(1) 答题要点

首先表现在文学体裁的融合上，有不同语域的混用，例如交通标志、广告用语、法律用语乃至数学和物理公式等出现在文学文本中。又如田野调查、史传方志等不同话语类型进入作品。新变还表现为不同艺术媒介的融合，包括画面、声音、色彩等其他媒介径直进入文学，成为小说或诗歌作品的组成部分。例如视频诗歌作为一种多媒体作品，它不是视频、声音加文字的简单并置，而是将人们的感官体验（视觉、听觉）和思维过程融为一体，同时给读者带来多重享受，从视频和声音的融合中体悟诗歌的意义。

其次，表现在数字文学的问世，数字文学是文学与数字技术结合的产物，它所具有的在线技术的交互性使数字文学具有非线性和无序化的性质。人们借助计算机的链接功能，通过关键词在不同的文本形式（文本、声音、图像等）间产生关联，在词语、图像乃至随意浏览的文档间转换。这种频繁的交互性所带来的文本的不稳定性，使文学作品的创作始终处于进行时中。

此外，表现在非虚构文本的出现。非虚构对文学虚构性质的排斥在一定程度上造成了对体裁的解构。非虚构的命名者美国作家杜鲁门·卡波特的《冷血——一桩多重谋杀案的经过与后果的真实报导》（1966 年）被视为非虚构文本的代表作之一。

(2) 引述或案例提示

今天，每一种艺术都表现出侵犯邻居艺术的欲望，画家把音乐的声音变化引入绘画，雕塑家把色彩引入雕塑，文学家把造型的手段引入文学，而我们今天要谈的一些艺术家则把某种百科全书式的哲学引入造型艺术本身，所有这一切难道是出于一种颓废时期的必然吗?

任何好的雕塑、好的绘画、好的音乐都会引起它们各自想要引起的感情和梦幻。(［法］波德莱尔:《波德莱尔美学论文选》，郭宏安译，人民文学出版社 1987 年版，第 383 页)

达·芬奇在这画像里突破了画和诗的界限，使画成了诗。谜样的微笑，勾引起后来无数诗人心魂震荡，感觉这双妙目巧笑，深远如海，味之不尽，天才真是无所不可。但是画和诗的分界仍是不能泯灭的，也是不应该泯灭的，各有各的特殊表现力和表现领域。探索这微妙的分界，正是近代美学开创时为自己提出了的任务。

十八世纪德国思想家莱辛开始提出这个问题，发表他的美学名著《拉奥孔》或称《论画和诗的分界》。但《拉奥孔》却是主要地分析着希腊晚期一座雕像群，拿它代替了对画的分析，雕像同画同是空间里的造型艺术，本可相通。而莱辛所说的诗也是指的戏剧和史诗，这是我们要记住的。因为我们谈到诗往往是偏重抒情诗。固然这也是相通的，同是属于在时间里表现其境界与行动的文学。（宗白华：《宗白华全集》第3卷，安徽教育出版社2008年版，第286—287页）

5. 如何理解文学体裁的变与不变?

（1）答题要点

一是文学体裁大体须有，二是文学体裁定体则无。文学体裁从来就不是常规的、固定的形式，而是一个不断更新的领域，探索和变化乃文学体裁的存在方式。

研究文学体裁的融合和新变，并不是要消解文学体裁的边界，更不是要对文学体裁的分类做全盘否定。而是需要正视和研究文学体裁的这些新类型，以更好地把握文学发展的趋向及其规律。

一般来讲，每种文学体裁应具有与其他体裁相区别的基本要素所构成的整体性特征，即在长期文学实践中逐步形成并约定俗成的基本构成因素和表现形态，有各自相对的稳定性。正是由于文学体裁的结构方式和构成要素所内含的普遍性和规范性，故其得以在一定程度上超越了历史、疆域乃至媒介的限制而延续至今，而文学体裁的这种超越性也是千百年来文学体裁虽不断变化但“常有其体”的根基。

文学体裁又绝不是固守不变的。任何一种体裁的规则和边界，都可能遇到来自文学活动内部或外部的冲击。纵观文学发展史，文学体裁始终处在动态的变化过程中。从创作实践上看，中外文学史上经常出现文学体裁的现存规则与创作实践的冲突。同时，社会的、技术的条件也是新兴文学类型产生的重要推动力。中国文坛呼唤一种发展的文学体裁观。这种体裁观不仅不十分强调体裁之间的区分，而且还将关注点集中到文学作品中所包含的与其他体裁相通的东西，以及文学作品冲破体裁限制的出奇制胜之处。

（2）引述或案例提示

文学体裁就其本质来说，反映着较为稳定的、“经久不衰”的文学发展倾向。一种体裁中，总是保留有已在消亡的陈旧的因素。自然，这种陈旧的东西所以能保存下来，就是靠不断更新它，或者叫现代化。一种体裁总是既如此又非如此，总是同时既老又新。一种体裁在每个文学发展阶段上，在这一体裁的每部具体作品中，都得到重生和更新。体裁的生命就在这里。因此，体裁中保留的陈旧成分，并非是僵死的而是永远鲜活的；换言之，陈旧成分善于更新。体裁过着现今的生活，但总在记着自己的过去，自己的开端。在文学发展过程中，体裁是创造性记忆的代表。正因为如此体裁才可能保证文学发展的统一性和连续性。（［苏联］巴赫金：《陀思妥耶夫斯基诗学问题》，《巴赫金全集》第5卷，白春仁、顾亚铃译，河北教育出版社2009年版，第137页）

如果我们把体裁理解为具有共同程序系统（该系统含有主导的、起联合作用的特征程序）的文学作品在发生学角度上的聚合，那么就能发现，要对体裁进行逻辑的、准确的分类是绝不可能的。体裁的划分永远是历史的划分，换句话说，只有针对一定的历史时期，这种划分才合理；此外，体裁的划分还以许多特征为根据，而且，一种体裁的众多特征比之于另一种体裁的众多特征可能有迥然之别，特征之间在逻辑上互不排斥，只是由于程序组合中自然联系性的作用，它们才推广到其它各种体裁中去。（［俄］鲍里斯·托马舍夫斯基：《主题》，［俄］维克托·什克洛夫斯基等著：《俄国形式主义文论选》，方珊等译，生活·读书·新知三联书店1989年版，第147页）

因此，古典时期的这种文学批评势必会引起了激烈地抵制，浪漫主义作家及其继承者前赴后继，他们不仅拒绝遵循体裁规则（他们当然完全有权利这么做），而且拒不承认“体裁”这一概念的存在。所以，一场斗争过后，折腾得体裁理论至今仍是虎落平阳。然而，目前体裁理论的研究趋势似乎是寻找介于文学的宽泛概念与具体实物——作品这两者之间的某种联系，这也就是豹子和斑点的问题。体裁理论发展的这种滞后，或许应归咎于类型学本身与具体作品的描述研究；具体作品的描述研究水平还远不尽如人意：因此只要我们还不能准确描述作品的结构，就只能满足于我们比较善于描述的东西，如“诗的格律”。尽管体裁研究（就像阿尔贝·梯波戴所观察到的那样，这涉及共相问题）是这种现状，但开始这种研究必须先推动结构研究：只有在对古典主义的批评中，我们才能做到从抽象的逻辑图式出发演绎出各类体裁。

这里，体裁研究中出现了另一个困难，这与整个美学标准的特性有关。重要的标志性作品通常开风气之先的，同时又违背先前流行的体裁规则。《巴马修道院》的体裁，也就是说这部小说所遵循的标准，并非十九世纪初的法国小说的体裁；倒是这部作品及其他几部作品创立了“司汤达小说”体裁。可以说，每部重要作品的诞生都带来两种体裁和两个标准的并存：一个是它所违背的、主宰先前文学的体裁标准，另一个是它所开创的新的体裁标准。（［法］茨维坦·托多罗夫：《散文诗学——叙事研究论文选》，侯应花译，百花文艺出版社 2011 年版，第 2—3 页）

五、阅读书目

1.〔明〕胡应麟：《诗薮》，上海古籍出版社 1979 年版。该书为明代胡应麟所著评论历代诗歌的诗话，分内、外、杂、续四编，共二十卷。内编六卷，论古、近体诗；外编六卷，评周、汉、六朝、唐、宋、元历代诗；杂编六卷，谈遗逸篇章、载籍，及三国、五代、南宋、金代诗；续编两卷，论明初至嘉靖诗。此书论诗多受王世贞《艺苑卮言》影响，在宏观的诗歌史把握基础上又有精微的具体分析，评论详尽切当，系统性强，阐发了“诗体代变”“诗格代降”等诗学思想，主张诗要“体格声调”与“兴象风神”兼备，“悟”与“法”并重。

2.〔明〕吴讷、徐师曾：《文章辨体序说　文体明辨序说》，于北山、罗根泽校点，人民文学出版社 1962 年版。该书是将吴讷《文章辨体》与徐师曾《文体明辨》的序说抽出而成。《文章辨体》和《文体明辨》是明代文体论的集大成之作，都采用分体选文、依体序说的写作方式，前者论及 59 种文类，后者作为前者的修订补充，所论文体多达 127 类。两本书的思想一脉相承，作者基于文体处在数量众多、踳驳纷纭的现实状况，主张“文体以体制为先”，“体愈众，辨愈严”，阐明辨体的重要性。序说对所列各类文体的源头、性质及其流变作了阐述，成为后世研究古典文学体类的重要参考资料。

3. 童庆炳：《文体与文体的创造》，云南人民出版社 1994 年版。该书对中西方文体理论进行了梳理，认为中国古代“体”的概念包含着“体裁”“语体”“风格”三层涵义，文体演变的主要因素是“时代”“内部因素”和“外部因素”；西方的“文体”（style）概念有狭义和广义之分，经历了从雄辩术修辞到诗学修辞的演变。该书将文体视为一个系统，分析了文体的功能，认为内容和形式的辩证矛盾是文体的创造原则。该书可谓一本较为系统、中西汇通的当代文体学著作。

4.［美］弗雷德里克·詹姆逊：《语言的牢笼：马克思与形式主义》上，

钱佼汝、李自修译，百花洲文艺出版社 1995 年版。该书作者是当代美国著名的西方马克思主义理论家、批评家。该书主要分为三部分，首先通过论述索绪尔理论从语言学视角探寻语言模式的奥秘；其次围绕俄国形式主义展开评述，提出质疑；最后主要对法国结构主义进行评述，提出我们应冲破“语言的牢笼”这一主张，寄希望于一种新的阐释学与语符学，对语言模式的发展阐发了独到见解。

5. ［苏联］巴赫金：《文艺学中的形式主义方法》，李辉凡、张捷译，漓江出版社 1989 年版。此书最初于 1928 年出版，署名为 N. H. 梅德维杰夫，20 世纪 70 年代恢复了巴赫金的著作权。在书中，巴赫金对当时盛行的形式主义进行了深入的研究与客观的评价。在马克思主义理论的影响下，巴赫金在宏观上对于形式主义方法的历史进行梳理，在微观上深入形式主义理论内部对诗学中的形式主义方法与文学史中的形式主义方法进行研究，最终提出建立系统的科学文艺学的理论构想。

6. ［美］W. C. 布斯：《小说修辞学》，华明、胡苏晓、周宪译，北京大学出版社 1987 年版。该书作者布斯是美国芝加哥大学教授，是当代颇有影响的文学批评家。布斯在书中论述了一系列小说理论的经典问题，例如叙事角度、叙述者类型、非人格化叙述等，从现代的理论纷争中澄清问题，又从历时性的角度梳理历史关系。《小说修辞学》被认为是西方现代小说理论的经典之作，为现代小说的创作、批评和研究奠定了坚实的基础。

7. ［美］苏珊·朗格：《情感与形式》，刘大基、傅志强、周发祥译，中国社会科学出版社 1986 年版。该书作者苏珊·朗格是美国哲学家。《情感与形式》是符号主义美学的经典著作，由前言、正文 21 章、后记组成。该书对音乐、诗歌、舞蹈、戏剧、电影、绘画等艺术领域进行了全面而综合的考察，在诸多问题上加以深刻说明，试图建立一种囊括所有艺术门类的一般艺术理论，对于我们理解符号论美学有重要的启发性意义。

8. ［法］茨维坦·托多罗夫：《散文诗学——叙事研究论文选》，侯应花译，百花文艺出版社 2011 年版。该书共收录 10 篇论文，即《侦探小说类型学》《原始的叙事：〈奥德赛〉》《叙事人：〈一千零一夜〉》《叙事语法：〈十日谈〉》《叙事的寻觅：〈圣杯〉》《叙事的秘密：亨利·詹姆斯》《叙事转换》《想异性游戏：〈地下室手记〉》《空白的认识：〈黑暗之心〉》《建构性阅读》。作者借助具体题材类型作品、人物、叙事结构与表达方式等文学现象的分析，阐述了自身关于体裁与叙事理论的看法。

六、试题库

试　题　I

一、填空题（每小题 2 分）

1.《尚书》已有“政贵有恒，________，________”之说，有典、谟、诰、誓、训等文体区分。

2. 弗莱在《________》一书中把文学作品分为虚构型和主题型。

3. 刘勰在《文心雕龙 · ________》中提出“今之常言，有文有笔，以为无韵者笔也，有韵者文也”。

4. ________是剧本叙事的主要方式，它以对话（对白）为主，还有独白和旁白。

5. 英国诗人________说：“一切好诗都是强烈情感的自然流露。”

6. 小说的三要素是：________、________、________。

7. ________、________、________、________被称为“元曲四大家”。

8. 白居易曾用比喻的方式给诗歌定义：“诗者：________、________、________、________。”

二、单选题（每小题 1 分）

1.“诗缘情而绮靡，赋体物而浏亮”是（　　）中提出的。

A. 刘勰《文心雕龙 · 明诗》　　B. 陆机《文赋》

C. 曹丕《典论 · 论文》　　D.《诗大序》

2. 曾文清与愫芳是（　　）中的人物。

A. 老舍《茶馆》　　B. 巴金《寒夜》

C. 曹禺《雷雨》　　D. 曹禺《北京人》

3. 我国第一部按体区分、从类编著的文学总集是梁代（　　）。

A. 姚鼐《古文辞类纂》　　B. 徐陵《玉台新咏》

C.《古文观止》　　D. 萧统《昭明文选》

4.“如万斛泉源，不择地而出”，又“常行于所当行，常止于不可不止”是（　　）对散文特征的描述。

A. 司空图《与李生论诗书》　　B. 苏轼《文说》

C. 陆云《与兄平原书》　　D. 曹丕《典论 · 论文》

5.（　　）的《白杨礼赞》是咏物感怀散文的代表作。

A. 朱自清　　B. 郁达夫

C. 茅盾　　D. 郭沫若

6. 中世纪英雄史诗（　　）讲述了查理曼大帝的侄儿罗兰奋勇战死疆场的故事。

A.《罗兰之歌》　　B.《神曲》

C.《尼伯龙根之歌》　　D.《伊戈尔远征记》

三、多选题（每小题 2 分）

1. 朱自清认为，中国现代散文“与诗，小说，戏剧并举，而为新文学的一个独立部门的东西”，中国现代散文又被称为（　　）。

A. 白话散文　　B. 抒情文

C. 小品文　　D. 文学评论

2. 对于数字文学的表述，下列正确的有（　　）。

A. 数字文学是文学与数字技术结合的产物，它通过计算机软件或超链接生成

B. 数字文学与网络有密切的关系，离开网络就不可能生成

C. 数字文学具有线性和有序化的性质

D. 数字文学具有频繁的交互性，使文学作品的创作始终处于进行时中

3. 下列属于散文作品的有（　　）。

A. 巴金《解剖自己》　　B. 史铁生《想念地坛》

C. 鲁迅《阿长与〈山海经〉》　　D. 归有光《项脊轩志》

4. 古希腊三大悲剧家是（　　）。

A. 阿里斯托芬　　B. 埃斯库罗斯

C. 索福克勒斯　　D. 欧里庇得斯

四、名词解释（每小题 4 分）

1. 超文本小说

2. “定体则无，大体须有”

3. 歌谣体诗

4. 动作性

五、辨析题（每小题 4 分）

1. 正剧，又称悲喜剧，它兼有悲剧和喜剧两种成分。

2. 欧洲文学分类观念可以追溯到古希腊，亚里士多德根据文学摹仿现实的

不同方式对文艺作品类型作了分类。

3. 如今“故事性”已经不是小说的基本特征。

4. 戏剧冲突是剧本的灵魂，没有冲突就没有戏剧。

六、简答题（每小题 4 分）

1. 简述诗歌的艺术特征。

2. 简述中国小说的变迁。

七、论述题（每小题 15 分）

1. 请谈一谈对文学跨媒介问题的理解。

2. 结合下面一段文字，试述文学体裁的变与不变。

知散行之体，概与文殊。唐宋以降，此谊弗明，散体之作，亦入文集。若从孔子“正名”之谊，则言无藻韵，弗得名文，以笔冒文，误孰甚焉。又文苑列传，前史佥同。唐宋以降，文学陵迟，仅工散体，恒立专传。名实弗昭，万民丧察，因并辨之。（刘师培《中国中古文学史讲义 · 文学辨体》）

参考答案

一、填空题

1. 辞尚体要　不惟好异

2. 批评的解剖

3. 总术

4. 台词

5. 华兹华斯

6. 人物　情节　环境

7. 关汉卿　白朴　郑光祖　马致远

8. 根情　苗言　华声　实义

二、单选题

1	2	3	4	5	6
B	D	D	B	C	A

三、多选题

1	2	3	4
ABC	ABD	ABCD	BCD

四、名词解释

1. 超文本小说又称超链接小说，是数字文学的一种代表性类型。它是由作者将众多的信息块链接而成，读者则需要下载特定的软件并通过不断点击链接来延续阅读。(1分) 它是20世纪90年代后期美国先锋小说界提出的一个概念(1分)，代表作品有乔伊斯的《下午，一个故事》(1分)。超文本小说不仅打造了新型的作者与新型的读者，而且建构了两者的新型关系，在促使文学文本的结构方式和传播方式发生变化的同时，也改变了文学的性质和呈现方式。(1分)

2. 此观点为金代王若虚在《文辨》中提出。(1分)“大体须有”是说文学体裁的结构方式和构成要素所内含的普遍性和规范性，强调文学体裁的相对稳定性。(1分)“定体则无”是说在各种文学体裁之间划出一条固定界限是不可能的，强调文学体裁的未定性。(1分)“定体则无，大体须有”是对文学体裁变与不变问题的合适概括。(1分)

3. 歌谣体诗是一种诗歌体裁，代表作品如《王贵贵与李香香》。(1分) 歌谣体诗在音韵和篇幅上没有格律诗严格，但为了便于诵记和合乐，一般有一定的韵脚。(1分) 在结构上，歌谣体诗每节大体一致，末节一般反复咏唱。歌谣体诗包括民歌、流行歌曲及各种小调的歌词。(1分) 歌谣体诗贴近生活，语言多具有口语化特点，是一种富有生命力的民间文化文本。(1分)

4. 动作性是戏剧语言的特点之一，是指人物语言要表现其欲望、意志及内心的冲突，并使这些内心状态通过语言转化为外部动作，体现为人物的姿态、表情、手势、形体等。(2分) 戏剧通过人物行为而展开冲突，人物的内在的心理与情绪只有转化为外部的行为、转化为具体冲突，才最终成为舞台上的动作。(2分)

五、辨析题

1. 正确。(1分) 18世纪法国戏剧家狄德罗将介于喜剧和悲剧之间的“中间地带”的戏剧称为“严肃剧”。(1分) 正剧与悲剧、喜剧的主要区别在于人物命运、事件结局的完满性。(1分) 一般而言，正剧更近似现实生活，题材内容更广泛，人物性格塑造更丰满和复杂。(1分)

2. 正确。(1分) 欧洲文学分类观念可以追溯到古希腊(1分)，亚里士多德根据文学摹仿现实的不同方式对文艺作品类型作了分类，他曾在《诗学》指出：“既可以像荷马那样，时而用叙述手法，时而叫人物出场（或化身为人物），也可以始终不变，用自己的口吻来叙述，还可以使摹仿者用动作来摹仿。”所谓“像荷马那样”的作品即史诗类作品，“用自己的口吻来叙述”是抒情类作品，而“使摹仿者用动作来摹仿”则是戏剧类作品。后来的文艺理论家根据这种区分划分出叙事文学、抒情文学和戏剧文学等三种文学类型。（1分）这个基本框架在西方一直沿用到现代。(1分)

3. 错误。（1分）故事性指小说的结构形态和构成因素，一般包括人物、情节和环境。（1分）故事性就是在这三者的相互作用和相互关系中产生的。（1分）随着小说叙事方式的不断探索和创新，人物、情节和环境作为小说的基本要素的观点不断受到质疑和挑战，并受到一定程度的消解。但总的来看，故事性仍然是大多数小说的基本特征。(1分)

4. 正确。(1分）戏剧冲突指戏剧中由对抗性力量造成的能够推动剧情发展的矛盾冲突，它是戏剧性最高和最集中的形式。（1分）戏剧冲突是剧本的灵魂，没有冲突就没有戏剧。（1分）戏剧冲突体现了剧本的叙事性和这种叙事必须适应舞台演出要求的特点，也是戏剧叙事不同于一般叙事之处。(1分)

六、简答题

1. 第一，强烈的情感。抒情性是诗歌最根本的特征，也是诗歌的内在要求。(1分）第二，跳跃性的言语结构。这一特征与诗歌的抒情性所体现的不受时空限制的强烈情感和丰富想象有关。（1分）第三，富有音乐美的语言。诗乐同源，诗歌要求具有类似音乐的韵律和节奏。(1分）第四，凝练的意象。诗人在诗歌中要表现的不是那些物象的实在面貌，而是它们在主体心中所激起的情感和内心活动。(1分)

2. 在中国，“小说”一词最早见于《庄子·外物》:“饰小说以干县令，其于大达亦远矣。”当时的“小说”指的是微不足道、琐屑浅薄的言论，还没有文学体裁的含义。(1分）先秦的寓言和两汉的史传文学蕴含了小说的萌芽，魏晋南北朝的志人志怪小说被认为是中国小说的渊源之一，其中，又以《世说新语》与《搜神记》为代表。(1分）唐传奇开始具有一定的虚构意识和比较完整的故事情节，如元稹的《莺莺传》讲述“始乱终弃”的故事，《虬髯客传》虚构了曲折奇特、扣人心弦的侠客故事，塑造性格鲜明、英气勃勃的人物形象。宋元“话本”作为说书人敷演故事的底本，推动了中国小说的变迁。元末明初起，章回体小说逐渐发展成熟，出现了《三国演义》《水浒传》《西游记》等名著，《红楼梦》标志着中国古典小说达到高峰。(1分）进入20世纪，梁启超为唤起民众而竭力提倡“小说界革命”，提升了小说在文学中的地位。“五四”之后，鲁迅的《呐喊》《彷徨》等代表了中国现代小说的“实绩”。(1 分)

七、论述题

1. 文学的跨媒介问题是不同艺术媒介的融合问题，文学体裁的边界还由于不同艺术媒介的融合而不断延展。无论中外，不同艺术媒介及门类的相互借鉴和相互交融源远流长。(3 分) 如今画面、声音等其他媒介径直进入文学，成为小说或诗歌作品的组成部分，从而为读者带来多方位感受。(3 分) 尽管听书传统在我国由来已久，宋元民间艺人的说书就是一种听书形式，而有声书则是电子时代的产物，它以数字音频的方式呈现。当人们打开音频应用软件进入“听书”模式时，在数字化听觉空间中即刻产生一种“在场”的幻觉。“听书”受到一些年轻人的追捧。(3 分) 不过，这类多媒体产品虽然受到部分读者的欢迎，但仍有一些读者愿意享受阅读文字的快感，这也许是纸质文本与数字文本并行不悖的现实基础。(3 分)

结合具体材料论述，酌情加 1~3 分。

2. 文学体裁有变与不变的特质。每一种文学体裁既有其内在核心要素，又具有包容性和开放性。这些体裁各自相对的稳定性和连续性，成为文学体裁分类的基础。同时，若文学体裁固守它的疆界，那又将是它的死亡。(3 分) 一般来讲，每种文学体裁应具有与其他体裁相区别的基本要素所构成的整体性特征，即在长期文学实践中逐步形成并约定俗成的基本构成因素和表现形态，有各自相对的稳定性。(3 分) 文学体裁又绝不是固守不变的。任何一种体裁的规则和边界，都有可能遇到来自文学活动内部或外部的冲击。各种文学体裁总在不断发展变化，因而要在它们之间划分出一条截然的、固定不变的界限是不可能的。(3 分) 关于文学体裁的理论探讨也处于不断调整中。构建更为开放的文学体裁观念，从理论上为文学发展提供更为广阔的空间和更多的可能性，将是体裁研究的方向。(3 分)

结合具体材料论述，酌情加 1~3 分。

试 题 Ⅱ

一、填空题（每小题 2 分）

1. ________的《镜与灯——浪漫主义文论及批评传统》论述了文学的作品、作家、世界、读者四要素。

2. 亚里士多德的________中提出了文学体裁的“三分法”。

3. "酒神精神"是尼采在________中提出的关于希腊悲剧思维方法和艺术特点的重要概念。

4. ________是一种通过人物台词和舞台提示营造戏剧情境、集中反映矛盾冲突的文学体裁。

5. "隐含读者"是德国文论家________提出的概念，与"隐含读者"相对的是现实读者。

6. "寓教于乐，既劝谕读者，又使他喜爱"，出自贺拉斯的________。

7. ________在《美学》中提出"艺术是理念的感性显现"。

8. 文学体裁的"四分法"主要依据外在形态、语言运用和表现手法等分为诗歌、小说、戏剧文学（剧本）和________。

二、单选题（每小题 1 分）

1. (　　) 具有强烈的情感、跳跃性的言语结构、富有音乐美的语言、凝练的意象等主要艺术特征。

A. 诗歌　　B. 小说

C. 剧本　　D. 散文

2. "独照之匠，窥意象而运斤"出自刘勰的 (　　)。

A.《艺概》　　B.《文心雕龙》

C.《诗辨》　　D.《鹤林玉露》

3.《1844 年经济学哲学手稿》的作者是 (　　)。

A. 黑格尔　　B. 尼采

C. 马克思　　D. 福柯

4. "诗缘情而绮靡"出自陆机的 (　　)。

A.《文赋》　　B.《尚书·尧典》

C.《文心雕龙》　　D.《典论·论文》

5. (　　) 的《〈克伦威尔〉序言》是欧洲浪漫主义文学作品的代表论著。

A. 华兹华斯　　B. 康德

C. 拜伦　　D. 雨果

6. 魏晋时期出现了辨体实践，曹丕的《典论·论文》提出 (　　) 之说，并概括诗与赋的体裁特征。

A. "四科八体"　　B. "四分法"

C. 文笔之辨　　D. “三分法”

三、多选题（每小题2分）

1. 文学体裁分类有“两分法”“三分法”“四分法”。我国古代大体上把所有的文章分为（　　）和（　　），属于“两分法”。

A. 韵文　　B. 散文

C. 诗歌　　D. 小说

E. 剧本

2. 诗歌的主要艺术特征是（　　）。

A. 强烈的情感　　B. 跳跃性的言语结构

C. 富有音乐美的语言　　D. 凝练的意象

3. 散文在类型上一般根据表达方式和表现对象分为（　　）。

A. 记叙性散文　　B. 非虚构作品

C. 抒情性散文　　D. 议论性散文

4. 下列属于剧本艺术特征的是（　　）

A. 尖锐激烈的戏剧冲突　　B. 以日常生活作为主要题材

C. 以对话为主的戏剧语言　　D. 高度集中的布局

四、名词解释（每小题4分）

1. 文学体裁

2. 诗歌

3. 剧本

4. 文学性

五、辨析题（每小题4分）

1. 对于文学体裁的变与不变来说，“定体则无，大体须有”。

2. 文学体裁的新变与数字技术的普及和社会生活的快速变化密切相关。

3. 戏剧作为综合性的表演艺术，其直观的特点是看戏的体验。这种体验与通过文字阅读诗歌和小说的经验判然有别，这么看来，戏剧似乎与文学无关了，或者说，戏剧越出了文学的范畴。对于戏剧来说，剧场性远远大于文学性。

4. 在叙事作品中，叙述者等于作者。

六、简答题（每小题4分）

1. 简述散文与剧本在艺术特征上的不同之处。

2. 简述格律诗与自由诗的区别。

七、论述题（每小题 15 分）

1. 结合下面一段文字，论述技术时代文学体裁的变化。

在一个与现在完全不同的时代里，那些对物和环境施加的影响比我们现在小得多的人创立了美的艺术，确立了美的艺术的不同种类。然而，我们的手段在这方面所达到的适应能力和精确度上正经历的惊人发展使我们看到，古代的美的艺术即将发生深刻变化。在所有艺术中都存在着一种不可能再像以前那样去观赏和对待的物质成分，这种物质成分也不能不受制于现代科学和现代实践。近二十年来，无论是物质还是时间和空间，都不再是自古以来的那个样子了。人们必须估计到，伟大的革新会改变艺术的全部技巧，由此必将影响到艺术创作本身，最终或许还会导致以最迷人的方式改变艺术概念本身。（[法] 保罗·瓦雷里《艺术片论集·无处不在的征服》）

2. 结合具体的艺术作品，谈谈你对小说的基本特征的理解。

参考答案

一、填空题

1. 艾布拉姆斯
2. 《诗学》
3. 《悲剧的诞生》
4. 剧本
5. 伊瑟尔
6. 《诗艺》
7. 黑格尔
8. 散文

二、单选题

1	2	3	4	5	6
A	B	C	A	D	A

三、多选题

1	2	3	4
AB	ABCD	ACD	ACD

四、名词解释

1. 文学体裁是指在结构形态和话语表达上具有明显可辨特征的文学作品类型，它对读者感受和理解文本起规范作用。（2 分）文学体裁是文学发展到一定阶段的产物，中西方文学体裁观念源远流长。（1 分）文学体裁分类有“两分法”“三分法”“四分法”。（1 分）

2. 诗歌是一种以富有韵律的语言和丰富的想象来表情达意的文学体裁，在文学史上出现最早。（1 分）诗歌具有强烈的情感、跳跃性的言语结构、富有音乐美的语言、凝练的意象等主要艺术特征。（3 分）

3. 剧本是一种通过人物台词和舞台提示营造戏剧情境、集中反映矛盾冲突的文学体裁。（1 分）剧本为戏剧表演提供文学脚本，也可以作为脱离戏剧演出而独立存在的文学作品。（1 分）剧本具有尖锐激烈的戏剧冲突、高度集中的戏剧结构、以对话为主的戏剧语言。（2 分）

4. 根据俄国形式主义的理论，文学性是文学文本区别于非文学文本的特殊的语言学和形式特征之总和。（1 分）俄国形式主义领袖雅各布森提出：“文学研究的对象不是文学，而是文学性，是使一个特定作品成为文学作品的东西。”（1 分）形式主义者着手界定可观察到的“手法”，通过这些手法，文学文本（尤其是诗）凸显其语言，比如在节奏、韵律和其他形式中。（1 分）文学性是根据陌生化来理解的，这是对“日常”语言的一系列偏离。（1 分）

五、辨析题

1. 正确。（1 分）文学创作在遵循文学体裁基本规则的同时，也会打破常规、呈现新的结构方式和表达方式。文学体裁的变与不变，是“定体则无、大体须有”。每种文学体裁应具有与其他体裁相区别的基本要素所构成的整体性特征，有各自相对的稳定性。（1 分）文学体裁绝不是固守不变的，各种文学体裁总在不断发展变化。（1 分）文学体裁从来就不是常规的、固定的形式，而是一个不断更新的领域，探索和变化乃文学体裁的存在方式。构建更为开放的文学体裁观念，从理论上为文学发展提供更为广阔的空间和更多的可能性，将是体裁研究的方向。（1 分）

2. 正确。（1 分）在数字技术普及和社会生活快速变化的今天，文学体裁尤其是小说类叙事性作品面临着巨大的冲击。（1 分）数字文学创造了新的创作方式与传播方式，它不仅改变了文学内部的结构形态，而且带来新的阅读体验和审美体验。（1 分）与此同时，非虚构文本的流行对文学体裁的边界造成了新的冲

击。这具体体现为数字文学的问世与非虚构文本的挑战两个方面。(1 分)

3. 错误。(1 分) 戏剧既有文学性，又有剧场性，二者的结合塑造了戏剧。(1 分) 首先，戏剧具有文学性，戏剧中的言语对白和故事，接近小说和叙事诗，戏剧通常基于剧作家所撰写的剧本进行表演。(1 分) 其次，戏剧具有剧场性，区别于小说和诗歌，因为戏剧是通过言语、动作和歌唱来“演一故事”，所谓“演”则点出了戏剧的舞台艺术特点。因而戏剧是由文学性和剧场性塑造起来的。(1 分)

4. 错误。(1 分) 叙述者不等于作者。作者是创作叙事作品的人，叙述者是作品中的故事讲述者。(1 分) 作者可以创造出多种叙述者形象 (1 分)，一部作品中也可能有多个活跃在作品不同层次的叙述者 (1 分)。

六、简答题

1. 剧本具有尖锐激烈的戏剧冲突、高度集中的戏剧结构、以对话为主的戏剧语言等艺术特征。(2 分) 散文的艺术特征是感受新颖、情感真挚，题材广泛、内容丰富多彩，形式自由、形散神聚，语言自然优美。(2 分)

2. 格律诗是一种有着固定格式和韵律的诗歌样式。中国古代诗歌中的绝句、律诗、词、曲等格律诗对篇、句、行、字数和平仄、押韵等都有具体规定。西方的“十四行诗”在形式和韵律上也有严格的要求。(2 分)

自由诗是相对于格律诗而言的。它没有固定的篇幅和句式、字数的限制，节奏和音韵也比较自由，适应情感表达的需要。此外，散文诗也属于自由诗的一种，它兼具散文与诗歌特点，感情充沛、想象丰富、语言自由，又讲求诗的韵律和节奏、要求营造诗的意境。(2 分)

七、论述题

1. 文学体裁的交融古已有之，如今随着视听文化的异军突起而拥有了新质。(3 分) 具体表现在两个方面：一是不同语域的混用。比如小说创作经常从其他文体语言中吸取有用的成分。二是不同艺术媒介的融合。融合了不同艺术媒介的文学体裁，给读者带来多方位新感受。现在纸质文本、数字文本并行不悖依然具有现实基础。(3 分) 文学体裁的新变与数字技术的普及和社会生活的快速变化密切相关，数字文学创造了新的创作方式与传播方式，它不仅改变了文学内部的结构形态，而且带来新的阅读体验和审美体验。(3 分) 非虚构纪实作品的流行对文学体裁的边界造成了新的动荡，这具体体现为数字文学的问世与非虚构文本的挑战两个方面。(3 分)

结合具体材料论述，酌情加 1~3 分。

2. 小说是一种用散文形式写成的叙事性虚构作品。小说具有叙事性、故事性、文体的杂糅性等基本特征。(4 分) 小说按特定方式叙述故事，在叙述中，人物的再现要么发生在静态状况中，要么出现在作为事件或行动结果的发展进程中，这意味着一些组织原则出现在所说的叙述中，比如情节、主题、观念。(4 分) 叙述故事是小说文本的文类惯例，也是读者对小说文类的阅读期待。小说具有文体杂糅性，具有包容性，小说创作经常从其他文体语言中吸取有用的成分，来满足其全面表现社会生活的需要。(4 分)

结合具体材料论述，酌情加 1~3 分。

试 题 Ⅲ

一、填空题（每小题 2 分）

1. 现代诗人________说："诗是被热烈的情感蒸发了的水气之凝结。"

2. 西方戏剧文学起源较早，古希腊时期就出现了埃斯库罗斯、索福克勒斯、欧里庇得斯三大悲剧家，和"喜剧之父"________。

3. 抒情性是诗歌最根本的特征，我国古代诗论有________传统。

4. ________乃文学体裁的存在方式。

5. 中国古代许多神话传说和古史资料是通过________的方式留存下来的。

6. 非虚构的命名者美国作家________的《冷血——一桩多重谋杀案的经过与后果的真实报导》(1966 年) 被视为非虚构文本的代表作之一。

7. 在西方文学发展历程中，________、小说等叙事类文学体裁占据主导地位。

8. 20 世纪初以来，在采用________的方法之后，文体学研究摆脱了传统印象直觉式分析的局限，逐渐系统化和科学化。

二、单选题（每小题 1 分）

1. 1909 年巴依的（　　）标志着西方文体学的开端。

A.《法语文体学》　　B.《法语文体学简论》

C.《文体研究》　　D.《问题及其技巧》

2. 自从西晋挚虞分体编纂了总集（　　）并分论各体，之后总集附论就成为古代文体论的基本体式之一。

A.《渔隐丛话》　　B.《文章正宗》

C.《文章流别集》　　D.《古文集成》

3.（　　）把小说中的人物划分为两大类型：扁形人物和圆形人物。

A. 巴赫金　　B. 福斯特

C. 福克纳　　D. 卡西尔

4. 社会学派（　　）提出种族、环境、时代三元素学说。

A. 史达尔　　B. 泰勒

C. 彭斯　　D. 华兹华斯

5. 亚里士多德在（　　）中论述："既不应当押韵，也不应当没有节奏押韵的形式，因为是人工做作的，所以会破坏听者的信任，同时他也会分散听者的注意力……于是，另一方面，没有节奏的语言，又太没有限制了。"

A.《修辞学》　　B.《模仿论》

C.《形而上学》　　D.《论文体》

6.（　　）说："文体是思想的浮雕性、可感性。"

A. 歌德　　B. 普鲁斯特

C. 布封　　D. 别林斯基

三、多选题（每小题2分）

1. 下列关于文体形成、演变叙述正确的是（　　）。

A. 是由一定时代的社会生活和作家创作个性决定的

B. 与一定的社会发展阶段出现的物质技术条件、传播形态与方式等因素密切相关

C. 随着新媒体的出现，在新旧媒体之间、新新媒体之间，便会出现交叉性的新文体

D. 文体在发展过程中只有演变，不会被淘汰

2. 人物台词在戏剧中具有哪些作用（　　）。

A. 塑造人物

B. 构造话语情境

C. 推进戏剧冲突

D. 揭示主题

3.（　　）并不标榜文体和文体学，但他们对文学形式的重视，特别是对文学语言技巧的过细的分析，实际上是把文体学的研究推进到具体的文体手段的更深层次的探究中去。

A. 俄国形式主义批评　　B. 英美新批评派

C. 结构主义批评　　D. 法兰克福学派

4. 下列属于正剧的是（　　）。

A. 莎士比亚《暴风雨》　　B. 狄德罗《一家之主》

C. 易卜生《玩偶之家》　　D. 曹禺《北京人》

四、名词解释（每小题 4 分）

1. 数字文学

2. 小品文

3. 非虚构文本

4. 西方现代戏剧

五、辨析题（每小题 4 分）

1. 虚构中的现实是小说的特别之处。

2. 诗歌跳跃性的言语结构与诗歌文体的形式没有太大关系

3. 文体总是这样或那样地折射出时代精神。

4. 陆机《文赋》强调“诗缘情而绮靡，赋体物而浏亮”，指出了诗与文的不同特征。

六、简答题（每小题 4 分）

1. 简述散文的基本特征。

2. 简述抒情文本有别于叙事文体的独特性。

七、论述题（每小题 15 分）

1. 结合下面一段文字，论述你对文学体裁的认识。

别林斯基说：“虽然所有这三类诗歌（指抒情类、叙事类、戏剧类），都是作为独立的因素，彼此分离地存在着，可是，当出现在个别的诗歌作品里的时候，它们相互之间不是经常划着明显的界限的。相反，它们常常混杂在一起而出现，因此，有的按形式看来是叙事作品，却具有戏剧的性质，反之亦然。当戏剧因素渗入到叙事作品里的时候，叙事作品不但丝毫也不丧失其优点，并且因此而大有裨益。”（［俄］别林斯基《诗歌的分类和分科》）

2. 试论述“三分法”和“四分法”的优劣。

参考答案

一、填空题

1. 闻一多

2. 阿里斯托芬

3. 诗言志

4. 探索和变化

5. 口头传诵

6. 杜鲁门·卡波特

7. 史诗

8. 现代语言学

二、单选题

1	2	3	4	5	6
A	C	B	B	A	D

三、多选题

1	2	3	4
ABC	ABCD	ABC	ABCD

四、名词解释

1. 数字文学是文学与数字技术结合的产物，它通过计算机软件或超链接生成。(1 分) 数字文学颠覆了纸质文本和视听文本内含的时间秩序，在线技术的交互性使数字文学具有非线性和无序化的性质。(1 分) 人们借助计算机的链接功能，通过关键词在不同的文本形式间产生关联，在词语、图像乃至随意浏览的文档间转换。(1 分) 这种频繁的交互性所带来的文本的不稳定性，使文学作品的创作始终处于进行时中。(1 分)

2. 小品文也称小品，目前所知最早的“小品”一词就来自佛学，出现于南北朝时期，指佛经的缩写本。(1 分) “小品”一词被用于文学则到了明代中期，含义极为丰富，这一时期以小品命名的集子，不全是小品文集，诗、词、赋、散文、韵文等文体杂陈。(1 分) 最早在现代汉语中使用“小品文”这个名称是在民国初期用来定义那些篇幅较短的抒情散文。(1 分) 概括来讲，小品文特指篇幅短小，形式多样，内容丰富，能够引起读者共鸣和回味的文学作品。(1 分)

3. 非虚构文本的出现是文学范式的一次转型，主要指采用纪实而非纯想象的方式写作的文本。(1 分) 非虚构文本的命名者为美国作家杜鲁门·卡波特。(1 分) 非虚构文本具有“在场”“介入”和立足个人体验等特征。(1 分) 虽然非虚构文本本身并非文学体裁，但它对文学虚构性质的排斥在一定程度上造成了对体裁的解构，引发了对审美标准的再思考。(1 分)

4. 所谓西方现代戏剧，是指从 19 世纪末至今的西方各种具有现代质素的戏剧。(1 分) 现代戏剧的两个重要特征是纯粹的经验世界和非理性的心理世界。(1 分) 在演出形式上，这些戏剧往往调动剧本、演员、舞台、灯光、音响、道具、服装、化妆等，以及台上演出与台下互动的关系等舞台上下所有演出元素统一参与表演。(1 分) 西方现代戏剧包含多个戏剧流派，比如象征主义戏剧、表现主义戏剧、超现实主义戏剧和未来主义戏剧等。(1 分)

五、辨析题

1. 正确。(1 分) 小说是虚构的叙事作品，虚构是小说叙事区别于新闻报道等文体的重要特征。小说在强调虚构性的同时又追求艺术的真实感。(1 分) 与其他体裁相比，小说更侧重对日常生活和普通人思想感情的描写，这种描写追求细节的具体和真实。(1 分) 同时，小说叙事又以作者对人生的经验和对现实生活的观察、体会和理解为基础。虚构中的现实正是小说的特别之处。(1 分)

2. 错误。(1 分) 诗歌创作讲究章法，特别是中国古典诗词，要求平仄、对仗和起承转合等；自由诗看似不拘一格，其实也有重复、回旋等形式上的要求。这种文体形式使诗歌不可避免地出现省略、颠倒等，从而形成了诗歌语言结构的跳跃性。(2 分)

3. 正确。(1 分) 时代精神就是以特定时代的物质生活、精神生活的条件为基础，由某个特定阶级集团占据历史舞台中心，以及他们所推行的意识形态所形成的社会的主要趋向。(1 分) 每个作家都生活在特定的时代中，时代精神的氛围对作家的创作个性总会产生深刻的、巨大的、不可抵抗的影响，从而给作家的文体留下时代精神的印记。(1 分) 生活于不同时代的作家受不同时代精神的影响，从而形成不同的文体。同一个作家的文体也会因时代的变化而呈现出巨大的差异。(1 分)

4. 错误。(1 分) 陆机《文赋》强调“诗缘情而绮靡，赋体物而浏亮”，这里对“诗”和“赋”两种韵文做了具体区分，而不是单纯强调了“诗”与一般之文的区别。(3 分)

六、简答题

1. 第一，感受新颖，情感真挚。作为一种表达内心体验和抒发情感的文学样式，散文一般有感而发，感受新颖睿智，抒情真诚真切。(1分）第二，题材广泛，内容丰富多彩。散文的书写领域是广阔的，写人、叙事、咏物、怀旧，古往今来、天上地下都可以进入散文创作的视野。(1分）第三，形式自由，形散神聚。散文在写作对象上没有一定之规，结构和行文也没有严格的限定和固定的模式。(1分）第四，语言自然优美。散文一般不以故事情节取胜，而是在短小精悍的篇幅里，用自然、简洁、优美的语言，表达作者所见、所闻、所思、所感。(1分)

2. 一类事物的独特性往往是自身能够辨明与他者相异的东西，抒情文体的独特性正存在于它与叙事文体、戏剧文体的差异中。（1分）叙事以故事为描写中心，而抒情则以心境为描写中心，在抒情中也可能会有故事，但故事是为表达某种心境服务的。(1分）抒情文体的特征还表现在形式的音乐性上。(1分）有充分的研究表明，抒情诗是最原始、最基本的艺术样式，人类艺术的初始阶段乃为无意义的发声，然后被不断重复，形成格律形式，继而产生诗歌，因此诗与音乐在其初始阶段与其后很长的时间里都是密不可分的，其典型的形式就是“歌”。(1分)

七、论述题

1. 体裁是文本基本要素在相互作用中所形成的和谐的、相对稳定的特殊关系，正是文本诸要素完美的结合，构成了某一体裁的独特的审美规范。(3分）体裁的审美要素是一种“封闭—开放”结构。各种文学体裁的规则一般是不许破坏的，它在很大程度上强制大家遵守它。(3分）但不同体裁的区别也不是绝对的，体裁是可以丰富和改造的，又是可以互相渗透的。(3分）体裁的这种开放性充分体现在文学发展中，体现在不同时代、不同作家手中的不断变化上面。(3分)

结合具体材料论述，酌情加1~3分。

2. “三分法”是根据文学作品的性质和表现方式的不同，把文学分为叙事文学、抒情文学和戏剧文学三种类型。“三分法”是欧洲文学史上传统的分类方法，可以追溯至古希腊。(2分）“四分法”是我国自五四运动以来借鉴西方“三分法”并适当补充而形成的分类方法。“四分法”主要依据文学作品的外在形态、语言运用和表现手法等方面的特征，将文学分为诗歌、小说、戏剧文学（剧本）和散文四类。(2分）“三分法”与“四分法”各有优劣。“三分法”着眼于情感体验和艺术表现方式的不同，其划分标准具有“类”的概括性和逻辑性（3分），但相对忽视了文学作品语言形式方面的特点，诗歌中的抒情诗被归于抒情文学、而叙事诗则被归于叙事文学（3分）。“四分法”从文学作品的整体形态出发，关注它们的体式、语言方面的不同，分类明了、易于把握。（2分）散文被单独划分为一类，这样划分突出了体裁特点，但也存在分类交叉的问题，像散文诗、诗体小说等就难以归类。（3分）

第六章 文学的风格、流派与思潮

一、内容提要

文学作品的存在方式是多样的，风格、流派和思潮也是文学作品的存在方式。文学风格是文学流派与文学思潮的具体支撑，文学流派与文学思潮推动文学风格的演变。本章主要论述的是文学的风格、流派和思潮。

文学风格主要指的是文学作品中呈现出来的作家创作个性。创作个性是作家的气质、人格、人生观、审美趣味、艺术才华、语言敏感等个体素质在艺术表现中形成的独特性。创作个性在文学风格的形成和显现中具有核心作用。作为文学中体现作家创作个性的东西，文学风格一般具有独创性、稳定性和多样性。文学风格的形成，主要取决于两方面的构成要素，即，风格来自作家的主体要素，同时也受制于文学作品的客体要素。总体而言，风格存在于主体要素和客体要素高度交融所形成的整体风貌中。文学风格的分类在古代有二分、八分、九分，但分类永远是相对的，有些类型在同一作品中还可能交叉渗透。

文学流派主要是指一定时期里有着相近艺术追求和思想倾向的作家汇聚而成的文学群体。作家个人风格与文学流派风格，是文学发展中两个相互联系的方面，流派风格体现了文学风格个体性与群体性的高度统一。文学流派的形成原因，有多方面的因素，比如相近的社会身份和社会阶层，文学观念和主张，题材，艺术风格和文体，艺术方法和技巧，自觉结成的文学社团，以及大众传媒和现代教育等。文学流派影响一个时代文学的发展与走势，同时，不同文学流派的相互竞争也推动文学的发展。不同的流派带来不同的流派风格，也带来文学风格上的争奇斗艳，此间的竞争有利于文学的发展。

文学思潮主要是指透过文学作品而呈现的在情感态度、审美原则、创作思想及社会观念等方面有着共同倾向的文学潮流。文学思潮在社会变革中往往起到先导作用。一般而言，文学思潮往往具有弥漫性和兼容性，从总体上看，文学思潮的多样化和交叉互渗，有利于文学的发展。在西方，持续时间较长、影响较大的现代文学思潮有浪漫主义、现实主义、现代主义和后现代主义等。从近代到现代，中国也出现了几种影响较大的文学思潮。文学流派与文学思潮之间存在密切的关系，既有联系，两者常出现重叠交叉，指称多有混同的现象，也有区别，文学思潮突出了某种合规律性、合目的性的思想体系，而流派只涉及作家的派别，其形成的基础和聚合的标志主要还是作家集合的流派风格。

二、关键词与考点

（一）关键词

1. 文学风格。文学风格主要指的是文学作品中呈现出来的作家创作个性。创作个性是作家的气质、人格、人生观、审美趣味、艺术才华、语言敏感等个体素质在艺术表现中形成的独特性。文学风格一般具有独创性、稳定性和多样性。

2. 文学流派。文学流派主要是指一定时期里有着相近艺术追求和思想倾向的作家汇聚而成的文学群体。作家个人风格与文学流派风格，是文学发展中两个相互联系的方面，流派风格体现了文学风格个体性与群体性的高度统一。文学流派的形成原因，有多方面的因素。古今中外文学流派有多种多样的存在。在现代社会，文学流派的多样性更显明晰。

3. 文学思潮。文学思潮主要是指透过文学作品而呈现的在情感态度、审美原则、创作思想及社会观念等方面有着共同倾向的文学潮流。一般而言，文学思潮往往具有弥漫性和兼容性，从总体上看，文学思潮的多样化和交叉互渗，有利于文学的发展。

4. 西方现代文学思潮。在西方，持续时间较长、影响较大的现代文学思潮有浪漫主义、现实主义、现代主义和后现代主义等。浪漫主义是 18 世纪末兴起于西欧的一种崇尚想象、自然、象征和神话的文学思潮。现实主义是 19 世纪中期兴盛于欧洲的注重客观性、典型性和批判性的文学思潮。现代主义是在西方 19 世纪末 20 世纪上半叶兴起的多种文学思潮和流派的统称，包括后期象征主义、意象派、意识流、表现主义、超现实主义、存在主义及荒诞派等。现代主义之后又兴起所谓后现代主义。作为文学思潮，后现代主义与消费社会和大众文化密切相关。

5. 中国现代文学思潮。从近代到现代，中国也出现了几种影响较大的文学思潮，比如“小说革命”潮、“五四”文学潮、左翼文学潮、新时期文学潮。“小说革命”潮主要指 1902 年由梁启超首倡而兴起的将小说提升为文学的最高体裁并赋予社会启蒙重任的文学思潮。“五四”文学潮主要指 1917 年前后兴起的崇尚民主与科学启蒙、倡导进化论历史观、推崇白话文写作的文学思潮。左翼文学潮主要指 20 世纪 30 年代逐渐兴起并发生演变的，弘扬无产阶级革命、重视民族独立与人民解放的文学思潮。新时期文学潮是改革开放以来陆续出现的文学复苏、勃兴和大发展的若干文学潮流的统称，主要包括在70年代末和整个80年代先后出现的“伤痕文学”“反思文学”“改革文学”“寻根文学”乃至“先锋文学”等诸多潮流。

（二）考点

1. 文学风格的特征、形成和分类。要求了解文学风格的定义、形成和风格分类的基本内容，重点理解风格的独创性、稳定性和多样性，构成风格的主体要素和客体要素，以及古今几种风格分类。

2. 文学流派的形成和多样性。要求了解文学流派的定义、形成及其多样性，重点理解文学流派的形成因素，以及文学流派的多样性及其社会文化意义。

3. 文学思潮的形成、特征、多样性及其与流派的关系。要求了解文学思潮的定义、形成、特征、多样性及其与流派的关系，重点理解文学思潮的特征，并且透过文学史上的重要个案来理解文学思潮的具体性。比如，西方现代文学思潮中的浪漫主义、现实主义、现代主义和后现代主义等，以及中国现代文学思潮中的“小说革命”潮、“五四”文学潮、左翼文学潮和新时期文学潮等。

三、知识点精讲

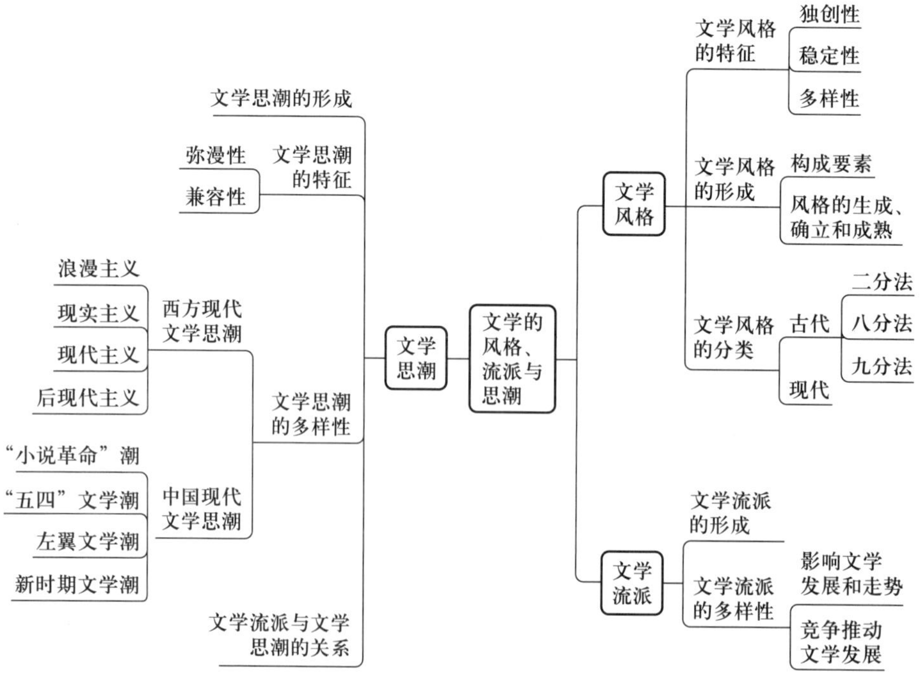

本章知识结构图

本章的重要知识点包括文学风格的特征、形成和分类，文学流派的形成和多样性，以及文学思潮的形成、特征、多样性及其与流派的关系等。

1. 文学风格的特征、形成和分类。作为文学中体现作家创作个性的东西，文学风格一般具有独创性、稳定性和多样性。文学风格的独创性，是指风格体现出作家独一无二的艺术个性和创造性。优秀作家无不拥有自己的独特风格，李白的清新飘逸，杜甫的沉郁顿挫，都是风格独创性的表现。独创性是文学风格的最根本和突出的特征。文学风格的稳定性，是指作家的风格从形成时起会在一定时间里保持基本稳定和延续。有的作家即使不断调整和变化，也常能让读者识别出一脉相承的内在联系。这是由于人的性格和在此基础上形成的创作个性往往具有一定的稳定性和持续性。当然，风格的稳定性不是绝对的，而是相对的。一个作家的风格也是可以变化的。文学风格的多样性，主要是指由不同作家的不同风格形成的总体上的风格差异性和丰富性。这主要是因为作家的创作个性有别。文学风格的多样性往往形成一个时代文学发展与繁荣的重要标志。文学风格的多样性也可能会体现在一些探索不止的优秀作家身上。

文学风格的形成，主要取决于两方面的构成要素，即，风格来自作家的主体要素，同时也受制于文学作品的客体要素。主体要素是指作家在生活和创作实践中所养成的相对稳定的个人气质、审美趣味、艺术才华、写作习惯等。客体要素是指文学作品的体裁、情节、结构、表达方式、修辞技巧等形式要素及题材、主题等内容要素。风格存在于主体要素和客体要素高度交融所形成的整体风貌中。风格的生成，始于作家感知世界方式的独特性，关键在于作家自觉地去寻找一种与其创作个性相匹配的言语基调，成熟于作家的认识力度和创造性地认识、把握世界的独特方式。此间有两个要点，第一，文学作品的风格与作家创作个性的统一性；第二，文学作品的形式与内容的统一性。前者如刘勰在《文心雕龙·体性》篇所强调的“因内而符外”和“各师成心，其异如面”：“夫情动而言形，理发而文见；盖沿隐以至显，因内而符外者也。然才有庸俊，气有刚柔，学有浅深，习有雅郑；并情性所铄，陶染所凝，是以笔区云谲，文苑波诡者矣。故辞理庸俊，莫能翻其才；风趣刚柔，宁或改其气；事义浅深，未闻乖其学；体式雅郑，鲜有反其习：各师成心，其异如面。”后者如歌德指出的，“风格则奠基于最深刻的知识的原则上面，奠基在事物的本性上面，而这种事物的本性应该是我们可以在看得见触得到的形体中认识到的”。

文学风格的分类，在古代主要有三种。第一种为二分法。如曹丕的“气之清浊有体”说，刘勰的“气有刚柔”，姚鼐的“阳刚”与“阴柔”之说，或者如词学领域的“豪放”与“婉约”二分。西方美学则有“崇高”与“美”（或“壮美”与“优美”）的区分。第二种为八分法。如刘勰在《文心雕龙·体性》篇提出的“八体”：典雅、远奥、精约、显附、繁缛、壮丽、新奇和轻靡。第三种为九分法。如宋代严羽的《沧浪诗话》把诗之品分成九种：高、古、深、远、长、雄浑、飘逸、悲壮和凄婉。当然，文学风格的形态是复杂多样的，而且分类永远是相对的，有些类型在同一作品中还可能交叉渗透。因此，应该根据具体作品的审美特点去灵活把握。

2. 文学流派的形成和多样性。文学流派的形成与多方面因素有关。大体说来，有如下七方面的因素，比如相近的社会身份和社会阶层，文学观念和主张，题材，艺术风格和文体，艺术方法和技巧，自觉结成的文学社团，以及大众传媒和现代教育等。

古今中外文学流派有多种多样的存在。在现代社会，文学流派的多样性更显明晰。文学流派影响一个时代文学的发展与走势。文学流派常常有众多作家和作品，他们相近或相同的思想倾向和艺术追求形成某种浩大的声势，产生巨大的影响，引领了那个时代文学的走势。比如唐代诗歌的繁盛，在相当程度上与文学流派的影响有紧密联系。不同文学流派的相互竞争推动文学的发展。在同时代，观点或倾向不同的文学流派之间既可能相互对立，也可能相互竞赛，这往往成为促进文学发展的一种动力。比如宋代词出现了婉约派和豪放派，而作为现代文学重要流派的文学研究会和创造社，也大大丰富了中国文学园地，促进了现代文学的繁荣和发展。不同的流派带来不同的流派风格，也带来文学风格上的争奇斗艳，此间的竞争有利于文学的发展。这在中西方现代文学中表现尤其明显。

3. 文学思潮的形成、特征。文学思潮与时代风云和社会思潮的激荡攸切相关。时代思潮概念虽然主要指向学术思想及时代的自我意识问题，但如果从大量文学作品出发，不拘泥于作品和作家，而扩展到社会和时代，则可见文学思潮其实也应包含在时代思潮之中，是时代思潮的一部分。一般而言，基于特定历史时空环境中，由于时代的物质生活变化推动，社会的哲学、政治、经济、伦理、日常生活方式等思潮发生相互激荡和渗透，一些世界观、人生观及艺术情趣相近的文学艺术家，会在共同或相近的文艺思想影响下，以共同或相近的题材及表现手法，创作出一批艺术风格相近的文艺作品。这些作品不仅具有鲜明的时代和个人特色，而且在社会上产生广泛影响，形成了某种相互共生的思想倾向和潮流，有时甚至是文学运动。于是，人们往往便称它为文学思潮。

文学思潮往往具有弥漫性。一种新的思潮一经产生，就会在更广大的时空内扩散，并产生深刻的影响。古代希腊、古代中国、古代印度等文明都产生了伟大的思想家，他们提出的思想原则塑造了不同文化传统，并一直影响着人类生活。随着社会现代化、经济全球化的不断推进，这种弥漫性不断被加强。文学艺术更是如此。近代以来，欧洲国家之间由于地界紧相毗连，历史、文化差异不大，再加上资本的跨国流动，在一国产生的一种思潮往往会迅速向其他国家传播，彼此呼应，相互激荡，形成声势浩大的世界性文艺思潮和文艺运动。在世界文学的现代化进程中，文学思潮由发达国家或地区向不发达地区流动的现象又特别明显。在中国现当代文学中，也可以见出世界性文艺思潮的弥漫轨迹。

文学思潮还具有兼容性。越到当代，诸多思潮越发呈现出多样化、同时又交叉互渗的趋向。文学思潮的多样化突出地表现在现代主义创作中，其中所谓“表现主义”“超现实主义”等在重视主观心理等方面显然与传统的浪漫主义、象征主义等存在相通之处。从总体上看，文学思潮的多样化和交叉互渗，有利于文学的发展。

4. 西方现代文学思潮。在西方，持续时间较长、影响较大的现代文学思潮有浪漫主义、现实主义、现代主义和后现代主义等。

浪漫主义是18世纪末兴起于西欧的一种崇尚想象、自然、象征和神话的文学思潮，其基本特征主要有：第一，崇尚想象。浪漫主义作家总是喜欢在作品中张扬主体的想象、幻想以及相伴随的情感，表现了鲜明的主体意识，从而透露出强烈的主观性。第二，主张回到自然。他们大都把自然视为一个有机整体，主张回到自然、回到中世纪的田园牧歌生活。同时，他们认为人不仅是有机体，而且本身也是一件艺术品。第三，常用象征与神话。他们大量采用象征手段，使平凡、粗俗的现象作为生活整体而进入文学的象征系统中；同时，广泛引入古代神话传说、民间故事、异国情调等，使文学作品跌宕多姿，体现出浓烈的地方色彩。

现实主义是19世纪中期兴盛于欧洲的注重客观性、典型性和批判性的文学思潮，其基本特征有：第一，客观性。从文学观念来说，现实主义文学不再像浪漫主义那样强调主体的想象，而是主张按照客观生活的本来面目去加以描写，再现客观事物及人与人之间的社会关系，以达到艺术反映的内在真实性的要求。第二，典型性。从文学形象来说，它注重创造典型，即文学形象系统中显出特征且富于魅力的性格。《红与黑》中的于连，《高老头》中的高里奥、拉斯蒂涅、鲍赛昂夫人，《复活》里的玛丝洛娃等，都是文学史上富于特征和魅力的艺术典型。第三，批判性。从与现实的关系来说，它总是致力于大胆暴露社会问题，体现了强烈的批判性。

现代主义是在西方 19 世纪末 20 世纪上半叶兴起的多种文学思潮和流派的统称，包括后期象征主义、意象派、意识流、表现主义、超现实主义、存在主义及荒诞派等。现代主义往往具有如下特征：一是常常追求形式和文体上的创新，探索无人问津或隐晦不明的主题，或以支离破碎的话语，追求暗示的效果；二是着力刻画个体心理现实，如“意识流”“超现实”等；三是致力于揭示个体生存的“荒诞”性；四是以其抽象化、不连贯性和剧烈震荡等新型写作模式而显现出较强的先锋性，曲折地传达出对西方社会危机的拯救意图。同时，现代主义虽然五花八门，不同流派之间有很大不同，但或多或少都表达了对社会现实的关切和诊治意图，可以说，追求深度模式和意义呈现，是它们大体上的共同特征。

现代主义之后又兴起所谓后现代主义。作为文学思潮，后现代主义与消费社会和大众文化密切相关。后现代主义往往具有以下突出特征：一是平面化。传统的作品意义消失，深度模式被削平。二是断裂感。割裂传统，去历史化，显示出“精神分裂症”式的当下性。三是零散态。人在此被描写成为非中心化、非身份化的主体。四是复制性。随着大众文化工业带来形象的复制，艺术成为类象，即没有原本的摹本，审美距离遭到冷落。

5. 中国现代文学思潮。从近代到现代，中国也出现了几种影响较大的文学思潮。比如“五四”文学潮，它是 1917 年前后兴起的崇尚民主与科学启蒙、倡导进化论历史观、推崇白话文写作的文学思潮，代表作家有陈独秀、胡适、鲁迅、郭沫若等。这一文学思潮致力于运用白话文向民众宣扬科学与民主理念，对社会面貌及其根源作深刻的历史与文化反思，并对以“鸳鸯蝴蝶派”为代表的传统文学创作理念进行了坚决的批判。随着现代第一篇白话小说《狂人日记》、第一部白话诗集《尝试集》及富有影响力的白话诗集《女神》等的出现，新文学运动有力地带动了新文学的现代变革潮流。再比如新时期文学潮，它是 20 世纪七八十年代改革开放以来陆续出现的文学复苏、勃兴和大发展的若干文学潮流的统称，主要包括在70年代末和整个80年代先后出现的“伤痕文学”“反思文学”“改革文学”“寻根文学”乃至“先锋文学”等诸多潮流。这其中的作品大都以奔涌的激情、青春的气息、浪漫的想象或冷峻的现实关怀，力图理解历史变迁，面对现实问题，挖掘民族活力，抒发个人情志、民族忧思和时代关怀。新时期文学潮极大影响和塑造了改革开放以来中国民众的精神气质。

四、思考题解答

1. 文学风格的特征是什么，它是如何形成的?

（1）答题要点

文学风格的特征，一般说来有如下几点：第一，独创性。风格往往体现出作家独一无二的艺术个性和创造性，优秀作家无不拥有自己的独特风格，独创性是文学风格的最根本和突出的特征。第二，稳定性。作家的风格从形成时起会在一定时间里保持基本稳定和延续。有的作家即使不断调整和变化，也常能让读者识别出一脉相承的内在联系。第三，多样性。作家的创作个性各个有别，不同作家往往有不同风格，由此形成总体上的风格差异性和丰富性。文学风格的多样性也可能会体现在一些探索不止的优秀作家身上。

文学风格的形成，主要取决于两方面的构成要素，即，风格来自作家的主体要素，同时也受制于文学作品的客体要素。风格的主体要素是指作家在生活和创作实践中所养成的相对稳定的个人气质、审美趣味、艺术才华、写作习惯等。风格的客体要素是指文学作品的体裁、情节、结构、表达方式、修辞技巧等形式要素及题材、主题等内容要素。风格存在于主体要素和客体要素高度交融所形成的整体风貌中：其生成往往始于作家感知世界方式的独特性，确立于作家寻找与其创作个性相匹配的言语基调的过程中，成熟于作家的认识力度和创造性地认识、把握世界的独特方式。

此间有两个要点，第一，文学作品的风格与作家创作个性的统一性；第二，文学作品的形式与内容的统一。前者如刘勰在《文心雕龙·体性》篇所强调的“因内而符外”和“各师成心，其异如面”：“夫情动而言形，理发而文见；盖沿隐以至显，因内而符外者也。然才有庸俊，气有刚柔，学有浅深，习有雅郑；并情性所铄，陶染所凝，是以笔区云谲，文苑波诡者矣。故辞理庸俊，莫能翻其才；风趣刚柔，宁或改其气；事义浅深，未闻乖其学；体式雅郑，鲜有反其习：各师成心，其异如面。”后者如歌德指出的，“风格则奠基于最深刻的知识的原则上面，奠基在事物的本性上面，而这种事物的本性应该是我们可以在看得见触得到的形体中认识到的”。

（2）引述或案例提示

风格的独创性。18 世纪法国博物学家、文学家布封强调“知识、事实与发展”“是外界的东西，而风格就是人本身”。突出了风格与“人”的根本性关联。（[法] 布封：《在法兰西学术院的就位演说》，《动物素描》，刘阳译，江苏人民出版社 2005 年版，第 180 页）谈论文学风格，最要紧的还是从文学作品中发现人的独创性。

风格的稳定性。鲁迅在白色恐怖下频繁变更笔名，仍能被人们明辨出他的独特风格：“夜里又做一篇，原想嘻皮笑脸，而仍剑拔弩张，倘不洗心，殊难革面，真是呜呼噫嘻，如何是好。换一笔名，图掩人目，恐亦无补。”（鲁迅：《致黎烈文（1933 年 5 月 4 日）》，《鲁迅全集》第 12 卷，人民文学出版社 2005 年版，第 393 页）

风格的多样性。（1）刘勰《文心雕龙·体性》篇云：“夫情动而言形，理发而文见；盖沿隐以至显，因内而符外者也。然才有庸俊，气有刚柔，学有浅深，习有雅郑；并情性所铄，陶染所凝，是以笔区云谲，文苑波诡者矣。故辞理庸俊，莫能翻其才；风趣刚柔，宁或改其气；事义浅深，未闻乖其学；体式雅郑，鲜有反其习：各师成心，其异如面。”（〔南朝梁〕刘勰：《文心雕龙·体性》，郭绍虞、罗根泽主编：《文心雕龙注》下册，范文澜注，人民文学出版社 1958 年版，第 505 页）所谓“各师成心，其异如面”，强调的就是多种独创风格的共存，合起来恰恰演奏出文学风格多样性的奇妙交响曲。（2）王安石评价杜甫说：“至于甫，则悲欢穷泰，发敛抑扬，疾徐纵横，无施不可。故其诗有平淡简易者，有绮丽精确者，有严重威武若三军之帅者，有奋迅驰骤若泛驾之马者，有淡泊闲静若山谷隐士者，有风流蕴藉若贵介公子者。盖其诗绪密而思深，观者苟不能臻其阃奥，未易识其妙处，夫岂浅近者所能窥哉？此甫所以光掩前人，而后来无继也。”（〔宋〕胡仔纂集：《苕溪渔隐丛话》前集，郭绍虞主编，廖德明校点，人民文学出版社 1962 年版，第 37 页）说明了杜诗风格的多样性。

文学风格的形成，既有主体方面的要素，也有客体方面的要素。文学风格是通过动态创作过程统一在一起的。它始于作家在感知现实世界时形成的某种具有个性特点的心理定向和主导色调，确立于作家寻找与其创作个性相匹配的言语基调的过程中，成熟于作家的认识力度和创造性地认识、把握世界的独特方式。这方面问题比较复杂，也限于篇幅不便展开，学生可依教材中提到的杜甫诗作或鲁迅作品的风格为例，加以分析和理解。

2. 举例分析文学流派是如何形成的。

（1）答题要点

文学流派的形成与多方面因素有关。大体说来，有如下七方面的因素，比如相近的社会身份和社会阶层，文学观念和主张，题材，艺术风格和文体，艺术方法和技巧，自觉结成的文学社团，以及大众传媒和现代教育等。每一种因素都可以举出相应的贴切例子进行说明。

（2）引述或案例提示

比如相近的文学观念和主张，或者自觉结成的文学社团。近现代文学社团的“宣言”常常成为文学流派的旗帜。当然，相近的理论主张只有与实际创作相结合，并真正体现作家们共同的审美情趣，才能成为流派形成的真正原因。比如，“文学研究会”是新文学运动中成立最早、影响和贡献最大的文学社团之一，由周作人、郑振铎、沈雁冰、郭绍虞、朱希祖、瞿世瑛、蒋百里、孙伏园、耿济之、王统照、叶绍钧、许地山十二人发起，其宗旨是“研究介绍世界文学，整理中国旧文学，创造新文学”。这一宗旨正是团聚该文学流派最为核心的原因之一。

再比如创造社。这一流派于1921年6月正式宣告成立，初期成员主要由在日本留学的郭沫若、成仿吾、郁达夫、张资平、田汉、郑伯奇等人组成。创造社在前期被认为是尊重天才的，为艺术而艺术的，注重自我表现的文学团体。前期作家们的创作侧重主观内心世界的刻画，具有浓重的抒情色彩。他们的文学主张、创作以及所介绍的外国作品形成了浪漫主义和唯美主义的倾向。强调文学必须忠实于自己“内心的要求”，是前期创造社文艺思想的核心。正是这一核心的文学观念和主张，使创造社这一文学流派得以生成。

3. 以西方现代主义文学思潮为例，分析文学思潮是如何形成的。

（1）答题要点

理论上而言，文学思潮主要基于特定历史时空环境，由于时代的物质生活变化推动，社会的哲学、政治、经济、伦理、日常生活方式等思潮发生相互激荡和渗透，一些世界观、人生观及艺术情趣相近的文学艺术家，会在共同或相近的文艺思想影响下，以共同或相近的题材及表现手法，创作出一批艺术风格相近的文艺作品。这些作品不仅具有鲜明的时代和个人特色，而且在社会上产生广泛影响，形成了某种相互共生的思想倾向和潮流，有时甚至是文学运动。于是，人们往往便称它为文学思潮。

（2）引述或案例提示

现代派文学是西方进入垄断资本主义时代以来的产物，它不可避免地反映了近八十年来西方社会的动荡变化；重大的历史事件、政治经济运动以及文化、艺术思潮，当然都在现代派文学中有直接间接的表现。反映两次世界大战、现代工人运动和社会主义革命、三十年代世界经济大恐慌和国际法西斯主义、原子弹恐怖以及形形色色的哲学艺术思潮的作品，在现代派的文学里并不罕见。但我认为这还只是现代派与其它现代流派共同之点，而不是现代派独有的、典型的特点。现代派在思想内容方面的典型特征是它在四种基本关系上所表现出来的全面的扭曲和严重的异化：在人与社会、人与人、人与自然（包括大自然、人性和物质世界）和人与自我四种关系上的尖锐矛盾和畸形脱节，以及由之产生的精神创伤和变态心理，悲观绝望的情绪和虚无主义的思想。这四种关系的全面异化是由现代资本主义关系的腐蚀作用所造成的，它们是在它的巨大压力下被扭曲的。现代派文学的社会意义和认识价值也正在于此。我们知道，西方资本主义由来已久，少说也已有四百多年历史，为资本主义生产关系所决定的畸形的社会关系和心理状态，在十七、十八、十九世纪的各种流派的文学里当然早有大量的、深刻的反映，但在自由资本主义时代文学作品中的这种反映，从总体上讲，远不象现代派那样的全面、尖锐和严重。

（从思想特征方面来考察西方现代派和现代主义文学思潮的生成状况，参见袁可嘉等选编：《〈外国现代派作品选〉前言》第 1 册（上），上海文艺出版社 1980 年版，第 5—10 页）

4. 简论文学流派与文学思潮的关系。

（1）答题要点

文学流派与文学思潮之间存在密切的关系，既有联系，也有区别。其联系在于，两者都是通过作品和作家而产生影响力，并从文学界延展到社会和历史之中，两者常出现重叠交叉，指称多有混同的现象。

文学流派与文学思潮之间的区别也比较明显。文学思潮突出了某种合规律性、合目的性的思想体系，而流派只涉及作家的派别，其形成的基础和聚合的标志主要还是作家集合的流派风格。

（2）引述或案例提示

联系的方面可以西方现代派为例说明。现代派，一般称现代主义，是西方19世纪末、20世纪前期兴起的多种文学思潮和流派的统称，包括后期象征主义、意象派、意识流、表现主义、超现实主义、存在主义及荒诞派等。此中各种文学运动既有流派的具体现实性，但大体上也体现出时代和社会的整体上的趋向性或不自觉的共同纲领。所以，现代主义思潮也时常被称为现代派。

区别的方面在于文学思潮体现出特定历史时空中的整体性趋向，“潮”字也强调了文学活动的某种整体性和系统性取向。文学流派强调的是“派”，往往只是追踪和厘清创作领域中的特定作家群体，强调的是作家的集合。例如讲中国现代文学的“山药蛋派”，总得具体落实到赵树理、马烽这些作家以及他们的作品上。

五、阅读书目

1.〔南朝梁〕刘勰：《文心雕龙·体性》，郭绍虞、罗根泽主编：《文心雕龙注》下册，范文澜注，人民文学出版社1958年版。《体性》是《文心雕龙》一书讨论创作个性和文学风格最为集中的专篇，在文学理论研究中具有非常重要的地位。

2. 王元化译：《文学风格论》，上海译文出版社1982年版。该书收录有歌德《自然的单纯模仿·作风·风格》、柯勒律治《诗学·修辞学·风格论》、威克纳格《关于风格》、德·昆西《风格随笔》以及王元化为全书所作的《跋》。这本译文集选编了西方近代风格研究的著名文章，对中国近几十年来的文学风格研究有深远影响。

3.［苏联］米·赫拉普钦科：《作家的创作个性和文学的发展》，满涛等译，上海人民出版社1982年版。全书共十章，分别为“世界观，思想性，语言艺术”“作家的创作个性”“风格问题”“十月革命和社会主义文学的创作原则”“文学作品的时间和生命力”“文学的分类研究”“论文学艺术的进步”“屠格涅夫及时代间的联系”“陀思妥耶夫斯基及其文学遗产”“高尔基和当代现实”。该书结合俄苏文学的重大具体个案，讨论文学风格的核心要素即创作个性问题，蕴含较为深邃的理论思考。

4. 陈望道：《修辞学发凡》第十一篇“文体或辞体”，上海教育出版社

1997 年版，第 256—276 页。该书主要讨论修辞学，但这篇“文体或辞体”，其实是从逻辑的角度对文学的风格进行分类。陈望道沿用《文心雕龙 · 体性》篇中的术语“体性”，把风格分为四组八种：第一组由内容和形式的比例，分为简约和繁丰；第二组由气象的刚强和柔和，分为刚健和柔婉；第三组由话里辞藻的多少，分为平淡和绚烂；第四组由检点功夫的多少，分为谨严和疏放。陈望道在第六种文体和风格下的举例和分析，都值得细细领会。

5. 王明居：《文学风格论》，《王明居文集》第 5 卷，文化艺术出版社 2012 年版。《文学风格论》是国内少有的研究风格理论问题的专著。全书十六章，分别对风格的概念，风格的要素（包括题材、环境、泥土味、主题、语言、结构、技巧），风格的造型（包括风采、情调、韵味、气势、氛围），风格的种类，风格的形成（包括才力、气质、学习、世界观），风格的独创性，风格的继承性，风格的民族性，风格时间性和空间性，风格和形象思维，风格和体裁，风格和宗教，风格和流派，风格和创作方法，风格和信息等问题进行了系统的理论探讨。

6. 陆耀东：《二十年代中国各流派诗人论》，中国社会科学出版社 1985 年版。该书收诗人论十篇，从流派角度论及 20 世纪 20 年代活跃在我国新诗坛上的十四位诗人，他们是郭沫若、蒋光慈、朱自清、冰心、“湖畔”四诗人、刘半农、刘大白、冯至、闻一多、徐志摩、李金发。作者持历史唯物主义态度，对诗人及其诗作进行全面考察、分析，以比较广泛的文学知识和细腻的艺术感受能力驱遣丰富的材料，为读者勾勒了当时新诗创作的面貌，并探讨了有关理论问题。这是一本具体而微讨论现代文学中的诗歌流派问题的著作，非常有利于学生理解流派的理论问题。

7. 李何林：《近二十年中国文艺思潮论：1917—1937》，南开大学出版社 2016 年版；另载《李何林全集》第 3 卷，河北教育出版社 2003 年版。该书分三编。第一编“五四前后的文学革命运动”，由 1917 年胡适发表《文学改良刍议》起，到“文学研究会”和“创造社”的对立及“革命文学”思想的萌芽止；第二编“‘大革命时代’前后的革命文学问题”，由 1926 年郭沫若发表《革命与文学》一文提倡文学革命起，到 1930 年和 1931 年进步的文艺理论及文学团体的建立止；第三编“从‘九一八’到‘八一三’的文艺思潮”，由 1932 年文艺创作自由论辩到鲁迅逝世前后的文艺界的团结止。该书超越于其他同类著述之处在于，最为集中地创建了以反帝反封建为理论标志的、全新的资料性研究型著作。思潮史无疑是文学史的纲，后来的文学史几乎无不受该书的影响。该书成了中国现代文学史研究的奠基之作，后来各种文学史的基本框架和文学社团、文学现象等评论也很少能跳出该书所囊括的范畴。

8. 袁可嘉：《欧美现代派文学概论》，上海文艺出版社 1993 年版。该书共十章，分别为“欧美现代主义文学的边界线”“欧美现代主义文学的产生和发展”“欧美现代主义文学的成就、局限和问题”“欧美现代主义文学在中国”“象征主义文学”“未来主义文学”“意象主义文学”“表现主义文学”“意识流文学”和“超现实主义文学”。全书对欧美现代派文学进行了系统论述，全面分析了现代派文学产生的渊源、现代派文学的成就与局限，并对六个具体流派和思潮进行了介绍和评述。

9. ［美］詹明信[①]：《现实主义、现代主义与后现代主义》，《晚期资本主义的文化逻辑》，陈清侨等译，生活·读书·新知三联书店 1997 年版；［美］弗雷德里克·杰姆逊：《后现代主义与文化理论》，唐小兵译，北京大学出版社 1997 年版。《现实主义、现代主义与后现代主义》一文是数十年来讨论近现代以来文学思潮问题的名篇之一，根据马克思主义的历史分析模式，率先分析了当代资本主义发展史与文化艺术发展的对应关系。结合资本主义时代的不同特点，他指出了作为文化表征和艺术种类的现实主义、现代主义和后现代主义的基本不同，为后来的研究者提供了一种马克思主义的艺术分析模式。《后现代主义与文化理论》是其在中国的讲演录，集中讨论了作为文学思潮和文学风格的后现代主义与现代主义的区别，很有启发性。

10. ［英］马·布雷德伯里、詹·麦克法兰编：《现代主义：1890—1930》，胡家峦等译，上海外语教育出版社 1992 年版。该书是英国企鹅书店出版的《欧洲文学指南》丛书之一，初版于 1976 年，再版于 1978 年。据袁可嘉介绍，该书是数十年来在评价现代主义文学方面较好的一本参考书。它采取主编负责、多人撰稿的结合方式，以求广博之外兼有深奇。主编之一是研究英美现代文学的专家马尔科姆·布雷德伯里教授，另一位是研究北欧文学的詹姆斯·麦克法兰教授，其他二十余位撰著者也各有专长。这个编纂方式和编著者阵容使该书既能给读者以专业知识，也能使读者看到不同的观点和现代主义文学的方方面面，从而在认识上扩大视野，少一点片面性，同时又保持一定的专业深

---

① 詹明信，又译詹姆逊、杰姆逊。

度。全书分上、下两编。上编是通论性质，分别论述了现代主义的双重性质及其社会文化背景。现代主义是现代大都市的文化现象，为了向读者提供当时欧洲、北美洲几个现代主义活跃的中心城市的文化氛围，该书组织了六篇专文，谈论柏林、维也纳、布拉格、芝加哥和纽约、巴黎、伦敦的社会文化动向。该书接着就重要的现代主义流派——象征主义、印象主义、意象主义、未来主义、表现主义和超现实主义——做了评价。这些评论属于对不同流派的基本特征的描述。下编三个专辑是就现代主义创作三个主要部门——诗、小说、戏剧——所做的专门性研究。这样，上、下两编自然是互为依托的通论和专论的关系。

六、试题库

试 题 I

一、填空题（每小题 1 分）

1. ________在文学风格的形成和显现中具有核心作用。

2. 在西方，最能体现现实主义流派风格的文体主要是________。

3. ________指出："风格则奠基于最深刻的知识的原则上面，奠基在事物的本性上面，而这种事物的本性应该是我们可以在看得见触得到的形体中认识到的。"

4. 沈雁冰是 1921 年《________》的主编。

5. 对理想意象苦心孤诣地寻觅和营造，是作为文学流派的________的特征。

6. 中唐时期，白居易提倡"________"运动，受到志同道合的诗友元稹、张籍、王建的支持，形成了面向现实、带有讽喻倾向的诗歌流派。

7. "今之恒言，曰'时代思潮'。此其语最妙于形容。凡文化发展之国，其国民于一时期中，因环境之变迁，与夫心理之感召，不期而思想之进路，同趋于一方向，于是相与呼应汹涌，如潮然。"这段话是________说的。

8. 于连是法国文学家司汤达的现实主义小说名篇《________》中的人物。

9. 现代主义小说名篇《喧哗与骚动》是美国小说家________的代表作，也是作家花费心血最多、本人最喜欢的小说。

10. 拜伦及其诗作在文学思潮上属于________。

二、单选题（每小题 1 分）

1.（　　）作为流派，其特点是不重视细节描写，只追求强有力地表现主观精神和内心激情。其中许多作品的主题厌恶都市的喧嚣，或暴露大城市的混乱、堕落和罪恶，充满了隐逸的伤感情绪，应和了两次世界大战之间的欧洲思潮，也影响了欧美文学的发展和走势。

A. 表现主义　　B. 象征主义

C. 超现实主义　　D. 黑色幽默

2. 下列作家选项，不属于现实主义的是（　　）。

A. 巴尔扎克　　B. 福楼拜

C. 陀思妥耶夫斯基　　D. 雪莱

3.（　　）是作家的气质、人格、人生观、审美趣味、艺术才华、语言敏感等个体素质在艺术表现中形成的独特性。

A. 主体要素　　B. 客体要素

C. 创作个性　　D. 文学风格

4. 属于后现代主义文学思潮的特征是（　　）。

A. 复制性　　B. 心理化

C. 客观性　　D. 传奇化

5.《沧浪诗话》把诗之品分成九种：高、古、深、远、长、雄浑、飘逸、悲壮和凄婉，然后又概括为“优游不迫”与“（　　）”两类。

A. 慷慨壮烈　　B. 师心使气

C. 沉着痛快　　D. 错彩镂金

三、多选题（每小题 2 分）

1. 下列选项属于形成文学风格的主体要素是（　　）。

A. 个人气质　　B. 审美趣味

C. 艺术才华　　D. 写作习惯

2. 下列言论，不是出自法国博物学家、作家布封的是（　　）。

A. 伟大的艺术家始终是他自己，一个鲜明的、独特的个性，但同时，他却反映出深刻的社会过程

B. 从文体上则可以窥见伟大的作家、正像从笔锋上可以认出伟大画家的绘画一样

C. 风格就是人本身

D. 风格则奠基于最深刻的知识的原则上面，奠基在事物的本性上面，而这种事物的本性应该是我们可以在看得见触得到的形体中认识到的

3. 刘勰的《文心雕龙·体性》篇提出“八体”，包括的风格有（　　）。

A. 典雅与新奇　　B. 远奥与显附

C. 繁缛与精约　　D. 壮丽与轻靡

4. 属于中国现代诗歌流派的是（　　）。

A. 意象派　　B. 新月诗派

C. 七月诗派　　D. 湖畔诗派

5. 在西方，持续时间较长、影响较大的现代文学思潮有（　　）。

A. 浪漫主义　　B. 现代主义

C. 现实主义　　D. 后现代主义

四、名词解释（每小题 3 分）

1. 文学风格

2. 意象派或意象主义

3. 轴心时代

4. 现代主义

5. “五四”文学潮

五、辨析题（每小题 4 分）

1. 文学风格就是创作个性。

2. 文学风格的多样性就是指某些高水平作家拥有多种风格。

3. 文学流派主要是作家们抱团拉帮结派，通过自觉结社而形成的。

4. 所谓文学思潮就是一波接一波的文学思想倾向的潮流，所以在结束后一般不会再有影响。

5. 作为文学思潮的现代主义，主要对 20 世纪以前的文学传统形成激进革命和强劲冲击。

六、简答题（每小题 6 分）

1. 简述浪漫主义思潮的基本特征。

2. 简述文学思潮的特征。

3. 简述文学流派与文学思潮的关系。

七、论述题（每小题 11 分）

1. 根据下面三段话，结合具体现象或个案作品，谈谈文学风格的特征是什

么，风格又是如何形成的？

知识、事实与发展很容易脱离作品而转到别人手里，它们经过生花妙笔一写，甚至还会更加出色一些。这些东西是外界的东西，而风格就是人本身。（［法］布封《在法兰西学术院的就位演说》）

夜里又做一篇，原想嬉皮笑脸，而仍剑拔弩张，倘不洗心，殊难革面，真是呜呼噫嘻，如何是好。换一笔名，图掩人目，恐亦无补。（鲁迅《致黎烈文（1933 年 5 月 4 日）》）

人之文不同者，犹其形也。不可不同，天下之道，根于心者一也。……人之为文，岂故为尔不同哉？其形人人殊，声音笑貌人人殊，其言固不得而强同也，而亦不必一拘乎同也。（〔明〕方孝孺《张彦辉文集序》）

2. 结合中外文学史上的若干个案，分析文学流派是如何形成的。

参考答案

一、填空题

1. 创作个性
2. 小说
3. 歌德
4. 小说月报
5. 意象派
6. 新乐府
7. 梁启超
8. 红与黑
9. 福克纳
10. 浪漫主义

二、单选题

1	2	3	4	5
A	D	C	A	C

三、多选题

1	2	3	4	5
ABCD	ABD	ABCD	BCD	ABCD

四、名词解释

1. 文学风格主要指的是文学作品中呈现出来的作家创作个性。(2分) 它不同于文学作品的体裁类型和文体方式。(1分)

2. 意象派或意象主义是20世纪初出现的现代主义诗歌流派之一。(1分) 它由庞德等于1909年前后在英国伦敦倡导成立，后被引入美国诗坛。(1分) 它自觉接受中国古典意象诗歌的影响，主张诗人以鲜明、含蓄和凝练的意象去描写事物，将诗人的瞬间体验和思想感情融化在诗行中，反对以议论或感叹入诗。意象派对美国现代诗歌的发展影响巨大，并为英美现代主义诗歌的发展揭开了新的一页。(1分)

3. 轴心时代是德国哲学家雅斯贝尔斯提出的一个概念。(1分) 他认为，公元前500年左右的时期和在公元前800年至公元200年的精神过程，属于人类文明的“轴心时代”，是人类文明精神的重大突破时期。当时古代希腊、古代中国、古代印度等文明都产生了伟大的思想家，他们提出的思想原则塑造了不同文化传统，并一直影响着人类生活。(2分)

4. 现代主义是在西方19世纪末20世纪上半叶兴起的多种文学思潮和流派的统称 (2分)，包括后期象征主义、意象派、意识流、表现主义、超现实主义、存在主义及荒诞派等(1分)。

5. “五四”文学潮是指1917年前后兴起的崇尚民主与科学启蒙、倡导进化论历史观、推崇白话文写作的文学思潮。(2分) 代表作家有陈独秀、胡适、鲁迅、郭沫若等。(1分)

五、辨析题

1. 错误。(2分) 文学风格主要指的是文学作品中呈现出来的作家创作个性。创作个性是作家的气质、人格、人生观、审美趣味、艺术才华、语言敏感等个体素质在艺术表现中形成的独特性。创作个性在文学风格的形成和显现中具有核心作用。(2分)

2. 错误。(2分) 文学风格的多样性，主要是指由不同作家的不同风格形成的总体上的风格差异性和丰富性。当然也可能会体现在一些探索不止的优秀作家身上。(2分)

3. 错误。(2分) 文学流派的形成原因与多方面因素有关。大体说来，有如下七方面的因素，比如相近的社会身份和社会阶层，文学观念和主张，题材，艺术风格和文体，艺术方法和技巧，自觉结成的文学社团，以及大众传媒

和现代教育等。自觉结成的文学社团，只是其中的一种因素。(2 分)

4. 错误。(2 分) 文学思潮往往具有弥漫性。一种新的思潮一经产生，就会在更广大的时空内扩散，并产生深刻的影响。文学思潮还具有兼容性。越到当代，诸多思潮越发呈现出多样化同时又交叉互渗的趋向。(2 分)

5. 正确。(2 分) 现代主义是在西方 19 世纪末 20 世纪上半叶兴起的多种文学思潮和流派的统称，对 20 世纪以前的文学传统形成激进革命和强劲冲击，一度在欧美社会造成传统写作崩溃，文学无以为继，成为语言难题的感觉。(2 分)

六、简答题

1. 第一，崇尚想象。浪漫主义作家总是喜欢在作品中张扬主体的想象、幻想以及相伴随的情感，表现了鲜明的主体意识，从而透露出强烈的主观性。(2 分) 第二，主张回到自然。他们大都把自然视为一个有机整体，主张回到自然、回到中世纪的田园牧歌生活。同时，认为人不仅是有机体，而且本身也是一件艺术品。(2 分) 第三，常用象征与神话。他们大量采用象征手段，使平凡、粗俗的现象作为生活整体而进入文学的象征系统中；同时，广泛引入古代神话传说、民间故事、异国情调等，使文学作品跌宕多姿，体现出浓烈的地方色彩。(2 分)

2. 文学思潮往往具有弥漫性。一种新的思潮一经产生，就会在更广大的时空内扩散，并产生深刻的影响。(3 分) 文学思潮还具有兼容性。越到当代，诸多思潮越发呈现出多样化同时又交叉互渗的趋向。文学思潮的多样化和交叉互渗，有利于文学的发展。(3 分)

3. 文学流派与文学思潮之间存在密切的关系，既有联系，也有区别。(2 分) 其联系在于，两者都是通过作品和作家而产生影响力，并从文学界延展到社会和历史之中，两者常出现重叠交叉，指称多有混同的现象。(2 分) 文学流派与文学思潮之间的区别也比较明显。文学思潮突出了某种合规律性、合目的性的思想体系，而流派只涉及作家的派别，其形成的基础和聚合的标志主要还是作家集合的流派风格。(2 分)

七、论述题

1. 文学风格，作为文学中体现出来的作家创作个性的东西，其特征一般说来有独创性、稳定性和多样性，题中所引三段话正是说明这三个方面的特性。(2 分) 首先是独创性。风格往往体现出作家独一无二的艺术个性和创造性，优秀作家无不拥有自己的独特风格，独创性是文学风格的最根本和突出的特征。布封所言正是道破了风格与人的根本性关联。谈论文学风格，最要紧的还是从文学作品中发现人的独创性。(1 分) 其次是稳定性。作家的风格从形成时起会在一定时间里保持基本稳定和延续。有的作家即使不断调整和变化，也常能让读者识别出一脉相承的内在联系。鲁迅用自己的文学实践恰好说明了这个道理。(1 分) 再次是多样性。作家的创作个性各个有别，不同作家往往有不同风格，由此形成总体上的风格差异性和丰富性。方孝孺所言正是说明了这种多样性。当然，文学风格的多样性也可能会体现在一些探索不止的优秀作家身上。比如杜甫诗作在不同时期即具有不同的风格，当然人们也能从这种多样性中辨析出杜甫的主导性风格——沉郁顿挫。(1 分)

关于文学风格的形成，主要取决于两方面的构成要素，即，风格来自作家的主体要素，同时也受制于文学作品的客体要素。风格的主体要素是指作家在生活和创作实践中所养成的相对稳定的个人气质、审美趣味、艺术才华、写作习惯等。风格的客体要素是指文学作品的体裁、情节、结构、表达方式、修辞技巧等形式要素及题材、主题等内容要素。(2 分) 风格存在于主体要素和客体要素高度交融所形成的整体风貌中：其生成往往始于作家感知世界方式的独特性，确立于作家寻找与其创作个性相匹配的言语基调的过程中，成熟于作家的认识力度和创造性地认识、把握世界的独特方式。(2 分)

论证充分的均可再酌情给 2 分。

2. 文学流派的形成原因与多方面因素有关。大体说来，有如下七方面的因素，比如相近的社会身份和社会阶层，文学观念和主张，题材，艺术风格和文体，艺术方法和技巧，自觉结成的文学社团，以及大众传媒和现代教育等。每一种因素都可以举出相应的贴切例子进行说明。(5 分)

从这七个方面分析文学流派的形成，比如相近的文学观念和主张，或者自觉结成的文学社团。只要言之有理，分析到位，可给 4~6 分。

试 题 Ⅱ

一、填空题（每小题 1 分）

1. “风格则奠基于最深刻的知识的原则上面，奠基在事物的本性上面”这句话是________说的。

2. ________提出“气之清浊有体”说。

3. 刘勰的《文心雕龙 · ________》篇提出“八体”，实际上是指八种风格。

4. 陈望道把风格分为四组八种：简约和繁丰、刚健和柔婉、平淡和绚烂、________和疏放。

5. ________于 1921 年 1 月 4 日在北京正式成立，发起人主要有郑振铎、沈雁冰、叶绍钧、许地山、王统照、耿济之、郭绍虞、周作人、孙伏园、朱希祖、瞿世英、蒋百里等。

6. 在宋代，词这种诗歌样式高度繁荣，在其发展过程中形成了________和豪放派，这两种流派双峰对峙，双水分流，绵延不断。

7. ________时期产生了达·芬奇、拉斐尔、哥白尼、布鲁诺、伽利略、莎士比亚、托马斯·莫尔、康帕内拉等一大批“巨人”式的文化和思想大家。

8. 玛丝洛娃是俄国文学家托尔斯泰的现实主义小说《________》中的人物。

9. 作品《万有引力之虹》《第五号屠宰场》《看不见的城市》等，在文学思潮上属于________。

10. 提出“今日欲改良群治，必自小说界革命始，欲新民，必自新小说始”的是________。

二、单选题（每小题 1 分）

1. 文学作品的体裁、情节、结构、表达方式、修辞技巧等形式要素及题材、主题等内容要素，这些都可以归结为形成文学风格的（　　）。

A. 主体要素　　B. 客体要素

C. 外部因素　　D. 内部因素

2.《到灯塔去》是（　　）的代表作品之一。

A. 卡夫卡　　B. 伍尔芙

C. 纪德　　D. 艾略特

3. 歌德认为（　　）“是艺术所能企及的最高境界，艺术可以向人类最崇高的努力相抗衡的境界”。

A. 风格　　B. 流派

C. 思潮　　D. 个性

4. 不属于“新时期文学潮”的文学潮流是（　　）。

A. 伤痕文学　　B. 先锋文学

C. 反思文学　　D. 乡土文学

5. 刘勰在《文心雕龙·体性》篇认为，在“八体”中“雅与奇反”“奥与显殊”“繁与约舛”“壮与轻乖”，这里的“雅”主要指的是（　　）。

A. 典雅　　B. 文雅

C. 高雅　　D. 古雅

三、多选题（每小题 2 分）

1. 宋代严羽的《沧浪诗话》把诗之品分成九种：高、古、深、远、长、雄浑、飘逸、悲壮和凄婉，然后又概括为（　　）两类。

A. 慷慨激昂　　B. 优游不迫

C. 沉着痛快　　D. 风花雪月

2. 下列选项中，不属于形成文学风格的主体要素的是（　　）。

A. 艺术才华　　B. 审美趣味

C. 修辞技巧　　D. 表达方式

3. 下列选项中，不属于现代主义作品的是（　　）。

A.《琼斯皇》　　B.《没个性的人》

C.《高老头》　　D.《万有引力之虹》

4. 下列作家属于“小说革命”潮的是（　　）。

A. 李宝嘉　　B. 吴趼人

C. 刘鹗　　D. 曾朴

5. 现实主义文学思潮的基本特征是（　　）。

A. 客观性　　B. 典型性

C. 批判性　　D. 创新性

四、名词解释（每小题 3 分）

1. 创作个性

2. 表现主义

3. 文学思潮

4. 浪漫主义

5. 左翼文学潮

五、辨析题（每小题 4 分）

1. 作为文学思潮的现代主义和后现代主义其实是一回事。

2. 20 世纪中国文学的历史比较短，谈不上什么文学思潮。

3. 缺乏独特的风格，往往是作品平庸的标志。

4. 对文学而言，流派多，是个好现象。

5. 风格的生成，主要取决于作家感知世界方式的独特性，写什么并不重要。

六、简答题（每小题 6 分）

1. 简述现代主义思潮的基本特征。

2. 简述文学风格的形成原因。

3. 试述文学流派多样性的意义。

七、论述题（每小题 11 分）

1. 下面三段话，说明了文学风格的什么特征？结合自己熟悉的现象或案例，试做进一步论述。

知识、事实与发展很容易脱离作品而转到别人手里，它们经过生花妙笔一写，甚至还会更加出色一些。这些东西是外界的东西，而风格就是人本身。（[法] 布封《在法兰西学术院的就位演说》）

从文体上则可以窥见伟大的作家，正像从笔锋上可以认出伟大画家的绘画一样。（[俄] 别林斯基《一八四三年的俄国文学》）

若夫八体屡迁，功以学成；才力居中，肇自血气。气以实志，志以定言；吐纳英华，莫非情性。是以贾生俊发，故文洁而体清；长卿傲诞，故理侈而辞溢；子云沈寂，故志隐而味深；子政简易，故趣昭而事博；孟坚雅懿，故裁密而思靡；平子淹通，故虑周而藻密；仲宣躁锐，故颖出而才果；公干气褊，故言壮而情骇；嗣宗俶傥，故响逸而调远；叔夜俊侠，故兴高而采烈；安仁轻敏，故锋发而韵流；士衡矜重，故情繁而辞隐。触类以推，表里必符。岂非自然之恒资，才气之大略哉？（〔南朝梁〕刘勰《文心雕龙·体性》）

2. 试结合中外文学史的具体现象和案例，论述文学流派与文学思潮的关系。

参考答案

一、填空题

1. 歌德

2. 曹丕

3. 体性

4. 谨严

5. 文学研究会

6. 婉约派

7. 文艺复兴

8. 复活

9. 后现代主义

10. 梁启超

二、单选题

1	2	3	4	5
B	B	A	D	A

三、多选题

1	2	3	4	5
BC	CD	CD	ABCD	ABC

四、名词解释

1. 创作个性是作家的气质、人格、人生观、审美趣味、艺术才华、语言敏感等个体素质在艺术表现中形成的独特性。（2分）创作个性在文学风格的形成和显现中具有核心作用。（1分）

2. 表现主义是20世纪初至30年代盛行于欧美的文学艺术流派。（1分）起初出现于美术界，后来在音乐、文学、戏剧以及电影等领域得到发展。（1分）表现主义作为流派，其特点是不重视细节描写，只追求强有力地表现主观精神和内心激情。（1分）

3. 文学思潮主要是指透过文学作品而呈现的在情感态度、审美原则、创作思想及社会观念等方面有着共同倾向的文学潮流。（2分）文学新思潮的出现，固然可以视为文学自身发展的需要和自身运动的结果，但无疑与整个社会文化思潮的变革密切相关。（1分）

4. 浪漫主义是18世纪末兴起于西欧的一种崇尚想象、自然、象征和神话的文学思潮。（2分）代表作家有施莱格尔兄弟、海涅、华兹华斯、柯勒律治、骚塞、拜伦、雪莱、济慈、雨果等。（1分）

5. 左翼文学潮是指20世纪30年代逐渐兴起并发生演变的，弘扬无产阶级革命、重视民族独立与人民解放的文学思潮。（2分）代表作家有蒋光慈、茅

盾、丁玲、周立波、赵树理等。(1 分)

五、辨析题

1. 错误。(2 分) 现代主义是在西方 19 世纪末 20 世纪上半叶兴起的多种文学思潮和流派的统称，包括后期象征主义、意象派、意识流、表现主义、超现实主义、存在主义及荒诞派等。后现代主义主要出现在现代主义之后，其生成与消费社会和大众文化密切相关。(2 分)

2. 错误。(2 分) 从近代到现代，中国也出现了几种影响较大的文学思潮，比如“小说革命”潮、“五四”文学潮、左翼文学潮和新时期文学潮，等等。(2 分)

3. 正确。(2 分) 独特风格的成型乃是一个作家走向成熟的重要标志。从创作角度看，作家对独特风格的追求可以激发起艺术创造的内驱力。从读者欣赏的角度看，文学作品的独特风格，是引起读者审美兴趣的重要因素。(2 分)

4. 正确。(2 分) 流派众多，作家和作品相近或相同的思想倾向和艺术追求形成某种浩大的声势，产生巨大的影响，引领了那个时代文学的走势。另外，不同文学流派的相互竞争推动文学的发展。在同时代，观点或倾向不同的文学流派之间既可能相互对立，也可能相互竞赛，这往往成为促进文学发展的一种动力。(2 分)

5. 错误。(2 分) 文学风格的形成，主要取决于两方面的构成要素，即，风格来自作家的主体要素，同时也受制文学作品的客体要素。(2 分)

六、简答题

1. 一是常常追求形式和文体上的创新，探索无人问津或隐晦不明的主题，或以支离破碎的话语，追求暗示的效果。(1 分) 二是着力刻画个体心理现实，如“意识流”“超现实”等。(1 分) 三是致力于揭示个体生存的“荒诞”性。(1 分) 四是以其抽象化、不连贯性和剧烈震荡等新型写作模式而显现出较强的先锋性，曲折地传达出对西方社会危机的拯救意图。(1 分) 同时，现代主义虽然五花八门，不同流派之间有很大不同，但或多或少都表达了对社会现实的关切和诊治意图，可以说，追求深度模式和意义呈现，是它们大体上的共同特征。(2 分)

2. 文学风格的形成，主要取决于两方面的构成要素，即，风格来自作家的主体要素，同时也受制于文学作品的客体要素。(2 分) 主体要素是指作家在生活和创作实践中所养成的相对稳定的个人气质、审美趣味、艺术才华、写作习惯等。客体要素是指文学作品的体裁、情节、结构、表达方式、修辞技巧等形式要素及题材、主题等内容要素。（2 分）风格存在于主体要素和客体要素高度交融所形成的整体风貌中。风格的生成，始于作家感知世界方式的独特性，关键在于作家自觉地去寻找一种与其创作个性相匹配的言语基调，成熟于作家的认识力度。(2 分)

3. 第一，文学流派影响一个时代文学的发展与走势。文学流派常常有众多作家和作品，他们相近或相同的思想倾向和艺术追求形成某种浩大的声势，产生巨大的影响，引领了那个时代文学的走势。(3 分）第二，不同文学流派的相互竞争推动文学的发展。在同时代，观点或倾向不同的文学流派之间既可能相互对立，也可能相互竞赛，这往往成为促进文学发展的一种动力。(3 分)

七、论述题

1. 这三段话虽然出自不同文学家或批评家之口，但都说明了文学风格的独创性。(3 分)

文学风格的独创性，是指风格体现出作家独一无二的艺术个性和创造性。(2 分）优秀作家无不拥有自己的独特风格，李白的清新飘逸，杜甫的沉郁顿挫，都是风格独创性的表现。（1 分）独创性是文学风格的最根本和突出的特征。风格的独创性是文学价值最重要的尺度之一。(1 分)

结合自己熟悉的现象或案例进一步论述，只要言之有理，分析到位，可给 2~4 分。

2. 文学流派与文学思潮之间存在密切的关系，既有联系，也有区别。(1 分)

两者的联系在于，两者都是通过作品和作家而产生影响力，并从文学界延展到社会和历史之中，两者常出现重叠交叉，指称多有混同的现象。(3 分)

结合具体现象或案例进一步论述，视言之成理的水平，可给 1~2 分。比如可以西方现代派为例说明。现代派，一般称现代主义，是西方 19 世纪末、20 世纪前期兴起的多种文学思潮和流派的统称，包括后期象征主义、意象派、意识流、表现主义、超现实主义、存在主义及荒诞派等。此中各种文学运动既有流派的具体现实性，但大体上也体现出时代和社会的整体上的趋向性或不自觉的共同纲领。所以，现代主义思潮也时常被称为现代派。

两者间的区别也比较明显。文学思潮突出了某种合规律性、合目的性的思想体系，而流派只涉及作家的派别，其形成的基础和聚合的标志主要还是作家集合的流派风格。(3 分)

结合具体现象或案例进一步论述，视言之成理的水平，可给 1~2 分。比如讲中国现代文学的“山药蛋派”，总得具体落实到赵树理、马烽这些作家以及他们的作品上。

试　题　Ⅲ

一、填空题（每小题 1 分）

1. ________是文学风格的最根本和突出的特征。

2. ________认为风格“是艺术所能企及的最高境界，艺术可以向人类最崇高的努力相抗衡的境界”，因此主张“给予风格这个词以最高的地位”。

3. 关于文学风格的分类，清代________发展出“阳刚”与“阴柔”之说。

4. 宋代严羽的《________》把诗之品分成九种。

5. 宣称“风格即人”的是 18 世纪法国博物学家、文学家________。

6. 盛唐出现山水田园诗派和________，前者以孟浩然、王维、储光羲、常建等人为代表，后者以高适、岑参、王昌龄、王之涣等人为代表。

7. 在中国现代文学史上，作为与文学研究会齐名的文学流派，________偏重自我表现，直抒胸臆，坦露自我，对现实社会中的丑恶现象大胆诅咒和强烈抗议，浪漫主义倾向明显。

8. 德国哲学家雅斯贝尔斯认为，公元前 500 年左右的时期和在公元前 800 年至公元 200 年的精神过程，属于人类文明的“________”，是人类文明精神的重大突破时期。

9. 《尤利西斯》是爱尔兰作家詹姆斯·________创作的长篇小说，首次出版于 1922 年。

10. 随着第一篇白话小说《狂人日记》、第一部白话诗集《________》及富有影响力的白话诗集《女神》等的出现，新文学运动有力地带动了新文学的现代变革潮流。

二、单选题（每小题 1 分）

1. 作家在生活和创作实践中所养成的相对稳定的个人气质、审美趣味、艺术才华、写作习惯等，这些都可以归结为形成文学风格的（　　）。

A. 主体要素　　　　B. 客体要素

C. 外部因素　　D. 内部因素

2. 文学风格的分类，在中国古代主要有（　　）种。

A. 二　　B. 三

C. 四　　D. 九

3. 属于“五四”文学潮的中国现代作家是（　　）。

A. 鲁迅　　B. 蒋光慈

C. 赵树理　　D. 丁玲

4. 陈望道在（　　）这部著作中，把风格和文体分为四组八种。

A.《文学风格论》　　B.《人间词话》

C.《修辞学发凡》　　D.《诗论》

5. 元稹评价（　　）诗作时说：“盖所谓上薄风骚，下该沈宋，古傍苏李，气夺曹刘，掩颜谢之孤高，杂徐庾之流丽，尽得古今之体势，而兼人人之所独专也。”

A. 杜甫　　B. 李白

C. 陈子昂　　D. 韩愈

三、多选题（每小题 2 分）

1. 下列文学流派中，根据相近的取材而分的有（　　）。

A. 新乐府派　　B. 宫体诗派

C. 山水田园诗派　　D. 边塞诗派

2.（　　）属于中国古代文学风格的分类。

A. 二分法　　B. 三分法

C. 八分法　　D. 九分法

3. 下列选项中，不属于形成文学风格的客体要素的是（　　）。

A. 修辞技巧　　B. 审美趣味

C. 艺术才华　　D. 表达方式

4. 属于 20 世纪初欧美现代主义流派的是（　　）。

A. 象征主义　　B. 表现主义

C. 达达主义　　D. 超现实主义

5. 下列选项中，属于现代主义思潮的特征的是（　　）。

A. 形式创新　　B. 向内转

C. 典型性　　D. 先锋性

四、名词解释（每小题 3 分）

1. 文学流派
2. 现实主义
3. “小说革命”潮
4. 文学风格的多样性
5. 文学思潮的兼容性

五、辨析题（每小题 4 分）

1. 风格的稳定性是绝对的。
2. 文学的风格就是那几种，不管它是古代的分类，还是现代的分类。
3. 文学流派完全是大众传媒和现代教育的结果。
4. 文学思潮其实也应包含在时代思潮之中，是时代思潮的一部分。
5. 文学流派与文学思潮其实是一回事。

六、简答题（每小题 6 分）

1. 简述后现代主义思潮的基本特征。
2. 简述文学风格的特征。
3. 简述文学流派的形成原因，并举例说明。

七、论述题（每小题 11 分）

1. 试以你比较熟悉的文学思潮为例，分析文学思潮是如何形成的。

2. 结合本章所学习的内容，分析下面这段话讲了几个方面的内容，并试加以阐述。

> 夫情动而言形，理发而文见；盖沿隐以至显，因内而符外者也。然才有庸俊，气有刚柔，学有浅深，习有雅郑；并情性所铄，陶染所凝，是以笔区云谲，文苑波诡者矣。故辞理庸俊，莫能翻其才；风趣刚柔，宁或改其气；事义浅深，未闻乖其学；体式雅郑，鲜有反其习：各师成心，其异如面。若总其归涂，则数穷八体：一曰典雅，二曰远奥，三曰精约，四曰显附，五曰繁缛，六曰壮丽，七曰新奇，八曰轻靡。典雅者，熔式经诰，方轨儒门者也。远奥者，馥采典文，经理玄宗者也。精约者，核字省句，剖析毫厘者也。显附者，辞直义畅，切理厌心者也。繁缛者，博喻酿采，炜烨枝派者也。壮丽者，高论宏裁，卓烁异采者也。新奇者，摈古竞今，危侧趣诡者也。轻靡者，浮文弱植，缥缈附俗者也。故雅与奇反，奥与显殊，繁与约舛，壮与轻乖。文辞根叶，苑囿其中矣。（〔南朝梁〕刘勰《文心雕龙·体性》）

参考答案

一、填空题

1. 独创性

2. 歌德

3. 姚鼐

4. 沧浪诗话

5. 布封

6. 边塞诗派

7. 创造社

8. 轴心时代

9. 乔伊斯

10. 尝试集

二、单选题

1	2	3	4	5
A	B	A	C	A

三、多选题

1	2	3	4	5
BCD	ACD	BC	ABCD	ABD

四、名词解释

1. 文学流派主要是指一定时期里有着相近艺术追求和思想倾向的作家汇聚而成的文学群体。(2 分)流派风格体现了文学风格个体性与群体性的高度统一。(1 分)

2. 现实主义是 19 世纪中期兴盛于欧洲的注重客观性、典型性和批判性的文学思潮。(2 分)代表作家有司汤达、巴尔扎克、福楼拜、狄更斯、果戈理、托尔斯泰、陀思妥耶夫斯基等。(1 分)

3. “小说革命”潮是指 1902 年由梁启超首倡而兴起的将小说提升为文学的最高体裁并赋予社会启蒙重任的文学思潮。(2 分)代表作家有李宝嘉、吴趼人、刘鹗、曾朴等。(1 分)

4. 文学风格的多样性主要是指由不同作家的不同风格形成的总体上的风格

差异性和丰富性。（2 分）文学风格的多样性也可能会体现在一些探索不止的优秀作家身上。（1 分）

5. 文学思潮的兼容性主要指现代以来诸多文学思潮越发呈现出多样化同时又交叉互渗的趋向。（2 分）突出地表现在现代主义创作中，其中所谓“表现主义”“超现实主义”等在重视主观心理等方面显然与传统的浪漫主义、象征主义等存在相通之处。（1 分）

五、辨析题

1. 错误。（2 分）作家的风格从形成时起会在一定时间里保持基本稳定和延续。风格的稳定性不是绝对的，而是相对的。一个作家的风格也是可以变化的。优秀的作家、诗人总是自觉地探索多样的风格。（2 分）

2. 错误。（2 分）从古到今，文学的分类有二、八、九分之类，但文学风格的形态是复杂多样的，不可能找到一种绝对完善的分类法。而且，分类永远是相对的，有些类型在同一作品中还可能交叉渗透。因此，应该根据具体作品的审美特点去灵活把握。（2 分）

3. 错误。（2 分）大众传媒和现代教育只是文学流派的形成因素之一，文学流派的形成原因与多方面因素有关，比如相近的社会身份和社会阶层，文学观念和主张，题材，艺术风格和文体，艺术方法和技巧，自觉结成的文学社团，以及大众传媒和现代教育等。（2 分）

4. 正确。（2 分）文学新思潮的出现，固然可以视为文学自身发展的需要和自身运动的结果，但无疑与时代风云和社会思潮的激荡攸切相关。（2 分）

5. 错误。（2 分）文学流派与文学思潮之间存在密切的关系，既有联系，也有区别。联系在于两者常出现重叠交叉，指称多有混同。但其间区别也比较明显，文学思潮突出了某种合规律性、合目的性的思想及其运动，而流派只涉及作家的派别和流派风格。（2 分）

六、简答题

1. 作为文学思潮，后现代主义与消费社会和大众文化密切相关。它不仅是现代主义反传统尝试的继续，而且刻意消解西方人所公认的思维方式和经验方式的基础，意在揭示生存的无意义，凸显人们追求的安全感其实正危险地悬浮在“深渊”“空洞”或“虚无”之上。（2 分）其特征有：一是平面化。传统的作品意义消失，深度模式被削平。（1 分）二是断裂感。割裂传统，去历史化，显示出“精神分裂症”式的当下性。（1 分）三是零散态。人在此被描写成为非中心化、非身份化的主体。（1 分）四是复制性。随着大众文化工业带来形象的复制，艺术成为类象，即没有原本的摹本，审美距离遭到冷落。（1 分）

2. 作为文学中体现作家创作个性的东西，文学风格一般具有独创性、稳定性和多样性。（3 分）文学风格的独创性，是指风格体现出作家独一无二的艺术个性和创造性。优秀作家无不拥有自己的独特风格，独创性是文学风格的最根本和突出的特征。（1 分）文学风格的稳定性，是指作家的风格从形成时起会在一定时间里保持基本稳定和延续。有的作家即使不断调整和变化，也常能让读者识别出一脉相承的内在联系。这是由于人的性格和在此基础上形成的创作个性往往具有一定的稳定性和持续性。当然，风格的稳定性不是绝对的，而是相对的。一个作家的风格也是可以变化的。（1 分）文学风格的多样性，主要是指由不同作家的不同风格形成的总体上的风格差异性和丰富性。这首先是因为作家的创作个性各个有别。文学风格的多样性往往形成一个时代文学发展与繁荣的重要标志。文学风格的多样性也可能会体现在一些探索不止的优秀作家身上。（1 分）

3. 文学流派的形成与多方面因素有关。大体说来，有如下七方面的因素，比如相近的社会身份和社会阶层，文学观念和主张，题材，艺术风格和文体，艺术方法和技巧，自觉结成的文学社团，以及大众传媒和现代教育等。（3 分）每一种因素都可以举出相应的贴切例子进行说明，可酌情给分。（3 分）

七、论述题

1. 文学思潮与时代风云和社会思潮的激荡攸切相关。时代思潮概念虽然主要指向学术思想及时代的自我意识问题，但如果从大量文学作品出发，不拘泥于作品和作家，而扩展到社会和时代，则可见文学思潮其实也应包含在时代思潮之中，是时代思潮的一部分。（2 分）

理论上而言，文学思潮主要基于特定历史时空环境，由于时代的物质生活变化推动，社会的哲学、政治、经济、伦理等思潮发生相互激荡和渗透，一些世界观、人生观及艺术情趣相近的文学艺术家，会在共同或相近的文艺思想影响下，以共同或相近的题材及表现手法，创作出一批艺术风格相近的文艺作品。（2 分）这些作品不仅具有鲜明的时代和个人特色，而且在社会上产生广泛影响，形成了某种相互共生的思想倾向和潮流，有时甚至是文学运动，于是人们往往便称它为文学思潮。（2 分）

凡能以比较熟悉的文学思潮为例，切实分析论证相关文学思潮的成因的，可酌情给分，最高至 5 分。比如以教材中的表现主义为例。20 世纪初至 30 年代盛行于欧美的文学艺术流派中的表现主义，起初出现于美术界，后来在音乐、文学、戏剧以及电影等领域得到发展。1911 年希勒尔在《暴风》杂志上刊登文章，首次用“表现主义”一词来称呼柏林的先锋派作家。1914 年后，表现主义一词逐渐为人们所普遍承认和采用。表现主义从来不是一个完全统一协调的运动，其成员的政治信仰和哲学观点之间存在很大差异。但他们大都受康德哲学、柏格森的直觉主义和弗洛伊德精神分析学的影响，强调反传统，不满足于对客观事物的摹写，要求表现事物的内在实质，揭示人的灵魂。这个流派在诗歌、小说和戏剧领域都产生了一批有影响的作家和作品。表现主义作为流派，其特点是不重视细节描写，只追求强有力地表现主观精神和内心激情。其中许多作品的主题厌恶都市的喧嚣，或暴露大城市的混乱、堕落和罪恶，充满了隐逸的伤感情绪，应和了两次世界大战之间的欧洲思潮，也影响了欧美文学的发展和走势。

2. 这段文字至少讲了三个方面的内容。

第一个方面：“情动而言形，理发而文见；盖沿隐以至显，因内而符外者也。……故辞理庸俊，莫能翻其才；风趣刚柔，宁或改其气；事义浅深，未闻乖其学；体式雅郑，鲜有反其习：各师成心，其异如面。”强调文学作品的风格与作家的创作个性之间的关系，明确了文学风格的独创性或个性化的特征。(3 分)

第二个方面：“然才有庸俊，气有刚柔，学有浅深，习有雅郑；并情性所铄，陶染所凝，是以笔区云谲，文苑波诡者矣。”着重彰显了文学个性的多样化给文学领域内造成的风格多样化的局面，也说明了文学风格的多样性的特征。(3 分)

第三个方面：“若总其归涂，则数穷八体：一曰典雅，二曰远奥，三曰精约，四曰显附，五曰繁缛，六曰壮丽，七曰新奇，八曰轻靡。……故雅与奇反，奥与显殊，繁与约舛，壮与轻乖。文辞根叶，苑囿其中矣。”讨论了文学作品风格的多样性，也点出古代齐梁以前文学风格的八分法。(3 分)

（在分列上述三点内容的基础，进一步结合具体现象或案例，进行阐述和分析，言之成理，还可以酌情再给 1~2 分。）

第七章　文学接受

一、内容提要

文学接受是读者对作品展开阅读、理解和欣赏的活动，是文学活动的重要环节。作家创作的文学作品只有通过读者的接受，才会变成活生生的、有血有肉的审美现实，也才会拥有完整的艺术生命。

文学接受是由读者、作品、作者等主要因素构成的复杂的结构关系。在文学接受的过程中，读者构成阅读活动的主体，作品和作者是主体所涉及的具体对象。主体与对象之间的接触，也就是读者与作者、作品之间的关系，构成了文学接受的基本结构。文学的阅读欣赏使得潜在的作品成为现实的作品，展现出鲜活的艺术世界；能够赋予文学作品以新的创造与发现，并在一定程度上影响作者的文学创作与生产；优秀的文学作品能够满足读者自身的审美需求，对读者的审美情趣培养、人格塑造和人生引领发挥重要的作用。

文学接受大致分为阅读准备、审美感受、审美评价三个阶段。读者的素养与接受动机是文学接受活动得以进行的前提条件，也是文学接受过程的第一阶段，这构成了文学接受的“前理解”，是形成读者期待视野的基础。审美感受阶段是文学接受的第二个阶段，是读者的期待视野与作品视野的动态融合。在这个阶段内，读者不仅是在解读作品语言文字的意义，更是在重构作家所创造的艺术形象，即通过审美感受和创造性想象，重新建构出与作品中的艺术形象不完全相同的新形象。在阅读文学作品、重构文学形象并进行审美感受和体验的基础上，读者往往会进一步思索其思想艺术意义，追问作品的艺术和审美特征，并对其审美价值作出判断。这样，文学接受活动就进入审美评价阶段。

文学接受活动是具有创造性的人类活动，文学接受在某种程度上就是一种“二度创造”。“二度创造”是指读者在阅读作品过程中在心理层面展开的再创造活动，是对文学作品的再认识以及在作品基础之上的新发现。正是由于“二度创造”的存在，不同的读者对同一作品的接受具有差异性；当然由于面对的是同一作品，接受时也必定存在着一定的相同、相通之处，这形成了文学接受的共通性。需要注意的是，文学接受与文学经典之间存在着密切而复杂的关系。文学经典是文学接受活动的重要对象；从总体上讲，经典生成于文学接受的过程当中，文学经典的确立与一代又一代读者对某一文学作品理解、诠释、选择以及再认识、再选择的程度密切相关。

二、关键词与考点

（一）关键词

1. 文学接受。文学接受是读者对作品阅读、理解和欣赏的活动，是文学活动的重要环节，包括读者与作品的互动和读者与作者的交流两个方面的内容，是一种具有创造性的人类活动。

2. 文学经典。文学经典是指在文学史上具有独创性，蕴含丰富的社会与历史意义，凝聚着很高的审美价值，具有长久生命力的典范作品，是思想精深、艺术精湛、制作精良的传世之作，是文学接受活动的重要对象。

3.“二度创造”。“二度创造”是指读者在阅读作品过程中在心理层面展开的再创造活动，是对文学作品的再认识以及在作品基础之上的新发现。

4. 文学接受的差异性与共通性。差异性指的是在文学接受过程当中不同读者或同一读者在不同的时间和心境下对同一作品的阅读所产生的不同的阅读效果；而共通性指的是不同读者对同一作品的接受所存在的稳定的，超越时代、地域和民族差异的一致性。

（二）考点

1. 文学接受的结构与作用。要求掌握文学接受的两大组成部分与其具体内涵，准确掌握文学接受的三大作用，并能结合具体案例进行分析。

2. 文学接受的三大阶段及其相互关系。要求准确掌握文学接受的三大阶段与其具体内涵，能够辨析文学接受三大阶段之间的复杂关系。

3.“二度创造”的内容、形式、特点与意义。要求具体而准确地掌握“二度创造”的相关知识，并能结合具体案例进行分析，能够从文学接受与文学创新的角度运用“二度创造”的相关知识。

4. 文学接受的差异性与共通性的表现与相互关系。要求了解文学接受的差异性和共通性的内涵，准确掌握共通性的具体表现，能够辨析文学接受的差异性和共通性的关系，并能结合具体案例进行分析。

5. 文学经典的特征与意义。要求掌握文学经典的具体内涵，准确地把握文学经典对读者群体、文学史和文学接受的意义，能够辨析“伪经典”产生的原因及其消极影响。

三、知识点精讲

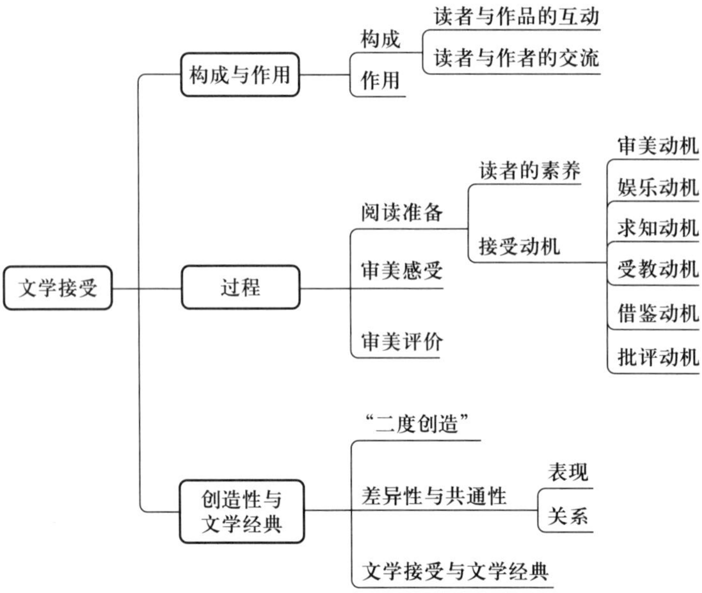

本章知识结构图

本章的主要知识点包括文学接受的构成与作用、文学接受的过程、“二度创造”和文学经典等。

1. 文学接受的构成。文学接受的构成包括读者与作品的交互性关系，也包括读者与作者的交流。在文学接受过程中，读者构成阅读活动的主体，作品和作者是主体所涉及的具体对象。

(1) 读者与作品的互动

第一，读者与作品的互动关系体现为作品对阅读的规范和召唤。作品是第一位的，读者的阅读和理解是第二位的。作品之“精”直接决定阅读的效果，没有优秀作品，就不能真正深入读者的精神世界、引起共鸣及至触及灵魂。文学作品思想情感的深度与性质限制读者的接受，形式与媒介又规定读者的阅读条件。文学作品始终为他者或者读者而存在，文学作品的创造和形成过程本身就隐含着对理想读者的呼吁。这种虚构的理想读者具有引起现实读者注意的功能。接受美学认为优秀的文学作品本身具有一种“召唤结构”，它邀请读者进入作品，不断地向读者提出需要回答的问题，召唤读者积极参与欣赏。

第二，没有被接受的文学作品只是潜在的存在，它需要读者通过阅读获得现实性，从客观的物的存在转变为审美的具体存在。文学作品未被读者阅读、欣赏之前，它的价值还处于睡眠状态，还只是存在于物质载体（如书籍、报纸、杂志等）中的一个物，与其他物并无不同。文学作品只有依靠读者的阅读、理解和鉴赏，才能变成活的现实的文学作品。读者在文学接受中尽力理解或还原作家赋予作品的意义。孟子有“故说诗者，不以文害辞，不以辞害志；以意逆志，是为得之”（《孟子·万章上》）的观点。所谓“以意逆志”，就是要求读者以自己之意去“逆”（即“迎受”）作者之志，因此“逆”就是一个还原的过程，读者通过这种还原，推想到作者之志。进一步说，文学作品潜在的艺术魅力及其思想感情的深刻性、艺术上的微妙性，也只有靠读者积极的领悟、玩味，才能得以实现。接受活动是读者对作品的具体化，是读者的期待视野与作品视野的融合，这就是所谓的视域融合。

第三，文学作品具有不确定性和含蓄性，留有空白，等待读者去解释与填补。文学作品对于读者而言，不同于学术著作、新闻报道或产品说明，因为后者用的是“解释性语言”，而文学作品为了反映有血有肉的生活和活生生的情感，一般用的是“描写性语言”，包括大量的气氛的渲染、情调的表现、节奏的变化、色泽的润饰、比喻的运用、象征的描写等，这就必然要留下空白。读者在想象文学形象时总不那么容易把握他们的外形，所以读者可能把自己在实际生活里所见所闻的印象与这些人物形象联系起来，来填补作品语言描写留下的空白，形成读者脑海中具体的艺术形象。萧乾说文学作品中的文字是天然含蓄的东西。无论多么明显地写出，后面总还跟着一点别的东西：也许是一种口气，也许是一片情感。即就字面说，它们也只是一根根的线，后面牵着无穷的经验。现象学美学家英伽登认为，文学作品作为纯粹意向性客体具有不确定性，它是未完成的，是英伽登所谓的“总是要求不断得到补充”，而且这种补充是永远不断展开的。文学作品存在的不确定性，为读者在接受过程中的再创造与解释提供了空间。

（2）读者与作者的交流

文学接受也涉及读者与作者的交流。文学活动的整个过程，如刘勰在《文心雕龙·知音》中所说，“缀文者情动而辞发，观文者披文以入情”。“缀文者”即作者，他们根据生活中体验到的情感用文辞写成作品；“观文者”即读者，他们根据作品的语言文字而走进作品的情感世界。读者与作者的交流包括两个方面：

一方面，读者与作者之间是相互联系的。他们都需要文学语言这一中介，需要对词语、句子、语篇进行理解。作者需要用语言作为中介来“缀文”，读者阅读也需要运用语言媒介来进入丰富多彩的文学世界之中。并且，读者与作者作为文学活动中的重要主体，作为具有心灵性和精神性的存在者，皆是有情之人，没有情感就谈不上文学创作，也进入不了文学阅读的状态之中。在现代文学接受中，读者与作者的知音关系受到了挑战，也出现所谓的陌生化的疏离或者间离效果。但是读者不能脱离作者，只是二者的关系更为复杂。在网络文学接受中，读者与作者的关系又发生了嬗变，不仅情感交往向欲望满足转变，而且读者与作者的界限日益模糊，交互性更为便捷、亲密。

另一方面，读者与作者也是有区别的。第一，读者与作者所面对的对象不同。作者是直接面对历史或现实的生活世界与情感状态，读者则面对作者创作的语言文字作品，这是抽象的符号对象。读者只有通过阅读作品，才有可能间接地接近作者所描写的生活世界与情感状态。第二，读者与作者的审美方式不同。作者通过对世界的审美体验，完成艺术形象的构思，并把它通过语言文字表达出来，形成文学作品，即所谓“情动辞发”；读者则是通过阅读文学作品唤起审美体验并进行形象重构，使潜在的文学作品转化为具体的文学作品与文学世界，即所谓“披文入情”。

2. 文学接受的作用。第一，读者的阅读、理解和鉴赏活动，彰显文学作品的现实价值，同时赋予文学作品以新的创造与发现。读者的阅读行为不是被动接受，而且是一个主动参与过程。对于同一部作品，不同的读者可以有不同的理解。汉代儒家学者董仲舒提出的“诗无达诂”说的就是这样一种观点。第二，读者的阅读欣赏是对作品价值的检测与评价，在一定程度上影响作者的文学创作与生产。文学接受是传统文学经验和新的文学经验的中介，它借助于大众与读者群体的阅读，建立新的作品的审美价值与文学史的联系，构建新的作品与已有作品的对照关系，从而对新的作品进行价值检验和价值判定。作为对作者创作的反馈，读者的阅读反应通过各种渠道为作者所了解，使作者对自己作品的影响作出相应的评定，并在一定范围内调整创作思想和方法，从而影响其新的创作。第三，文学接受是读者进行文学欣赏、理解，满足自身审美需要的过程，对读者的审美情趣培养、人格塑造、人生引导起着重要的作用。中国古人读诗，孔子则曰兴、观、群、怨；阅读小说，梁启超则认为，可以拥有熏、浸、刺、提四种力，从而提升读者的境界，促进新民与群治。品读经典文学作品，可以增长见识，凝炼语言，陶冶情操，增长意志，调节身心，净化心灵，移风易俗，从个体影响到社会。文学的阅读、欣赏、理解是美育的具体过程，是呈现文学价值、发挥文学功能的根本途径。

3. 文学接受的过程。文学接受的过程是复杂的、往复的，可以大致分为阅读准备、审美感受、审美评价三个阶段。

（1）阅读准备

读者的素养与接受动机是文学接受活动得以进行的前提条件，也是文学接受过程的第一阶段，这构成了文学接受的“前理解”，是形成读者的期待视野的基础。

第一，读者的素养。作为文学接受的主体，读者接受能力的形成和提高来自生活体验的积累和文化教育等方面的素质的养成。读者应具备较丰富的语言经验，理解并掌握较丰富的语言表达技巧和艺术，善于体会语言的内外之意，对不同的语言风格能辨析品味。

生活体验与文学接受密切相关。一般来说，读者喜欢的文学题材、风格、思想内涵都与自己的生活领域、阅历和命运有联系，读者在文学接受中总是会联系自己的生活经验、思考和情感。读者生活体验的积累越丰厚，对文学的理解也就越深刻。

文学艺术修养是进行更高层次文学接受的基础和前提。专门的文学教育，大量的文学阅读经验，乃至曾亲身从事过文学创作活动的经历等，对文学接受活动都具有不同程度的促进作用。刘勰《文心雕龙·知音》中说：“凡操千曲而后晓声，观千剑而后识器；故圆照之象，务先博观。”只有“博观”方能达到“照辞如镜”的接受效果。

因此，提高文学艺术修养、增强对文学的感性经验和理性认识，是进行更高层次文学鉴赏活动的基础。这种素质可以通过多种途径加以提高，如亲身实践（有创作的实践经验）、知识学习（对艺术的特征、规律等理论知识的积累），还可以是鉴赏技艺的系统训练（对某类艺术具有较强的鉴赏、欣赏能力和经验）等。

第二，接受动机。接受动机是指推动读者阅读并接受文学作品的心理需求，可以分为审美动机、娱乐动机、求知动机、受教动机、借鉴动机和批评动机等。

审美动机是文学阅读的根本动机，是读者通过文学阅读获得审美享受和艺术感悟的需要。在大众阅读中，娱乐动机往往是初始动机，通过文学阅读，接受主体在得到娱乐、消遣的同时也获得了不同程度的审美享受。试图通过阅读文学作品丰富自己的生活，学习社会、宗教、科学、文化等方面的知识，构成求知动机。出于获得某种人生启迪、精神鼓舞或道德教育等目的而进入文学活动，形成受教动机。为学习作家文学创作的艺术手法和技巧而进行阅读，构成借鉴动机。批评家试图通过对文学作品的阅读以获得对文学规律更深刻的认识，对文学作品作出理性的分析和演绎，则构成批评动机。此外，出于对某种欲望的替代式满足、从众心理等都会构成不同的接受动机，这些动机在大众文学的接受活动中更为突出。

上述接受动机在具体的阅读过程中往往交叉出现、相互转化。获得愉悦是绝大多数读者阅读文学作品的初始动机，但在文学接受的过程中读者的动机也可能会发生转换，或者相互交织。

（2）审美感受

审美感受是文学接受的第二个阶段，在这个阶段里读者不仅是在阅读语言文字，更是在通过审美感受和创造性想象，重新建构出与作品中的艺术形象不完全相同的新形象。

第一，审美感受与审美体验。文学阅读过程始终伴随着读者的审美体验。在文学接受中读者自身储存的经验同作品所表现的经验之间产生呼应与共鸣，在这种状态下，读者发现了自己未曾留意的日常生活经验所蕴含的意义与内涵，现实的经验由此得到超越，具有了某种难以言传的韵味，由此普通的日常生活经验成功地转化为独特而又深刻的审美体验。并且，在伽达默尔看来对文学作品的审美感受能够使读者超越个人的生存体验，把握到整体的意义。唯其如此，读者才收获了文学之美。

第二，文学审美感受的独特性。同诸如雕塑、绘画等空间性艺术相比，文学形象是在读者的精神世界中存在的。雕塑、绘画的审美对象虽然也是由接受者同作品的对话形成的，但它们由于具有一种空间的质感，可以直接诉诸接受者的视觉感官；而在某些情境下，接受者甚至在完全不自觉的状态下就可以受到音乐的影响，进而产生审美感受。与之相比，文学作品所提供的对象并不直接诉诸视觉和听觉，而需要读者在理解语言文字符号的基础上，以自身的理解去发现并填充空白，重构浸染着自己个性特征的文学形象。同时，由于语言文字符号自身负载着的理性和历史性内容，对文学阅读而言，没有相当的文化素养、自觉的参与和创造性的投入，文学作品的内在意义和审美潜质无法得到真正的实现。因此，文学媒介的特性使得文学的感受和体验呈现出更大的创造性和自由性，这也体现了文学接受本身的独特价值。

(3) 审美评价

在阅读文学作品、重构文学形象并进行审美感受和体验的基础上，读者往往会进一步思索其思想艺术意义，追问作品的艺术和审美特征，并对其审美价值作出判断。这样，文学接受活动就进入审美评价阶段。

第一，审美评价的特点。审美感受和审美评价相互交织，但又有所不同。从文学接受的过程来说，第二阶段的感受、体验以感性心理为主，而第三阶段的审美评价则理性因素更多。审美感受是文学接受的初级阶段，在这一阶段内，读者主要是在感性的层面对文学作品进行感知、领悟和体验，其结果是感性的文学形象的形成。审美评价则是文学接受活动的高级阶段，读者是在前一阶段审美感受的基础上，凭借一定的尺度或标准，对文学作品的思想性、艺术性、审美价值等作出比较理性的判断和评价，但往往不脱离具体的审美感受。

第二，一般读者的审美评价。普通读者的审美评价往往是随机的、感想式的、零碎的，但也是他们对作品最直观的理解、最真切的感受。因而，不管是对于作家还是批评家，都具有重要的参考价值。普通读者的审美评价反馈给作家，往往能够帮助作家调整、改进、丰富、提高文学作品。

第三，批评家的审美评价。批评家所作的评论是审美评价的高级形态，往往是对一般读者审美评价的进一步提升。批评家往往能对文学创作方法、技巧和思想有深入的了解和研究，因而在文学接受的过程中，从阅读到鉴赏，从审美感受到审美评价，都比一般读者理解得更为独到，提炼得更为准确，概括得更为全面，对普通读者的阅读具有更强的指导作用。

上面将文学接受活动分为阅读准备、审美感受、审美评价三个阶段，但实际的文学接受活动并非是一个单纯循着这三个阶段的顺序梯次进行的活动，这三个阶段往往相互交织、难分先后。

4. 文学接受与“二度创造”

(1) 什么是“二度创造”

“二度创造”是指读者在阅读作品过程中在心理层面展开的再创造活动，是对文学作品的再认识以及在作品基础之上的新发现。接受美学认为，作家创作作品只是文学接受的一部分，另一部分则是赋予读者去想象和创造。读者阅读文学的愉悦感很大程度上来源于这种想象性创造。伊瑟尔在《阅读活动》中认为，作者与读者共享想象的快乐，“读者的欣赏始于其自身的审美生产开始之时”，也就是开始于读者能够充分发挥自己的想象能力进行审美创造的时候。与传统的文学接受重在强调读者对作者原意的“还原”不同，“二度创造”更强调读者在整个文学接受过程中的能动作用，即读者对作品的意义进行再发现、对艺术形象进行再创造的能力。按照“二度创造”的观点，文学的创造性既包括作家的创造性，也包括读者的创造性，甚至会出现读者对作者的“创造性背叛”。

（2）“二度创造”的内容和形式

读者“二度创造”活动的内容，主要有文学形象的重构和文学审美意蕴的再创造两方面。一是重构文学形象。如前所述，文学作品往往充满着空白和不确定点，需要读者根据自己的现实生活体验、经历或阅历，去加以联想、幻想甚至是比附，从而在头脑里再造出打上个人印记的文学形象世界。二是开掘深层的意蕴世界。在重构文学形象的基础之上，开掘、升华出深层的审美意蕴世界，是“二度创造”的又一内容。

读者“二度创造”活动的形式，主要有个体感悟、人际交流、生活追求以及学习借鉴等。读者可能首先手捧书卷伏案阅读，产生个体感悟，进而与他人交流自己的阅读体会；当然也有可能是先从他人处获取作品信息而开始阅读。读者在获得个体感悟后，很可能会自觉或不自觉地在自己的生活中加以借鉴，例如像自己喜爱的主人公那样生活、奋斗。一些喜爱文学创作的读者，还可能会因此走上文学创作的道路。

（3）“二度创造”与文学活动的完成

当读者通过“二度创造”展开了作品的生命，一次具体的文学活动就暂告一个段落了。但这是一个开放的、动态的过程，作品的生命随着新的阅读创造而延伸。

第一，开放与持续的文学接受活动。经历了从作家首度创造到读者“二度创造”的动态过程，一次具体的文学活动便基本完成。但需要说明的是，这里的“完成”只具有相对意义，只是就一次具体的接受活动而言。更宏观地看，一次接受的完成其实又是另一次接受的起点。从文学史来看，审美价值愈高的艺术作品在读者心中存留的时间愈长，即使在特定时间和特定条件下它们可能会被遗忘，但在另外的情境下，这种感动还会被触发并继续对读者发生作用。

第二，“二度创造”的历史继承和发展。一部文学作品的接受史，就是被不断阅读、不断发掘的历史，就是一部不断经历“二度创造”的历史。读者的“二度创造”过程也是某部具体作品意义不断累积的过程，因为对某部文学作品的接受效果实质上都在一定程度上既受到前人理解的影响，又会对后人的理解产生新影响。这样看，文学的接受史其实与整个文学史的构成有关。姚斯《接受美学与接受理论》认为：“文学史是一个审美接受和审美生产的过程。”这表明，文学的审美接受史本身就是文学史的重要组成部分。

5. 文学接受的差异性与共通性。文学接受过程中的差异性与共通性是一对基本的矛盾，这一矛盾是由文学接受活动的创造性所决定的。

(1) 差异性与共通性的表现

文学接受活动中的不同读者或同一读者在不同的时间和心境下对同一作品的阅读都会产生不同的阅读效果，有时这种差异还相当大。这一现象正是文学接受的差异性。文学语言自身具有的模糊多义的特性，以及读者个体的差异性，会使得不同读者或同一读者在不同时间对同一作品可能出现多种不同的解读。

另一方面，不同读者对同一作品的接受又往往存在着稳定的，超越时代、地域和民族差异的一致性，这种审美现象即所谓的文学接受的共通性，主要表现在以下几个层面：

第一，对文学语言的把握具有共通性。文学作品是以语言作为媒介的，语言符号作为人类的信息交流工具，具有普遍的抽象性和约定俗成的特征，具有普遍认可的语法规则。同时语言符号又是人们从小开始学习而获得的一种社会性符号，与社会生活有着密切的联系，本身具有稳定性、集体性和时间的继承性。

第二，对文学形象的把握具有共通性。文学形象是语言符号的展现，语言符号的确定性使得文学形象有一定的通约性，从而促进接受的共通。并且，文学形象是典型的形象，超越了纯粹个人的限制，具有审美的规律性，这促进了审美感性的相通。再者，文学形象不是纯粹的虚构，而是根本上来源于社会生活或者宇宙自然，因而有着现实的原型。因此，处于特定社会和历史中的读者能够理解作者创造的文学形象，也能够出现文学形象接受的相似性，甚至会出现跨文化语境下文学形象接受的呼应与共鸣。

第三，对文学意蕴的诠释和价值评价具有共通性。在整个文学结构中，对文学意蕴的解读是接受差异性最为明显的一个层次。但是，即使在这一层面，也依然存在着共通性。这是因为人类的本性有共通性，民族文化有共通性，阶级、阶层的文化有共通性等，所以不同国度的读者，不同历史时期的读者，对同一文学作品的体验和理解常常是基本一致的；同时，同一民族的读者，同一阶级、阶层的读者，对同一文学作品意蕴的体验与评价，也常常具有共通性。

（2）共通性与差异性的关系

文学接受活动中的共通性和差异性是对立统一的关系。

从整个文学接受来说，共通性是有条件存在的，差异性的存在则是绝对的；但两者是互相对立又相互依存的，差异性建立在共通性的基础之上，共通性则现实地存在于差异性之中。共通性保证了文学阅读的有效性和交流的可能性；差异性则是文学生命延展的动力和表现，是读者阅读准备同作品自身所展现的形式、内涵与价值的凝聚和融合。

具体而言，当某一文学作品面世，进入被解读的历史进程中时，处在不同时空条件下的读者的阅读必然会表现出相当大的差异性。但是伴随着整个文化系统的交流，在不同观点的争辩和对话中，不同读者会注意到自己所忽视的方面，从而对作品作出更为全面和客观的解读和评价。正是在这种交流、沟通的过程中，文学接受的共通性得到了集中的表现。当然，在不同的接受活动当中对某一作品的接受不可能达到完全一致，差异性将永远存在。

6. 文学接受与文学经典。文学经典是文学接受活动的重要对象，从总体上讲，经典其实也是在读者千百年的文学接受过程中生成的。

（1）何为文学经典

一般认为，文学经典是指在文学史上具有独创性，蕴含着丰富的社会与历史意义，凝聚着很高的审美价值，具有长久生命力的典范作品，是思想精深、艺术精湛、制作精良的传世之作。文学经典是文学创作的借鉴对象，也是文学批评的重要参照标准，更是文学接受的宝贵资源。

（2）文学作品的优胜劣汰

文学经典的出现，是读者大众意志的反映，是人民创造的历史选择的结果。一部作品的优劣高下，彰显于世还是湮没无闻，根本上还是依靠历代普通读者、专业批评家的阅读和文学史家的遴选。其中，文学批评家和文学史家对推出文学经典所起的作用最为直接。文学经典在文学史上具有独创性甚至里程碑的意义，这种意义并非直接呈现出来，而是需要熟悉文学史的专业读者通过比较、发掘才能够显现。对于具有独创性和传播范围较小的文学作品，普通读者难以接触和进行辨别，因此，对这些作品的评价、阅读，专业的文学批评家和文学史家就承担着主要的责任。人民群众是文学最普遍的阅读者，是文学的鉴赏家和评判者，他们的选择是文学经典得以最终确立的决定性因素。从较长的时间段来审视，普通读者在两个方面最终影响着文学经典的命运：一是专业读者所推荐的经典如果长时间得不到普通读者的响应和认同的话，其经典地位就会逐步丧失；二是普通读者集体认同并赋予其较长生命力的作品，往往会反馈、影响和最终决定专业读者对经典的选择。

同时，意识形态对文学经典的形成也起着相当重要的作用。文学是具有倾向性的艺术，在一定的意识形态条件下，某些作品会因为表达了社会主流意识形态或与社会主流意识形态暗合而被推举为某一时代的文学经典，但如果这类作品仅具意识形态合法性而审美价值不高的话，它最终也会丧失其“经典性”。

此外，在文学经典的形成过程中会出现一种“伪经典”的现象，即在特定历史时期出于非文学原因将某部作品人为拔高，使之一度获得本应只有真正的文学经典才能获得的影响和地位。究其原因，仍然是文学接受活动出了问题，偏离了审美追求。“伪经典”常常是商业炒作造成的，这种偏离现象在网络文学接受活动中比较突出，很不利于文学的健康发展。

（3）经典对于文学接受的影响

文学经典一经形成，就会受到社会更多的推崇，从而拥有更多的读者，获得历史继承的优先性，成为被阅读和阐释的焦点，对以后的文学接受活动产生广泛、深远的影响。文学经典的积极影响集中表现为对读者心理结构的塑造、改进、丰富和完善，使读者的灵魂经受洗礼，去发现自然的美、生活的美和心灵的美。文学经典的形成依靠创造性的文学接受活动，而文学经典一经形成也会对新的文学接受产生重要影响。文学接受和文学经典相互影响、互相推动，共同促进着文学创作和接受活动的演变。

四、思考题解答

1. 如何理解文学接受的构成？

（1）答题要点

文学接受的构成包含读者与作品的互动和读者与作者的交流这两个方面。读者与作品的互动关系体现为作品对阅读的规范和召唤；作品需要读者通过阅读获得现实性，从客观的物的存在转变为审美的具体存在；文学作品具有不确定性，具有含蓄性，留有空白，等待读者去解释与填补。一方面，读者与作者之间存在相互联系，他们都以语言为中介，并且都是有情之人；另一方面，读者与作者也是有区别的，二者所面对的对象不同，审美方式也存在差异。

（2）引述或案例提示

在这里艺术家创造的形象是“实”，引起我们的想象是“虚”，由形象产生的意象境界就是虚实的结合。一个艺术品，没有欣赏者的想象力的活跃，是死的，没有生命的。（宗白华：《美学散步》，上海人民出版社 1981 年版，第 33 页）

在这一意义上，虚构读者只是展现了这一时期的流行标准，它形成了一个交流得以建立的很成问题的基础。易言之，这一由虚构读者提出的观点，在这样一种方法中——他发现自己身不由己地反对起他先前认为是理所当然的某些态度和思想了——具有引起现实读者注意的功能。（［德］沃尔夫冈·伊瑟尔：《阅读活动——审美反应理论》，金元浦、周宁译，中国社会科学出版社 1991 年版，第 184 页）

2. 谈谈文学接受过程中的审美感受和审美评价。

（1）答题要点

审美感受是文学接受的第二阶段，以感性因素为主。读者在接受文学作品的过程中，不仅是在解读语言文字的意义，更是在重构作家所创造的艺术形象。审美评价是文学接受的第三阶段，以理性因素为主，侧重于对文学作品的思想性、艺术性、审美价值等作出比较理性的判断和评价。审美评价是对审美感受的提升和超越，而审美感受是审美评价的基础。在具体的文学接受过程中，二者往往是相互交织的。

（2）引述或案例提示

读词之法，取前人名句意境绝佳者，将此意境缔构于吾想望中，然后澄思渺虑，以吾身入乎其中而涵泳玩索之。吾性灵与之相浃而俱化，乃真实为吾有而外物不能夺。（〔清〕况周颐：《蕙风词话》，《蕙风词话　人间词话》，王幼安校订，人民文学出版社 1960 年版，第 9 页）

每一阅读瞬间都是延伸与记忆的辩证运动，并且与过去（正在不断消褪的）视野一道构成或唤起一个未来视野。游移视点同时通过二者开辟航路，并在前进中将它们融汇为一。（［德］沃尔夫冈·伊瑟尔：《阅读活动——审美反

应理论》，金元浦、周宁译，中国社会科学出版社 1991 年版，第 134 页）

3. 怎样理解文学接受活动过程中的“二度创造”？

（1）答题要点

“二度创造”是指读者在阅读作品过程中在心理层面展开的再创造活动，是对文学作品的再认识以及在作品基础之上的新发现。“二度创造”的内容包含重构文学形象和开掘深层的意蕴世界两个方面。“二度创造”的形式主要有个体感悟、人际交流、生活追求以及学习借鉴。从作家首度创造到读者的“二度创造”，标志着一次具体的文学活动的完成。

（2）引述或案例提示

没有欣赏者的想象，很难说艺术形象能够以小见大、以少胜多、由此及彼。……欣赏者依靠想象“丰富”了艺术形象，同时加强了他对形象所包含的意义的体会。（王朝闻：《适应为了征服》，《一以当十》，复旦大学出版社 2005 年版，第 287 页）

文字是天然含蓄的东西。无论多么明显地写出，后面总还跟着一点别的东西：也许是一种口气，也许是一片情感。即就字面说，它们也只是一根根的线，后面牵着无穷的经验。（萧乾：《经验的汇兑》，龙协涛编：《鉴赏文存》，人民文学出版社 1984 年版，第 455 页）

在阅读过程中，永远不停地发生着从简单接受到批评性的理解，从被动接受到主动接受，从认识的审美标准到超越以往的新的生产的转换。（［德］H. R. 姚斯、［美］R. C. 霍拉勃：《接受美学与接受理论》，金元浦、周宁译，辽宁人民出版社 1987 年版，第 24 页）

4. 谈谈文学接受的差异性和共通性。

（1）答题要点

文学接受活动中的不同读者或同一读者在不同的时间和心境下对同一作品的阅读都会产生不同的阅读效果，这一现象正是文学接受过程中的差异性。不同读者对同一作品的接受又往往存在着稳定的，超越时代、地域和民族差异的一致性，这种审美现象即所谓的接受活动的共通性。差异性和共通性是对立统一的关系。从整个文学接受来说，共通性是有条件的、相对的，差异性是绝对的。缺少共通性，文学接受无法达成；缺少差异性，文学接受将逐渐走向衰落。

（2）引述或案例提示

《红楼梦》是中国许多人所知道，至少，是知道这名目的书。谁的作者和续者姑且勿论，单是命意，就因读者的眼光而有种种：经学家看见《易》，道学家看见淫，才子看见缠绵，革命家看见排满，流言家看见宫闱秘事……（鲁迅：《集外集拾遗补编·〈绛洞花主〉小引》，《鲁迅全集》第8卷，人民文学出版社2005年版，第179页）

语言之所以有稳固的性质，不仅是因为它被绑在集体的镇石上，而且因为它是处在时间之中。（［瑞士］费尔迪南·德·索绪尔：《普通语言学教程》，高名凯译，商务印书馆1980年版，第111页）

5. 试论文学经典的特征和意义。

（1）答题要点

文学经典在文学史上具有独创性，蕴含着丰富的社会与历史意义，凝聚着很高的审美价值，是具有长久生命力的典范作品，具有思想精深、艺术精湛、制作精良三大特征。文学经典一经形成，就会受到社会的更多推崇，从而拥有更多的读者，获得历史继承的优先性，成为被阅读和阐释的焦点，对以后的文学接受活动产生广泛、深远的影响。

（2）引述或案例提示

经典之所以能够成为经典，其中必然含有隽永的美、永恒的情、浩荡的气。经典通过主题内蕴、人物塑造、情感建构、意境营造、语言修辞等，容纳了深刻流动的心灵世界和鲜活丰满的本真生命，包含了历史、文化、人性的内涵，具有思想的穿透力、审美的洞察力、形式的创造力，因此才能成为不会过时的作品。（习近平：《在中国文联十大、中国作协九大开幕式上的讲话》，人民出版社2016年版，第18页）

五、阅读书目

1.［德］沃尔夫冈·伊瑟尔：《阅读活动——审美反应理论》，金元浦、周宁译，中国社会科学出版社1991年版。该书是接受美学重要理论家沃尔夫冈·伊瑟尔的代表作之一，也是接受美学最富建设性的作品之一，它以文本与读者双向作用为理论基点，吸收了社会科学最新研究成果，对文学理论中论述最少的阅读活动和接受过程做了精微细致的考察，从而为文学研究提供了新的观点。

2.［德］瑙曼等：《作品、文学史与读者》，范大灿编，文化艺术出版社

1997 年版。该书由瑙曼、施伦斯泰特和朔贝尔三人所作，内容包括编者前言和接受理论、作品作为接受指令以及对它的把握问题、作者—收件人—读者、论文学理论中的“效应美学”“接受美学”的困境、文学接受作为历史和社会实践刍议、作品与文学史、文学的历史性是文学史的难题、接受与评价和接受与现代主义等十部分内容，是一部民主德国学者成功改造接受美学、提出马克思主义的接受理论的著作。

3. **朱立元：《接受美学导论》，安徽教育出版社 2004 年版**。该书是研究接受美学的一本重要著作，由绪论、正文十一章和结论组成，对接受美学的理论渊源、起源和发展历程，文学的存在方式，文本的召唤结构，个体与群体的文学接受，潜在读者和文学的价值与效果等重要问题进行了深入研究，体现了接受美学的创造性和对当下的影响力。

4. **［美］斯坦利·费什：《读者反应批评：理论与实践》，文楚安译，中国社会科学出版社 1998 年版**。该书是美国当代著名批评家斯坦利·费什的重要作品，包括上、下两篇，上篇“读者反应批评导论”，下篇“重读：培根和弥尔顿”。费什所倡导的读者反应批评理论吸收了接受美学、解构主义和精神分析学的部分主张，强调文本的意义即在于文本字词在读者大脑中的反应痕迹，产生过极大的影响。

5. **［德］H. R. 姚斯：《审美：审美经验的接受方面》，刘小枫选编：《接受美学译文集》，生活·读书·新知三联书店 1989 年版**。本论文选自 H. R. 姚斯的《审美经验与哲学解释学》第一卷，是刘小枫选编的《接受美学译文集》中的第二篇文章。在本文中，姚斯通过考察当代审美所面临的挑战，回顾从古希腊至今的重要审美理论与路径，得出了自 19 世纪以来，生产的与接受的审美经验是参与了为艺术重新赢得认识功能这场斗争的结论。

6. **［法］让-保尔·萨特：《什么是文学?》，沈志明、艾珉主编：《萨特文集》第 7 卷文论卷，施康强译，人民文学出版社 2005 年版**。该书是 20 世纪法国声誉最高的思想家、哲学家、文学家让-保尔·萨特的代表作，收录了《什么是文学?》《存在主义是一种人道主义》两篇论文。第一篇论文较系统地阐明了有关文学的属性、写作的目的、为谁写作等重大问题，提出了有关文学的批判职能及作家的独立判断权等观点。萨特指出一部作品的接受绝不仅仅依赖于“外部”事实，文学接受本身就是文学作品的构成部分。

7. **王朝闻：《一以当十》，复旦大学出版社 2005 年版**。该书是著名文艺理论家王朝闻先生具有广泛影响的文艺论著，由30余篇文艺理论和文艺欣赏随笔组成。作者从艺术欣赏角度探讨艺术与社会生活的联系、区别以及艺术的独创性，并通过对古今中外美术、文学、戏剧、舞蹈等名作的具体分析，阐明了艺术创作与艺术鉴赏的关系与规律。

8. 金元浦：《接受反应文论》，山东教育出版社1998年版。该书对20世纪70年代以来风靡世界的接受美学与读者反应批评进行了深入研究。作者不仅对接受美学与读者反应批评的主要代表人物的理论观点进行了细致梳理，对学派内的研究方向作了分类整理；而且对其产生的社会背景、哲学基础、理论先驱与近期发展作了令人信服的分析阐释。同时，作者深入论述了接受反应文论在当代中国的传播与发展、成就与问题；并努力探索建设我国当代文学解释—接受批评话语与批评流派的现实途径。

9. [德] 汉斯-格奥尔格·加达默尔：《真理与方法——哲学诠释学的基本特征》，洪汉鼎译，上海译文出版社1999年版。该书是哲学阐释学的创立者之一加达默尔阐释学美学的经典著作，由序言、导言、正文三部分和附录组成。上卷包括“艺术经验里真理问题的展现”和“真理问题扩大到精神科学里的理解问题”两部分内容，下卷包括了第三部分内容“以语言为主线的诠释学本体论转向”。该书的探究始于对审美意识的批判，进而探讨精神科学的理解问题，并在此基础上走向对与整个阐释学经验相适应的认识和真理概念的发展，是接受美学的重要理论渊源。

六、试题库

试　题　I

一、填空题（每个空1分）

1. 宗白华认为中国文艺作品注重________与虚实，赋予作品以生命感召力，这有助于激发欣赏者的想象。

2. 孟子在《孟子·万章》中提出了________与________这两种传统文学批评与接受理论。

3. 读者的接受动机主要包括________、娱乐动机、求知动机、受教动机、借鉴动机和________六类。

4. 与对音乐、建筑和绘画的审美欣赏不同，读者对文学的感受和体验往往呈现出更大的________和自由性，这也体现了文学接受本身的独特价值。

5. 审美评价可以分为一般读者的审美评价和批评家的审美评价，是对文学作品的思想性、艺术性、审美价值等作出比较理性的判断和评价，以________为基础。

6. 姚斯认为“文学史是一个审美接受和审美生产的过程”，这表明________本身就是文学史的重要组成部分。

7. 习近平《在中国文联十大、中国作协九大开幕式上的讲话》中指出，文学经典容纳了深刻流动的心灵世界和鲜活丰满的本真生命，包含了历史、文化、人性的内涵，具有思想的穿透力、审美的洞察力、________，因此才能成为不会过时的作品。

8. 中国古代在魏晋南北朝至唐代已有了“经典”的意识，________与《河岳英灵集》等文学选集的遴选过程实际上就是树立那个时代的“文学经典”的尝试。

二、单选题（每小题 1 分）

1. 读者的素养指的是（　　）。

A. 文学艺术修养　　B. 创作经历　　C. 阅读经历

2. 前人的阅读经验往往会对后人的阅读产生一定的影响，钟嵘对曹植的诗歌（　　）的评价影响了宋人张戒和明代李梦阳对曹诗的接受。

A. 错彩镂金　　B. 芙蓉出水　　C. 情兼雅怨

3. 文学接受过程中的差异性和（　　）是一对基本的矛盾，这一矛盾是由文学接受活动的创造性所决定的。

A. 相似性　　B. 共通性　　C. 相近性

4. 文学作品提供的对象和音乐、绘画所提供的对象的区别在于（　　）。

A. 文学作品提供的对象是虚构的

B. 文学作品提供的对象更有感染力

C. 文学作品提供的对象不直接诉诸视觉和听觉

5. 文学经典是（　　）的借鉴对象，也是文学批评的重要参照标准，更是文学接受的宝贵资源。

A. 文学传播　　B. 文学比较　　C. 文学创作

三、多选题（每小题 2 分）

1. 文学作品为文学接受所设定的规范包括（　　）。

A. 文学作品思想情感的深度与性质

B. 文学作品的形式

C. 文学作品所依托的媒介

D. 读者对文学作品理解的深度

2. 文学语言的共通性体现在（　　）等方面。

A. 具有普遍的抽象性

B. 具有约定俗称的特征

C. 与社会生活有着密切的联系

D. 具有稳定性、集体性和时间的继承性

3. 人民群众是（　　）。

A. 文学最普遍的阅读者　　B. 文学的鉴赏者

C. 文学的创作者　　D. 文学的批评者

4. 文学接受活动分为阅读准备、审美感受和审美评价三个阶段，这三个阶段的关系是（　　）。

A. 依照顺序梯次进行　　B. 相互交织

C. 难分先后　　D. 互相分离

5. 读者是文学接受活动的主体，未被读者所阅读和接受的文学作品（　　）。

A. 未获得现实性　　B. 是客观的物的存在

C. 具有现实的价值　　D. 价值仍处在沉睡状态

四、名词解释（每小题 3 分）

1. 文学接受

2. 审美评价

3. 期待视野

4.“知人论世”

5. 文学经典

五、辨析题（每小题 5 分）

1. 文学作品对读者的影响完全是积极的。

2. 读者“二度创造”的文学形象打上了读者个人特征的烙印。

3.“以意逆志”指的是以批评家之“意”去还原作者之“意”。

4. 一般读者的审美评价是随机的、印象式的、零碎的，是审美评价的低级阶段；批评家所作的评论是审美评价的高级形态，因此一般读者的审美评价是无足轻重的。

六、简答题（每小题 6 分）

1. 请简要陈述在文学接受过程当中读者与作品之间的双向互动关系。
2. 请简要陈述审美评价的特点。
3. 请简要陈述“伪经典”产生的原因及其危害性。

七、论述题（每小题 11 分）

1. 请结合具体案例论述文学接受的差异性与共通性的表现与相互关系。
2. 请结合下面两段话，从文学接受与文学创新的角度发表你自己的看法。

姚斯在《接受美学与接受理论》中认为：“在阅读过程中，永远不停地发生着从简单接受到批评性的理解，从被动接受到主动接受，从认识的审美标准到超越以往的新的生产的转换。”

美学家王朝闻在《一以当十》中谈到：“没有欣赏者的想象，很难说艺术形象能够以小见大、以少胜多，由此及彼……欣赏者依靠想象‘丰富’了艺术形象，同时加强了他对形象所包含的意义的体会。”

参考答案

一、填空题

1. 空灵
2. 知人论世　以意逆志
3. 审美动机　批评动机
4. 创造性
5. 审美感受
6. 文学的审美接受史
7. 形式的创造力
8.《文选》

二、单选题

1	2	3	4	5
A	C	B	C	C

三、多选题

1	2	3	4	5
ABC	ABCD	ABD	BC	ABD

四、名词解释

1. 文学接受是一种实践性的阅读活动（1 分），是文学作品的审美具体化过程（1 分），是由读者、作品、作者等主要因素构成的复杂的结构关系（1 分）。

2. 审美评价是指在阅读文学作品、重构文学形象并进行审美感受和体验的基础上（1 分），进一步思索文学作品的思想艺术意义，追问作品的艺术和审美特征，并对其审美价值作出判断的能动性活动（2 分）。

3. 期待视野由德国接受美学代表人物之一的姚斯提出（1 分），是指接受者在进入文学接受过程之前，根据自己的阅读经验和审美趣味等前视野，对文学接受对象的预先估计与期待（2 分）。

4. “知人论世”语出《孟子 · 万章下》，是中国传统文学批评和接受的重要理论观点之一（1 分），指的是在进行文学接受和文学批评之时要结合作者本人所处的时代环境、个人经历、思想感情和审美趣味等方面的内容（2 分）。

5. 文学经典是指在文学史上具有独创性，蕴含丰富的社会与历史意义（1 分），凝聚着很高的审美价值，具有长久生命力的典范作品（1 分），是思想精深、艺术精湛、制作精良的传世之作（1 分）。

五、辨析题

1. 错误。（2 分）优秀的文学作品一般会对读者产生积极的影响（1 分），但是粗制滥造、审美价值不高、缺乏思想性的文学作品会对读者产生消极影响（2 分）。

2. 正确。（2 分）读者在阅读文学作品的基础上，会根据自己的审美偏好、人生经历对文学形象进行“二度创造”（1 分），在这个过程中文学形象留下了读者个人的印记（2 分）。

3. 错误。（2 分）“以意逆志”是孟子在《孟子 · 万章上》中提出的（1 分），指的是以读者之“意”去迎受作者之“志”（2 分）。

4. 这种说法不完全正确。（2 分）读者的审美评价和批评家的评论相比是不够系统的、随机的、印象式的，是审美评价的低级形态，而批评家所作的评论代表着审美评价的高级形态。（1 分）但是，读者的审美评价往往是对作品最直观的理解和最真切的感受，无论是对作者还是批评家都有重要的参考价值，批评家的批评往往是对一般读者审美评价的进一步提升，因此不应当忽略读者审美评价的重要性。（2 分）

六、简答题

1. 第一，读者与作品的互动关系体现为作品对阅读的规范和召唤。(2 分) 第二，没有被接受的文学作品只是潜在的存在，它需要读者通过阅读获得现实性，从客观的物的存在转变为审美的具体存在。(2 分) 文学作品具有不确定性，具有含蓄性，留有空白，等待读者去解释与填补。(2 分)

2. 审美评价是文学接受活动的第三阶段，以理性因素为主。(2 分) 审美评价是文学接受活动的高级阶段，是对文学作品的思想性、艺术性、审美价值等作出比较理性的判断和评价，以具体的审美感受为基础。(4 分)

3. 在文学经典的形成过程中会出现“伪经典”的现象，即在特定历史时期出于非文学原因将某部作品人为拔高，使之获得本应只有真正的文学经典才可能获得的影响和地位。(2 分) 其产生的根源在于文学接受活动偏离了审美追求，商业炒作是产生“伪经典”的主要方式之一。(2 分) 这种现象不利于文学创作的健康发展和文学接受的正常进行。(2 分)

七、论述题

1. 差异性和共通性的表现：

差异性的表现：文学接受活动中的不同读者或同一读者在不同的时间和心境下对同一作品的阅读都会产生不同的阅读效果，有时这种差异还相当大，这一现象正是文学接受过程中的差异性。(2 分)

共通性的表现：不同读者对同一作品的接受又往往存在着稳定的，超越时代、地域和民族差异的一致性，这种审美现象即所谓的接受活动的共通性，主要表现在以下三个方面：对文学语言的把握具有共通性；对文学形象的把握具有共通性；对文学的意蕴诠释和价值评价具有共通性。(3 分)

差异性和共通性的关系：二者是对立统一的关系。(1 分)

从整个文学接受来说，共通性是有条件的、相对的，差异性是绝对的。但二者是互相对立又互相依存的，差异性建立在共通性的基础上，共通性则现实地存在于差异性之中。二者相互依存而又相互影响，缺少共通性，文学接受无法达成；缺少差异性，文学接受将逐渐走向衰落。

对于具体的文学作品来说，当某一文学作品面世之时，不同的读者对其的接受往往呈现出巨大的差异性，但是随着文化系统内部的交流和对话，接受的共通性会得到更为集中的呈现。(4 分) 结合具体案例进行分析。(1 分)

2. 这两段话表明读者对文学作品的接受不是被动的、机械的，文学接受是一种能动的活动，读者会在作家创作的文学作品的基础上进行再创造，这种新一轮的创造活动被称为“二度创造”。(3 分）“二度创造”的主要内容包括重构文学形象和开掘深层的意蕴世界。(2 分）与作家的首度创造不同，“二度创造”更为强调读者在整个文学接受过程中的能动作用，即读者根据自己的人生经历、阅读经验和审美偏好，通过联想、想象和移情等方式而对文学形象进行二度构思和具体化，并在重构文学形象的基础上进一步开掘文学作品的意蕴，从而使文学形象打上读者个人的烙印。(4 分）根据“二度创造”的观点，文学的创造性事实既包括作家的创造性，也包括读者的创造性，甚至会出现读者对作者和作品的“创造性背叛”，因此读者的“二度创造”是文学创新的重要方式。(2 分）

试　题　Ⅱ

一、填空题（每个空 1 分）

1. 接受美学认为文学作品具有不确定性，留有________，等待读者去解释与填补。

2. 读者在原作品的基础上进行“二度创造”，但是读者在自身的个体经历和创造性的基础上可能会出现对原作品的________。

3. 不同读者对同一文学形象的把握具有共通性，这是因为文学形象是________，超越了纯粹个人的限制，具有审美的规律性，这促进了审美感性的相通。

4. 文学接受活动可以分为________、审美感受和审美评价三个阶段，但是在实际的阅读活动当中，这三个阶段往往是相互交织、难分先后的。

5. ________是文学最普遍的阅读者，是文学的鉴赏家和批评家，他们的选择是文学经典最终得以确立的决定性因素。

6. 普通读者的审美评价往往是随机的、感想式的、________，是对作品最直观的理解和最真切的感受，对于作家和批评家都有重要的参考价值。

7. 孔子认为《诗经》具有兴、________、群、________四大功能。

8. 在伊瑟尔看来，作者与读者共享________的快乐，作家的创造性活动和读者的再创造活动是文学活动的两个重要组成部分。

9. 审美感受是在阅读和理解语言文字的基础上，重构作家所创造的________。

二、单选题（每小题 1 分）

1. 能够帮助读者提高文学素养的方式是（　　）。

A. 亲身实践（有创作的实践经验）

B. 知识学习（对艺术相关知识的学习）

C. 以上两者

2.“二度创造”的内容包括（　　）。

A. 优化语言表达　　B. 重构文学形象　　C. 美化故事背景

3. 鲁迅在评价《红楼梦》的接受时提到：（　　）看见《易》，道学家看见淫，才子看见缠绵，革命家看见排满，流言家看见宫闱秘事……

A. 经学家　　B. 神学家　　C. 占卜家

4. 批评家所作的评论是审美评价的高级形态，往往是对（　　）的进一步提升。

A. 传播者的审美评价　　B. 文学史家的审美评价　　C. 一般读者的审美评价

5. 索绪尔认为文学的语言具有（　　），这不仅是因为它被绑在集体的镇石上，而且因为它是处在时间之中。

A. 通约性　　B. 一致性　　C. 稳固性

三、多选题（每小题 2 分）

1. 文学接受的共通性表现在（　　）。

A. 对文学语言的把握具有共通性

B. 对文学形象的把握具有共通性

C. 对文学意蕴的诠释和价值评价具有共通性

D. 读者的阅读经历和人生经历具有共通性

2. 审美评价的作用包括（　　）。

A. 影响审美感受　　B. 促进读者审美能力的提高

C. 促进读者素养的提高　　D. 为新一轮的审美感受和审美评价奠定基础

3. 读者的素养包括（　　）。

A. 生活体验　　B. 文学传播活动的参与

C. 文学艺术修养　　D. 一定的语言能力

4. 读者和作者的区别体现在（　　）。

A. 作者的文学素养更高

B. 读者和作者所面对的对象不同

C. 读者与作者的审美方式不同

D. 读者的文学素养更高

5. 在文学接受的历史上，作者和读者的关系包括（　　）等多种形态。

A. 互动关系　　B. 陌生化的疏离

C. 知音关系　　D. 界限模糊

四、名词解释（每小题 3 分）

1. 接受动机

2. 观文与缀文

3. 文学接受的共通性

4.“二度创造”

5. 空白

五、辨析题（每小题 5 分）

1.“二度创造”的实现标志着一次具体文学活动的结束和完成。

2. 作者与读者之间的关系是一成不变的。

3. 文学接受的共通性是绝对的，差异性是相对的。

4. 人生经历与文学艺术修养是读者素养的重要组成部分，因此缺乏人生经历的读者无法深入地理解文学作品的内涵。

六、简答题（每小题 6 分）

1. 请简要陈述文学接受的作用。

2. 请简要陈述普通读者对文学经典形成和确立的影响。

3. 请简要陈述读者和作者之间的联系与区别。

七、论述题（每小题 11 分）

1. 请结合具体案例，论述文学经典的特征与意义。

2. 刘勰说：“凡操千曲而后晓声，观千剑而后识器；故圆照之象，务先博观。”请运用文学接受的相关知识并结合具体案例对此进行分析和阐发。

参考答案

一、填空题

1. 空白

2.“创造性背叛”

3. 典型的形象

4. 阅读准备

5. 人民群众
6. 零碎的
7. 观 怨
8. 想象
9. 文学形象

二、单选题

1	2	3	4	5
C	B	A	C	C

三、多选题

1	2	3	4	5
ABC	ABCD	ACD	BC	ABCD

四、名词解释

1. 接受动机是指推动读者阅读并接受文学作品的心理需求（1 分），可以分为审美动机、娱乐动机、求知动机、受教动机、借鉴动机和批评动机等（2 分）。

2. 观文与缀文语出刘勰的《文心雕龙》（1 分），指的是读者与作者之间的关系（1 分）。读者的接受以作者的创作为基础，读者能够在作者创作的基础上进行再创造。（1 分）

3. 文学接受的共通性指的是不同读者对同一作品的接受存在着稳定的，超越时代、地域和民族差异的一致性（1 分），表现为对文学语言的把握具有共通性、对文学形象的把握具有共通性和对文学意蕴的诠释和价值评价具有共通性（2 分）。

4. “二度创造”是指读者在阅读作品过程中在心理层面展开的再创造活动（1 分），是对文学作品的再认识以及在作品基础之上的新发现（2 分）。

5. 空白指的是文本中不同结构段落间的连接断裂（1 分），最常见的是情节转移（1 分），是文本整体系统中存在的空缺和不确定性，需要凭借读者的想象活动予以填补（1 分）。

五、辨析题

1. 正确。（2 分）经历了从作家首度创造到读者“二度创造”的动态过程

（1 分），一次具体的文学活动便基本完成（2 分）。

2. 错误。（2 分）读者与作者之间的关系是一个动态的变化过程，从传统的知音关系变化为现代的陌生化的疏离或者间离效果（1 分）；对于网络文学而言，读者和作者之间的界限变得更为模糊（2 分）。

3. 错误。（2 分）文学接受的差异性是绝对的，共通性是相对的。（3 分）

4. 这种说法不完全正确。（2 分）读者的素养主要指的是读者的人生经历和文学艺术修养，二者对于文学接受活动的达成均极为重要。（1 分）但是，缺乏人生经历的读者可以凭借阅读经验的积累和审美趣味的提高来补足生活体验的不足，在某种程度上也可以深入理解文学作品的内涵。（2 分）

六、简答题

1. 第一，读者的阅读、理解和鉴赏活动，彰显文学作品的现实价值，同时赋予文学作品以新的创造与发现。（2 分）第二，读者的阅读欣赏是对作品价值的检测与评价，在一定程度上影响作者的文学创作与生产。（2 分）第三，文学接受是读者进行文学欣赏、理解，满足自身审美需要的过程，对读者的审美情趣培养、人格塑造、人生引导起着重要作用。（2 分）

2. 普通读者在两方面影响着文学经典的命运：一是专业读者所推荐的经典如果长时间得不到普通读者的响应和认同的话，其经典地位就会逐步丧失。（3 分）二是普通读者集体认同并赋予其较长久生命力的作品，往往会反馈、影响和最终决定专业读者对经典的选择。（3 分）

3. 读者和作者之间的联系：二者都以语言文字为中介；二者都是有情之人。（3 分）读者与作者之间的区别：二者所面对的对象不同，作者直接面对历史或现实的生活世界与情感状态，读者则面对作者所创造的语言文字作品，即抽象的符号对象；二者的审美方式不同，作者通过对世界的审美体验完成艺术形象的构思，而读者则是通过阅读文学作品唤起审美体验并进行形象重构。（3 分）

七、论述题

1. 文学经典的特征：具有独创性，蕴含丰富的社会与历史意义，凝聚着很高的审美价值，是具有长久生命力的典范作品，是思想精深、艺术精湛、制作精良的传世作品（2 分），对于文学创作具有重要的借鉴意义，是文学批评的重要参照标准，更是文学接受的宝贵资源（2 分）。

文学经典的意义：是对读者大众意志的反映；在文学史上具有独创性甚至

里程碑的意义（2分）；会影响文学接受活动，成为文学接受的焦点，对读者具有积极的启发和熏陶作用（2分）。结合具体案例进行分析。（3分）

2. 语出刘勰的《文心雕龙》，指的是文学艺术修养对于文学接受的重要意义。（2分）文学艺术修养是读者素养的重要组成部分之一，专门的文学教育，大量的文学阅读经验，乃至曾亲身从事过文学创作活动的经历都会对文学接受产生不同程度的促进作用。（3分）提高读者的文学艺术修养，增强对文学的感性经验和理性认识，是进行更高层次文学鉴赏的基础。（2分）提高文学素养有多种途径，如亲身实践（有创作的实践经验）、知识学习（对艺术的特征、规律等理论知识的学习），还可以是鉴赏技艺的系统训练（对某类艺术具有较强的鉴赏、欣赏能力和经验）等。（3分）结合具体案例进行分析。（1分）

试 题 Ⅲ

一、填空题（每小题1分）

1. 刘勰在《文心雕龙·知音》当中提到："凡操千曲而后晓声，观千剑而后识器；故圆照之象，务先博观。"在刘勰看来，只有通过"博观"才能达到________的接受效果。

2. "二度创造"的形式主要包括个体感悟、人际交流、________以及学习借鉴。

3. 文学经典是指在文学史上具有独创性，蕴含丰富的社会与历史意义，凝聚着很高的审美价值，具有长久生命力的典范作品，是________、艺术精湛、制作精良的传世之作。

4. 读者和作者的联系表现在两个方面：首先，二者都以语言文字为中介；其次，二者都是________。

5.《红楼梦》第二十三回"西厢记妙词通戏语，牡丹亭艳曲警芳心"，《牡丹亭》一首曲子触发了林黛玉的个人身世之感，并且通过进一步激发起她的想象、联想和________，从而大大促进了林黛玉对这首曲子的理解。

6. 审美感受是读者的________与作品的视野的动态性融合，这个融合过程是动态的、复杂的。

7. 美学家王朝闻充分肯定欣赏者的想象在重构________、开掘作品意蕴过程中的重要作用，在他看来这有助于丰富艺术形象的内涵，同时加强读者对形象所包含的意义的体会。

8. 文学接受的第一阶段包括________和接受动机这两方面的内容。

9. 梁启超认为小说具有熏、浸、________、提四种力，从而提升境界，促进新民与群治。

10. 文学作品所提供的对象不直接诉诸视觉和听觉，而需要读者在理解语言文字符号的基础上，以自身的理解去发现并填充空白，重构浸染着自己________的文学形象。

二、单选题（每小题1分）

1.（　　）是文学经典最终确立的决定性因素。

A. 批评家　　B. 人民群众　　C. 传播媒介和机构

2.“二度创造”更强调（　　）在整个文学接受过程中的能动作用。

A. 读者　　B. 批评家　　C. 文学史家

3. 刘勰认为文学接受包括观文与（　　）的关系，也就是读者与作者的联系。

A. 写文　　B. 缀文　　C. 作文

4. 接受美学认为文学的创造和形成过程本身就隐含着对理想读者的呼吁，优秀的文学作品本身就具有一种（　　）。

A. 召唤结构　　B. 相似结构　　C. 呼唤结构

5. 孟子在（　　）中提出了“以意逆志”的文学接受观点。

A.《孟子·万章上》　　B.《孟子·万章下》　　C.《孟子·公孙丑上》

三、多选题（每小题2分）

1.（　　）有助于文学接受活动的进行。

A. 专门的文学教育　　B. 大量的文学阅读经验

C. 文学创作实践　　C. 文学鉴赏经验

2. 读者与作者之间的联系体现在（　　）。

A. 都以语言文字为媒介　　B. 都有丰富的文学素养

C. 都是有情之人　　D. 都有进行文学批评的能力

3. 读者文学接受的动机包括（　　）。

A. 审美动机和娱乐动机　　B. 求知动机和受教动机

C. 借鉴动机和批评动机　　D. 从众心理与欲望的代替式满足

4. 文学接受的作用包括（　　）等方面。

A. 是传统文学经验和新的文学经验的中介

B. 建立新的作品的审美价值和文学史的联系

C. 构建新的作品与已有作品的对照关系

D. 对新作品进行价值检验和价值判定

5. 文学形象具有共通性的原因在于（　　）。

A. 文学形象是典型的形象　　B. 文学形象是语言符号的展现

C. 文学形象不是纯粹的虚构　　D. 文学形象是相似的

四、名词解释（每小题 3 分）

1. 文学接受的差异性

2. 典型形象

3. 视域融合

4. 以意逆志

5. 审美感受

五、辨析题（每小题 5 分）

1. 文学作品是完整的，不存在空白。

2. 文学经典对文学接受有重要的影响，是阅读和阐释的焦点。

3. 读者与作品的互动比读者与作者之间的互动更为重要。

4.“二度创造”包括重构文学形象和开掘深层的意蕴世界两方面的内容，是一次具体的文学活动完成的标志，因此“二度创造”可以取代作家的首度创造。

六、简答题（每小题 6 分）

1. 请简要陈述文学意蕴的诠释和价值评价具有共通性的原因。

2. 请简要陈述一般读者的审美评价和批评家的审美评价的特征和关系。

3. 请简要陈述意识形态和文学经典的关系。

七、论述题（每小题 11 分）

1. 请结合具体案例论述文学接受的过程及其具体内涵。

2. 请运用文学接受的相关理论分析下面这段材料：

伯牙鼓琴，意在太山。钟子期曰：善哉，巍巍兮若太山。俄而志在流水。子期曰：善哉，荡荡乎若流水。子期死，伯牙破琴绝弦，终身不复鼓琴。以为世无赏音者。（〔南朝梁〕萧统编《文选》）

参考答案

一、填空题

1.“照辞如镜”

2. 生活追求
3. 思想精深
4. 有情之人
5. 移情
6. 期待视野
7. 文学形象
8. 读者的素养
9. 刺
10. 个性特征

二、单选题

1	2	3	4	5
B	A	B	A	A

三、多选题

1	2	3	4	5
ABCD	AC	ABCD	ABCD	ABC

四、名词解释

1. 文学接受的差异性指的是文学接受活动中不同的读者或同一读者在不同的时间和心境下对同一作品的阅读所产生的不同的阅读效果(2分),对于文学接受活动来说差异性是绝对的(1分)。

2. 典型形象是马克思主义文学批评的重要理论观点(1分),指的是文学形象要通过鲜明的个性特征去呈现社会生活的普遍性(2分)。

3. 视域融合由现代阐释学代表人物加达默尔提出(1分),指的是在文学接受过程中读者的期待视野与作品视野的契合,但是这种契合不是完全相同的,而是各种异质性因素的融合,类似于“和而不同”(2分)。

4. 以意逆志语出《孟子·万章上》,是中国传统文学批评和文学接受的重要理论观点之一(2分),指的是在文学接受过程中读者以自己之“意”迎受作者之“志”(1分)。

5. 审美感受是文学接受活动的第二阶段(1分),指的是读者的期待视野与作品的视野的融合(1分),这个融合过程是动态的、复杂的(1分)。

五、辨析题

1. 错误。(2分) 文学作品具有不确定性、含蓄性，留有空白（2分），等待读者去解释与填补（1分）。

2. 正确。(2分) 文学经典一经形成，就会受到社会更多推崇，从而拥有更多的读者，获得历史继承的优先性，成为被阅读和阐释的焦点（1分），对以后的文学接受活动产生广泛、深远的影响（2分）。

3. 错误。(2分) 读者与作品的互动和读者与作者的交流是文学接受活动的两个重要构成部分，不存在哪一方面更为重要的问题。(3分)

4. 这种说法不完全正确。(2分)“二度创造”是读者在阅读作品的过程中在心理层面展开的再创造活动，是对作品的再认识与新发现，包括重构文学形象和开掘深层的意蕴世界两方面的内容，“二度创造”的实现标志着一次具体的文学接受活动的达成。(1分) 但是，读者的“二度创造”是以作者的创造为基础的，是在作者创造的文学文本的基础上进行的再创造，因此“二度创造”不能够取代作家的创造，脱离了作家首度创造的读者“二度创造”是不存在的。(2分)

六、简答题

1. 在整个文学结构中，对文学意蕴的解读是接受差异性最为明显的一个层次，但是即便在这一层面，也依然存在着共通性。(2分) 这是因为人类的本性有共通性，民族文化有共通性，阶级、阶层的文化有共通性等，所以不同国家的读者，不同历史时期的读者，对同一文学作品的体验常常是基本一致的；同时，同一民族的读者，同一阶级、阶层的读者，对同一文学作品意蕴的体验与评价，也常常有共通性。(4分)

2. 普通读者的审美评价往往是随机的、感想式的、零碎的，但这也是他们对作品最直观的理解和最真切的感受，无论对于作家还是批评家，都具有重要的参考价值。(4分) 批评家所作的评论是审美评价的高级形态，往往是对一般读者审美评价的进一步提升。(2分)

3. 意识形态对文学经典的形成具有相当重要的作用。(2分) 文学是具有倾向性的艺术，在一定的意识形态条件下，有些作品会因为表达了社会主流意识形态或与社会主流意识形态暗合而被推升为某一时代的文学经典。(2分) 但是，如果这类作品仅具意识形态合法性而审美价值不高的话，它最终也会丧失其“经典性”。(2分)

七、论述题

1. 文学接受是一个复杂的、往复的动态过程，可以大致分为阅读准备、审美感受和审美评价三个阶段。（2 分）阅读准备是文学接受的第一阶段，包括读者的素养和接受动机两方面的内容。读者的素养主要指生活体验和文学艺术修养的积累；接受动机指的是推动读者阅读并接受文学作品的心理需求，可以分为审美动机、娱乐动机、求知动机、受教动机、借鉴动机和批评动机等。（3 分）审美感受是文学接受的第二阶段，以感性因素为主，指的是在阅读文本语言文字的基础上，重构作家所创造的艺术形象。文学审美感受的独特性体现在两方面：首先，文学作品提供的对象不直接诉诸视觉和听觉；其次，文学审美感受具有更大的创造性和自由性。（3 分）审美评价是文学接受活动的第三阶段，以理性因素为主，建立在审美感受的基础上，是对文学作品的思想性、艺术性、审美价值等作出比较理性的判断和评价。一般读者的审美评价是随机的、感想式的、零碎的，而批评家的评论代表着审美评价的高级形态，往往是对一般读者审美评价的进一步提升。须结合具体案例进行分析。（3 分）

2. 这段话表现的是创作者和接受者的关系，对于文学接受来说指的是作者和读者之间的相互关系，表现出了传统文学接受中的知音关系。（2 分）作者和读者能够产生知音关系的基础在于二者之间是相互联系的，二者都以语言文字为中介，并且读者和作者都是有情之人。（3 分）但是在现代文学接受当中，读者与作者的关系呈现出多样化的特征，传统的知音关系受到了挑战，出现了所谓的陌生化的疏离或者间离效果。（3 分）在网络文学接受中，读者与作者的关系又发生了嬗变，不仅情感交往向欲望满足转变，而且读者与作者的界限模糊，交互性更为便捷、亲密。（3 分）

第八章　文学批评

一、内容提要

文学批评是文学活动的重要环节，体现了作品意义得以被发现和生成的过程。要全面地把握文学批评，可以从定义、内涵和实践三个方面着手。

从定义上看，文学批评是一种在文学阅读基础上，对具体文学现象进行理性分析、阐释和评价的实践活动。它强调科学性、艺术性和意识形态性的有机统一。马克思主义认为，文学批评应坚持“美学的和历史的”原则，既重视对文学进行艺术和审美批评，又追求对文学展开思想和社会批评。这就要求批评者在文学批评实践中，遵循思想标准和艺术标准的统一，不仅要评判文学的真实性和倾向性，而且要评判文学的艺术性和审美性。批评者应以积极正面的批评态度开展文学批评，使之在文学创作、阅读和流传中发挥积极功能。

从内涵上看，文学批评有类型和方法之分。文学批评类型主要有 4 种：鉴赏型侧重鉴定和欣赏文学的人文思想、审美情趣和语言韵味，认知型侧重评析文学的认知内涵和学理，功用型侧重评论文学的社会主流价值需求，新闻逸事型侧重以文学趣闻满足读者的消遣、休闲和好奇。文学批评方法包括 8 种：传记批评探寻作品与作者经历和人格的联系，社会历史批评考察作品产生的社会历史条件，感兴批评挖掘作家在作品中的艺术直觉和审美体验，形式批评关注文学的语言组织及其文化功能，心理分析批评揭示文学创作与个人或集体无意识的关系，读者反应批评强调读者在阅读、接受或反应等活动中的主动作用，意识形态批评洞察文学的意识形态特性和社会政治效果，文化批评剖析文学与社会历史之间复杂多样的联系。批评类型以具体批评方法为支撑，批评方法呈现为不同的批评类型。

从实践上看，文学批评终归是一个实践问题，依赖于批评者面对具体文学现象的实际批评工作。这首先要求批评主体具备良好的审美感受力、细腻的理性分析能力、透彻的文学史眼光和鲜明的社会关怀意识。其次，批评主体应依据批评目的、对象和风格，选择特定的文学批评文体，如以诗论诗式、评点式、评传式、序跋式、随笔式和论文式。最后，批评主体应认真阅读文本，获得艺术发现，选取切入角度，提炼核心观点，进而对之进行条理化布局和表述。

总之，文学批评是文学理论的特定领域之一，它以特定的学术氛围、理论观点和研究方法为引导，深入文学创作、文学作品、文学接受等过程及其相关现象，在具体的分析、阐释、判断和评价过程中，总结、提炼甚至发现新的文学理论。所以，文学批评和文学理论形成互动关系，表现为文学理论对文学批评的指导作用和文学批评对文学理论的促进作用。

二、关键词与考点

（一）关键词

1. 文学批评原则。文学批评的原则指文学批评所遵循的基本价值评判尺度。马克思主义的文学批评原则是“美学的和历史的”原则。这一原则强调文学批评综合运用审美尺度、历史尺度、人民尺度和艺术尺度，对文学创作、文学作品、文学接受等过程及其相关现象进行价值评判。

2. 文学批评标准。文学批评的标准是在文学批评原则的指导下形成的据以评价文学作品的具体尺度。受“美学的和历史的”原则影响，马克思主义强调文学批评的思想标准和艺术标准。其中，思想标准是批评家据以评价文学的思想或情感内涵的价值尺度，体现为对文学的历史真实性、群体倾向性和个体情感性进行评判。艺术标准指批评家据以评价文学的美学成就及艺术魅力的价值尺度，包括对语言形式的创造性、艺术形象的概括性和阅读余味的醇厚性进行评判。

3. 文学批评功能。文学批评在整个文学活动中有着积极的功能。从文学批评与作家的关系看，文学批评对文学创作具有一定的建议或引导作用。从文学批评与读者的关系看，文学批评可以影响读者对作品的理解，并对其文学价值观产生一定的影响与塑造作用。从文学批评与社会的关系看，文学批评对文学作品具有一定的社会价值、观念和理想方面的甄别功能。总之，文学批评是文艺创作的一件利器、一面镜子、一剂良药，是引导作者、读者和社会思潮的重要力量。

4. 文学批评类型。文学批评类型是从文学批评反映批评家动机和体现其社会功能的具体方式来说的，它具体指文学批评论著所体现的评价取向形态，包括鉴赏型批评、认知型批评、功用型批评和新闻逸事型批评等。

5. 文学批评方法。批评家在从事实际的文学批评过程中，会自觉或不自觉地选取特定的分析视角去观察，根据自身兴趣和特定思路而展开阐释，以及按照特定的价值标准作出评价。这就形成了多种批评方法，包括传记批评方法、社会历史批评方法、感兴批评方法、形式批评方法、心理分析批评方法、读者反应批评方法、意识形态批评方法和文化批评方法等。

（二）考点

1. 文学批评的性质、原则、标准和功能。要求了解文学批评的性质、原则、标准和功能的基本内容；重点考察"美学的和历史的"文学批评原则、思想的和艺术的文学批评标准，以及文学批评与文学理论之间的关系，以明确在文学理论话语体系中探讨文学批评的目的和意义。

2. 文学批评的类型与方法。要求了解文学批评类型的基本内容，重点考察文学批评方法的具体观点、代表人物及相关论著，以为具体的文学批评实践提供知识和理论准备。

3. 文学批评实践。要求充分理解和具备文学批评主体的基本条件，灵活选用适当的批评文体，有效地展开具体的文学批评写作。

三、知识点精讲

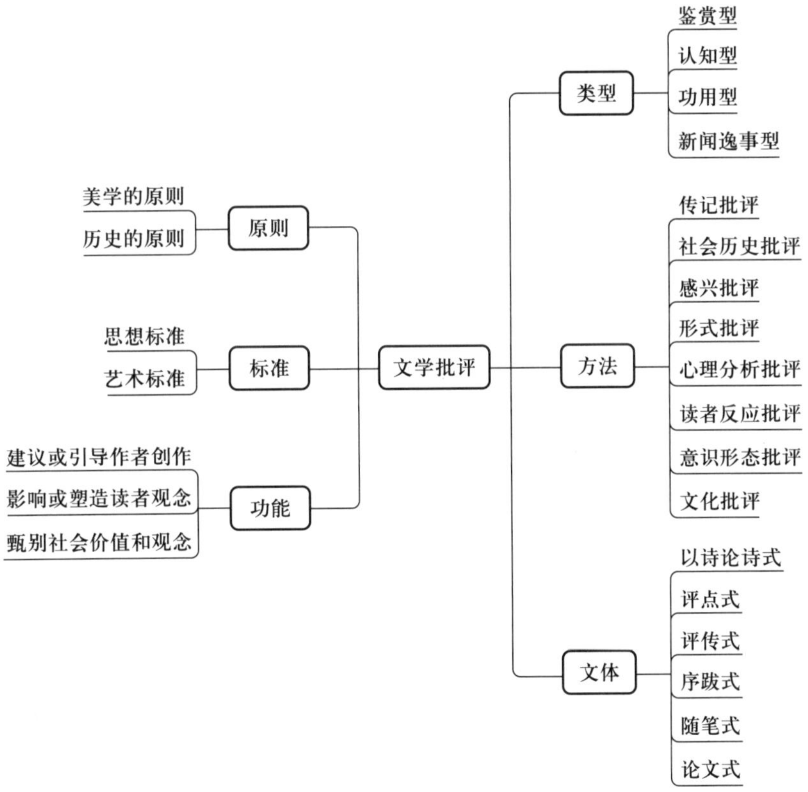

本章知识结构图

本章的重要知识点包括马克思主义的文学批评原则和标准、文学批评与文学理论的关系、文学批评类型和方法以及主要文学批评写作文体等。

1. 马克思主义的文学批评原则和标准。文学批评原则指文学批评所遵循的基本价值评判尺度，文学批评标准则是在文学批评原则基础上形成的据以评价文学作品的具体尺度。中外文学史上曾有过形形色色的文学批评原则和标准，但马克思主义认为，最根本和最重要的文学批评原则是“美学的和历史的”原则。

“美学的和历史的”原则最早由马克思主义经典作家提出。1847 年，恩格斯首次使用“美学和历史的观点”评论歌德的作品；1859 年，恩格斯再次以“美学观点和史学观点”评价拉萨尔的剧作，进一步确立了马克思主义的文学批评原则。“美学的和历史的”原则对批评家提出了两点要求：一是要运用“诗意”的或审美的尺度评论文学作品，二是要透过审美形式把握文学作品的历史内涵。“美学的和历史的”原则是审美过程与历史过程的辩证统一。美学的原则是历史的原则得以推演的基础，而历史的原则是美学的原则的指导、深化和提升，两者缺一不可。作为“美学的和历史的”原则在新时代的当代传承，有历史的、人民的、艺术的和美学的观点。这就在“美学的和历史的”原则中增加了“人民的”“艺术的”原则内涵，强调了人民在社会主义文艺中的地位，以及文艺自身的艺术发展规律。

文学批评的政治标准和艺术标准是在“美学的和历史的”原则指导下形成的，是在中国的新民主主义革命和社会主义革命实践中发展起来的。毛泽东在延安文艺座谈会上明确指出：文艺批评有两个标准，一个是政治标准，一个是艺术标准。其中，政治标准引导批评家评判文学作品的思想或情感内涵，包括文学作品真实地反映社会生活、流露作家的集体倾向和个体情感。艺术标准则引导批评家评判文学作品的美学成就和艺术魅力，包括语言形式的创造性、艺术形象的概括性和阅读余味的醇厚性。成功的艺术作品往往兼具思想性和艺术性，但在千姿百态的文学作品中，思想性和艺术性不一定完全协调。

总之，“美学的和历史的”原则是进行文学批评的指导思想，政治标准和艺术标准是进行文学评价的基本根据。

2. 文学批评与文学理论的关系。文学批评与文学理论之间具有互动关系。一方面，文学批评和文学理论属于不同的文学研究方向。如美国学者韦勒克认为在文学的“本体”研究范围内，形成了文学理论、文学批评和文学史三大分支。其中，文学理论是对文学原理、范畴和判断标准的研究，文学批评则是对具体的文学现象的分析、阐释和评判。可见，文学理论侧重于理论建构，文学批评侧重于批评实践。但另一方面，文学批评和文学理论之间存在着不可或缺的关联。韦勒克在《文学理论》中指出：“文学理论不包括文学批评或文学史，文学批评中没有文学理论和文学史，或者文学史里欠缺文学理论与文学批评，这些都是难以想象的。”这说明文学批评是文学理论的特定领域之一，文学理论是文学批评赖以展开的知识、理论和方法基础。文学批评之所以具有实践特质，就在于它充当了沟通现象和本质的桥梁，如德国学者施勒格尔在《浪漫派风格》中所言：“批评乃是介于历史和哲学之间的一个中间环节。”文学批评既是通达文学史和创构文学理论的实践准备，也是重写文学史和检验文学理论的实践基础。所以，文学批评诚然属于文学理论的一部分和具体应用形态，但实际上与文学理论形成互动关系。

这种互动关系具体地表现为文学理论对文学批评的指导作用和文学批评对文学理论的促进作用。一方面，文学理论通过提供特定的学术氛围、理论观点和研究方法，拉动和引导文学批评前进。另一方面，文学批评反过来促进文学理论的发展：一是从对新的文学现象的批评中作出的新发现去总结和提炼新的文学理论；二是文学批评向旧的文学理论观念发出挑战；三是文学批评的活跃促使文学理论家把注意力投向当下具体的文学现象批评，从而出现理论的批评化转向；四是当代文学批评对于语言学、美学、哲学、社会学、人类学、政治学、历史学等跨学科理论与方法的积极运用，推动了文学理论的跨学科研究新趋势的出现。可见，文学批评与文学理论的双向互动形成了文学批评理论化、文学理论批评化和文学理论跨学科化等新趋势。

3. 文学批评类型和方法。批评家有其独特的批评动机，这体现在其文学批评论著中，便形成了不同的文学批评类型，如鉴赏型批评、认知型批评、功用型批评和新闻逸事型批评。其中，鉴赏型侧重于鉴定和欣赏文学作品的人文思想、审美情趣和语言韵味。中国古代文学批评多存在这种类型，现代文学批评家如宗白华、李健吾、唐弢和王朝闻等亦有所延续和建树。认知型批评又称为专家批评，重在对文学现象进行认知和学理层面的剖析。这种批评类型往往具有突出的艺术敏感力和理论洞察力，代表著作如鲁迅《中国小说史略》、朱自清《诗言志辨》和钱锺书《谈艺录》等。功用型批评注重从特定的道德意识、公众利益和社会效果评论文学现象，强调文学的社会责任和价值导向。古罗马的“寓教于乐”说、中国先秦的“美善相乐”说，皆是此一批评类型的体现。新闻逸事型批评侧重报导文学新闻、人物逸事，以满足读者的消遣、休闲和好奇。这种批评类型受大众传播媒介发展所推动，往往时效性、针对性和趣味性强，但也可能流于媚俗和庸俗。

批评家从事文学批评时，往往会选取特定的分析视角展开考察，形成了丰富多样的文学批评方法。主要包括以下 8 种：一是传记批评，注重探寻作品与作者经历和人格的联系，如司马迁的“发愤著书”说、圣伯甫的文学作品的“自然史研究”。二是社会历史批评，主要考察作品产生的社会条件，如孟子的“知人论世”说，刘勰所谓“文变染乎世情，兴废系乎时序”，斯达尔夫人对文学的宗教、风俗、法律、地理和民族性格的研究，以及泰纳的“种族、环境和时代三因素”说。三是感兴批评，这是中国古代独具特色的批评方法，侧重挖掘和鉴赏作家在作品中的艺术直觉和审美体验，代表性观点包括孔子的“兴于诗”、杜甫的“感兴”“诗兴”和叶燮的“兴起”。四是形式批评，关注文学的语言组织及其在文化中的功能，经历了俄国形式主义、英美新批评、法国结构主义和法国、美国后结构主义或解构主义四个阶段。五是心理分析批评，侧重发掘作品的无意识语言及其作用，其创始人为弗洛伊德，主张泛性欲主义的心理分析批评。此后，荣格和拉康对这一批评方法进行了拓展，形成了神话原型批评和结构主义心理分析批评。六是读者反应批评，揭示读者对文学作品的阅读、接受或反应及其在文学活动中的主动作用，其代表性理论包括德国姚斯、伊瑟尔提出的“接受美学”、美国费什主导的“读者反应批评”。七是意识形态批评，主要指“西方马克思主义”注重文学的意识形态特性和社会政治效果的批评方法，其代表人物有德国法兰克福学派（包括霍克海默、本雅明、阿多诺、马尔库塞等)、法国阿尔都塞、美国詹姆逊和英国伊格尔顿等。八是文化批评，指 20 世纪 90 年代流行于西方的文学文化研究，通过语言学模型和跨学科研究成果，探寻文学与社会历史的复杂多样的联系，包括新历史主义、女性主义、后现代主义、后殖民主义、大众文化批评等。

上述文学批评方法形成于具体的历史语境之中，有其特定的适用对象，存在着一定的片面性或弱点。批评家应当在充分考虑批评对象自身的性质、特色和内涵基础上，选取适当的、具有针对性和解释性的文学批评方法展开具体评论，避免生搬硬套和强制阐释。总之，不同的文学批评方法有其自身的批评效力，选择合适的文学批评方法，其目的在于探索文学发展规律、促进文学发展和提升思想境界。

4. 主要文学批评写作文体。批评家是文学批评的主体，应当具备良好的审美感受力、细腻的理性分析能力、透彻的文学史眼光和鲜明的社会关怀意识。在此基础上，批评家应审慎选择文学批评文体。所谓文学批评文体，是指文学批评著述的具体体裁样式，常见的批评文体主要有 6 种，分别是以诗论诗式、评点式、评传式、序跋式、随笔式和论文式。这些批评文体各有其特色，但在当代文学批评中，应用最广泛和最重要的批评文体当属论文式。

论文式是指一种以论辩、论证方式和规范的格式去传达批评意见的批评文体。论文式往往选取特定的文学批评方法，以严谨的论证程序和充分的例证去表达批评观点。通常重要而复杂的文学批评问题，总采用这种文体去讨论和阐释；同时，高等学校中文专业学生总采用这种文体去训练文学研究的基本技能，是他们展开深入的文学学术研究的必要基础和必备能力。论文式可长可短，可以有多种不同种类，如作品专论、人物专论、理论专论、现象专论、综论等。

在当代文学批评中，论文式往往与其他批评文体紧密结合在一起。如批评家可以论文式撰写评传和序跋，即以论辩、论证的方式和规范的格式，来撰述和评论某一人物或某一作品。这说明论文式可以运用于其他批评文体之中，批评文体之间存在着互相交叉、渗透的情况。

我们强调论文式是当前文学批评的主要写作文体，并不代表轻视和否认其他批评文体。相反，每一种批评文体，都有其各自的文体特色。选用不同的批评文体，能够体现出批评家独特的批评场合、文学诉求和学术理念。

四、思考题解答

1. 怎样理解文学批评与文学理论的关系？

（1）答题要点

文学批评与文学理论之间具有互动关系。一方面，文学批评和文学理论属于不同的文学研究方向；但另一方面，文学批评和文学理论之间存在着不可或缺的关联。文学批评与文学理论的互动关系具体表现为文学理论对文学批评的指导作用和文学批评对文学理论的促进作用，形成了文学批评理论化、文学理论批评化和文学理论跨学科化等新趋势。

（2）引述或案例提示

最好还是将“文学理论”看成是对文学的原理、文学的范畴和判断标准等类似问题的研究，并且将研究具体的文学艺术作品看成“文学批评”（其批评方法基本上是静态的）或看成“文学史”。

文学理论不包括文学批评或文学史，文学批评中没有文学理论和文学史，或者文学史里欠缺文学理论与文学批评，这些都是难以想象的。显然，文学理论如果不植根于具体的文学作品，这样的文学研究是不可能的。文学的准则、范畴和技巧都不能“凭空”产生。可是，反过来说，没有一套问题、一系列概念、一些可资参考的论点和一些抽象的概括，文学批评和文学史的编写也是无法进行的。（［美］勒内·韦勒克、奥斯汀·沃伦：《文学理论》（修订版），刘象愚等译，浙江人民出版社 2017 年版，第 27 页）

批评乃是介于历史和哲学之间的一个中间环节，它的使命是把二者结合起来，使这二者在批评当中统一起来，成为一个新的第三者。（［德］施勒格尔：《浪漫派风格：施勒格尔批评文集》，李伯杰译，华夏出版社 2005 年版，第 265 页）

传统批评强调艺术作品的自律性，而当代批评则强调文本与特殊文本之基础的惯用技法之间的关系。传统批评以艺术家为中心；当代批评着重于文化产品制作的语境，与其对产品生产及产品传播渠道起作用的外力。传统批评把意义看做一件艺术作品的特性，而当代批评将意义看成读者或读者群体参与文本的结果。传统批评往往关注这么一点，即它的作用不仅仅是确立一部作品的意义，而且还在于将“文学”和“非文学”分离开来，以及在作品中确立经典杰作的等级体系。当代批评审视那些有能力对文学进行界定的人们所赖以做出界定的准则，并将扩大文学研究的范围，将“非文学”与关于文本的批评话语包括在内。（［美］罗伯特·C. 艾伦编：《〈重组话语频道：电视与当代批评〉（第二版）序——再说 TV》，麦永雄等译，中国社会科学出版社 2000 年版，第 28—29 页）

2. 怎样理解文学批评的“美学的和历史的”原则？

（1）答题要点

“美学的和历史的”原则最早由马克思主义经典作家提出。“美学的和历史的”原则对批评家提出了两点要求：一是要运用“诗意”的或审美的尺度评论文学作品，二是要透过审美形式把握文学作品的历史内涵。“美学的和历史的”原则是审美过程与历史过程的辩证统一。这一原则在新时代的当代传承，有历史的、人民的、艺术的和美学的观点。

（2）引述或案例提示

你就得更加莎士比亚化，而我认为，你的最大缺点就是席勒式地把个人变成时代精神的单纯的传声筒。（［德］马克思：《致斐迪南·拉萨尔（1859 年 4 月 19 日）》，《马克思恩格斯文集》第 10 卷，人民出版社 2009 年版，第 171 页）

您不无理由地认为德国戏剧具有的较大的思想深度和自觉的历史内容，同莎士比亚剧作的情节的生动性和丰富性的完美融合，大概只有在将来才能达到，而且也许根本不是由德国人来达到的。无论如何，我认为这种融合正是戏剧的未来。（［德］恩格斯：《致斐迪南·拉萨尔（1859 年 5 月 18 日）》，《马克思恩格斯文集》第 10 卷，人民出版社 2009 年版，第 174 页）

只是历史的而非美学的批评，或者反过来，只是美学的而非历史的批评，这就是片面的，从而也是错误的。（［俄］别林斯基：《别林斯基论文学》，梁真译，新文艺出版社 1958 年版，第 262 页）

每一件艺术作品，都是一种既是美学的又是意识形态的意图产生出来的。（［法］路·阿尔都塞：《抽象画家克勒莫尼尼》，中国社会科学院外国文学研究所、外国文学研究资料丛书编辑委员会编：《西方马克思主义美学文选》，陆梅林等译，漓江出版社 1988 年版，第 537 页）

要以马克思主义文艺理论为指导，继承创新中国古代文艺批评理论优秀遗产，批判借鉴现代西方文艺理论，打磨好批评这把“利器”，把好文艺批评的方向盘，运用历史的、人民的、艺术的、美学的观点评判和鉴赏作品。（习近平：《在文艺工作座谈会上的讲话》，人民出版社 2015 年版，第 30 页）

3. 文学批评中思想标准与艺术标准的关系如何?

（1）答题要点

文学批评的思想标准和艺术标准是在“美学的和历史的”原则指导下形成的，是在中国的新民主主义革命和社会主义革命实践中发展起来的。毛泽东在延安文艺座谈会上首次提及这一标准。思想标准指批评家评判文学作品的思想或情感内涵，艺术标准指批评家评判文学作品的美学成就和艺术魅力。成功的艺术作品往往兼具思想性和艺术性，但在千姿百态的文学作品中，思想性和艺术性不一定完全协调。

（2）引述或案例提示

又是政治标准，又是艺术标准，这两者的关系怎么样呢？政治并不等于艺术，一般的宇宙观也并不等于艺术创作和艺术批评的方法。我们不但否认抽象的绝对不变的政治标准，也否认抽象的绝对不变的艺术标准，各个阶级社会中的各个阶级都有不同的政治标准和不同的艺术标准。但是任何阶级社会中的任何阶级，总是以政治标准放在第一位，以艺术标准放在第二位的。……我们的要求则是政治和艺术的统一，内容和形式的统一，革命的政治内容和尽可能完美的艺术形式的统一。缺乏艺术性的艺术品，无论政治上怎样进步，也是没有力量的。因此，我们既反对政治观点错误的艺术品，也反对只有正确的政治观点而没有艺术力量的所谓“标语口号式”的倾向。我们应该进行文艺问题上的两条战线斗争。（毛泽东：《在延安文艺座谈会上的讲话》，《毛泽东选集》第3卷，人民出版社1991年版，第869—870页）

作品的思想成就和艺术成就，应当由人民来评定。（邓小平：《在中国文学艺术工作者第四次代表大会上的祝词》，《邓小平文选》第2卷，人民出版社1994年版，第212页）

只有那种兼备极为发达的思想能力跟同样极为发达的美学感觉的人，才有可能做艺术作品的好批评家。（［俄］普列汉诺夫：《车尔尼雪夫斯基的美学理论》，吕荧译，《文艺理论译丛》1958年第1期，人民文学出版社1958年版，第104页）

4. 怎样理解文学批评的功能？

（1）答题要点

文学批评在整个文学活动中应发挥积极的功能，使之成为文学创作、读者接受和社会进步的推动力量。首先，文学批评对文学创作具有一定的建议或引导作用。其次，文学批评可以影响读者对作品的理解，并对其文学价值观产生一定的影响与塑造作用。最后，文学批评对文学作品具有一定的甄别功能，对文学作品的分析与评价表达出特定的价值观念与理想，由此对社会产生直接或间接的影响。

（2）引述或案例提示

要加强和改进文艺理论和评论工作，褒优贬劣，激浊扬清，更加有效地引导创作、推出精品、提高审美、引领风尚。（习近平：《在中国文联十大、中国

作协九大开幕式上的讲话》，人民出版社 2016 年版，第 21 页）

我不如起个磨刀石的作用，能使钢刀锋利，虽然它自己切不动什么。我自己不写什么东西，但是我愿意指示（别人）：诗人的职责和功能何在，从何处可以汲取丰富的材料，从何处吸收养料，诗人是怎样形成的，什么适合于他，什么不适合于他，正途会引导他到什么去处，歧途又会引导他到什么去处。（［古罗马］贺拉斯：《诗艺》，杨周翰译，中国科学院文学研究所外国古典文艺理论丛书编辑委员会编：《诗学 诗艺》，人民文学出版社 1962 年版，第 153 页）

批评是人类心灵路程上的指路牌。批评沿路种植了树篱，点燃了火把。批评披荆斩棘，开辟新路。……撼动了信仰权威的山岳，偏见的山岳、毫无思想的权力的山岳，死气沉沉的传统的山岳。（［丹麦］勃兰兑斯：《十九世纪文学主流》第 5 分册，李宗杰译，人民文学出版社 1982 年版，第 383 页）

这自然还不过是略图，叙事和写景，胜于人物的描写，然而北方人民的对于生的坚强，对于死的挣扎，却往往已经力透纸背；女性作者的细致的观察和越轨的笔致，又增加了不少明丽和新鲜。（鲁迅：《萧红作〈生死场〉序》，《鲁迅全集》第 6 卷，人民文学出版社 2005 年版，第 422 页）

五、阅读书目

1.〔南朝梁〕刘勰：《文心雕龙·知音》，《文心雕龙注》，范文澜注，人民文学出版社 1958 年版。《知音》是《文心雕龙》的第 48 篇，是《文心雕龙》在文学批评方面最为集中的专篇。《知音》全面地论述了文学批评的态度、特点、方法和文学批评的基本原理，并涉及文学批评与创作的关系和文学欣赏等问题。

2.〔南朝齐〕钟嵘：《诗品》，中华书局 1991 年版。《诗品》是一部品评诗歌的文学批评名著。该著作以五言诗为批评对象，按照上品、中品和下品三个层面，品评了两汉至南朝梁代的 122 个诗人，呈现了这一时期的诗歌发展面貌，确立了独具民族特色的品第批评传统。此外，钟嵘还明确表达了其反对用典、反对四声八病的批评观念，旨在扭转齐梁时期的形式主义文风。

3.〔南宋〕严羽：《沧浪诗话》，中华书局 1985 年版。该著作由“诗辨”“诗体”“诗法”“诗评”和“考证”五部分组成。其中“诗评”部分评析了宋以前的作家和作品。严羽批评了宋代江西诗派“以文字为诗，以才学为诗，以议论为诗”的倾向，认为宋代诗人“尚理而病于意兴”，而标举盛唐一唱三叹的艺术感染力，强调诗有“别裁、别趣”。通过以禅喻诗，《沧浪诗话》强调了“妙悟”的意义，阐发了诗歌的形式性和艺术性，展现了中国古代文学批评独特的象喻批评方法。

4. 叶嘉莹：《谈古典诗歌中兴发感动之特质与吟诵之传统》，《多面折射的光影——叶嘉莹自选集》，南开大学出版社 2004 年版。该论文是对中国传统诗学中的感兴批评法的集中阐发。作者不仅梳理自身对“兴发感动”说的长期探索，介绍了 3 篇相关论文；而且在其前期阐释工作的基础上，进一步深化对兴发感动特质的理解和研究，认为正是在这一特质的作用下，才影响和塑成了中国古典诗歌的吟诵传统。这凸显出了感兴批评法的现代意义。

5. 张伯伟：《中国古代文学批评方法研究》，中华书局 2002 年版。该书一方面从内在结构入手，提炼出了以意逆志、推源溯流和意象批评三种具有古代文学批评特点的批评方法；另一方面，从外在形式考察，总结出了中国文学批评方法的 6 种呈现形态：选本、摘句、诗格、论诗诗、诗话和评点。通过上述研究，作者初步回答了“中国古代文学批评的民族特色何在”和“中国古代文学批评有无体系”两个问题，展现出了中国古代文学批评传统的面貌和价值。

6. ［英］伊格尔顿：《马克思主义与文学批评》，文宝译，人民文学出版社 1980 年版。该著作通过对经济基础与上层建筑、文学艺术与上层建筑和意识形态这两对关系的辩证思考，探讨了马克思主义文学批评的四个主要论题：文学与历史、形式与内容、作家与倾向以及作为生产者的作家，评介了马克思、恩格斯、列宁、托洛茨基、卢卡契、戈德曼、本雅明、布莱希特和马舍雷等马克思主义文学批评家，梳理了马克思主义文学批评的基本轮廓。

7. ［美］勒内·韦勒克：《批评的诸种概念》，罗钢等译，上海人民出版社 2015 年版。该著作是美国学者韦勒克继《文学理论》后集中探讨文学批评的代表作。作者阐述了文学理论、文学批评和文学史的关系。此外，作者还集中探讨了文学研究中的诸多概念，包括进化、形式、结构、巴洛克、浪漫主义、现实主义、实证主义和比较文学等。这对考察西方文学批评的重要概念具有借鉴作用。

8. 赵毅衡编选：《“新批评”文集》，卞之琳等译，百花文艺出版社 2001 年版。该著作分为“新批评理论与方法论”“新批评派的诗歌语言研究”“新批评派的细读式评论”和“新批评派自辩”四部分，全面地汇聚了新批评主要人物的代表性文献。其中，新批评派的诗歌语言研究和细读式评论两部分，以张力、悖论、反讽、隐喻和含混等概念对文学作品进行了细致剖析，这对我们运用上述概念展开具体的文学批评实践，起到了引导和借鉴作用。

9.［奥］弗洛伊德：《精神分析引论》，高觉敷译，商务印书馆 1984 年版。《精神分析引论》是心理分析批评的开山之作。在该书中，弗洛伊德以“心理冲突”和“泛性欲主义”为基本观点，分析了日常生活中人们的过失行为、梦境和官能神经症，揭示出失误与预兆、显意与隐意、症候与经历以及意识与潜意识之间的紧密关联，形成了性欲、压抑、自恋和移情等概念，成为人们探讨文学作品及其创作者内在心理结构的重要术语和方法。

10. 陆梅林编：《读者反应批评》，汤永宽等译，文化艺术出版社 1989 年版。读者反应批评是以现象学和阐释学为思想基础，而形成的一种主张“读者中心论”的批评方法。该著作收录了西方读者反应批评代表人物的 10 篇代表性论文，如姚斯的《作为向文学科学挑战的文学史》、费什的《文学在读者：感情文体学》和汤普金斯的《读者反应批评引论》等。这些论文呈现出了读者反应批评的理论演进状况，以及具体的批评实践路径。

六、试题库

试　题　I

一、填空题（每个空 1 分）

1. 提出文学批评是“一种不断运动的美学”的人是俄国批评家________。

2. 普希金认为：“批评是揭示文学艺术作品的美和缺点的________。它是以充分理解艺术家或作家在自己的作品中所遵循的规则、深刻研究典范的作品和积极观察当代突出的现象为基础的。”

3. 特里·伊格尔顿认为一切文学批评实际上都是“________”。

4. 1847 年，________提出了“美学的和历史的”批评原则。

5. “童心说”的倡导者是明代的________。

6. 王国维的《人间词话》发现诗词之情感有浓烈和平淡两种方式，他用“________”和“________”对其加以概括。

7. 俄国批评家高尔基认为文学的第一个要素是________。

8. 钟嵘在《诗品》中用“________”概括诗歌语言的创造性。

9. ________所说的“借一斑略知全豹，以一目尽传精神”形容的是艺术形象的概括性。

二、单选题（每小题1分）

1.“诗言志”说最早见于（　　）。

A.《尚书·尧典》　B.《孟子》

C.《荀子》　D.《诗大序》

2. 子曰：（　　），一言以蔽之，曰：思无邪。

A.“诗三百”　B.《左传》

C.《诗经》　D.《诗大序》

3.“诗歌是强烈情感的自然流露。它起源于在平静中回忆起来的情感。”这句话的出处是（　　）。

A.《议论与抒情》　B.《发达资本主义时代的抒情诗人》

C.《史诗时代的抒情声音》　D.《抒情歌谣集》

4. 法国结构主义批评的创始人是（　　）。

A. 索绪尔　B. 列维-斯特劳斯

C. 罗兰·巴特　D. 米歇尔·福柯

5. 哈贝马斯认为文学（艺术）能够为个体建立起一系列的（　　）。

A. 主体间性　B. 主体间性关系

C. 主客体关系　D. 主客关系

三、多选题（每小题2分）

1. 文学批评类型指的是文学批评论著所体现的评价取向形态，包括（　　）等。

A. 鉴赏型批评　B. 文化型批评

C. 新闻逸事型批评　D. 功用型批评

2. 我国古代第一篇诗话著作的作者与名称是（　　）。

A. 欧阳修　B.《岁寒堂诗话》

C.《六一诗话》　D. 刘攽

3. 俄国形式主义认为文学研究的焦点应该在作品的形式上，包括（　　）。

A. 文体　B. 语言

C. 手法　D. 结构

4.“兴于诗，立于礼，成于乐”的出处是（　　）。

A.《论语》　B.《泰伯》

C.《阳货》　　D.《子路》

5. 精神分析的主要代表人物拉康为了突出语言对于无意识的构成作用及其在社会文化中的功能，采用了（　　）对文学文本加以分析。

A. 艺术界　　B. 想象界

C. 象征界　　D. 现实界

四、名词解释（每小题 3 分）

1.“美学的和历史的”原则

2. 寓教于乐

3. 兴观群怨

4. 知人论世

5. 泰纳的文学“三因素”说

五、辨析题（每小题 4 分）

1. 经世致用是中国古代文学批评的主旋律。

2. 新闻逸事型批评不属于传统的严格意义上的“文学批评”，所以它对文学批评没有价值。

3. 文学批评具有客观独立性，不影响读者对作品的理解。

4. 所谓文学批评，并不是单单对文学作品进行优劣评价，还要对文学作品进行解释和评论。

5. 文学批评对文学创作具有一定的建议或引导作用。

六、简答题（每小题 6 分）

1. 简述文学与历史的关系，并举例说明。

2. 解释“芙蓉出水”的美和“错彩镂金”的美。

3. 简述文学批评的艺术标准。

七、论述题（每小题 11 分）

1. 韦勒克认为：“在较高的想象虚构意义上说，区别文学唯一令人满意的方式是说文学的特征是由审美功能支配而显现出来的。”别林斯基也有相似的观点，他认为：“当一部作品经不住美学的评论时，它就已经不值得加以历史的批评了。”然而，当今流行的解构思潮颠覆了文学的审美基础，质疑审美存在的合法性，并进而解构文学批评本身，使“文学批评”成为一种泛化“批评”，它无所不包但脱离了文学性。对此，请发表你的看法，并作出具体论述。

2.（1）分析下面一段话的意义，（2）结合具体文学作品，运用刘勰的六观说进行分析和批评。

凡操千曲而后晓声，观千剑而后识器；故圆照之象，务先博观。阅乔岳以形培塿，酌沧波以喻畎浍，无私于轻重，不偏于憎爱，然后能平理若衡，照辞如镜矣。是以将阅文情，先标六观：一观位体，二观置辞，三观通变，四观奇正，五观事义，六观宫商，斯术既形，则优劣见矣。（〔南朝梁〕刘勰《文心雕龙·知音》）

参考答案

一、填空题

1. 别林斯基
2. 科学
3. 政治批评
4. 恩格斯
5. 李贽
6. 有我之境　无我之境
7. 语言
8. 直寻
9. 鲁迅

二、单选题

1	2	3	4	5
A	A	D	B	B

三、多选题

1	2	3	4	5
ACD	AC	ABCD	AB	BCD

四、名词解释

1.“美学的和历史的”原则是马克思主义文艺批评的观点。(1 分）恩格斯提出把美学的观点、方法、标准置于文艺批评的首位，认为文艺批评首先要对文艺创作中表现出的美学观念、审美态度、审美理想、审美趣味，以及艺术作品中的形象、形式、结构、语言和手法的审美特性、审美价值，作出合乎规律的审美评价。(2 分）

2. 古罗马贺拉斯在《诗艺》中提出寓教于乐的观点。(1分) 这是对艺术的社会功能的一种界说。(1分) 贺拉斯认为作品不仅应该给人以快感，还应该对培养公民的道德有所裨益。(1分)

3. "兴观群怨"出自《论语》(1分)，是孔子关于文艺社会作用的概括。兴，即感发志意；观，指观风俗之盛衰；群，即团结教育作用；怨，即怨刺上政 (2分)。

4. "知人论世"出自《孟子·万章下》(1分)，是孟子关于文艺批评原则的概括。知人，即了解创作者的生平、思想经历等；论世，即了解作者所处的时代背景、社会环境等 (2分)。

5. 文学"三因素"说由法国文艺批评家泰纳在《英国文学史 (序言)》中提出。(1分) 三因素即种族、环境、时代，是泰纳将实证哲学原理运用到文学批评中的产物，是在致力于实证的追踪文学作品的发生过程时提出的。(2分)

五、辨析题

1. 错误。(2分) 经世致用只是中国古代文学批评的途径和方法之一。(2分)

2. 错误。(2分) 新闻逸事型批评尽管不属于传统的文学批评，但在客观上起到了文学批评的作用，成为沟通作家和读者的渠道。随着各种大众传播媒介如报纸、书刊、电视、互联网的发展，种类繁多、数量巨大的具有文学性的新闻和逸事在读者中广泛传播，这类文学批评在当前比其他批评类型拥有更多的普通读者，潜移默化地养成他们的文学阅读倾向，并使他们获得休闲的满足，同时帮助推销作品。(2分)

3. 错误。(2分) 文学批评的客观性指的是批评主体的客观性。文学批评的独立性指的是文学批评本身的独立性。好的批评文本能够让读者发现自己在阅读中似有所悟，但又有些模糊的东西，或者将读者根本未意识到的东西呈现出来。(2分)

4. 正确。(2分) 对文学作品进行解释和评论是文学批评的重要方面。(2分)

5. 正确。(2分) 文学批评家对作品及作家的批评，都可能对作家创作起到一定的确认、总结、建议和劝导等作用。优秀的批评家，从来都是作家的知音和诤友。(2分)

六、简答题

1. 文学与历史既有区别又有联系。(2 分) 文学作品和历史有密切的联系，如中国第一部纪传体通史《史记》就是因为采用了文学性的叙述，才得以广泛流传，产生了深远的影响。西方的《荷马史诗》虽以史诗命名，但实际上是文学虚构的历史。(2 分) 文学与历史也有明显的区别，文学更加注重想象，历史则偏重现实；文学更注重抒情性，而历史则注重叙述的准确性。(2 分)

2. 宗白华认为，中国美学史上贯穿着两种不同的美感或美的理想，这就是“错彩镂金”的美和“芙蓉出水”的美。(1 分)“错彩镂金”是由华丽、绚烂而生的审美感受，能够给人以夺目的光辉。“芙蓉出水”是由清幽、自然和秀丽而生，能够给人以清真可爱的感受。(2 分) 这两种美的产生与中国传统的儒道两家的哲学思想密切相关。(1 分) 儒家提倡入世，主张积极建构，注重人为的努力，推崇雕饰之美。道家提倡自然天成，追求自在之美。(2 分)

3. 艺术标准是批评家据以衡量文学作品的艺术性的价值尺度。(1 分) 艺术性指的是文学作品所展现的美学成就及艺术魅力。(2 分) 主要体现为语言形式的创造性、艺术形象的概括性和阅读余味的醇厚性。(3 分)

七、论述题

1. 文学批评是审美价值和文化价值的统一。(2 分)

首先，正是因为文学批评是审美价值和文化价值的统一，文学批评才可以跨出文学的边界，走向社会学、心理学、宗教学、政治学等学科领域中，产生社会批评、精神分析批评、政治批判等批评话语。(3 分)

其次，文学批评审美价值和文化价值统一的前提是文学批评对审美性的坚持，这也是文学批评不同于文化批评之所在。只有以文学批评的审美性为前提，才能避免将文学批评泛化为文化批评。晚近的诸多批评话语正是因为偏离了文学批评的审美性，才遭到了反对。如苏珊·桑塔格就提出“反对阐释”，倡导回归到文学的具体经验本身。(3 分)

最后，无论是将文学放在广阔的文化背景中来阐释，还是从文学的角度来理解文化，都应该通过审美的视域来观察、分析、评价和创造文学和文化的价值，而不应该以消除文学批评的审美特性来迎合文化批评的宽阔话语。(3 分)

凡能提出正确的观点，论证充分的均可酌情给分。

2. 这段话的大意是要分析文学作品，首先要有深厚的文学积淀，其次要客观公正，再次则要从体制安排、文辞布置、继承变化、表现手法、事类运用、

声律这六个角度审视文学作品。(5分)

刘勰的六观说指的是：一观位体，作者根据所要书写的情理来确定体裁风格。二观置辞，作者是“情动而辞发”，读者是“披文以入情”，所以要观察文辞的安排。三观通变，观察作品是否“资于故实”“酌于新声”，就是既借鉴前人作品，又加以变化。四观奇正，“奇正虽反，必兼解以俱通”，观察作者怎样执正驭奇的表现手法。五观事义，观察在“据事以类义，援古以证今”上，是否显示作品内容的丰富充足。六观宫商，观察文章的音节美。(6分)

从这六个角度分析任一文学作品，言之有理，举例全面，均可给分。

试 题 Ⅱ

一、填空题（每个空1分）

1. 心理分析批评方法是指20世纪欧洲由________开创的发掘作品中的无意识语言及其作用的批评方法，主要代表人物还有荣格、拉康等。

2. 美学家宗白华认为，哲学求真，道德或宗教求________，艺术求________。

3. ________是文本的话语蕴藉的典范形态之一。它指的是文学作品“句句有余味，篇中有余意”，即以少寓多，小中蓄大。

4. 王国维在《人间词话》中标举“词以________为上。”

5. 陆机《文赋》曰：“诗________而绮靡。”

6. 毛泽东在延安文艺座谈会上论述了文艺批评标准问题，他指出：“文艺批评有两个标准，一个是________，一个是________。”

7. 俄国形式主义主张文学研究的对象是________。

8.“言者所以在意，得意而忘言”一语出自________。

二、单选题（每小题1分）

1.“质胜文则野，文胜质则史，文质彬彬，然后君子”出自（　　）。

A.《论语》　B.《孟子》

C.《荀子》　D.《诗大序》

2.“心画心声总失真，文章宁复见为人”出自（　　）。

A. 杜甫《戏为六绝句》　B. 元好问《论诗三十首》

C. 陆游《论诗诗》　D. 冯梦龙《序山歌》

3. 素朴的诗和感伤的诗是（　　）提出的。

A. 康德　B. 亚里士多德

C. 席勒　　D. 歌德

4. 本雅明在他的代表作《发达资本主义时代的抒情诗人》中，以法国诗人（　　）为批评对象，展现了自己独特的“寓言批评”。

A. 波德莱尔　　B. 兰波

C. 马拉美　　D. 雨果

5. 主张“非乐”，反对文艺的先秦思想家是（　　）。

A. 庄子　　B. 孟子

C. 墨子　　D. 韩非子

三、多选题（每小题 2 分）

1. 常见的批评文体主要有（　　）。

A. 以诗论诗式　　B. 评点式

C. 散文式　　D. 评传式

2. 在西方文论史中，以文本作为研究重心的批评流派主要有（　　）。

A. 英美新批评　　B. 俄国形式主义

C. 法国结构主义　　D. 文化研究

3. 魏晋南北朝时期的文学理论和文学批评家主要有（　　）。

A. 陆机　　B. 刘勰

C. 钟嵘　　D. 曹丕

4. 解构批评的主要代表人物有（　　）。

A. 德里达　　B. 保罗·德曼

C. 希利斯·米勒　　D. 理查兹

5.“辨于味，而后可以言诗也”出自（　　）。

A. 司空图　　B.《与李生论诗书》

C.《沧浪诗话》　　D. 严羽

四、名词解释（每小题 3 分）

1. 性灵说

2. 席勒化

3. 以诗论诗

4. 陌生化

5. 诗穷而后工

五、辨析题（每小题 4 分）

1. 认知型批评又称专家批评，主要特色在于展现批评家高于普通读者的艺术敏感和理论洞察力。

2. 文学批评的创作与文学创作一样，需要作者的艺术素养、想象力和语言才能。

3. 文学思潮制约文学创作，文学思潮决定着文学创作的形成和变异。

4. 成功的文学作品一定是思想性和艺术性的统一。

5. 感兴批评方法是中国古代独具特色的批评方法，侧重于挖掘和鉴赏批评家的审美体验。

六、简答题（每小题 6 分）

1. 简述“美学的和历史的”原则的当代传承。

2. 简述文学批评与文学创作之间的关系。

3. 试述读者反应批评方法对西方文学批评的贡献与意义。

七、论述题（每小题 11 分）

1.（1）分析和解释下面这段话的批评观念，（2）指出其可取和不足之处。

晓然意有所通于物，故作书以喻意，以为知者也。诚得清明之士，执玄鉴于心，照物明白，不为古今易意，摅书明指以示之，虽阖棺亦不恨矣。昔晋平公令官为钟，钟成而示师旷，师旷曰：“钟音不调。”平公曰：“寡人以示工，工皆以为调。而以为不调，何也?”师旷曰：“使后世无知音者则已，若有知音者，必知钟之不调。”故师旷之欲善调钟也，以为后之有知音者也。（《淮南鸿烈 · 修务训》）

2. 请运用新批评的方法，分析和批评李金发《月夜》一诗。

月夜

李金发

可怖的空间之沉寂，
全浸在清澈里：
有序，无序。

谁能再寻既失！
恨野花
摇荡在风前。

幽怨，
深沉着心窝，
待流萤来照耀。

吁！这平原，
细流，
秃树，
短墙，
无恙的天涯，
芦苇：
罪恶之良友，
徐步而来，
与我四肢作伴。

幽幽之长夜，
留下点
恶魔深睡之影，

不许勾留，
何堪向迩。
心灵之长大！

稀细的星光，
闪烁在天之顶，
夹点微笑向我们。

留点神秘之顾盼，
与恶魔之作揖，
同扰乱夜潮激荡之音。

（选自《微雨》，1925 年 11 月，北新书局）

参考答案

一、填空题

1. 弗洛伊德
2. 善　美
3. 含蓄
4. 境界
5. 缘情
6. 政治标准　艺术标准
7. 文学性
8.《庄子》

二、单选题

1	2	3	4	5
A	B	C	A	C

三、多选题

1	2	3	4	5
ABD	ABC	ABCD	ABC	AB

四、名词解释

1. 性灵说是清代袁枚倡导的诗论批评话语（1分），是对明代以袁宏道为首的公安派“独抒性灵，不拘格套”诗歌理论的继承和发展（1分）。性灵说强调诗歌创作要直接抒发诗人的心灵，表现真情实感。(1分)

2. 席勒化是马克思主义文学批评话语。(1分）席勒化指的是德国戏剧家席勒在戏剧创作中忽视艺术表现生活的特征和形象思维的方法。(1分）这使得人物形象塑造抽象化和概念化。(1分)

3. 以诗论诗是指一种以诗歌方式传达批评意见的批评文体。(1分）其特色在于以诗的语言尽量还原诗的阅读感兴。(1分）在中国，杜甫的《戏为六绝句》开创了以诗论诗的批评文体。(1分)

4. 陌生化由俄国形式主义批评家什克洛夫斯基提出。(1分）所谓陌生化，就是通过对常规的偏离，造成语言理解和感受上的陌生感。(1分）陌生化文学批评强调作品语言与现实之间的距离，认为文学创造的过程就是通过扭曲的

语言使现实生活变得陌生化的过程。(1分)

5. 诗穷而后工是宋代欧阳修倡导的诗歌批评话语（1分），指的是诗人所经历过的穷、苦或不幸的生活会提供其有利于诗歌创作的条件（1分）。实际上强调的是生活和创作的关系，强调生活经历会影响诗人的情感，这会体现在诗人的创作上。(1分)

五、辨析题

1. 正确。(2分）认知型批评是一种侧重于从学理角度评析文学现象、体现认知冲动的批评类型。由于从事这类批评的主要是职业批评家、学者，故又称专家批评。这些批评家往往从特定的学术背景、学科路径或艺术见解出发去阐发文学现象的意义，并力求在阐发中提出和论证新的理论或批评观点。这类批评的主要特色就是展现批评家高于普通读者的艺术敏感和理论洞察力。（2分）

2. 正确。(2分）批评带有艺术的性质。文学批评应当与通常的文学创作一样，需要批评家的艺术素养、想象力和语言才能等，只有具备艺术感受力，才能更好地去批评艺术。(2分)

3. 错误。(2分）文学思潮对文学创作有推动作用，文学创作也会突破旧有的文学思潮，形成新的文学思潮。这两者之间不存在一定的决定关系。（2分）

4. 错误。(2分）判断一部文学作品是否成功的标准因人而异，因时而异，思想性和艺术性的统一只是其中的一种标准。(2分)

5. 错误。(2分）感兴批评方法侧重挖掘和鉴赏作家在作品中的艺术直觉和审美体验，而非批评家。(2分)

六、简答题

1. “美学的和历史的”原则强调文学的审美感染力总是服务于传达或隐或显的时代思潮和个人的思想、情感倾向，因而审美分析与历史分析应当综合地和辩证地运用。(3分）2015年，习近平在《在文艺工作座谈会上的讲话》中指出：“要以马克思主义文艺理论为指导，继承创新中国古代文艺批评理论优秀遗产，批判借鉴现代西方文艺理论，打磨好批评这把‘利器’，把好文艺批评的方向盘，运用历史的、人民的、艺术的、美学的观点评判和鉴赏作品。”这就在“美学的和历史的”原则中增加了“人民的”“艺术的”原则内涵。(3分）（若能举例说明“美学的和历史的”原则在当代文艺批评中的体现，亦可酌情给分。）

2. 文学批评和文学创作相伴相随，相辅相成。（2 分）文学批评对文学创作有判断、解释、指导功能。（2 分）文学创作则可以推动文学批评观念的革新和进步。（2 分）（举例说明亦可酌情给分。）

3. 读者反应批评强调读者在阅读活动中的中心地位，是文学批评从内部研究向外部研究的转向，弥补了形式主义所倡导的将文学视为一个自足体而忽略文学的社会功能的不足。（2 分）读者反应批评揭示了文本阅读的不确定性和文本意义的流动性，是对西方实证性文学批评的挑战。（2 分）文学批评的外转启发了后结构主义文本批评观，催生了文化批评的诸多话语。（2 分）

七、论述题

1. 第一段话描绘了一幅理想的作者和读者的知音图。即作者在写作中表达出自己的真实观点，读者通过阅读复现作者的本意。读者的阅读和解释只从文本出发，不依靠自己或是古人已有的文学经验。第二段举例说明真正的知音不仅能够鉴别优点，还能够洞察缺点，不仅能够说出其是，而且能够道出其非，不仅要有鉴赏技巧，还要有大胆直言的勇气。（3 分）

从上文可以看出，读者（即知音）要对文本做到如实、准确的反应和解释。能够完整地理解文本内容的读者誉为知音，而做不到这一点的则是盲听盲从。这对于文学批评的意义在于增强了阅读、分析、鉴赏、评价的客观性，减少了主观性和随意性，使文学批评做到对真实的追求，简单来说，就是使作者意图、文本意图、读者意图保持一致。（3 分）

但文学批评不仅仅是追求真理的过程，更是解释真理的过程。在实际的文学批评中，作者、作品的意图是很难确定的。大多数情况下，作者或文本的真实意图只能够靠读者或者文学批评家摸索和体悟。而在阅读过程中，不同的批评家又带有自己的前见，这导致他们对同一文本的不同阐释。因此，这种追求作者、文本、读者旨意同一的文学批评具有理想性质，不足以涵盖文学批评的全部功能。（5 分）

2. 能够结合新批评的语义批评方法，能够运用张力、悖论、反讽、隐喻、含混等，或者形式主义关于诗歌语言陌生化的理论，或者文学意象结构与文学语言的特点等，对诗歌进行语言和语义的解读和赏析。本题属于方法运用题，符合上述标准，言之成理即可得分。

试　题　Ⅲ

一、填空题（每个空 1 分）

1. 文学是语言的艺术。话语是语言具体的社会存在形态。文学作为话语，包含五个要素________、________、________、________和________。

2. 汉代《诗大序》有言："诗者，志之所之也，在心为志，发言为诗，________，而形于言。"

3. 魏文帝《典论·论文》曰："盖文章，________，________。"

4. "辨于味，而后可以言诗也"出自________。

5. 在西方 17 世纪以前，以贺拉斯、布瓦洛为代表提出类型说，强调人物性格刻画的普遍性，在 18 世纪到 19 世纪，由于受到浪漫主义的影响，人物塑造转向了________。

二、单选题（每小题 1 分）

1. 皎然《诗式》曰："但见性情，（　　），盖诗道之极也。"

A. 尚于作用　　B. 不顾词彩

C. 风流自然　　D. 不睹文字

2. "惟陈言之务去"出自（　　）。

A.《修竹篇序》　　B.《戏为六绝句子》

C.《答李翊书》　　D.《与元九书》

3.（　　）认为艺术摹仿是"上帝式的自由创造"。

A. 奥古斯丁　　B. 托马斯·阿奎那

C. 柏拉图　　D. 亚里士多德

4. 桐城派姚莹在（　　）中提出读书作文"要端有四：曰义理也，经济也，文章也，多闻也"。

A.《复吴子方书》　　B.《与吴岳卿书》

C.《射鹰楼诗话》　　D.《古文辞类纂》

5. 在古罗马时代提出"寓教于乐"的批评家是（　　）。

A. 西塞罗　　B. 维吉尔

C. 贺拉斯　　D. 朗吉努斯

三、多选题（每小题 2 分）

1. 文学批评的标准指的是文学批评的（　　）。

A. 真伪标准　　B. 思想标准

C. 价值标准　　　　　　　　D. 艺术标准

2. 在西方文论史中，以社会和读者作为研究重心的批评流派主要有（　　）。

A. 接受美学　　　　　　　　B. 俄国形式主义

C. 法国结构主义　　　　　　D. 文化研究

3. 宋代严羽《沧浪诗话》主张的诗学观点是（　　）。

A. 别材别趣说　　　　　　　B. 妙悟说

C. 兴趣说　　　　　　　　　D. 神韵说

4. 下面属于隋唐五代的文学批评理论文本的是（　　）。

A.《诗格》　　　　　　　　B.《论文》

C.《沧浪诗话》　　　　　　D.《诗式》

5. 雅各布逊通过区别（　　）和（　　），来探讨诗语的功能问题。

A. 日常语言　　　　　　　　B. 艺术语言

C. 功能语言　　　　　　　　D. 文学语言

四、名词解释（每小题 3 分）

1. 传记批评

2. 诗缘情而绮靡

3. 为艺术而艺术

4. 期待视野

5. 文以气为主

五、辨析题（每小题 4 分）

1. 只要批评家具备良好的审美感受力，就能够正确理解作品的内涵和意义。

2. 文学批评相对于文学理论来说，更加关注文学的实践活动。

3. 文学批评的思想标准是批评家据以衡量文学作品的艺术性的价值尺度。

4. 批评家必须放弃自己的偏见和趣味，只有这样才能使文学评价更为客观也更具科学性。

5. 文学作品的艺术性主要体现为语言形式的创造性、艺术形象的概括性和阅读余味的醇厚性。

六、简答题（每小题 6 分）

1. 简述“意图谬误”与“知人论世”这两种文学批评方法的异同。

2. 简述中国文学批评评点式文体的写作特点，并举例说明。

3. 简述心理分析批评方法的语言论转向及其意义。

七、论述题（每小题 11 分）

1. 根据下面三段话，结合具体文学作品，分析文学批评的立场，并作论述。

一个真正名实相符的批评家，就只该是一个无倾向、无偏爱、无私见的分析者。（［法］莫泊桑《论小说》）

批评理论所必须依据的两大支柱便是价值的记述和交流的记述。（［英］艾·阿·瑞恰慈《文学批评原理》）

价值理论并非是文不对题，脱离了人们想象中的深入文学艺术本质的探索。因为如果说一种有根有据的价值理论是批评的必要条件，那么同样确凿无疑，理解文学艺术中发生的一切乃是价值理论所需要的。（［英］艾·阿·瑞恰慈《文学批评原理》）

2. 根据下面一段内容，结合具体文学作品，分析接受美学的意义。

读者不断被迫思索种种选择，因为读者只有勾划出人物未曾考虑到的可能性，才能免于蹈入作品人物所处的确定和令人疑惑的地位。当读者发现了这些选择，他们判断范围就扩展了，并且不断应邀考验和估价他所获得的洞察力，这洞察力是展示给读者的世界扩展的结果。这一技巧的美学感染力存在于这样的事实中，即小说给各个读者以一定自由，但也强迫读者产生特定的反应——常常是难以觉察地——而不是不加掩饰地使那些反应公式化，由于作品拒绝把读者卷入小说中虚幻的现实里，并使读者与事件保持一个可变的距离，作品就使读者误以为他可以按照他自己的观点来判断作品的进展。这样做，他只是不得不处于促使其做出判断的地位；而且，作品预先给予这些判断的重负越少，作品的美学效果就越强。（［德］沃尔夫冈·伊瑟尔《读者：现实主义小说的组成部分》）

参考答案

一、填空题

1. 说话人　受话人　文本　沟通　语境

2. 情动于中

3. 经国之大业　不朽之盛事

4.《与李生论诗书》

5. 个性说

二、单选题

1	2	3	4	5
D	C	A	B	C

三、多选题

1	2	3	4	5
BD	AD	ABC	AD	AD

四、名词解释

1. 传记批评方法堪称最古老、最有影响的文学批评方法之一。（1分）它是指注重探寻作品与作者经历和人格的联系的批评方式。（1分）这种批评本身在中国有着悠久的历史传统。以作家传记方式展开文学批评，创自汉代司马迁。在西方，真正全力运用传记批评方法并在文学批评中获得正式地位的，是法国19世纪批评家圣伯甫。(1分)

2. 诗缘情而绮靡出自陆机的《文赋》。(1分)“诗缘情”强调了诗歌内容上的缘情体物，重视了诗歌抒发情感的特征，肯定了诗歌抒情化的发展方向，是对先秦以来传统诗言志理论的重大发展，对后世产生了重要影响（1分）；“绮靡”以丝织品为喻，强调了诗的形式美，体现了陆机对诗歌艺术形式的崇尚，也代表了魏晋人普遍的审美追求（1分）。

3. 为艺术而艺术是法国诗人戈蒂耶首倡的艺术批评方法。（1分）为艺术而艺术声称艺术本身就是目的，否定文学的倾向性、思想性和功利性。（1分）认为艺术的使命只在于为人类提供感官上的愉悦，而不传递道德或情感上的信息。(1分)

4. 期待视野是接受美学的重要概念，姚斯称其为接受理论的“方法论顶梁柱”。(1分)期待视野是指接受者在接受活动之前所拥有的一种心理视野，它由接受者的生活阅历、知识积累、审美经验和欣赏趣味所构成。（1分）期待视野会影响接受者对文学作品的感受和理解，并对他的欣赏心理产生重要的影响。(1分)

5. 文以气为主出自曹丕的《典论·论文》。(1分)“气”是指作家的才性、气质，文气说论述了作家才性气质与作品风格之间的关系。（1分）肯定才质

对风格的影响是合理的，但不够全面，也有其不足之处。(1 分)

五、辨析题

1. 错误。(2 分) 批评家不仅需要具备良好的审美感受力，还需要具备理性分析能力和文学史的眼光以及其他影响文学批评的能力。(2 分)

2. 正确。(2 分) 文学批评是面对具体文学作品及其经验的实践活动。文学理论是文学批评借以使用的概念和术语的总称。(2 分)

3. 错误。(2 分) 思想标准是指批评家据以评价文学现象的思想或情感内涵的价值尺度，具体体现为对于文学作品思想情感的真实性、倾向性等作评判。艺术标准是指批评家据以衡量文学作品的艺术性的价值尺度。艺术性是指文学作品的语言形式、艺术形象、阅读余味等所展现的美学成就及艺术魅力，主要体现为语言形式的创造性、艺术形象的概括性和阅读余味的醇厚性。(2 分)

4. 错误。(2 分) 文学批评虽然是一种专业行为，但不可能要求批评家完全放弃自己的偏见和趣味，只能要求其尽可能地以客观的姿态进入文学现场，力求作出理性和科学的判断。除此之外，有时候批评家的个人趣味也会产生对文学作品的新的解读。(2 分)

5. 正确。(2 分) 文学批评注重把握文学作品的语言形式的创造性，即对语言的组织方式的艺术创造力及其审美水平作出分析、判断。一定的语言形式总是服务于塑造一定的艺术形象的，这使得艺术形象的批评成为艺术标准的又一要求。阅读余味的醇厚性是指文学作品在读者阅读中产生余意深厚与绵长的效果。这三者共同构成了文学批评的艺术标准。(2 分)

六、简答题

1. “意图谬误”的批评理论认为批评家经常将作者的创作意图与对作品的价值判断混为一谈，并以前者代替后者，这就导致了对文本理解的谬误。(2 分) 孟子“知人论世”的批评观认为作者的生平、思想经历以及作者创作时所处的时代背景、社会环境等都对文本的理解有借鉴作用，甚至决定着对文本的理解方式。(2 分) 两种批评理论的相同之处在于都讨论了解读文本时作者的角色，不同之处在于，前者主张在文学批评时取消作者的位置，直接对文本进行探讨，后者则主张将作者放在文本批评的核心位置。(2 分)

2. 评点式也称点评式。这是中国古代文学批评中的一种重要方式。评点式是指一种以简洁语句表达批评意见的批评文体。(2 分) 它通常表现为言简意赅地评析诗、词、小说、戏曲等作品，其高妙者直指心尖，揭示玄机，点到即止，不必详细论证和阐发。(2分）宋代刘辰翁对《世说新语》的评点是中国古代评点式批评的开拓之作。在明清时期，小说批评形成了一时风气，金圣叹评点的《水浒传》、毛宗岗评点的《三国演义》和脂砚斋评点的《红楼梦》，都是小说评点的优秀之作。（2分）（举出其他评点式文学批评的例子亦可给分。)

3. 心理分析批评理论家拉康开创了心理分析批评方法的语言论转向，他主张语言塑造了我们的意识—无意识心理。（2分）为了突出语言对于无意识的构成作用及其在社会文化中的功能，拉康采用了想象界、象征界、现实界对文学文本加以分析。(2分）这一转向强调语言结构和语法规则对无意识的构造作用、对精神生成的各种秩序，以及符号象征的文化功能的研究。(2分）

七、论述题

1. 文学批评不应该取消价值判断。(2分）

首先，文学创作、传播、接受、批评的整个活动过程是以物质载体为基础的精神活动，与各个阶段主体的精神取舍有密切的关系。文学批评家应该在确立正确的世界观基础上选择自己的价值立场，并且确认自己的价值立场是与人类精神文明的正向价值相吻合的。(3分）

其次，尽管批评家应该做到尽可能地客观和公正，但这并不代表他要抛弃自己的价值立场。而是应该对自己的价值立场保持清醒的认识，坚持文学批评的操守，使文学批评摆脱私人利益和世俗利诱。(3分）

最后，从文学批评家的价值立场的选择，可以透视其知识水平、性格、信仰、人生阅历，也可以折射出文学批评家对文学发展的分析、把握和预见。没有价值立场或者负向的价值立场都不能捍卫和维护批评的权威性。在中外文学批评史上，不乏有才华的批评家，但因为没有正确的价值立场，或屈从于政治权威的胁迫，使他们的批评缺少说服力和价值。(3分）

（凡能提出正确的观点，论证充分的均可酌情给分。)

2. 分析内容：

首先，按接受美学的观点看，读者是阅读活动的中心。读者阅读、思考、填补作者留下来的文本空白。在这一过程中，文本的意义因为不同读者对文本的不同界定而变得不确定。(2分）

其次，读者的阅读、思考和对文本的补充来自其本身的经验结构。这种经验结构的呈现是读者不断对文本作出反应的过程，也是文本的文字意义与读者本身的经验结构相碰撞的过程。在这一过程中，读者通过阅读体验扩大自己的经验范围。(2 分)

再次，文本给予读者一定的想象自由，这种想象自由基于经验结构的语言属性。读者可以对特定的语言结构作出特定的经验反应。基于经验结构的语言属性，读者与文本之间仍旧存在着可变的距离。正是因为距离的可变性，使读者误以为自己可以按照自己的观点来对文本作出判断。(1 分)

最后，读者只是处于假想的判断地位，真正的判断来自对读者的经验结构形成的社会阐释。文本本身所依赖的经验结构越少，读者解读文本时对经验结构的依赖就越少，读者的想象力便得以发挥，作品的审美效果就越强。(1 分)

接受美学强调读者在阅读活动中的中心地位，是文学批评从内部研究向外部研究的转向，弥补了形式主义所倡导的将文学视为一个自足体而忽略文学的社会功能的不足。接受美学揭示了文本阅读的不确定性和文本意义的流动性，是对西方实证性文学批评的挑战。文学批评的外转启发了后结构主义文本批评观，催生了文化批评的诸多话语。(2 分) 结合具体文本分析接受美学的意义。(3 分)

第九章　文学的历史演变

一、内容提要

文学活动经历了漫长的历史演变。探讨文学的发生、发展以及文学继承与创新的关系，有助于认识文学的历史与现实以及文学对人类社会文明史的意义，有助于理解当代中国文学发展之路。

文学的发生，客观上需要一定的物质基础和生理条件，主观上需要一定的心理条件。劳动为文学发生创造了客观条件，文学是在劳动中发生的。劳动是原始艺术发生的根本动因。劳动为原始艺术的发生准备了生产主体、生产工具，提供了主体需要，为原始艺术创造了形式与内容的早期范型。语言和审美意识首先萌发于劳动过程中，为文学的发生提供了更为直接的推动力量。伴随着劳动实践的日益进步，人的思维更加成熟，语言得到进一步发展，便开始出现文学的萌芽，并随着语言的发展，特别是文字的出现而进一步生长。自觉的审美意识的成熟，推动文学的早期形态得以树立。早期文学仍然具有文学与非文学相杂糅的文体特征和多重功能。

文学发展的根本动力在于人民群众的历史创造活动，在于物质生产及以之为基础的社会发展，但又有丰富性和复杂性。这突出地表现在，文学发展与社会发展之间具有总体上的平衡性和局部的不平衡性。文学发展与社会发展总体上具有同步性或一致性。文学发展最深刻的根源与最强大的动力在于人民群众的历史创造活动。文学发展与社会发展有时也会不同步或不一致，表现为某些文艺体裁只能在生产发展相对低级的阶段兴盛，而经济落后的国家或地区可能在文学艺术上反而领先。出现局部“不平衡”的最主要的原因：一是文学发展受到物质生产的根本性制约，也会对物质生产产生反作用，体现出一定的独立性；二是物质生产对于文学发展的推动，要经一系列复杂的中介环节。文学发展与社会发展之间存在着总体上的“平衡”与局部的“不平衡”是一种带有规律性的文学现象。

文学的历史发展中存在着继承与创新的关系问题。文学的发展有自己的历史继承性，这表现在优秀文学传统直接影响作家的审美理想和审美方式上，也表现在文学作品的内容和形式的发展上。文学的发展必须以继承为基础，以创新为导向。创新是文艺的生命。继承和创新，是一个民族文化生生不息的两个重要力量。在继承基础上的创新，往往是最好的继承。善于继承，勇于创新，批判地继承一切优秀的文化遗产，百花齐放、百家争鸣、推陈出新，是发展社会主义文学事业的正确道路。推动中华优秀传统文化及文艺的创造性转化、创新性发展，是结合当前、面向未来的创新、创造和再生。

二、关键词与考点

（一）关键词

1. 劳动与文学的发生。劳动是原始艺术发生的根本动因。劳动为原始艺术的发生准备了生产主体、生产工具，提供了主体需要，创造了形式与内容的早期范型。

2. 语言和审美意识与文学的发生。劳动推动了原始艺术的发生，但劳动本身与专门的文学形态存在一定的距离，而正是在劳动中产生和发展了语言和审美意识，才为文学的发生提供了更为直接的推动力量。

3. 文学发展的动力。文学发展和繁荣最深刻的根源与最强大的动力，在于人民群众的历史创造活动。社会发展或迟或早都会影响和制约文学的发展。从文学内容的演变来看，不同的社会历史阶段或形态影响文学的内容；从形式方面看，物质生产及社会历史的发展推动文学形式的演变；从文学媒介看，一定的文学媒介的兴盛总是取决于科学技术发展水平。

4. 文学发展中的平衡与不平衡关系。文学的发展与社会发展总体上具有同步性或一致性，但有时也会不同步或不一致，表现为总体上的平衡和局部的不平衡。文学发展与社会发展之间总体上的平衡性，是指文学发展与社会发展在总体上具有一致性；文学发展与社会发展之间局部的不平衡性，是指文学发展与物质生产发展在局部也会出现不一致性。

5. 文学发展中的继承与创新的关系。文学发展，基础在继承，关键在创新。继承和创新，是一个民族文化生生不息的两个重要力量。在继承基础上的创新，往往是最好的继承。百花齐放，推陈出新，推动中华优秀传统文化的创造性转化、创新性发展，是当代文学的发展和繁荣的关键。

（二）考点

1. 劳动与文学的发生。要求了解文学发生的巫术说、游戏说，掌握劳动为人的生存和发展提供了物质基础，也为文学发生创造了客观条件。劳动是原始艺术发生的根本动因。

2. 语言、审美意识与文学的发生。要求理解语言与审美意识首先萌发于劳动中，为文学的发生提供了更为直接的推动力量。

3. 文学的早期形态。要求理解文学早期形态的出现，掌握早期形态文学的特征。

4. 文学发展的动力。了解关于文学发展动力的不同理论阐述，掌握文学发展最深刻的根源与最强大的动力，理解社会发展或迟或早都会影响和制约文学的发展，文学发展影响社会发展，表现出一定的独立性。

5. 文学发展中的平衡与不平衡。要求掌握文学发展的根本动力在于人民群众的历史创造活动。文学发展与社会发展之间又具有总体上的平衡性和局部的不平衡性。

6. 以继承为基础。要求掌握文学的发展有自己的历史继承性，推进文学发展要以继承为基础。

7. 以创新为导向。要求掌握创新是文艺的生命，推进文学发展要坚持创新导向。

8. 百花齐放与推陈出新。要求掌握继承与创新相统一，百花齐放、推陈出新，推动中华优秀传统文化及文艺的创造性转化、创新性发展。

三、知识点精讲

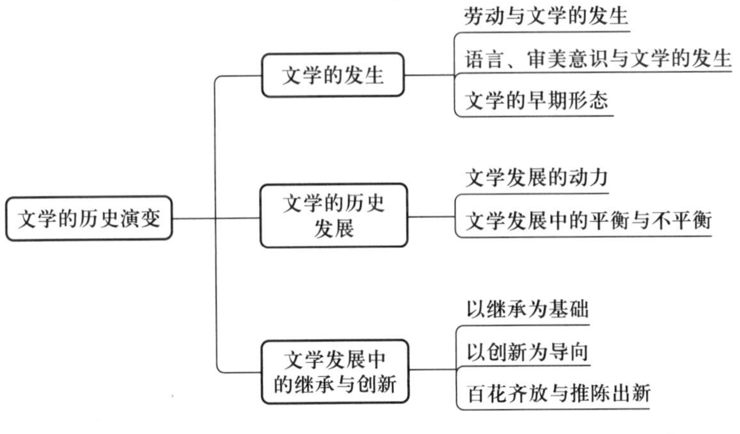

本章知识结构图

本章的重要知识点包括劳动与文学的发生、语言和审美意识与文学的发生、文学的早期形态、文学发展的根本动力、文学发展中的平衡与不平衡、文学发展以继承为基础、文学发展以创新为导向、百花齐放与推陈出新。

1. 劳动与文学的发生。关于原始艺术的发生有许多说法和解释，比如游戏说与巫术说，它们为认识原始艺术的发生提供了重要参考，但都未能从根本上揭示原始艺术发生的真正原因。文学的发生，客观上需要一定的物质基础和生理条件，主观上需要一定的心理条件。劳动为人的生存和发展提供了物质基础，也为文学发生创造了客观条件。同时，人类自身的审美意识也首先萌发于劳动的过程中，并随着社会生活和文化实践的发展而发展。

劳动是原始艺术发生的根本动因。这可以从人类为何创造艺术以及怎样创造艺术的历史中去理解，包括四个方面：首先，劳动创造出超越于动物感觉器官之上的“有音乐感的耳朵”“能感受形式美的眼睛”，这就为艺术的发生准备了主体条件。其次，劳动为原始艺术的发生准备了生产工具。古典时代的文字、纸笔和书籍，近现代以来的大众传媒，当代社会基于互联网技术的网络科技等，都是从事人文艺术的生产工具。再次，劳动实践推动人的自我意识的觉醒，有了主体运用艺术方式去表达现实生活的欲望，为原始艺术的发生提供了主体需要。最后，劳动为原始艺术创造了形式与内容的早期范型，从而促进了原始艺术的发生。

2. 语言和审美意识与文学的发生。劳动推动了原始艺术的发生，但劳动本身与专门的文学形态尚有一定的距离。而在劳动中产生和发展了语言和审美意识，才为文学的发生提供了更为直接的推动力量。理解语言与文学的发生，包括三个方面：首先，劳动训练了人的发音器官和大脑思维，劳动的实践需要促进了语言的产生。其次，语言诞生以后，伴随着劳动实践的日益进步，人的思维更加成熟，语言得到进一步发展，便开始出现文学的萌芽，文学萌芽状态的语言同音乐、舞蹈交融在一起，以口头语言的形式存在。再次，随着语言的发展，特别是文字的出现，文学从萌芽状态进一步生长。理解审美意识与文学的发生，要明确三点：一是审美意识通过创作手法、审美情感与美感特征等逐步从非自觉走向了自觉，获得一种属于文学审美形式的质的规定性。二是在审美意识的非自觉阶段，审美意识具有原始思维特征，包括主客交融性、强烈的形象性与情感性。三是原始初民逐渐形成审美意识上的自觉以及对文学形式的自觉。

3. 文学的早期形态。社会分工为文学早期形态的出现创造了客观的社会条件。等到文字发明以后，人类文学发展出现伟大转折，使早期口头文学逐渐获得越来越系统的整理和加工。文字功能的多向发展，使拟人化功能和表情达意、虚构、幻想的功能，逐渐与记事、叙事的功能分化，进而也使艺术审美化的语言呈现出与科学理论化的语言愈相分离的趋势，最终文学的早期形态得以树立。文学的早期形态具有文学与非文学相杂糅的文体特征与多重功能。

4. 文学发展的根本动力。文学发展和繁荣最深刻的根源与最强大的动力，在于人民群众的历史创造活动。文学的发展“必须从物质生活的矛盾中，从社会生产力和生产关系之间的现存冲突中去解释”。社会发展或迟或早都会影响和制约文学的发展。文学的这种随社会生活变化而变化的特性，可以从文学内容、文学形式、文学媒介的演变这三个方面来理解：在文学内容上，不同的社会历史阶段或形态中产生的文学，往往有着不同的内容。在文学形式上，一方面，社会生活的发展变化促进文学题材的变化，要求有新的文学形式同它相适应，另一方面，物质生产和社会生活的发展为文学形式的演变提供了条件。在文学媒介上，一定的文学媒介的兴盛总是取决于科学技术发展水平。

5. 文学发展中的平衡与不平衡关系。文学发展的根本动力在于人民群众的历史创造活动，在于以物质生产及以之为基础的社会发展，但也要看到其中的丰富性和复杂性。这突出表现在文学发展与社会发展之间具有总体上的平衡和局部的不平衡。

文学发展与社会发展之间的平衡性，是指文学发展与社会发展在总体上具有一致性。从总体的社会形态来看，人类社会不同的社会形态在相应的文学形态上打下了深刻的印迹。一定社会的文学是以这个社会的物质生产为基础的，文学的发生、发展离不开一定的经济社会条件，并与经济基础相适应。从中外文学史实来看，文学发展的历史脉络与社会发展的历史轨迹息息相关。

文学发展与社会发展之间的不平衡性，是指文学发展与物质生产发展之间在局部也会出现不一致。文学发展中的局部的不平衡性，有两种典型表现：一是某些文艺体裁只能在生产发展相对低级的阶段兴盛，如古希腊神话和史诗；二是物质生产发展水平落后的国家或地区可能在文学艺术上反而领先，比如 18 世纪的德国。理解出现局部“不平衡”的最主要的原因把握两点：一是文学发展在受到物质生产的根本性制约的同时，也会反过来对其产生一定的作用，并体现出一定的独立性。二是物质生产和社会生活对于文学发展的推动，要经一系列复杂的中介环节。

总之，文学发展与社会发展之间存在着总体上的“平衡”与局部的“不平衡”两种关系，是符合历史实际的，是一种带有规律性的文学现象。物质生产或经济生活归根到底在文学发展中起着最终的支配作用，是决定文学发展的根本因素。

6. 文学发展以继承为基础。文学的发展有自己的历史继承性，既表现在优秀文学传统直接影响作家的审美理想和审美方式方面，也表现在文学作品的内容和形式的发展上。比如唐代诗歌的繁荣，无论思想内容还是艺术形式，都是对《诗经》、楚辞、乐府和魏晋六朝诗歌的直接继承和发展，而齐梁时期讲究声律对偶，对于唐诗格律的形式起到一定的促进作用。理解文学发展以继承为基础，要把握两点：一是文学传统本身就是一个动态、开放和不断发展的系统，它肇始于过去，积淀于现在，影响着将来。传统与反传统是社会在变革时代文学活动的历史发展中出现的一种带有必然性和规律性的现象。二是文学的发展还有横向借鉴，即一个时代和民族的文学对于同时代其他文化与民族的文学的继承与借鉴。比如魏晋南北朝对印度佛教文化的横向大吸收成为“盛唐之音”的重要动因之一，新文化运动重视对西方现代文学传统的横向借鉴则有力地推动了中国新文学的发展。

7. 文学发展以创新为导向。推进文学发展，基础在继承，关键在创新。创新是文艺的生命。当代中国正经历着我国历史上最为广泛而深刻的社会变革及实践创新。当代文学发展需要在继承的基础上以创新为导向，把创新精神贯穿文艺创作全过程，增强文艺原创能力。在提高原创力上下功夫，在拓展题材、内容、形式、手法上下功夫，推动观念和手段相结合、内容和形式相融合、各种艺术要素和技术要素相辉映，把提高作品的精神高度、文化内涵、艺术价值作为追求目标，创造出丰富多样的中国故事、中国形象、中国旋律。继承和创新，是一个民族文化生生不息的两个重要力量。不善于继承，就没有创新的基础；不善于创新，则缺乏继承的活力。在继承基础上的创新，往往是最好的继承。

8. 百花齐放与推陈出新。“百花齐放”是指“艺术上不同的形式和风格可以自由发展，科学上不同的学派可以自由争论”。“推陈出新”强调“推陈”和“出新”两个方面。推陈是立足于当代，摒弃那些不适合时代的东西；出新是对传统文化进行清理和提炼，并积极创造新的内容和形式，赋予其新的生命力。在当代，应结合中国特色社会主义新时代的新特点，传承和弘扬中华优秀传统文化，重点做好创造性转化和创新性发展，使之与现实文化相融通。创造性转化，是要按照时代特点和要求，对那些至今仍有借鉴价值的内涵和陈旧的表现形式加以改造，赋予其新的时代内涵和现代表达形式，激活其生命力。创新性发展，是要按照时代的新进步、新进展，对中华优秀传统文化的内涵加以补充、拓展、完善，增强其影响力和感召力。推动中华优秀传统文化及文艺的创造性转化、创新性发展，是结合当前、面向未来的创新、创造和再生。既继承民族文化及文艺，又根据新时代的审美需要，进行文化及文艺革新，勇于创造，这是当代中国文化及文艺发展的使命和任务。

四、思考题解答

1. 简析劳动、语言、原始思维与文艺发生之间的关系。

（1）答题要点

劳动是原始艺术发生的根本动因。劳动为原始艺术的发生准备了生产主体和生产工具、提供了主体需要、创造了形式与内容的早期范型。

在劳动中产生和发展的语言和审美意识，为文学的发生提供了更为直接的推动力量。劳动的实践需要促进了语言的产生，推动文学的萌芽，并随着语言的发展，特别是文字的出现而进一步生长。

文学从萌芽状态到形成专门的语言艺术作品，还依赖于自觉的审美意识的成熟。萌芽中的审美意识与原始思维交融一体，体现出原始思维的特征：一是主客交融性，二是强烈的形象性与情感性。原始人的拟人化思维赋予对象以人性，使其具有人的感情、情思。人在神话里不仅描写自己的感情、心理，同时也描绘那些被夸张、神秘化了的人的感情和心理。自觉的审美意识的成熟，推动文学的早期形态得以树立。

（2）引述或案例提示

随着手的发展、随着劳动而开始的人对自然的支配，在每一新的进展中扩大了人的眼界。他们在自然对象中不断地发现新的、以往所不知道的属性。另一方面，劳动的发展必然促使社会成员更紧密地互相结合起来，因为劳动的发展使互相支持和共同协作的场合增多了，并且使每个人都清楚地意识到这种共同协作的好处。一句话，这些正在生成中的人，已经达到彼此间不得不说些什么的地步了。需要也就造成了自己的器官：猿类的不发达的喉头，由于音调的抑扬顿挫的不断加多，缓慢地然而肯定无疑地得到改造，而口部的器官也逐渐学会发出一个接一个的清晰的音节。（［德］恩格斯：《自然辩证法》，《马克思恩格斯文集》第 9 卷，人民出版社 2009 年版，第 553 页）

首先是劳动，然后是语言和劳动一起，成了两个最主要的推动力，在它们的影响下，猿脑就逐渐地过渡到人脑；后者和前者虽然十分相似，但是要大得多和完善得多。随着脑的进一步的发育，脑的最密切的工具，即感觉器官，也进一步发育起来。正如语言的逐渐发展必然伴随有听觉器官的相应的完善化一样，脑的发育也总是伴随有所有感觉器官的完善化。（［德］恩格斯：《自然辩证法》，《马克思恩格斯文集》第 9 卷，人民出版社 2009 年版，第 554 页）

在绝大多数场合下，原始人的知觉不但不抛弃那一切缩小它的客观性的东西，而且相反的，它还专注在存在物和现象的神秘属性、神秘力量、隐蔽能力上面，从而指靠那些在我们看来具有纯主观性的、但在原始人看来却不比其他任何东西更少实在性的因素。他们的知觉的这个特点可以使他们理解一定数量的事实，而以个体的智力的或逻辑的运算的唯一研究为根据的对这些事实的“解释”则显得不能令人满意。大家都知道这样一个事实：原始人，甚至已经相当发达但仍保留着或多或少原始的思维方式的社会的成员们，认为美术像，不论是画像、雕像或者塑像，都与被造型的个体一样是实在的。（［法］列维-布留尔：《原始思维》，丁由译，商务印书馆 1981 年版，第 37 页）

2. 如何理解艺术生产与物质生产发展的不平衡关系？

（1）答题要点

文学发展与社会发展之间的不平衡性，是指文学发展与物质生产发展之间在局部出现的不一致。局部“不平衡”典型表现为：一是某些文艺体裁只能在生产发展相对低级的阶段兴盛；二是物质生产发展水平落后的国家或地区可能在文学艺术上反而领先。出现局部“不平衡”的最主要的原因：一是文学发展在受到物质生产的根本性制约的同时，也会反过来对其产生一定的作用，并体现出一定的独立性。二是物质生产和社会生活对于文学发展的推动，要经一系列复杂的中介环节。

（2）引述或案例提示

关于艺术，大家知道，它的一定的繁盛时期决不是同社会的一般发展成比例的，因而也决不是同仿佛是社会组织的骨骼的物质基础的一般发展成比例的。例如，拿希腊人或莎士比亚同现代人相比。就某些艺术形式，例如史诗来说，甚至谁都承认：当艺术生产一旦作为艺术生产出现，它们就再不能以那种在世界史上划时代的、古典的形式创造出来；因此，在艺术本身的领域内，某些有重大意义的艺术形式只有在艺术发展的不发达阶段上才是可能的。如果说在艺术本身的领域内部的不同艺术种类的关系中有这种情形，那么，在整个艺术领域同社会一般发展的关系上有这种情形，就不足为奇了。困难只在于对这些矛盾作一般的表述。一旦它们的特殊性被确定了，它们也就被解释明白了。（［德］马克思：《1857—1858年经济学手稿摘选》，《马克思恩格斯文集》第8卷，人民出版社2009年版，第34—35页）

困难不在于理解希腊艺术和史诗同一定社会发展形式结合在一起。困难的是，它们何以仍然能够给我们以艺术享受，而且就某方面说还是一种规范和高不可及的范本。

一个成人不能再变成儿童，否则就变得稚气了。但是，儿童的天真不使成人感到愉快吗？他自己不该努力在一个更高的阶梯上把儿童的真实再现出来吗？在每一个时代，它固有的性格不是以其纯真性又活跃在儿童的天性中吗？为什么历史上的人类童年时代，在它发展得最完美的地方，不该作为永不复返的阶段而显示出永久的魅力呢？有粗野的儿童和早熟的儿童。古代民族中有许多是属于这一类的。希腊人是正常的儿童。他们的艺术对我们所产生的魅力，同这种艺术在其中生长的那个不发达的社会阶段并不矛盾。这种艺术倒是这个社会阶段的结果，并且是同这种艺术在其中产生而且只能在其中产生的那些未成熟的社会条件永远不能复返这一点分不开的。（［德］马克思：《1857—1858年经济学手稿摘选》，《马克思恩格斯文集》第8卷，人民出版社2009年版，第35—36页）

政治、法、哲学、宗教、文学、艺术等等的发展是以经济发展为基础的。但是，它们又都互相作用并对经济基础发生作用。这并不是说，只有经济状况才是原因，才是积极的，其余一切都不过是消极的结果，而是说，这是在归根到底不断为自己开辟道路的经济必然性的基础上的相互作用。例如，国家就是通过保护关税、自由贸易、好的或者坏的财政制度发生作用的，甚至德国庸人的那种从1648—1830年德国经济的可怜状况中产生的致命的疲惫和软弱（最初表现为虔诚主义，尔后表现为多愁善感和对诸侯贵族的奴颜婢膝），也不是没有对经济起过作用。这曾是重新振兴的最大障碍之一，而这一障碍只是由于革命战争和拿破仑战争把慢性的穷困变成了急性的穷困才动摇了。所以，并不像人们有时不加思考地想象的那样是经济状况自动发生作用，而是人们自己创造自己的历史，但他们是在既定的、制约着他们的环境中，是在现有的现实关系的基础上进行创造的，在这些现实关系中，经济关系不管受到其他关系——

政治的和意识形态的——多大影响，归根到底还是具有决定意义的，它构成一条贯穿始终的、唯一有助于理解的红线。（［德］恩格斯：《致瓦尔特·博尔吉乌斯（1894年1月25日）》，《马克思恩格斯文集》第10卷，人民出版社2009年版，第668页）

3. 如何理解文学发展中继承与创新的关系？

（1）答题要点

文学的发展有自己的历史继承性，既表现在优秀文学传统直接影响作家的审美理想和审美方式方面，也表现在文学作品的内容和形式的发展上。文学的动态、开放和不断的发展影响着文学的将来，而一个时代和民族的文学也对同时代其他文化与民族的文学加以继承与借鉴。创新是文艺的生命。当代文学发展以创新为导向，把创新精神贯穿文艺创作全过程，增强文艺原创能力。文学发展，基础在继承，关键在创新。继承和创新，是一个民族文化生生不息的两个重要力量。在继承基础上的创新，往往是最好的继承。只有在既继承又发展、既扬弃又创新的辩证统一运动中，中国文学的发展才会有巨大生命力。

（2）引述或案例提示

一时期的风气经过长时期而能持续，没有根本的变动，那就是传统。传统有惰性，不肯变，而事物的演化又迫使它以变应变，于是产生了一个相反相成的现象。传统不肯变，因此惰性形成习惯，习惯升为规律，把常然作为当然和必然。传统不得不变，因此规律、习惯不断地相机破例，实际上作出种种妥协，来迁就演变的事物。……传统愈悠久，妥协愈多，愈不肯变，变的需要愈迫切；于是不再能委曲求全，旧传统和新风气破裂而被它破坏。新风气的代兴也常有一个相反相成的表现。它一方面强调自己是崭新的东西，和不相容的原有传统立异；而另一方面更要表示自己大有来头，非同小可，向古代也找一个传统作为渊源所自。（钱锺书：《七缀集》（修订版），上海古籍出版社1994年版，第2页）

每一个现代民族中，都有两个民族。每一种民族文化中，都有两种民族文化。一种是普利什凯维奇、古契柯夫和司徒卢威之流的大俄罗斯文化，但是还有一种是以车尔尼雪夫斯基和普列汉诺夫的名字为代表的大俄罗斯文化。乌克兰同德国、法国、英国和犹太人等等一样，也有这样两种文化。如果说多数乌克兰工人处于大俄罗斯文化的影响下，那么我们就确凿地知道了，除了大俄罗斯神父的和资产阶级的文化思想外，还有大俄罗斯的民主派和社会民主党的思想在产生影响。乌克兰的马克思主义者在同前一种“文化”作斗争时，总是要把后一种文化区别开来，并且要告诉自己的工人们：“必须全力抓住、利用和巩固一切机会，同大俄罗斯的觉悟工人相交往，阅读他们的书刊，了解他们的思想，乌克兰的工人运动的根本利益和大俄罗斯的工人运动的根本利益都要求这样做。”（［苏联］列宁：《关于民族问题的批评意见》，《列宁全集》第 24 卷，人民出版社 1990 年版，第 134—135 页）

我们必须继承一切优秀的文学艺术遗产，批判地吸收其中一切有益的东西，作为我们从此时此地的人民生活中的文学艺术原料创造作品时候的借鉴。有这个借鉴和没有这个借鉴是不同的，这里有文野之分，粗细之分，高低之分，快慢之分。所以我们决不可拒绝继承和借鉴古人和外国人，哪怕是封建阶级和资产阶级的东西。但是继承和借鉴决不可以变成替代自己的创造，这是决不能替代的。文学艺术中对于古人和外国人的毫无批判的硬搬和模仿，乃是最没有出息的最害人的文学教条主义和艺术教条主义。（毛泽东：《在延安文艺座谈会上的讲话》，《毛泽东选集》第 3 卷，人民出版社 1991 年版，第 860 页）

我们社会主义文艺要繁荣发展起来，必须认真学习借鉴世界各国人民创造的优秀文艺。只有坚持洋为中用、开拓创新，做到中西合璧、融会贯通，我国文艺才能更好发展繁荣起来。其实，现代以来，我国文艺和世界文艺的交流互鉴就一直在进行着。白话文、芭蕾舞、管弦乐、油画、电影、话剧、现代小说、现代诗歌等都是借鉴国外又进行民族创造的成果。鲁迅等进步作家当年就大量翻译介绍国外进步文学作品。新中国成立后，我们学习借鉴苏联文艺，如普列汉诺夫的艺术理论、斯坦尼斯拉夫斯基表演体系，苏联的芭蕾舞、电影等，苏联著名舞蹈家乌兰诺娃以及一些苏联著名演员、导演当年都来过中国访问。这种学习借鉴对建国初期我国社会主义文艺发展起到了促进作用。改革开放之后，我国文艺对世界文艺的学习借鉴就更广泛了。现在，情况也一样，很多艺术形式是国外兴起的，如说唱表演、街舞等，但只要人民群众喜欢，我们就要用，并赋予其健康向上的内容。（习近平：《在文艺工作座谈会上的讲话》，人民出版社 2015 年版，第 26—27 页）

4. 简论文学发展的动力。

（1）答题要点

文学发展和繁荣最深刻的根源与最强大的动力，在于人民群众的历史创造活动。社会发展或迟或早都会影响和制约文学的发展。文学的这种随社会生活变化而变化的特性，表现在文学内容上，不同的社会历史阶段或形态中产生的文学有着不同的社会生活景观；在文学形式上，物质生产及社会历史的发展推动文学形式的演变；在文学媒介上，一定的文学媒介的兴盛总是取决于科学技术发展水平。

（2）引述或案例提示

人们在自己生活的社会生产中发生一定的、必然的、不以他们的意志为转移的关系，即同他们的物质生产力的一定发展阶段相适合的生产关系。这些生产关系的总和构成社会的经济结构，即有法律的和政治的上层建筑竖立其上并有一定的社会意识形式与之相适应的现实基础。物质生活的生产方式制约着整个社会生活、政治生活和精神生活的过程。不是人们的意识决定人们的存在，相反，是人们的社会存在决定人们的意识。社会的物质生产力发展到一定阶段，便同它们一直在其中运动的现存生产关系或财产关系（这只是生产关系的法律用语）发生矛盾。于是这些关系便由生产力的发展形式变成生产力的桎梏。那时社会革命的时代就到来了。随着经济基础的变更，全部庞大的上层建筑也或慢或快地发生变革。在考察这些变革时，必须时刻把下面两者区别开来：一种是生产的经济条件方面所发生的物质的、可以用自然科学的精确性指明的变革，一种是人们借以意识到这个冲突并力求把它克服的那些法律的、政治的、宗教的、艺术的或哲学的，简言之，意识形态的形式。我们判断一个人不能以他对自己的看法为根据，同样，我们判断这样一个变革时代也不能以它的意识为根据；相反，这个意识必须从物质生活的矛盾中，从社会生产力和生产关系之间的现存冲突中去解释。（［德］马克思：《〈政治经济学批判〉序言》，《马克思恩格斯文集》第2卷，人民出版社2009年版，第591—592页）

时运交移，质文代变，古今情理，如可言乎！昔在陶唐，德盛化钧，野老吐何力之谈，郊童含不识之歌。有虞继作，政阜民暇，熏风诗于元后，烂云歌于列臣。尽其美者何？乃心乐而声泰也。至大禹敷土，九序咏功，成汤圣敬，猗欤作颂。逮姬文之德盛，周南勤而不怨；大王之化淳，邠风乐而不淫。幽厉昏而板荡怒，平王微而黍离哀。故知歌谣文理，与世推移，风动于上，而波震于下者。（〔南朝梁〕刘勰：《文心雕龙·时序》，郭绍虞、罗根泽主编：《文心雕龙注》下册，范文澜注，人民文学出版社1958年版，第671页）

五、阅读书目

1.〔南朝梁〕刘勰：《文心雕龙·通变》《文心雕龙·时序》，郭绍虞、罗

根泽主编：《文心雕龙注》下册，范文澜注，人民文学出版社 1958 年版。《通变》为《文心雕龙》第二十九篇，论述文学的继承与革新的关系，提出文学创作对有定的原理要继承、对无定的方法要革新，文学史上历代作家都是继承与革新并重，“变则其久，通则不乏”是文学发展的规律。《时序》为《文心雕龙》第四十五篇，通过对先秦到南朝宋齐文学的历史考察，论述文学发展与社会生活之间的密切关系，作出“时运交移，质文代变”，“文变染乎世情，兴废系乎时序”等重要论断。

2. 王国维：《宋元戏曲史》，中华书局 2010 年版。《宋元戏曲史》开 20 世纪中国戏曲研究风气之先，为建立中国戏剧史学作出开创性的贡献。该著全面考察了宋元戏曲的渊源、历史发展与结构文章，辨析杂剧、院本、传奇、戏文等基本范畴涵义演化，略及中国戏曲与外国的关系，提出“一代有一代之文学”、中国戏曲最初肇源于上古巫觋歌舞和春秋时代的古优笑谑等重要观点。

3. 鲁迅：《中国小说史略》，《鲁迅全集》第 9 卷，人民文学出版社 2005 年版。《中国小说史略》为我国小说史开山之作。原为授课讲义，凡二十八篇，对从上古神话到清末谴责小说的中国古代小说发展的基本轮廓进行勾勒，确定了小说内涵，廓清了小说类别，阐述了小说发展阶段的特点、社会情况。

4. 钱中文：《文学发展论》，高等教育出版社 2005 年版。《文学发展论》是当代文学原理研究中致力于文学发展研究之作。该著分文学发生与文学本体观念、文学本体的发展、文化系统中的文学以及文学史问题四编，对文学原理中的文学发展问题进行了集中论述，力图揭示文学发生中的原始思维、前文学形式、过渡中介直至文学形式的真正发生，考察文学本体、审美历史的发展，并进一步将文学发展置于文化系统的广阔背景以及文学史意识视野中予以考察。

5.［俄］普列汉诺夫：《论艺术（没有地址的信）》，曹葆华译，生活·读书·新知三联书店 1964 年版。《论艺术（没有地址的信）》凡四封书信、两篇札记。该著立足于历史唯物主义立场，对原始社会的舞蹈、节奏、音乐、诗歌、绘画、装饰等艺术的起源进行系统考察，通过对大量艺术史、艺术心理等事实材料的分析，阐发了劳动先于艺术、艺术起源于劳动的基本观点，为艺术起源论建构了牢固的历史基础。

6.［法］丹纳：《艺术哲学》，傅雷译，江苏文艺出版社 2012 年版。《艺术哲学》为艺术、历史及人类文化著作。该著深入阐释古希腊、文艺复兴、17 世纪、18 世纪的西方绘画和雕塑艺术，揭示艺术发展的主要潮流，通过大量文学艺术史材料，提出并系统论证物质文明与精神文明的性质、面貌都取决于种族、环境、时代三大因素，最后一编“艺术中的理想”是丹纳美学思想的概括。

7.［英］詹姆斯·乔治·弗雷泽：《金枝——巫术与宗教之研究》上，汪培基、徐育新等译，商务印书馆2013年版。《金枝——巫术与宗教之研究》为现代人类学巨著。该著着重研究原始人的宗教、巫术、仪式、心理起源及其在人类思维方式发展从巫术到宗教和科学历史进程中的重要作用，立足于丰富的古代习俗史料，采用历史比较研究方法，深入探讨了古老习俗背后的信仰、观念，其中关于巫术观念等原始人思维方式的考察对研究原始艺术的发生具有重要作用。

8.［德］E. 格罗塞：《艺术的起源》，蔡慕晖译，商务印书馆1984年版。该著作利用人类学资料对原始民族的艺术进行了深入考察，详尽地探讨和论证了原始艺术的产生、形成和发展，揭示出原始艺术与原始民族的社会经济生产活动之间的密切关系，认为原始艺术既有审美意义又有实际目的，审美艺术是从原始艺术发展来的，原始艺术中音乐、舞蹈、诗歌紧密相连。

9.［德］黑格尔：《美学》第2卷，朱光潜译，商务印书馆1979年版。黑格尔的《美学》（共3卷）为美学史上划时代的经典巨著。《美学》第2卷考察“理想发展为各种特殊类型的艺术美”，该著立足于文艺是绝对理念的感性显现这一基本立场，考察了艺术发展中象征型（古代东方艺术）、古典型（古希腊艺术）、浪漫型（基督教世界的艺术）的三个阶段，以及不同文学类型的发展历史。

10.［美］哈罗德·布鲁姆：《影响的焦虑》，徐文博译，生活·读书·新知三联书店1989年版。《影响的焦虑》融汇弗洛伊德、尼采、保罗·德·曼等理论家的相关理论资源，立足于文学史视野深入阐发了“影响的焦虑”与“诗的误读”论，并进一步阐明了“修正”的六种方式。该著为解构主义批评和当代文学批评中的经典之作，为文学批评和文学史研究提供了一种新的视角。

六、试题库

试　题　I

一、填空题（每小题1分）

1. 劳动为人的生存和发展提供了物质基础，也为文学发生创造了________

条件。

2. 提出文艺是绝对理念的感性显现的理论家是________。

3. 加拿大批评家________认为文学发展像自然界的四季更替一样，喜剧、传奇、悲剧、讽刺文学分别对应于春夏秋冬四季。

4. 美国学者布鲁姆认为，诗的历史形成和文学的发展乃是一代代作者________各自前辈的结果。

5. “今夫举大木者，前呼‘邪许’，后亦应之，此举重劝力之歌也。”出自中国古代典籍________。

6. 语言和审美意识，才为文学的发生提供了更为________的推动力量。

7. 文学萌芽状态的语言以________的形式存在。

8. 魏晋士人心态直接影响了建安七子、正始名士、竹林七贤、陶渊明等的文学创作，这表明，物质生产和社会生活对于文学发展的推动，要经过________这一中介环节。

二、单选题（每小题 1 分）

1. 对原始艺术作了具有开拓意义的研究的德国艺术史家是（　　）。

A. 格罗塞　　B. 斯宾塞

C. 尼采　　D. 叔本华

2. 德国思想家席勒认为，在（　　）里人成为自由而完整的人。

A. 感性冲动　　B. 审美游戏

C. 理性冲动　　D. 生产劳动

3. 德国学者谷鲁斯将艺术活动归结为（　　）的心理活动。

A. 无意识　　B. 过剩精力

C. 外摹仿　　D. 内摹仿

4. 法国结构主义人类学家（　　）从俄底浦斯神话的多种流传版本中发现，这些神话故事都受制于深层二元对立模式，体现出大体相似的关系及其内在的结构。

A. 列维-斯特劳斯　　B. 格雷姆·特纳

C. 罗曼·英加登　　D. 汉斯-格奥尔格·加达默尔

5. “文变染乎世情，兴废系乎时序”，这句话出自刘勰的（　　）。

A.《论衡》　　B.《文心雕龙》

C.《诗薮》　　D.《诗品》

6.（　　）是文艺的生命。

A. 继承　　B. 批判

C. 创新　　D. 修正

三、多选题（每小题 2 分）

1. 弗雷泽提出的两条巫术原理是（　　）。

A. 相似律　　B. 接触律

C. 三一律　　D. 矛盾律

E. 因果律

2. 原始神话在思维上具有的主要特征是（　　）。

A. 内容形式统一性　　B. 无意识性

C. 主客交融性　　D. 强烈的形象性

E. 强烈的情感性

3. 人类早期文学的特征是（　　）。

A. 文体上完全自觉　　B. 文学与非文学相杂糅

C. 具有多重功能　　D. 具有纯粹的审美功能

E. 具有纯粹的实际功利性

4.“经济上落后的国家在哲学上仍然能够演奏第一小提琴”，这主要说明（　　）。

A. 文学对一个社会经济发展具有促进作用

B. 文学对一个社会政治发展具有促进作用

C. 文学自身的发展具有一定的独立性

D. 文学发展与社会发展之间具有不同步性

E. 不应否认文学艺术对社会历史的积极作用

四、名词解释（每小题 6 分）

1. 巫术说

2. 文学发展的平衡性

3. 文学发展的继承性

4. 百花齐放

五、辨析题（每小题 4 分）

1. 人的“过剩精力”是文艺与游戏产生的共同生理基础，因此，文学起源于游戏。

2. 文学随社会生活变化而变化。

3. 劳动创造出超越于动物感觉器官之上的“有音乐感的耳朵”“能感受形式美的眼睛”。

4. 推动中华优秀传统文化及文艺的创造性转化，是传统文化及文艺的简单重复和模仿。

六、简答题（每小题 4 分）

1. 简述语言在文学发生中的作用。

2. 简述文学发展的创新导向。

七、论述题（每小题 15 分）

1. 结合下面一段话，论述文学发展与社会发展之间存在的局部的不平衡性。

> 18 世纪的德国，“国内的手工业、商业、工业和农业极端凋敝”，“一切都烂透了，动摇了，眼看就要坍塌了”，尽管“这个时代在政治和社会的方面是可耻的，但是在德国文学方面却是伟大的”，出现了歌德、席勒等一批伟大的文学家、艺术家。（［德］恩格斯《德国状况》）

2. 结合下面一段话，论述劳动是艺术发生的根本动因。

> “在其发展的最初阶段上，劳动、音乐和诗歌是极其紧密地互相联系着的，然而这三位一体的基本的组成部分是劳动，其余的组成部分只具有从属的意义。”“毕歇尔深信，诗歌的产生是由精力充沛的具有节奏感的身体动作、特别是我们称之为劳动的身体动作所引起的；这不仅在诗歌的形式上是正确的，而且在内容上也是如此。”（［俄］普列汉诺夫《没有地址的信（1899—1900 年）》）

参考答案

一、填空题

1. 客观

2. 黑格尔

3. 弗莱

4. 误读

5.《淮南子》

6. 直接

7. 口头语言

8. 社会心理

二、单选题

1	2	3	4	5	6
A	B	D	A	B	C

三、多选题

1	2	3	4
AB	CDE	BC	CD

四、名词解释

1. 巫术说认为艺术发生与原始人类的巫术活动有关，其主要代表有泰勒、弗雷泽等。(2 分) 泰勒提出，原始人史前洞穴壁画出于一种巫术的动机。(1 分) 弗雷泽认为巫术仪式中蕴含艺术的胚芽，巫术意义的生产过程对文学的发生有重要影响乃至直接的借鉴。(1 分) 巫术说为认识原始艺术的发生提供了重要参考，但未能从根本上揭示原始艺术发生的真正原因。(2 分)

2. 文学发展与社会发展之间的平衡性，是指文学发展与社会发展在总体上具有一致性。(2 分) 从总体的社会形态来看，人类社会不同的社会形态在相应的文学形态上打下了深刻的印迹。(1 分) 一定社会的文学是以这个社会的物质生产为基础的，文学的发生、发展离不开一定的社会经济条件，并与经济基础相适应。(2 分) 从中外文学史实来看，文学发展的历史脉络与社会发展的历史轨迹息息相关。(1 分)

3. 文学发展的继承性，既表现在优秀文学传统直接影响作家的审美理想和审美方式方面，也表现在文学作品的内容和形式的发展上。(2 分) 文学传统本身就是一个动态、开放和不断发展的系统，它肇始于过去，积淀于现在，影响着将来。(1 分) 文学的发展还有横向借鉴，即一个时代和民族的文学对于同时代其他文化与民族的文学的继承与借鉴。(1 分) 文学的发展必须以继承为基础进行创造。(2 分)

4.“百花齐放”是毛泽东针对民族戏曲改革发展问题而提出的。(1 分)“百花齐放”指“艺术上不同的形式和风格可以自由发展，科学上不同的学派可以自由争论”。(2 分) 强调了文学发展关键在于创新。(1 分) 只有在既继承又发展、既扬弃又创新的辩证统一运动中，中国文学的发展才会有巨大生命

力。(2 分)

五、辨析题

1. 错误。(1 分) 游戏说认为文艺发生于人类的游戏活动，主要代表有康德、席勒、谷鲁斯等。(1 分) 最早从理论上阐述游戏说的是德国哲学家康德，席勒系统地继承并加以发挥。(1 分) 游戏说为认识原始艺术的发生提供了重要参考，但未能从根本上揭示原始艺术发生的真正原因。(1 分)

2. 正确。(1 分) 在文学内容上，不同的社会历史阶段或形态中产生的文学，往往有着不同的内容。(1 分) 在文学形式上，物质生产及社会历史的发展推动文学形式的演变。(1 分) 在文学媒介上，一定的文学媒介的兴盛总是取决于科学技术发展水平。(1 分)

3. 正确。(1 分) 劳动为人的生存活动提供了物质基础。(1 分) 劳动为原始艺术的发生创造了生理条件。(1 分) 在劳动实践中，劳动为原始艺术的发生准备了生产主体。(1 分)

4. 错误。(1 分) 在当代，传承和弘扬中华优秀传统文化及文艺，重点做好创造性转化和创新性发展。(1 分) 推动中华优秀传统文化及文艺的创造性转化、创新性发展，是结合当前、面向未来的创新、创造和再生。(1 分) 既继承民族文化及文艺，又根据新时代的审美需要，进行文化及文艺革新，勇于创造，这是当代中国文化及文艺发展的使命和任务。(1 分)

六、简答题

1. 语言为文学的发生提供了更为直接的推动力量。(1 分) 语言诞生以后，伴随着劳动实践的日益进步，人的思维更加成熟，语言得到进一步发展，便开始出现文学的萌芽。(1 分) 文学萌芽状态的语言以口头语言的形式存在。(1 分) 随着语言的发展，特别是文字的出现，文学从萌芽状态进一步生长，并随着审美意识的成熟而确立。(1 分)

2. 创新是文艺的生命。(1 分) 要把创新精神贯穿文艺创作全过程，增强文艺原创能力。(1 分) 要在提高原创力上下功夫，在拓展题材、内容、形式、手法上下功夫，推动观念和手段相结合、内容和形式相融合、各种艺术要素和技术要素相辉映。(1 分) 推进文学发展，基础在继承，关键在创新。在继承基础上的创新，往往是最好的继承。(1 分)

七、论述题

1. 文学发展与社会发展之间的局部的不平衡性，是指文学发展与物质生产发展之间在局部出现的不一致。这种不平衡性是文学发展的一种普遍规律。（4分）文学发展与社会发展之间的这种“不平衡”有两种典型表现：一是某些文艺体裁只能在生产发展相对低级的阶段兴盛；二是物质生产发展水平落后的国家或地区可能在文学艺术上反而领先。18世纪德国的社会发展非常落后，而文学发展却非常繁荣，就是典型的例子。（4分）文学发展与物质生产发展之间出现局部“不平衡”的最主要的原因：一是文学发展在受到物质生产的根本性制约的同时，也会反过来对其产生一定的作用，并体现出一定的独立性。二是物质生产和社会生活对于文学发展的推动，要经过一系列复杂的中介环节。（4分）

结合材料论述，酌情加1分。

2. 这可以从人类为何创造艺术以及怎样创造艺术的历史中去理解。劳动创造出超越于动物感觉器官之上的“有音乐感的耳朵”“能感受形式美的眼睛”，这就为艺术的发生准备了主体条件。（4分）劳动为原始艺术的发生准备了生产工具。古典时代的文字、纸笔和书籍，近现代以来的大众传媒，当代社会基于互联网技术的网络科技等，都是从事人文艺术活动的生产工具。（4分）劳动实践推动人的自我意识的觉醒，有了主体运用艺术方式去表达现实生活的欲望，为原始艺术的发生提供了主体需要。（4分）劳动为原始艺术创造了形式与内容的早期范型，从而促进了原始艺术的发生。

结合具体材料论述，酌情加1~3分。

试　题　Ⅱ

一、填空题（每小题1分）

1. 文学的发生，客观上需要一定的物质基础和生理条件，主观上需要一定的________条件。

2. 席勒认为，人的________是文艺与游戏产生的共同生理基础。

3. 我国文学家________指出，“我们的祖先的原始人，原是连话也不会说的，为了共同劳作，必需发表意见，才渐渐的练出复杂的声音来”。

4. 早期文学仍然具有文学与非文学相杂糅的文体特征和________。

5. 俄国民间文艺学者________研究俄罗斯100个民间故事后发现，无论情节如何变化，万变不离其宗，都是某些功能要素排列组合形成的结构的变形。

6. ________的发明，标志着人类文学发展进程的一次伟大转折。

7. 中国古代典籍________提出：“治世之音安以乐，其政和；乱世之音怨以怒，其政乖。”

8. 文学传统本身是一个动态、开放和不断________，它肇始于过去，积淀于现在，影响着将来。

二、单选题（每小题1分）

1.（　　）曾引用卡·毕歇尔在《劳动与节奏》一书中的观点，并据此阐发说：“诗歌的产生是由精力充沛的具有节奏感的身体动作、特别是我们称之为劳动的身体动作所引起的。”

A. 普列汉诺夫　　B. 列宁

C. 恩格斯　　D. 卢卡奇

2. 在自觉的审美意识阶段，原始初民逐渐形成审美意识上的自觉以及对文学（　　）的自觉。

A. 内容　　B. 风格

C. 形式　　D. 体裁

3.“歌谣文理，与世推移”，出自刘勰的（　　）。

A.《艺概》　　B.《文心雕龙》

C.《诗辨》　　D.《鹤林玉露》

4.“文律运周，日新其业。变则其久，通则不乏”，强调了（　　）。

A. 继承的重要性　　B. 创新的重要性

C. 复古的重要性　　D. 继承与创新的统一

5. 加拿大批评家（　　）提出文学发展像自然界的四季更替一样，喜剧、传奇、悲剧、讽刺文学分别对应于春夏秋冬四季。

A. 姚斯　　B. 弗莱

C. 车尔尼雪夫斯基　　D. 尼采

6. 文学发展在受到物质生产的根本性制约的同时，也会反过来对其产生一定的作用，并体现出一定的（　　）。

A. 依附性　　B. 矛盾性

C. 适应性　　D. 独立性

三、多选题（每小题2分）

1.《吴越春秋》卷九记载了一首《弹歌》：“断竹，续竹，飞土，逐肉”，对此阐发正确的是（　　）。

A. 从内容看，与原始狩猎活动有关

B. 从形式看，语言古朴，节奏急促，应是一首比较古老的歌谣

C. 这些内容、形式极其简单的诗歌，被以书面文字为媒介记载下来

D. 保留了早期的文学形态

E. 文字的出现，使早期口头文学逐渐获得越来越系统的整理

2. 对于非自觉的审美意识阶段，下列表述正确的是（　　）。

A. 审美意识与原始人的思维交融一体

B. 审美意识还具有原始思维所具有的那些特征

C. 原始思维的特征可以在原始神话中较为集中地看到

D. 原始思维的特征还可以在小说和诗歌中较为集中地看到

3. 物质生产和社会生活对于文学发展的推动，要经过一些复杂的中介环节，尤其重要的中介环节有（　　）。

A. 政治状况　　B. 社会心理

C. 文化变革　　D. 各民族文学的相互交流

E. 对传统的批判

4. 文学的创新性发展，是（　　）。

A. 按照时代的新进步、新进展

B. 对中华优秀传统文化的内涵加以补充、拓展、完善

C. 增强其影响力和感召力

D. 传统文化及文艺的简单重复和模仿

四、名词解释（每小题 6 分）

1. 游戏说

2. 创造性转化

3. 文学的继承性

4. 推陈出新

五、辨析题（每小题 4 分）

1. 巫术说并非主张文学直接来源于巫术。

2. “五官感觉的形成是迄今为止全部世界历史的产物。”

3. 社会分工为文学早期形态的出现创造了客观的社会条件。

4. 诗的历史形成和文学的发展乃是一代代作者“误读”各自前辈的结果，因此误读是文学发展的根本动力。

六、简答题（每小题 4 分）

1. 简述原始思维的主要特征。
2. 简述文学发展和繁荣最深刻的根源与最强大的动力。

七、论述题（每小题 15 分）

1. 结合下面一段文字，论述文学发展与社会发展的不平衡性。

关于艺术，大家知道，它的一定的繁盛时期决不是同社会的一般发展成比例的，因而也决不是同仿佛是社会组织的骨骼的物质基础的一般发展成比例的。例如，拿希腊人或莎士比亚同现代人相比。就某些艺术形式，例如史诗来说，甚至谁都承认：当艺术生产一旦作为艺术生产出现，它们就再不能以那种在世界史上划时代的、古典的形式创造出来；因此，在艺术本身的领域内，某些有重大意义的艺术形式只有在艺术发展的不发达阶段上才是可能的。（［德］马克思《〈1857—1858 年经济学手稿摘选〉导言》）

2. 请结合具体文学现象，论述文学发展的动力。

参考答案

一、填空题

1. 心理
2. 过剩精力
3. 鲁迅
4. 多重功能
5. 普罗普
6. 文字
7.《乐记》
8. 发展的系统

二、单选题

1	2	3	4	5	6
A	C	B	D	B	D

三、多选题

1	2	3	4
ABCD	ABC	ABCD	ABC

四、名词解释

1. 游戏说是关于文学发生的理论之一。(1 分) 游戏说认为文艺发生于人类的游戏活动，主要代表有康德、席勒、谷鲁斯等。(2 分) 最早从理论上阐述游戏说的是德国哲学家康德，席勒系统地继承并加以发挥。(2 分) 游戏说为认识原始艺术的发生提供了重要参考，但未能从根本上揭示原始艺术发生的真正原因。(2 分)

2. 创造性转化，是要按照时代特点和要求，对那些至今仍有借鉴价值的内涵和陈旧的表现形式加以改造，赋予其新的时代内涵和现代表达形式，激活其生命力。(2 分) 在当代，应结合中国特色社会主义新时代的新特点，传承和弘扬中华优秀传统文化，重点做好创造性转化和创新性发展。(2 分) 按照这样的方针推进文艺事业，有助于传统文化及文艺遗产与当代现实文化及文艺新需要实现融通。(2 分)

3. 文学发展的继承性，表现在优秀文学传统直接影响作家的审美理想和审美方式方面，(2 分) 也表现在文学作品的内容和形式的发展上。(1 分) 文学传统本身就是一个动态、开放和不断发展的系统，它肇始于过去，积淀于现在，影响着将来。(1 分) 文学的发展还有横向借鉴，即一个时代和民族的文学对于同时代其他文化与民族的文学的继承与借鉴。(2 分)

4. “推陈出新” 是毛泽东针对民族戏曲改革发展问题而提出的，强调是 “推陈” 和 “出新” 两个方面。(2 分) 推陈是立足于当代，摒弃那些不适合今天需要的东西。(2 分) 出新是对传统文化进行清理和提炼，并积极创造新的内容和形式，赋予其新的生命力。(2 分) 只有在既继承又发展、既扬弃又创新的辩证统一运动中，中国文学的发展才会有巨大生命力。(2 分)

五、辨析题

1. 错误。(1 分) 巫术说认为艺术发生与原始人类的巫术活动有关，其主要代表有泰勒、弗雷泽等。(1 分) 认为原始人史前洞穴壁画出于一种巫术的动机，巫术意义的生产过程对文学的发生有重要影响乃至直接的借鉴。(1 分) 巫术说为认识原始艺术的发生提供了重要参考，但未能从根本上揭示原始艺术发生的真正原因。(1 分)

2. 正确。(1 分) 劳动为人的生存活动提供了物质基础。(1 分) 劳动为原始艺术的发生创造了生理条件。(1 分) 劳动创造出超越于动物感觉器官之上的 “有音乐感的耳朵” “能感受形式美的眼睛”，从而为人类创造出从事艺术的

主体条件。(1分)

3. 正确。(1分) 原始社会后期经历了“两次社会大分工”，原始社会解体，人类进入“文明时代”。(1分) “文明时代”出现了专门从事艺术活动的“少数特权分子”，脑力劳动从体力劳动中分离出来（1分），提供了艺术实践的自由时间（1分）。

4. 错误。(1分) 这是从精神分析学角度，强调传统在文学发展变化中的强大影响。(1分) 布鲁姆认为，文学的传统和经典树立起了一个不可企及的高度，所有的伟大诗人都经受落伍感觉的煎熬，只有通过误读才能获得文学史地位。(1分) 文学发展的根本动力不是误读，而是生产劳动。(1分)

六、简答题

1. 原始思维的特征可以从原始神话中较为集中地看到。(1分) 主客交融性，即原始神话思维具有主体与客体之间相混合的特征。(1分) 强烈的形象性，即原始语言往往都与事物的具体特征有关，而缺乏抽象概括性与情感性。(1分) 强烈的情感性，即是说原始神话思维通常指向事物的具体性，并赋予事物以人的情感特征。(1分)

2. 文学发展和繁荣最深刻的根源与最强大的动力，在于人民群众的历史创造活动。(1分) 改造自然、改造社会、共同抵御外侮的斗争等社会实践都是文学发展的丰富资源。(1分) 这些社会实践也是推动中国文学不断前进的强大动力。(1分) 社会发展与社会实践或迟或早都会影响和制约文学的发展。(1分)

七、论述题

1. 文学发展与社会发展之间的不平衡性，是指文学发展与物质生产发展之间在局部出现的不一致。(3分) 某些文艺体裁只能在生产发展相对低级的阶段兴盛，而物质生产发展水平落后的国家或地区可能在文学艺术上反而领先。(3分) 文学发展会影响社会发展，体现出一定的独立性；物质生产和社会生活对于文学发展的推动，要经一系列复杂的中介环节。(3分) 文学发展与社会发展之间存在着总体上的“平衡”与局部的“不平衡”两种关系，是一种带有规律性的文学现象。物质生产或经济生活归根到底在文学发展中起着最终的支配作用，是决定文学发展的根本因素。(3分)

结合具体材料论述，酌情加1~3分。

2. 文学发展和繁荣最深刻的根源与最强大的动力，在于人民群众的历史创造活动。(3 分) 社会发展或迟或早都会影响和制约文学的发展，文学发展随社会生活变化而变化。不同的社会历史阶段或形态中产生的文学，往往有着不同的内容。(3 分) 物质生产及社会历史的发展推动文学形式的演变。人类文明经历了几个大的阶段，文学也相应发生了明显变化。物质生产及社会历史的发展推动文学形式的演变。(3 分) 还应当看到，一定的文学媒介的兴盛总是取决于科学技术发展水平。(3 分)

结合具体文学现象论述，酌情加 1~3 分。

试 题 Ⅲ

一、填空题 (每小题 1 分)

1. 德国艺术史家________对原始艺术作了具有开拓意义的研究，认为“原始”这个词的“意义是相对的而非绝对的”。

2. 劳动是原始艺术发生的________动因。

3. 刘勰在________一书中得出结论“文变染乎世情，兴废系乎时序”。

4. 早期文学存在于歌、乐、舞等________艺术活动中，这时的语言同音乐、舞蹈等艺术因素混融在一起。

5. 从现有文字记载看，一般认为________所载禹时涂山氏之女所歌“候人兮猗”，是比较可信的夏代诗歌的遗文。

6. 建安文学的兴盛同曹氏父子的政治领袖地位及其作用密切相关，这说明，物质生产和社会生活对于文学发展的推动，要经过________这一中介环节。

7. ________是指“艺术上不同的形式和风格可以自由发展，科学上不同的学派可以自由争论。”

8. 文学传统本身是一个动态、开放和不断________，它肇始于过去，积淀于现在，影响着将来。

二、单选题 (每小题 1 分)

1.“昔者仓颉作书而天雨粟，鬼夜哭。”这曲折地表明了，(　　) 的发明，标志着人类文学发展进程的一次伟大转折。

A. 文字　　　　B. 语言

C. 工具　　　　D. 意识

2. 最早从理论上阐述游戏说的德国哲学家是 (　　)。

A. 马克思　　　　B. 恩格斯

C. 康德　　D. 伊瑟尔

3. 今天还可以通过《弹歌》和《山海经》等了解先民共同狩猎和劳动的场面和故事，这表明文学艺术世界与社会形态相（　　）。

A. 矛盾　　B. 适应

C. 区别　　D. 违背

4. 提出文艺是绝对理念的感性显现的理论家是（　　）。

A. 黑格尔　　B. 雅斯贝尔斯

C. 伽达默尔　　D. 叔本华

5. 英国人类学家泰勒在（　　）一书中提出原始史前洞穴壁画是出于一种巫术的动机。

A.《判断力批判》　　B.《原始文化》

C.《原始思维》　　D.《审美教育书简》

6. “经济上落后的国家在哲学上仍然能够演奏第一小提琴”，这说明文学发展具有一定的（　　）。

A. 依附性　　B. 矛盾性

C. 独立性　　D. 审美性

三、多选题（每小题 2 分）

1.《周礼·春官·大司乐》说：“以六律、六同、五声、八音、六舞，大合乐，以致鬼、神、示，以和邦国，以谐万民，以安宾客，以悦远人，以作动物。乃分乐而序之，以祭、以享、以祀。”下列对此的阐发正确的有（　　）。

A. 审美功能与社会功能难以分开

B. 审美功能与宗教功能乃至外交功能难以分开

C. 外交功能与礼仪功能难以分开

D. 早期文学具有纯粹审美性

2. 原始初民逐渐形成审美意识上的自觉以及对文学形式的自觉，表现为（　　）。

A. 文学创作的自觉化

B. 审美情感的社会化

C. 美感特征的个性化

D. 文学形式的现代化

3.《诗经》原来是配乐的，后来乐谱散失，歌词独存，成为周代流传下来的经典诗篇，这说明（　　）。

A. 诗歌经历过早期的文学形态

B. 诗歌曾依附于音乐

C. 文字功能的多向发展推动了诗歌发展

D. 诗歌最终完全脱离了对音乐的依附

4. 物质生产和社会生活对文学形式的影响，主要表现在（　　）。

A. 社会生活的发展变化促进文学题材的变化

B. 文学题材的变化要求有新的文学形式同它相适应

C. 物质生产和社会生活的发展为文学形式的演变提供了条件

D. 一定的文学媒介的兴盛决定科学技术发展水平

四、名词解释（每小题 6 分）

1. 原始思维的特征

2. 文学早期形态的标志

3. 创造性转化

4. 巫术说

五、辨析题（每小题 4 分）

1. 语言诞生以后，伴随着劳动实践的日益进步，人的思维更加成熟，语言得到进一步发展，便开始出现文学的萌芽。

2. 劳动为原始艺术的发生准备了生产工具。

3. 文艺往往是“时代前进的号角，最能代表一个时代的风貌，最能引领一个时代的风气”。

4.“文律运周，日新其业。变则其久，通则不乏”，所谓“参伍因革，通变之数也”。

六、简答题（每小题 4 分）

1. 简述文学发展与社会发展之间的不平衡性。

2. 简述文学发展中的推陈出新。

七、论述题（每小题 15 分）

1. 结合下面两段话，论述文学发展中的不平衡性。

> “政治、法、哲学、宗教、文学、艺术等等的发展是以经济发展为基础的。但是，它们又都互相作用并对经济基础发生作用。这并不是说，只有经济状况才是原因，才是积极的，其余一切都不过是消极的结果”。

（［德］恩格斯《致瓦尔特·博尔吉乌斯（1894 年 1 月 25 日）》）

“治世之音安以乐，其政和；乱世之音怨以怒，其政乖；亡国之音哀以思，其民困。声音之道，与政通矣。”（《乐记·乐本》）

2. 分析下面三段内容，论述文学发展中继承与创新的关系。

希腊神话不只是希腊艺术的武库，而且是它的土壤……希腊艺术的前提是希腊神话，也就是已经通过人民的幻想用一种不自觉的艺术方式加工过的自然和社会形式本身。这是希腊艺术的素材。（［德］马克思：《〈1857—1858 年经济学手稿摘选〉导言》）

一时期的风气经过长时期而能持续，没有根本的变动，那就是传统。传统有惰性，不肯变，而事物的演化又迫使它以变应变，于是产生了一个相反相成的现象。（钱锺书《七缀集》）

“文律运周，日新其业。变则其久，通则不乏”，所谓“参伍因革，通变之数也”。（〔南朝梁〕刘勰《文心雕龙·通变》）

参考答案

一、填空题

1. 格罗塞
2. 根本
3. 《文心雕龙》
4. 混合性
5. 《吕氏春秋》
6. 政治状况
7. 百花齐放
8. 发展的系统

二、单选题

1	2	3	4	5	6
A	C	B	A	B	C

三、多选题

1	2	3	4
ABC	ABC	ABCD	ABC

四、名词解释

1. 原始思维的特征可以从原始神话中较为集中地看到。（2分）主客交融性，即主体与客体之间相混合。（2分）强烈的形象性，即原始神话思维通常指向事物的具体性，与事物的具体特征有关。（2分）强烈的情感性，即赋予事物以人的情感特征，原始人的拟人化思维赋予对象以人性，使其具有人的感情、情思。（2分）

2. 早期文学仍然具有文学与非文学相杂糅的文体特征和多重功能。（2分）早期文学呈现多种功能相融合的特点，如认识、教化、交往和审美等功能交织在一起。（2分）就文体而言，早期文学与其他作品也不是截然分开的。（2分）

3. 传承和弘扬中华优秀传统文化，重点做好创造性转化和创新性发展。（2分）创造性转化，是要按照时代特点和要求，对那些至今仍有借鉴价值的内涵和陈旧的表现形式加以改造，赋予其新的时代内涵和现代表达形式，激活其生命力。（2分）创造性转化、创新性发展，是结合当前、面向未来的创新、创造和再生。（2分）

4. 巫术说是关于艺术发生的一种理论观点。（1分）认为艺术发生与原始人类的巫术活动有关，其主要代表有泰勒、弗雷泽等。（2分）认为原始人史前洞穴壁画出于一种巫术的动机，巫术意义的生产过程对文学的发生有重要影响乃至直接的借鉴。（1分）巫术说为认识原始艺术的发生提供了重要参考，但未能从根本上揭示原始艺术发生的真正原因。（2分）

五、辨析题

1. 正确。（1分）文学萌芽状态的语言同音乐、舞蹈交融在一起。（1分）文学萌芽状态的语言以口头语言的形式存在。（1分）随着语言的发展，特别是文字的出现，文学从萌芽状态进一步生长。（1分）

2. 正确。（1分）早期的艺术常常是歌、乐、舞结合的形式，这种结合可以被看作是劳动的一种移植形式。（1分）原始艺术的形式，与劳动实践有着多重密切关联。（2分）

3. 正确。（1分）文学发展在受到物质生产的根本性制约的同时，也会反过来对其产生一定的作用。（1分）文学发展体现出一定的独立性。（1分）文学艺术等上层建筑因素对一个社会的经济、政治的发展也有着重要的促进作用。（1分）

4. 正确。（1分）在既有基础上因时损益，错综变化，继承与创新并举，才是变通之法。（1分）文学创作要按规律进行，时时有所创新，善于变化才能持久，善于会通才不会贫乏。（1分）在继承基础上的创新往往是真正的创新。（1分）

六、简答题

1. 文学发展与社会发展之间的不平衡性，是指文学发展与物质生产发展之间在局部出现的不一致。（1分）某些文艺体裁只能在生产发展相对低级的阶段兴盛，而物质生产发展水平落后的国家或地区可能在文学艺术上反而领先。（1分）文学发展会影响社会发展，体现出一定的独立性；物质生产和社会生活对于文学发展的推动，要经一系列复杂的中介环节。（1分）局部的“不平衡”性是一种带有规律性的文学现象。（1分）

2.“推陈出新”是毛泽东针对民族戏曲改革发展问题提出的。（1分）“推陈出新”强调“推陈”和“出新”两个方面。推陈即立足于当代，摒弃那些不适合今天需要的东西。（1分）出新是对传统文化进行清理和提炼，并积极创造新的内容和形式，赋予其新的生命力。（1分）只有在既继承又发展、既扬弃又创新的辩证统一运动中，文学的发展才会有巨大生命力。（1分）

七、论述题

1. 文学发展与社会发展之间的不平衡性，是指文学发展与物质生产发展之间在局部出现的不一致。（3分）某些文艺体裁只能在生产发展相对低级的阶段兴盛，而物质生产发展水平落后的国家或地区可能在文学艺术上反而领先。（3分）文学发展会影响社会发展，体现出一定的独立性；物质生产和社会生活对于文学发展的推动，要经一系列复杂的中介环节。（3分）文学发展与社会发展之间存在着总体上的“平衡”与局部的“不平衡”两种关系，是一种带有规律性的文学现象。物质生产或经济生活归根到底在文学发展中起着最终的支配作用，是决定文学发展的最根本因素。（3分）

结合材料论述，酌情加1~3分。

2. 文学的发展有自己的历史继承性，既表现在优秀文学传统直接影响作家的审美理想和审美方式方面，也表现在文学作品的内容和形式的发展上。（2分）文学发展以继承为基础，一是文学传统本身就是一个动态、开放和不断发展的系统，它肇始于过去，积淀于现在，影响着将来。二是文学的发展还有横向借鉴，即一个时代和民族的文学对于同时代其他文化与民族的文学的继承与借鉴。（2分）文学发展以创新为导向。推进文学发展，基础在继承，关键在创新。创新是文艺的生命。（2 分）在继承的基础上以创新为导向，把创新精神贯穿文艺创作全过程，增强文艺原创能力。（2 分）继承和创新，是一个民族文化生生不息的两个重要力量。不善于继承，就没有创新的基础；不善于创新，则缺乏继承的活力。在继承基础上的创新，往往是最好的继承。继承与创新辩证统一，百花齐放、百家争鸣、推陈出新、古为今用、洋为中用，是发展社会主义文学事业的正确道路。(2 分)

结合具体文学现象论述，酌情加 1~5 分。

第十章　文学活动的当代发展

一、内容提要

在当代，文学活动已经成为人类社会生产的一部分，具有突出的文学生产与文学消费特征。文学生产是指市场经济条件下的文学创作和文学作品制作活动，文学消费是指与这样的文学生产相适应的拥有、阅读和欣赏文学作品的社会行为。

当代文学生产的新特点主要表现在以下方面：当代文学生产规模和受众群体日趋扩大；当代文学需要依托文化产业和文化市场运作；文学生产的组织化和制度化倾向日益明显。当代文学消费的新特点主要表现在以下方面：文学消费的扩张性和快餐化日趋明显，文学消费出现“夸示式消费”现象。在消费文化的影响下，当代文学生产的主导动力和重要目标正在发生变化，文学消费对文学生产的反作用越来越大。

当代文学生产同时具有精神属性和商业属性。这决定了文学生产要注重社会效益与经济效益的统一。当代文学消费也具有精神消费与物质消费的两重性。任何文学商品都不允许与社会主义核心价值观相抵触。当两个效益、两种价值发生矛盾时，经济效益要服从社会效益，市场价值要服从社会价值。

随着现代电子技术和网络技术的空前发展，广播、电影、电视等电子媒介和网络日渐成为现代文化的主要传播形式。当代文化创造领域的图像化转向和日常生活的审美化，对当今时代的文学发展既有积极作用又有消极影响。

网络文学是当代文学的新形态，具有突出的类型化特征、令人痴迷的虚拟性、鲜明的游戏性和便捷的互动性。网络文学对当代文学和艺术的发展起到了一定的推动作用，开拓了文学活动的共享空间，有助于满足多样化的文学需求，对当代文化产业的繁荣有一定的促进作用。但一些网络作品流露出远离现实、逃避社会的偏向，过于强化商业化、娱乐性而忽视思想性、艺术性，格调低俗、立意单薄、价值观错乱。对此，应当采取正面引导、团结和吸引的方针，需要在鼓励和推动网络文学发展的同时，更加主动有力地加强对网络文学发展的引导，改进在场的网络文学批评。

经济全球化进程使得当代世界范围内各种思想文化的交流、交融、交锋更加频繁。全球化进程中，民族文学面临着前所未有的机遇与挑战。全球化拓展了中国文学的叙事空间，改变了中国文学的审美范型，丰富了中国文学的维度。

我国文学的跨文化交流应当坚持文明间的多彩、平等、包容的基本原则，并采取以下态度：相互理解，彼此尊重；以我为主，理性选择，坚持文化自信，在开放与引进中坚持应有的批判态度和主体立场；借鉴吸收，融合创新，在跨文化交流中推进民族文学的繁荣发展。

二、关键词与考点

（一）关键词

1. 文学生产。文学生产是文学创作活动的社会过程。人类社会生产包括物质生产、精神生产和人类自身的生命生产，文学生产属于社会的精神生产领域中的艺术生产。文学生产是人的本质力量“对象化”的表现，是“按照美的规律”进行的美的生产，其结果不仅满足了生产者自己的需要，而且也满足了他人和社会的需要，是一种“全面的”生产。在当代，文学生产是指市场经济条件下的文学创作和文学作品制作活动。

2. 文学消费。文学消费有广义和狭义之分。广义的文学消费是指人们用文学作品来满足自己的精神需求的过程，即文学阅读、文学欣赏与文学接受。这种意义上的文学消费是自有文学以来就一直存在的。狭义的文学消费是在近代以来才出现的，指的是在文学成为一种特殊的商品以后，人们对它的消费、阅读或欣赏。在当代，文学消费是指与此时文学生产相适应的拥有、阅读和欣赏文学作品的社会行为。

3. 媒介。媒介通常是指那些承载、传递、扩大、延伸人类信息的物质载体和通道，如口语、文字、电视、网络等。人类历史上的文学传播媒介大致经历了四个发展阶段，即口语媒介阶段、文字书写媒介阶段、印刷媒介阶段、电子媒介阶段。20 世纪初叶以来，随着现代电子技术的空前发展，广播、电影、电视等电子媒介和网络媒介日渐成为现代文化的主要传播形式。

4. 图像化转向。图像化转向（pictorial turn，也译为“图像转向”）一般指涉一个视觉文化勃兴、印刷文化渐趋衰落的文化语境。在中国，类似于“图像转向”的表达是“读图时代”。随着电影、电视的发明以及电子数码技术的迅速发展，当代文化正越来越向视觉化或图像化方面发展。当代图像文化已不是艺术与文化领域里特有的文化新现象，而是广泛地侵入社会生活领域，成为生活领域的日常现实。

5. 网络文学。网络文学是一种新兴的文学形态，主要指网络原创文学，即用电脑创作、在网络首发、供网民阅读的文学作品，既包括离开电脑等电子设备和网络便无法生存的数字文学作品（如超文本文学、多媒体文学等），也包括在网络上生产、首发、传播并且能够下载、出版的文字作品。在中国，网络文学发展速度惊人、作家数量众多、读者范围广泛，对电影、电视等其他艺术门类的影响强劲，已经成为中国当代文学不可忽视的重要组成部分。

6. 全球化。"全球化"一般是指全球各国间经济和贸易相互联系的扩大、深化及其加速状况，即经济全球化。经济全球化进程不断突破和消除了原有的各种边界（金融、技术、商品、信息、空间、族群等）的限制，不仅使生产要素在全球得以配置，还促进了不同的生活方式、价值观念、意识形态等精神力量的跨国交流、碰撞、冲突与融合，呈现出开放的、去地域的、流动的、时空压缩的状态，使得当代世界范围内各种思想文化的交流、交融、交锋更加频繁。

（二）考点

1. 文学生产与消费的时代性。要求把握文学生产与文学消费的时代性，理解不同时代的文学生产与文学消费有其不同特点；重点考察当代文学生产与文学消费表现出的新特点，明确二者间关系出现的新变化。

2. 文学生产与消费的两重性。要求把握当代文学生产与文学消费的两重性的基本内容；理解当代文学生产的社会效益与经济效益的统一问题。

3. 电子媒介与文学发展。要求理解传播媒介对文学发展的作用，明确电子媒介与文学发展的关系；重点考察电子媒介的传播特点以及电子媒介对当代文学发展的影响。

4. 图像化转向。要求理解图像化转向在文化生产、消费及日常生活领域的基本表现，明确图像化转向给当代文学的发展带来了怎样的影响。

5. 网络文学的定义、特点、作用和现存问题。要求掌握网络文学的定义和特点，把握网络文学及网络文艺在整个文艺发展中的作用和影响力；明确网络文学在独创性、价值观取向等方面显露的问题及相应的改进措施。

6. 全球化。要求领会全球化的内涵，掌握全球化进程给民族文学带来的机遇与挑战以及对当代文学发展的影响；把握文学的民族性与文学的世界性之间的辩证关系。

7. 我国跨文化文学交流的目的、原则和基本态度。要求把握我国跨文化文学交流的目的、原则和基本态度，在跨文化文学交流的目的和原则方面形成更为自觉与明确的认识。

三、知识点精讲

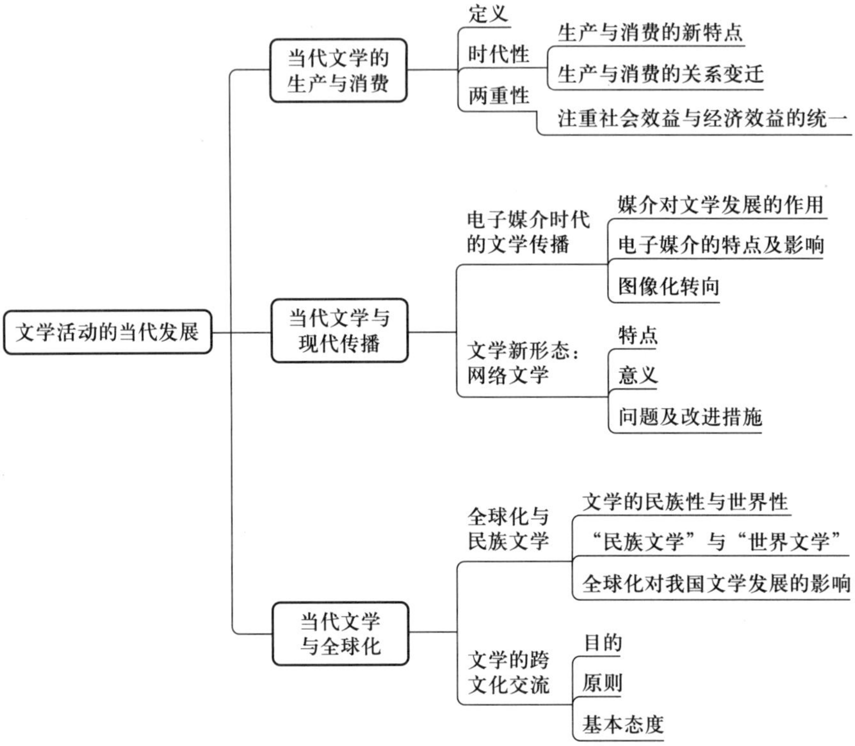

本章知识结构图

本章的重要知识点包括文学生产与消费的时代性、文学生产与消费的两重性、电子媒介的传播特点及其对当代文学发展的影响、网络文学的特点、网络文学的影响和作用、网络文学的现存问题及改进措施、全球化对我国当代文学发展的影响、我国跨文化文学交流的目的和原则等。

1. 文学生产与消费的时代性。由于市场经济和社会化大生产日益发达，经济、政治、文化、社会等领域之间相互交融，文学生产与文学消费也体现出鲜明的时代特征。当代文学生产不同于传统的文学创作，文学消费也不再等同于过去的艺术欣赏，具有了新的时代特点，文学生产与文学消费的关系也出现了一些重要变化。理解这个问题，需要抓住如下三个要点：

（1）当代文学生产的新特点。第一，当代文学生产规模和受众群体日趋扩大。在当代，物质生产空前发达，社会资本巨量积聚，为文学产品的大规模生产奠定了厚实的物质基础。当代科技的发展，譬如激光照排技术和远程网络信息传输技术的发展，也为书籍和期刊的大规模印制和传输提供了前所未有的技术保证。第二，当代文学需要依托文化产业和文化市场运作。当代的文学生产在整体上属于文化产业的组成部分，需要顾及受众和文化市场的反应和趣味，受众和市场对作家的创作发挥着比以往更大的影响和引导作用。第三，文学生产的组织化和制度化倾向日益明显。文学作为一种社会实践和生产活动，受到了各种力量的共同影响，是历史合力的结果。职业作家群、稿酬制度、文学社团、作家组织、学校、受众群体、批评家、媒介、文艺政策、文学奖和文学会议等，这些看似在文学文本之外的诸多因素，日益明显地影响着当代文学的发展，决定着文学的生产和消费的过程和特点。

（2）当代文学消费的新特点。第一，文学消费的扩张性和快餐化日趋明显。在当代，人们的生活节奏加快，获得信息的途径增多，文化消费方式更加多样，加上大众传媒推波助澜，使那些阅读容易、接受便捷、符合时尚追求的文学作品越来越受到人们的喜爱。这种快餐化趋向消解了传统文学作品所具有的高雅韵味，加剧了人们文学鉴赏趣味的单一化。第二，文学消费出现“夸示式消费”现象。“夸示式消费”主要是指消费者为炫耀身份和地位而进行的文学消费。

（3）当代文学生产与文学消费的关系变迁。当代文学生产和文学消费的关系相比以前出现了一些新的变化。第一，文学生产与文学消费的关系日益密切。近代以来，随着生产力水平的提高，社会分工进一步细化，文化的普及和识字人口的数量空前增加，文学生产规模大为扩张，以文学创作和文学传播为职业的人数量增多，文学消费不再限于少数读书人和上层统治者范围，而是开始面向社会各阶层的广大受众。文学生产与消费同现代社会生产方式相适应，文学作品也像物质生产的产品一样成为可以自由买卖的商品，能够同别的产品进行交换，同时具有了使用价值和交换价值，需要付费购买。文学生产已被体制化地纳入商品生产和文化产业的链条之中，成为工业生产的一个部门，文学生产的重要目的就是为了满足消费，能够赢利。进入互联网时代，既是消费者又是生产者的“产消者”或“生产型用户”日益增多，从而构成了新的文学生产和文学消费形态，也导致作者和读者的关系更为密切。第二，在消费文化的影响下，当代文学生产的主导动力和重要目标正在发生变化。文学消费对文学生产的反作用越来越大。随着文学生产规模扩大，文学资源匮乏、文学产品短缺的现象日益减少，文学生产对于文学消费的绝对主导趋势渐渐被逆转，文学生产正越来越多地受到文学消费时尚的引导。同时，当代文学的生产也越来越受到消费社会的审美趣味的影响。

2. 文学生产与消费的两重性。这一问题包含三个要点：

（1）文学生产的两重性。文学生产的两重性，是指当代文学生产同时具有精神属性和商品属性的状况。当代文学生产作为精神生产活动，创造着满足公众审美文化需求的精神产品，具有物质生产所不可替代的社会价值；同时，市场经济条件下的文学生产活动也具有产业属性或商品属性，能够为文学产品的创作者、出版发行者带来商业利润。这种两重性使当代文学生产既作为社会精神生产的文化事业而存在，同时也作为社会商品生产的文化产业而存在。作为文化事业，文学生产承担着为社会提供精神文化产品的职责，追求的是精神价值和社会效益；而作为文化产业，文学生产活动则主要是一种经营活动，在追求精神价值和社会效益的同时，需要适当考虑商业价值、经济效益及扩大再生产。在当代中国，文化生产发挥着创造和传播社会主义先进文化、弘扬社会主义核心价值体系的重要作用，同时作为商业性经营活动，在经济社会发展中扮演着越来越重要的角色。

（2）文学消费的两重性。与当代文学生产的两重性相应，当代文学消费也具有精神消费与物质消费的两重性。一方面，文学产品作为精神产品，能够使消费者受到精神感染和教育。另一方面，文学产品具有一般物质产品的特点，需要通过购买或其他方式拥有才能实现消费。这里的其他方式包括政府免费发放和社会赠予等。

（3）文学生产要注重社会效益和经济效益的统一。当代文学生产与文学消费具有两重性，这决定了文学生产要注重社会效益与经济效益的统一。第一，文学生产要把社会效益放在首位。文学生产作为精神文化价值的社会生产活动，其产品深刻地影响人的精神世界，因此所追求的效益首先应该是社会效益，而不是经济效益。生产更多更好的优秀文学作品，满足人民大众的审美文化需求，提高人民大众的文学和文化素养，振奋人民的精神，是我国文学为人民服务、为社会主义服务的宗旨在文学生产领域的体现。第二，以社会效益引领经济效益，追求二者的有机统一。文学生产的参与者以及政府文化管理部门，既要充分重视文学艺术的精神生产特殊性，始终将社会效益放在首位，同时又要做到社会效益与经济效益相统一，积极扶持和引导文学产业的发展，使文学生产与市场的关系步入良性互动的轨道。

3. 传播媒介对文学发展的作用。回答这一问题需要抓住三个要点：

（1）文学媒介是文学传播的物质载体，构成了文学的感性存在方式。文学作为语言艺术，记录语言的文字和文学形象总是依托于一定的物质媒介并借此得以流传。

（2）文学媒介对于文学的创作与欣赏、生产与消费有着重要的塑造与规范作用。媒介不单纯是传递信息、知识、内容的载体和工具，它对信息、知识、内容有着强烈的反作用，影响着信息的内容构成和结构方式。同样，文学媒介也不仅仅是传递文学信息的工具，媒介对文学的题材、形象、风格特征、接受特点以及生产规模等均有着重要的影响。

（3）文学媒介是文学生产与传播能力的延伸。这种延伸作用主要体现在两个方面：一是文学媒介特别是文字、印刷媒介和电子媒介的产生与发展，使得文学对于人类生活世界的反映愈加丰富广阔，对人类内心世界的表现更加及时与直接；二是文学媒介的发展特别是现代电子传媒的发展，使人类的文学传播突破了早期的时空界限，比以往的传播规模更大，传播速度更快，传播范围更广。

4. 电子媒介的传播特点及其对当代文学发展的影响。这一问题包含如下两个要点：

（1）电子媒介的传播特点。其一，电子媒介实现了信息的远距离、超时空的快速传输，同时其复制、储存与传播信息内容的能力也比印刷媒介更为强大。其二，由原来的单一媒介传播走向多媒体全息传播。这不仅对生活、事物的反映具有高度的逼真性与现场感，而且传者与受者在信息的交流与共享方面具有即时性、共在性的特点。其三，对于受众文化水平的要求相对较低，其传播具有极大的广泛性和普及性。

（2）电子媒介对当代文学发展的影响。总的来看，电子媒介对于文学的发展既有其积极的一面，也有其消极的一面。一是广播文学、影视文学、网络文学等新的文学形态或文艺样式的兴起，改变着传统上以纸质印刷媒介为主要载体的文学存在形式，使文学的传播方式和存在形式发生了很大的变化，使文学大家族变得更加丰富多样。二是文学与其他艺术门类的互动进一步增强，如将历史上流传下来的文学作品改编成为广播文艺、影视作品等，使之以新的文学形态或文艺样式进行传播，产生了新的接受效果。三是文学的社会功能逐渐向休闲娱乐方向偏移，传统社会中文学的雅、俗之分以及现代社会中文学的审美取向与非审美取向之间的区分逐渐消解。四是伴随着广播、电影、电视、网络日渐成为当代的主导媒体，以这些媒体为依托的艺术样式也在当代艺术生产与消费的总体格局中越来越占据有利的主导性的位置，而文学在艺术活动以及社会文化总体结构中的位置相对来说被边缘化了。

5. 电子媒介的图像化转向及其与当代文艺的关系。需要把握以下三个要点：

（1）随着电影、电视的发明以及电子数码技术的迅速发展，当代文化正越来越向视觉化或图像化方面发展。当代社会的图像化在直观层面上首先表现在文化生产与消费的领域，电影、电视、摄影、网络图像、卡通读物、图像化书刊等都是构成这一文化现象的不同组成部分。在这一过程中，照相、电影、电视、网络等媒体技术的发展起到了主导作用，为当代文化的图像化转向提供了技术支撑和保证。

（2）当代社会的图像化不是艺术和文化领域的专有物，而是日常生活领域的普遍现象。有学者将生活领域的图像化视为“日常生活的审美化”的重要表现，并且认为日常生活的审美化是与文化创造领域的直观化和视觉化并行的真实进程。日常生活领域的审美化与文化创造领域的图像化转向是相互塑造的关系。

（3）文化创造领域的图像化转向和日常生活的审美化，对当今时代的文学发展既有积极作用又有消极影响。第一，对视觉盛宴的追求，极大地改变了当代人的文化阅读与接受方式，即由过去以书籍、报刊为主导媒介的文化接受，更多地转向以电视、电影为主导媒介的文化接受。第二，文学通过与图像文化的结合而寻求新的发展。文学与图像化的结合，适应和满足了读者大众对审美文化的需求，文学借助于新媒体丰富了自身的表现方式与手段，拓展了自身的发展空间，这对于当代文学的生存、发展和繁荣有积极意义。第三，媒体文化生产的图像化及相关的日常生活审美化，也是当代消费主义文化的一种表征，其背后隐藏着资本逐利的目的，容易导致“浅表审美化”的泛滥，致使文学的理性精神与深度美感的缺失，造成人性的片面发展与人文精神的匮乏。

6. 网络文学的特点。理解这一问题需要从如下四个要点入手：

（1）突出的类型化特征。中国网络小说的类型大致可以划分为玄幻、奇幻、仙侠、科幻、盗墓、穿越、架空、游戏、悬疑、灵异、二次元和同人等类型。这些类型小说有的受益于西方奇幻故事；有的脱胎于中国古典文学或近现代通俗小说，具有东方化的、中国式的故事内核；有的则是中国文学史上从未出现过的新类型，拓展了中国文学的类型或体裁疆界。在一定程度上，类型文学是网络文学写作和阅读的必然。

（2）令人痴迷的虚拟性。网络本身具有虚拟性，人类生活已越来越离不开虚拟的网络世界，而网络文学更是擅长于打造虚拟的生活世界，让网民沉迷于其中而忘记生活现实。网络文学的作者充分利用网络空间的虚拟性，摆脱具体时空的限制，在作品中构思出穿越、架空、重生、分身、升级、随身系统等常见设定，拓展出直接源于网络或带有深深的网络印记的时空观念，重构了自身与生活世界的关系，创造出不同于现实世界的“第二世界”或虚拟世界和狂欢广场。

（3）鲜明的游戏性。网络文学和游戏有着深厚的渊源。网络文学的游戏性主要表现在游戏小说和幻想类小说里。游戏小说是网络文学的重要类型之一，它们或者源于某种游戏，或把游戏当作创作背景，游戏直接构成了小说的主要叙事内容和主体部分。幻想类小说（如系统类、玄幻类）的场景组合、任务设定、人物塑造、世界想象、现实时空与异时空的二元结构、叙述方式，都有明显的游戏性和动漫的痕迹，经常包含着网络游戏的基本要素，有着升级、打怪、夺宝等常见的情节设置。

（4）便捷的互动性。网络上的言说行为具有作者与读者的双向属性，两者身份随时可以交换。在网络文学的生产、传播过程中，读者在网站的书评区、贴吧等平台和作者、书友进行交流，通过收藏、订阅、投月票、打赏、留言、跟帖、组织粉丝活动等方式，深度介入作品的创造过程，和作者进行对话交流，对作品进行诠释、改写甚至重写，成为具有创造力和生产力的粉丝群体，成为积极的消费者。网络文学写作的互动性在“同人”作品、“接龙小说”和“跟帖小说”等网络文学中表现得尤为明显。

7. 网络文学对于当代文学、艺术与文化的影响和作用。这里主要包含三个要点：

（1）开拓文学活动的共享空间。网络文学建构出一种“参与性文化”，创造了网络时代的共享空间。第一，网络作家和编辑、批评家共享着文学的生产与传播。作家可以不再像印刷媒介时代那样只是依赖文学期刊、出版社、批评家、文学奖项和文学选本的选择、认可和肯定,而是可以直接面对读者和市场,迎接受众的褒贬和及时的市场评价。第二,作家和读者共享着文学的创作。网络文学创作具有“产消者劳动”和“生产者用户”的特征,网络文学的很多读者对文本的投入是主动的、狂热的、参与式的,他们既是文化消费者,也是文化生产者。

(2)有助于满足多样化的文学需求。网络文学的类型异常丰富多样,从不同层面上可以实现或反映当代人形形色色的白日梦或心理期待,满足其多样化的文化需求。幻想类网络小说凭借着汪洋恣肆、天马行空的想象力,构建出雄奇瑰丽的虚拟世界和游戏空间。现实类的网络文学则致力于全方位地把握和呈现社会生活,重视细节的真实、可感,保持着对当下社会的热情和对此岸世界的关注,暴露和展示出当代中国的复杂、矛盾、焦虑和希望,表现了人们真实的生存体验,在文学与现实、现实与理想之间建立起了广泛而密切的联系。

(3)对当代文化产业的繁荣有一定的促进作用。网络文学充分利用网络技术条件和空间的便利,丰富和活跃了文学创作与接受,拉动了其他艺术门类的发展,构建起“网络文学+”的商业体系,成为当下出版、影视、游戏、漫画等业态的“富矿”,从而在一定程度上促进了当代文化产业的繁荣发展,特别是拓展了当代文学对其他艺术门类的影响力。

8. 网络文学的现存问题及改进措施。这里包含四个要点:

(1)在文学与社会生活的关系上,一些网络文学流露出远离现实、逃避社会的偏向。在当代网络文学中,幻想类小说占据了很大的市场份额,其去现实化的倾向明显。一些网络作家一味沉溺于虚拟时空的书写,即使写的是现实题材,也往往形真实幻,缺乏正视社会现实的勇气,无意揭示社会的真实,更不愿去探究社会发展的真理。

(2)在文学价值与功能上,一些网络文学作品过于强化商业化、娱乐性而忽视思想性、艺术性。受到网络文学市场化的影响,许多作品出现“注水”、量大质劣、低级重复和套路固化等严重问题,容易引发阅读疲劳甚至厌倦。庞大的生产规模和体量也导致当代文艺创作存在着有数量缺质量、抄袭模仿、千篇一律等问题。还有的网络作家一味追求“快”“长”“爽”和快乐叙事,引发“阅读拜物教”式的点击率,致使所谓“鸿篇巨制”比比皆是。

(3)在文学品位上,一些网络文学作品格调低俗、立意单薄、价值观错

乱。由于网络写作门槛较低，有些网络写作滥用了网络的开放性与自由空间，滥用了匿名写作机制，过于追求个人化与情感化表达，将网络当成了暴露私密与宣泄欲望的场所。有些网络文学展示出低俗、庸俗、粗俗甚至是恶俗现象，表现出对社会主义核心价值观的某种偏离，如推崇丛林法则，信奉强者为王、金钱至上、权谋至上的思想，把丰富多变的生活窄化和扭曲了，缺乏弘扬正能量的志向和追求。

（4）改进措施。对于以上问题，应当采取正面引导、团结和吸引的方针，需要在鼓励和推动网络文学发展的同时，更加主动有力地加强对网络文学发展的引导，完善网络传播的有关法律法规并注重网络著作权维护，严格文学网站的规范管理，抓好网络文学的队伍建设，鼓励优秀作家介入网络文学创作以提高网络文学创作的整体水平，同时改进在场的网络文学批评，建立网络文学的评判机制与约束机制，在创作与批评的良性互动中将网络文学的发展引向更高的艺术境界。

9. 文学的民族性与世界性的关系。文学民族性的界定总是隐含着各民族文学之间的相互比较关系，也就是隐含着文学的民族性与世界性的关系。文学的民族性与文学的世界性都是对文学存在特性的揭示，区别在于前者着重于说明一个民族与其他民族在文学发展方面的特点和差异，后者则重在说明各民族文学之间的共同点和类似之处，并且包含了各民族优秀的文学具有为世界人民共享、能够作为全人类的遗产在世界文学史上占有地位的意义。

10. 全球化进程对我国当代文学发展的影响。理解这一问题需要从三个方面入手：

（1）经济全球化进程对我国文学发展的影响是全方位的。经济全球化进程中，现代媒介技术特别是网络媒体的发展使得不同地域和文化的文学交流变得更加便捷，出版业的发展和翻译的日趋频繁，为中国文学观念的变革与艺术创新提供了域外的参照与借鉴对象，也使中国文学走向世界和融入世界。

（2）中国文学界受到世界文化与文学的影响，出现了多样化的发展局面。例如，现实主义、浪漫主义、现代主义、后现代主义等创作思潮，以及心理分析学、存在主义、表现主义、结构主义、“新批评”、“新历史主义”等批评思潮，曾经先后给予中国文学界以影响，引发诸多变化。这些变化构成了中国文学的当代生产语境和新的文学面貌。

（3）全球化给中国人带来了深刻的文化体验，拓展了文学叙事的空间，改

变了中国文学的审美范型，丰富了中国文学的维度。例如，20 世纪 90 年代以来的中国文学里，一些冠以地名的作品、“某地人在某地”系列作品和一些青春怀旧类型的文艺作品在中国引起关注，成为畅销书，获得很高的收视率和票房。这寓示着本土文化在全球化趋势中所承受的压力和冲击以及中国人对全球化的焦虑、接受和参与，展示出了人们面对全球化不同的体验、应对态度和解决方案。

11. 我国跨文化文学交流的目的、原则和基本态度。理解这一问题需要掌握三个要点：

（1）跨文化文学交流的目的是“洋为中用”。跨文化文学交流的目的不仅是增进中外文学之间的相互了解，更主要是通过交流来学习、借鉴他人的优点和长处，促进本民族文学的发展，并在民族文学繁荣发展的基础上促进世界文学与文化多样性格局的形成。

（2）跨文化文学交流应当坚持三条基本原则。第一，文明间多彩原则。第二，文明间平等原则。第三，文明间包容原则。

（3）跨文化文学交流应当采取三种基本态度。第一，相互理解，彼此尊重，在平等交流和对话中扩展民族文学的国际视野。第二，以我为主，理性选择，坚持文化自信，在开放与引进中坚持应有的批判态度和主体立场。第三，借鉴吸收，融合创新，在跨文化交流中推进民族文学的繁荣发展。在文学的跨文化交流过程中，一方面要对外国优秀的文学有兼收并蓄的胸怀，另一方面要善于将学来的东西消化吸收，融会贯通于自身的文学创造之中。

四、思考题解答

1. 当代文学活动的生产与消费的两重性体现在哪些方面?

（1）答题要点

作答此题应从三个层面出发：先简述当代文学生产与文学消费的定义，然后分别概述文学生产的两重性特征与文学消费的两重性特征，最后将二者融通起来，总结共性。

一般而言，文学生产是指文学创作活动的社会过程，文学消费是指接受文学作品以满足精神需求的社会过程。在当代，文学生产是指市场经济条件下的文学创作和文学作品制作活动，文学消费是指与这样的文学生产相适应的拥有、阅读和欣赏文学作品的社会行为。

文学生产的两重性是指：一方面，文学生产作为精神生产活动，创造着满足公众审美文化需求的精神产品，具有物质生产所不可替代的社会价值；另一方面，市场经济条件下的文学生产活动也具有产业属性，能够为文学产品的创作者、出版发行者带来商业利润。

与当代文学生产的两重性相应，当代文学消费也具有精神消费与物质消费的两重性。一方面，文学产品作为精神产品，能够使消费者受到精神感染和教育；另一方面，文学产品具有一般物质产品的特点，需要通过购买或其他方式拥有才能实现消费。

总而言之，在商品经济发达的当代社会，文学的生产与消费具有两重性，既包括观念性的精神属性，也包括观念载体的物质（商品）属性，它是二者的有机统一。当代文学生产与文学消费的两重性决定了文学生产要注重社会效益与经济效益的统一。

（2）引述或案例提示

此题需注意将文学生产与文学消费的两重性区分开来并逐一阐释，二者缺一不可。例如可引用马克思在《资本论》中的相关论述："在这里，演员对于观众来说，是艺术家，但是对自己的企业主来说，是生产工人。"这段话蕴含着两重含义：其一，在一定的历史阶段（在马克思那里就是资本主义时代），从属于资本家的演员，他们的表演虽然是一种精神生产，但在一定程度上又与从属于企业主的工人的物质生产是一样的。其二，艺术的生产与消费具有两重性。在物质生产发展到高度商品化阶段时，精神生产不可避免地会打上商品性的印迹。就艺术作品而言，它首先是精神生产的产物，是一种意识形态的表现，那么它就不是商品。但是艺术作品又需要以物化形态出现在社会上，需要通过市场得到传播、消费，这时它就是货真价实的商品了。

2. 中国网络文学具有哪些特点？中国网络文学的兴起具有哪些意义或作用？

（1）答题要点

中国网络文学显现出新鲜、活跃、年轻、民间的状态，具有以下四个特点：第一，突出的类型化特征。中国网络小说的类型大致可以划分为玄幻、奇幻、仙侠、科幻、盗墓、穿越、游戏、悬疑、二次元和同人等类型。第二，令人痴迷的虚拟性。网络文学的作者充分利用网络空间的虚拟性，在作品中构思出穿越、架空、重生等常见设定，创造出不同于现实世界的"第二世界"或虚拟世界。第三，鲜明的游戏性。网络文学中的很多类型都深受游戏的影响，分享着游戏式的结构和要素，显示出强烈的二次元世界的游戏特点。第四，便捷的互动性。网络上的言说行为具有作者与读者的双向属性，两者身份随时可以交换。

作为一种新型的文学形态，网络文学的作用主要体现在三个方面：第一，开拓了文学活动的共享空间。在网络的共享空间中，网络作家和编辑、批评家共享着文学的生产与传播，作家和读者共享着文学的创作。第二，有助于满足多样化的文学需求。网络文学的类型异常丰富多样，从不同层面上可以实现或反映当代人形形色色的白日梦或心理期待，满足其多样化的文化需求。第三，对当代文化产业的繁荣有一定的促进作用。网络文学丰富和活跃了文学创作与接受，拉动了其他艺术门类的发展，构建起“网络文学+”的商业体系，成为当下出版、影视、游戏、漫画等业态的“富矿”，从而在一定程度上促进了当代文化产业的繁荣发展，特别是拓展了当代文学对其他艺术门类的影响力。

（2）引述或案例提示

此题应分别回答题干中的两个问题，注意不要少点。在上述论述的基础上，可以进一步结合具体网络文学作品加以分析和阐发。例如，在谈及网络文学对文化产业繁荣的促进作用时，可结合《斗破苍穹》《斗罗大陆》等网络文学作品的动漫化改编，《大江东去》《欢乐颂》《都挺好》《将夜》《庆余年》《悟空传》《琅琊榜》等网络文学作品的影视化改编等实例加以分析。

3. 结合具体实例，谈谈如何认识中国网络文学存在的问题。

（1）答题要点

这里应结合具体实例，围绕存在问题和改进措施两个方面加以阐发。

目前，中国网络文学主要存在三个方面的问题：第一，在文学与社会生活的关系上，一些网络文学流露出远离现实、逃避社会的偏向。第二，在文学价值与功能上，一些网络文学作品过于强化商业化、娱乐性而忽视思想性、艺术性。第三，在文学品位上，部分网络文学作品格调低俗、立意单薄、价值观错乱。总而言之，从整体上看，中国网络文学作品虽然数量繁多，但精品佳作还很欠缺，优质网络文学作品所占比例过小。

网络文学在发展中所显露出的问题，有可能消解或损毁文学应有的人文精神和艺术品格，从而加重当代文学的精神危机。对此，应当采取正面引导、团结和吸引的方针，即需要在鼓励和推动网络文学发展的同时，更加主动有力地加强对网络文学发展的引导，完善网络传播的有关法律法规并注重网络著作权维护，严格文学网站的规范管理，抓好网络文学的队伍建设，鼓励优秀作家介入网络文学创作以提高网络文学创作的整体水平，同时改进在场的网络文学批评，建立网络文学的评判机制与约束机制，在创作与批评的良性互动中将网络文学的发展引向更高的艺术境界。

（2）引述或案例提示

根据上述论述，可酌情选取一些有代表性和说服力的网络文学作品，紧密结合现有问题和改进措施加以阐述。例如部分“小白文”和一些跟风创作的类型文学作品（其中不乏点击率非常高的作品、各种排行榜很靠前的作品），它们表现出娱乐性强、商业化倾向显著、立意单薄、套路固化、缺乏质量等诸多问题。尽管这类作品在商业上不乏成功者，但没有达到相应的艺术高度，而是停留在较低的精神境界，缺乏重新创造和再生的动力，没有形成褒贬融合的整体性和丰富的意蕴。读者从中往往只能得到一时的消遣，而无法实现精神层面的升华和满足。针对网络文学在发展过程中显露的种种弊病，应当秉持披沙炼金、去芜存菁的态度，从法律制度、市场监管、政策鼓励、学界批评等多方面入手，积极扶持和引导网络文学创作良性发展，实现社会效益和经济效益的有机统一。

4. 经济全球化对我国当代文学发展有着哪些影响?

（1）答题要点

回答这一问题，应抓住以下三个要点：首先，经济全球化进程对我国文学发展的影响是全方位的。现代媒介技术特别是网络媒体的发展使得不同地域和文化的文学交流变得更加便捷，出版业的发展和翻译的日趋频繁，为中国文学观念的变革与艺术创新提供了域外的参照与借鉴对象，也促使中国文学走向世界和融入世界。其次，在这种全球化进程中，中国文学界受到了世界文化与文学的影响，出现了多样化的发展局面。这些变化构成了中国文学的当代生产语境和新的文学面貌。最后，全球化给中国人带来了深刻的文化体验，拓展了文学叙事的空间，改变了中国文学的审美范型，丰富了中国文学的维度。

（2）引述或案例提示

可在以上论述的基础上，选取一些具体文艺作品进行深入阐发。例如，在中国当代的一些科幻文学作品里，灾难的发生地往往不再局限在某一个城市或国家，而是整个地球或宇宙；勇敢面对挑战的英雄往往不是来自某一个民族而是来自世界和整个地球。比如《流浪地球》等作品就是如此。这一变化就源于全球化的进程催生出了人类命运共同体的危机感。也可以结合一些具体的有明显的地域感、涉及多样文化碰撞和融合的文艺作品如《北京人在纽约》《刮痧》等加以分析。

五、阅读书目

1. [英] **迈克·费瑟斯通:《消费文化与后现代主义》,刘精明译,译林出版社 2000 年版**。该书是消费主义理论的代表作。在第二章中,作者着重分析了学界关于消费文化的三类理论:消费生产理论、消费区隔理论以及消费快感理论。作者认为,今天消费文化的兴盛并不意味着意识形态控制的失效,也不表明它是某种更加严厉的控制的产物,而是既掌握控制又能解除控制,并在这两者之间轻易转换的一种弹性结构。

2. [法] **皮埃尔·布尔迪厄:《艺术的法则:文学场的生成与结构》(新修订本),刘晖译,中央编译出版社 2011 年版**。布尔迪厄在该书中从文学社会学的视角出发,引入了“场域”的概念,揭示了文学和社会其他领域之间隐性而深入的层叠关系。在该书中,文学被视为一个既独立又与政治、商业、资本等领域密切相关的斗争场,文学作品被视为一个被其他事物争相控制的有意图的符号。书中的“文学场”概念有益于我们理解当代文学的生产与消费的整个过程。

3. [德] **沃尔夫冈·韦尔施:《重构美学》,陆扬、张岩冰译,上海译文出版社 2002 年版**。该书旨在探讨当代美学的新问题、新建构和新使命。在第一编中,作者开门见山地指出,当今美学的一大问题在于日常生活中审美的泛滥。这种艺术品格的肆意铺张实质上是消费主义惯用的一种营销策略。值得警惕的是,审美化的风潮不仅体现在日常生活的物质表象之中,而且还渗透进了更深的精神层次。

4. [美] W. J. T. **米歇尔:《图像何求?——形象的生命与爱》,陈永国、高焓译,北京大学出版社 2018 年版**。该书共分为三个部分,其中第一部分讨论形象,第二部分讨论物,第三部分讨论媒介。三部分间的内在关联是:如果把形象看作一种生命形式,那么物体就是它的身体,媒介则是图像赖以生存的栖息地或生态系统。在第三部分中,作者重点考察了媒介和形象的关系,指出媒介不仅是中介物,更是一种涵盖了传统、习惯、技巧与技术在内的系统化的物质实践。

5.［荷兰］约斯·德·穆尔：《赛博空间的奥德赛——走向虚拟本体论与人类学》，麦永雄译，广西师范大学出版社 2007 年版。该书旨在探寻电子媒介与赛博空间对人类未来发展的意义和影响。在第六章中，作者充分论证了媒介在人类认知过程中的重要性。他将媒介形象地比作一扇不透明的窗户，指出超媒体的发展可能会像书写一样引起人类认知结构和世界观的全面转型。本章后半部分则集中探讨了新型数字艺术的三个特征：多媒体性、互动性和虚拟性。

6.［加拿大］哈罗德·伊尼斯：《传播的偏向》，何道宽译，中国人民大学出版社 2003 年版。该书旨在探讨媒介自身的传播偏向及其对社会历史和文明发展的影响。在第二章中，作者重点考察了不同媒介在时间和空间维度上的传播差异，得出了传播媒介会对文化特质的长消产生重要影响的结论。作者指出：一种媒介对于它所在的文化，其重要性总有这样或那样的偏向；一种新媒介的长处，将会导致一个新文明的产生。

7.［美］尼古拉·尼葛洛庞帝：《数字化生存》，胡泳、范海燕译，海南出版社 2001 年版。作者预言了未来 20 年间数字技术和互联网的普及，不无乐观地构想了未来人类社会的数字化生存图景。该书的第三部分集中体现了作者对于后信息时代的理解和设想。他指出，人们的生活、思想、行动将因为计算机网络和互动式多媒体的发展而产生天翻地覆的变化，数字化生存将成为一种生活常态。

8.［加拿大］马歇尔·麦克卢汉：《理解媒介——论人的延伸》，何道宽译，译林出版社 2011 年版。该书是 20 世纪最富盛名的媒介文化研究著作之一。在书中，作者提出了“媒介即讯息”的著名论断，深刻地阐释了媒介对讯息本身的反作用。在该书第二部分，作者罗列了 26 种媒介形式，其中第 24 节主要探究了游戏在大众生活中的独特作用。作者认为，游戏是一种人际交往的媒介，是群体知觉的延伸。它容许人们从惯常的模式中得到放松和休整，具有不可替代的意义。

9.［芬兰］莱恩·考斯基马：《数字文学：从文本到超文本及其超越》，单小曦、陈后亮、聂春华译，广西师范大学出版社 2011 年版。作者将传统文学理论和赛博文本理论相结合，重点研究了数字文学的种类、流变、叙事策略、阅读习惯等方面。在第一章中，作者梳理了数字文学的发展历史，介绍了赛博文本理论的基本原理，重点探讨了数字文本的两个基本特征：交互性与时间性操作。

作者对数字文学的研究全面、深刻，对我国的网络文学研究颇具参考意义。

10. 邵燕君主编：《破壁书：网络文化关键词》，生活书店出版有限公司2018年版。该书是一部带有词典特性的工具书。主编选取了网络文化中高频出现、具有典型意义的关键词和流行语，并以学术方式加以阐释，在原生的网络术语和严肃的学术研究之间建立了一道沟通互联的桥梁。全书涉及二次元宅腐文化、同人/粉丝文化、网络文学、电子游戏、社会流行词等多方面内容，能够有效地帮助读者加深对网络文化的理解。

11. 邵燕君：《网络时代的文学引渡》，广西师范大学出版社2015年版。该书是一部网络文学专著。作者从传统文学生产机制的危机入手，对网络文学兴起的内在原因与外在推动力进行了深入的探讨，并在个人理解的基础上预测了网络文学的未来地位和发展趋势。同时也选取了不同类型的网络文学作家的学术访谈供读者参考阅读。该书对网络文学的学习和研究有很好的借鉴价值。

12. ［英］齐格蒙特·鲍曼：《全球化——人类的后果》，郭国良、徐建华译，商务印书馆2001年版。该书旨在挖掘全球化进程对人类社会的深层影响。作者详尽剖析了全球化的种种表现形式及其对经济、政治、社会结构，乃至对我们的时空观念的影响。在第五章中，作者从法律和地方秩序入手，在分析了人口流动性及其缺失后指出：全球化进程加剧了贫富两极分化，确立了新的等级体系。在这个体系中，上层是超疆界的，而底层则牢牢地附属在土地之上。

13. ［英］安东尼·吉登斯：《现代性的后果》，田禾译，译林出版社2011年版。该书旨在重新审视现代性的特征，并以断裂论的视角来考察现代性的本质。作者强调，现代性的根本性后果之一就是全球化。现代性的全球化倾向存在于地方和全球两极之间的复杂辩证法中，并通过不断的运动将个人同大规模的系统联结起来。在该书的第二部分，作者重点反思了全球化的本质，并从四个维度出发总结了全球化的特性。

六、试题库

试　题　I

一、填空题（每小题2分）

1. 人类社会生产包括________、精神生产和人类自身的生命生产。

2. “________”是指消费者为炫耀身份和地位而进行的文学消费。

3. 人类历史上的文学传播媒介大致经历了四个发展阶段，即口语媒介阶段、文字书写媒介阶段、________、电子媒介阶段。

4. “狂欢化”的文化美学命题最早由________提出。

5. ________是人们在历史上形成的有共同语言、共同地域、共同经济生活以及表现于共同文化之上的共同心理素质的稳定的共同体。

二、单选题（每小题 1 分）

1. 1969 年，计算机网络诞生于（　　）。

A. 英国　　B. 美国

C. 法国　　D. 苏联

2. 作为（　　），文学生产承担着为社会提供精神文化产品的职责，追求的是精神价值和社会效益。

A. 文化行业　　B. 文化职业

C. 文化产业　　D. 文化事业

3. 德国美学家（　　）将当代日常生活的审美化称为“浅表审美化”，并认为“在表面的审美化中，一统天下的是最肤浅的审美价值：不计目的的快感、娱乐和享受”。

A. 康德　　B. 席勒

C. 韦尔施　　D. 费希尔

4.（　　）在《同音乐工作者的谈话》中指出：“西洋的东西也不是什么都好，我们要拿它好的。我们应该在中国自己的基础上，批判地吸收西洋有用的成分。”

A. 毛泽东　　B. 周恩来

C. 邓小平　　D. 习近平

三、多选题（每小题 2 分）

1. 当代文学生产具有（　　）的新特点。

A. 生产规模和受众群体日趋扩大　　B. 依托文化产业和文化市场运作

C. 扩张性和快餐化日趋明显　　D. 组织化和制度化倾向日益明显

2. 当代社会的图像化在直观层面上首先表现在文化生产与消费的领域，（　　）等都是构成这一文化现象的不同组成部分。

A. 电影　　B. 电视

C. 卡通读物　　D. 网络图像

3. 在网络文学中，文学的（　　）几乎是同步进行的。

A. 生产　　B. 传播

C. 评论　　D. 分享

4. 我国跨文化文学交流的基本原则是（　　）。

A. 文明间多彩原则　　B. 文明间平等原则

C. 文明间包容原则　　D. 文明间融合原则

四、名词解释（每小题 4 分）

1. 文学消费

2. 图像化转向

3. 网络文学

4. “世界文学”

五、辨析题（每小题 4 分）

1. 文学的社会效益与经济效益总是统一的。

2. 语言是文学的唯一传播媒介。

3. 网络文学对当代文学和艺术的发展起到了一定的推动作用。

4. 经济全球化时代，文化的发展存在两种不同的现实走向。

六、简答题（每小题 8 分）

1. 简述当代文学生产与文学消费的关系变迁。

2. 简述传播媒介对文学发展的作用。

七、论述题（每小题 15 分）

1. 试论网络文学的特点。

2. 结合具体实例谈一谈全球化进程对我国当代文学的影响。

参考答案

一、填空题

1. 物质生产

2. 夸示式消费

3. 印刷媒介阶段

4. 巴赫金

5. 民族

二、单选题

1	2	3	4
B	D	C	A

三、多选题

1	2	3	4
ABD	ABCD	ABCD	ABC

四、名词解释

1. 文学消费有广义和狭义之分。广义的文学消费是指人们用文学作品来满足自己的精神需求的过程，也即文学阅读、文学欣赏与文学接受。这种意义上的文学消费是自有文学以来就一直存在的。（2 分）狭义的文学消费却是在近代以来才出现的，指的是在文学成为一种特殊的商品以后，人们对它的消费、阅读或欣赏。（2 分）

2. 图像化转向一般指涉一个视觉文化勃兴、印刷文化渐趋衰落的文化语境。在中国，类似于“图像化转向”的表达是“读图时代”。（2 分）随着电影、电视的发明以及电子数码技术的迅速发展，当代文化正越来越向视觉化或图像化方面发展。（2 分）

3. 网络文学是一种新兴的文学形态，主要指网络原创文学，即用电脑创作、在网络首发、供网民阅读的文学作品，（2 分）既包括离开电脑等电子设备和网络便无法生存的数字文学作品，也包括在网络上生产、首发、传播并且能够下载、出版的文字作品。（2 分）

4.“世界文学”理念产生于 19 世纪的欧洲。歌德首次将“民族文学”与“世界文学”的概念并提。马克思和恩格斯在《共产党宣言》中进一步论述了世界文学的问题。（2 分）在民族国家林立的当前，“世界文学”指的是各民族文学打破闭关自守状态而走向彼此的交流与共生。（2 分）

五、辨析题

1. 错误。（2 分）文学的社会效益与经济效益有时是统一的，有时也可能是相互矛盾的。因此，文艺发展应当始终将社会效益放在首位，同时又要做到社会效益与经济效益相统一。（2 分）

2. 错误。（2 分）文学媒介有两个方面的含义：第一，就文学本身的内在组织而言，文学作为语言的艺术，它的媒介是语言。(1 分) 第二，从文学信息得以传播的物质形式及渠道来看，文学还需要通过特定的物质媒介进行传播，如口语媒介、文字媒介、电子媒介等。(1 分)

3. 正确。(2 分) 网络文学对当代文艺的推动作用主要表现为三点：第一，开拓文学活动的共享空间。网络文学建构出一种“参与性文化”，创造了网络时代的共享空间。第二，有助于满足多样化的文学需求。第三，对当代文化产业的繁荣有一定的促进作用。(2 分)

4. 正确。(2 分) 一种走向是西方文化借助于其在经济全球化进程中积累的巨大资本和对于全球信息流通的主导性掌控而极度扩张，谋求由西方文化为主导的文化趋同化。(1 分) 另一种是全球各民族多元文化之间的和谐共存、平等交流与相互吸收，这是发展中国家人们的愿望。(1 分)

六、简答题

1. 第一，文学生产与文学消费的关系日益密切。文学生产的重要目的就是满足消费，能够赢利。(4 分) 第二，在消费文化的影响下，当代文学生产的主导动力和重要目标正在发生变化。文学消费对文学生产的反作用越来越大。文学生产对于文学消费的绝对主导趋势渐渐被逆转，文学生产正越来越多地受到文学消费时尚的引导。同时，当代文学的生产也越来越受到消费社会的审美趣味的影响。(4 分)

2. 第一，文学媒介是文学传播的物质载体，构成了文学的感性存在方式。第二，文学媒介对于文学的创作与欣赏、生产与消费有着重要的塑造与规范作用。文学媒介不仅仅是传达文学信息的工具，媒介对文学的题材、形象、风格特征、接受特点以及生产规模等均有着重要的影响。第三，文学媒介是文学生产与传播能力的延伸。(答对一点给 2 分，答对两点给 5 分，答对三点给 8 分)

七、论述题

1. 中国网络文学显现出新鲜、活跃、年轻、民间的状态，具有以下四个特点：第一，突出的类型化特征。中国网络小说的类型大致可以划分为玄幻、奇幻、仙侠、科幻、盗墓、穿越、游戏、悬疑、二次元和同人等类型。第二，令人痴迷的虚拟性。网络文学的作者充分利用网络空间的虚拟性，在作品中构思出穿越、架空、重生等常见设定，创造出不同于现实世界的“第二世界”或虚拟世界。第三，鲜明的游戏性。网络文学中的很多类型都深受游戏的影响，分享着游戏式的结构和要素，显示出强烈的二次元世界的游戏特点。第四，便捷的互动性。网络上的言说行为具有作者与读者的双向属性，两者身份随时可以交换。（每答对一点给 3 分，答对全部四点给 15 分）

2. 首先，经济全球化进程对我国文学发展的影响是全方位的。现代媒介技术特别是网络媒体的发展使得不同地域和文化的文学交流变得更加便捷，出版业的发展和翻译的日趋频繁，为中国文学观念的变革与艺术创新提供了域外的参照与借鉴对象，也促使中国文学走向世界和融入世界。（4 分）

其次，在这种全球化进程中，中国文学界受到了世界文化与文学的影响，出现了多样化的发展局面。这些变化构成了中国文学的当代生产语境和新的文学面貌。（4 分）

最后，全球化给中国人带来了深刻的文化体验，拓展了文学叙事的空间，改变了中国文学的审美范型，丰富了中国文学的维度。（4 分）

在以上论述的基础上，需选取一些具体文学作品或现象进行阐发。例如 20 世纪 90 年代以来，一些冠以地名的作品如《马桥词典》等或“某地人在某地”如《北京人在纽约》等系列作品，就寓示着本土文化在全球化趋势中所承受的压力和冲击以及中国人对全球化的焦虑、接受和参与，展示出人们面对全球化不同的体验、应对态度和解决方案。（3 分）

试　题　Ⅱ

一、填空题（每小题 2 分）

1. ________在论述“历史的创造”时曾经说：“最终的结果总是从许多单个的意志的相互冲突中产生出来的，而其中每一个意志，又是由于许多特殊的生活条件，才成为它所成为的那样。”

2. 1998 年，第一部正式出版的中文网络小说《________》问世。

3. 根据网络文学的语言风格及其艺术追求的不同，目前的中国网络小说大致可以分为“小白文”和“________”两种。

4. ________首次将“民族文学”与“世界文学”的概念并提。

5. 1964 年 9 月 27 日，在给中央音乐学院一位学生就音乐教育中实行平等化、民族化、群众化等问题所提意见的来信批示中，毛泽东明确地提出了“________”这一对待中外文化遗产的八字方针。

二、单选题（每小题 1 分）

1. 文学生产要把（　　）放在首位。

A. 经济效益　　　　B. 商业效益

C. 社会效益　　D. 艺术效益

2.《荷马史诗》和《诗经》的出现和兴起，与（　　）的出现和兴起有着密不可分的关系。

A. 口语媒介　　B. 文字媒介

C. 印刷媒介　　D. 电子媒介

3.（　　）把游戏看成是一种大众传播媒介，是“对日常压力的大众反映的延伸”，是“心灵生活的戏剧模式，给各种具体的紧张情绪提供发泄的机会”。

A. 麦克卢汉　　B. 伊尼斯

C. 尼葛洛庞帝　　D. 考斯基马

4.（　　）年，北美的中国留学生开始创作中文网络文学作品，并发表在自办的电子周刊和网站上。

A. 1990　　B. 1991

C. 1992　　D. 1993

三、多选题（每小题 2 分）

1. 当代文学消费具有（　　）的新特点。

A. 出现“夸示式消费”　　B. 现象组织化和制度化倾向日益明显

C. 审美取向多样化　　D. 扩张性和快餐化日趋明显

2. 文学生产的两重性，是指当代文学生产同时具有（　　）和（　　）的状况。

A. 精神属性　　B. 商业属性

C. 大众属性　　D. 艺术属性

3.“民族文学”概念建立在近代以来（　　）的基础之上。

A. 各民族交往日渐频繁　　B. 民族意识觉醒

C. 各民族国家文学发展　　D. 电子技术空前发展

4.（　　）等文本表现出了中国人在全球化进程中的种种体验：惊羡、感愤、断零、回瞥和乡愁等。

A. 李宝嘉《文明小史》

B. 黄遵宪《八月十五日夜太平洋舟中望月作歌》

C. 刘鹗《老残游记》

D. 梁启超《新中国未来记》

四、名词解释（每小题 4 分）

1. 文学生产

2. 夸示式消费

3. 文化产业

4. 全球化

五、辨析题（每小题 4 分）

1. 文学消费和一般的物质消费没有区别。

2. 在文学发展的进程中，新媒介的产生一定意味着旧媒介失去其存在价值。

3. 图像化转向对当今时代文学发展的作用无疑都是积极的。

4. 凡是在电子设备上能够阅读的文学作品都是网络文学。

六、简答题（每小题 8 分）

1. 简述在全球化时代，民族文学发展面临哪些机遇和挑战？

2. 简述我国跨文化文学交流应采取的基本态度。

七、论述题（每小题 15 分）

1. 如何看待电子媒介对当代文学发展的影响？

2. 试论网络文学对当代文学和艺术发展的影响和作用。

参考答案

一、填空题

1. 恩格斯

2. 第一次的亲密接触

3. 文青文

4. 歌德

5. 古为今用，洋为中用

二、单选题

1	2	3	4
C	A	A	B

三、多选题

1	2	3	4
AD	AB	BC	ABCD

四、名词解释

1. 文学生产是指文学创作活动的社会过程。一般将马克思看作这一概念的发明者，后经西方马克思主义理论家论证，成为今天描述文学活动的常用概念。(2 分) 在当代，文学生产是指市场经济条件下的文学创作和文学作品制作活动。(2 分)

2. 夸示式消费主要是指消费者为炫耀身份和地位而进行的文学消费。(3 分) 匈牙利学者豪泽尔认为，上层阶级中有相当一部分人对文化产品进行夸示式消费，其目的是炫耀自己的社会地位，装点门面，附庸风雅，显示自己既富且贵，因而喜欢购买和引人注目地摆设一些豪华精美的文学经典名著，以营造一种所谓有教养的文化环境。(1 分)

3. 文化产业是与文化事业既有联系又有区别的文化活动 (2 分)，是按照市场运行规则从事文化产品生产和提供文化服务的经营性行业 (2 分)。

4. 全球化一般指全球各国间经济和贸易相互联系的扩大、深化及其加速状况，即经济全球化。(2 分) 在当代，经济全球化深入发展，已经成为世界范围内不可逆转的历史潮流。(2 分)

五、辨析题

1. 错误。(2 分) 就购买行为而言，文学产品与其他的“物品”没什么分别，也具有“物”的性质。但是，文学消费毕竟不同于一般的物质消费。一般物质消费在于物品使用本身，文学消费在于精神享受，能使消费者获得认识、教育、审美、娱乐等精神价值。(2 分)

2. 错误。(2 分) 新媒介的产生并不意味着旧媒介就一定会失去存在的价值。当今时代，虽然人类已进入了电子媒介时代，但口语和文字仍是文学赖以生成和生存的两种基本媒介，书籍、报刊、网站等共同构成了文学传播的基本渠道。(2 分)

3. 错误。(2 分) 图像化转向对当今时代的文学发展固然有积极作用，但也有消极影响。媒体文化生产的图像化及相关的日常生活审美化，也是当代消费主义文化的一种表征，其背后隐藏着资本逐利的目的。媒体对图像化的推波助澜常常只是为了实现某种经济上的谋划与策略，并不关心真正的文化精神和审美价值。(2 分)

4. 错误。(2 分) 不是所有能在电子设备上阅读的文学作品都是网络文学。例如《红楼梦》现在也可以在电子设备上阅读，但它显然不是网络文学。网络文学主要指用电脑创作、在网络首发、供网民阅读的文学作品，既包括离开电脑等电子设备和网络便无法生存的数字文学作品（如超文本文学、多媒体文学等），也包括在网络上生产、首发、传播并且能够下载、出版的文字作品。(2分)

六、简答题

1. (1) 民族文学面临的机遇：第一，以一定的疆域为界，拥有共同的语言、共同的传统和共同的生存处境的民族国家共同体依然存在，它是民族文学存在与发展的基本依托。(1分) 第二，植根于民族生存的现实处境，真正与民族同呼吸共命运，与民族的发展同步伐，民族文学就不会失去内在的民族血脉，就会根深叶茂地发展和壮大起来。(1分) 第三，在全球化背景下，民族文学更有可能从其他民族的文学中获得借鉴和营养，从而为自己的发展注入新的活力，也更有可能突破区域性疆界的限制而逐渐走向世界。(1分) 第四，经济全球化进程带来的危及各国人民生存与发展的共同性问题使得各国作家的文学创作有了共同的主题，这些共同主题又使各国民族文学之间的交流更易产生共鸣，从而有利于民族文学走向世界。(1分)

(2) 民族文学面临的挑战：第一，西方发达国家不断谋求以西方文化为主导的文化趋同化。(1分) 第二，弱势民族国家的艺术和文化产品难以向外输出，甚至连基本生存空间都难以保证。(1分) 第三，一些民族的语言在不断走向衰落，或是面临着来自英语的强势压力。语言是文学的媒介，民族的语言不存在了，民族文学也必然面临新的问题。(2分)

2. 第一，相互理解，彼此尊重，在平等交流和对话中扩展民族文学的国际视野。第二，以我为主，理性选择，坚持文化自信，在开放与引进中坚持应有的批判态度和主体立场。第三，借鉴吸收，融合创新，在跨文化交流中推进民族文学的繁荣发展。(每答对一点给2分，答对三点给8分)

七、论述题

1. 总的来看，电子媒介对于文学的发展犹如一把双刃剑，既有积极的一面，也有消极的一面。(3分) 一是广播文学、影视文学、网络文学等新的文学形态或文艺样式的兴起，改变了传统上以纸质印刷媒介为主要载体的文学存在形式，使文学的传播方式和存在形式发生了很大的变化，使文学大家族变得更加丰富多样。(3分) 二是文学与其他艺术门类的互动进一步增强，如将历史上流传下来的文学作品改编成为广播文艺、影视作品等，使之以新的文学形态或文艺样式进行传播，产生了新的接受效果。(3 分) 三是文学的社会功能逐渐向休闲娱乐方向偏移，传统社会中文学的雅、俗之分以及现代社会中文学的审美取向与非审美取向之间的区分逐渐消解。(3 分) 四是伴随着广播、电影、电视、网络日渐成为当代的主导媒体，以这些媒体为依托的艺术样式也在当代艺术生产与消费的总体格局中越来越占据有利的主导性的位置，而文学在艺术活动以及社会文化总体结构中的位置相对来说被边缘化了。(3 分)

2. 网络文学的作用主要体现在三个方面：第一，开拓了文学活动的共享空间。在网络的共享空间中，网络作家和编辑、批评家共享着文学的生产与传播，作家和读者共享着文学的创作。(4 分) 第二，有助于满足多样化的文学需求。网络文学的类型异常丰富多样，从不同层面上可以实现或反映当代人形形色色的白日梦或心理期待，满足其多样化的文化需求。(4 分) 第三，对当代文化产业的繁荣有一定的促进作用。网络文学丰富和活跃了文学创作与接受，拉动了其他艺术门类的发展，构建起“网络文学+”的商业体系，成为当下出版、影视、游戏、漫画等业态的“富矿”，从而在一定程度上促进了当代文化产业的繁荣发展，特别是拓展了当代文学对其他艺术门类的影响力。(4 分)

在上述论述的基础上，还需进一步结合具体文学作品或现象加以分析。例如，在谈及网络文学对文化产业繁荣的促进作用时，可列举《斗破苍穹》《斗罗大陆》的动漫化改编，《大江东去》《欢乐颂》《都挺好》《将夜》《庆余年》《魔道祖师》《悟空传》《甄嬛传》等的影视化改编等实例。(3 分)

试　题　Ⅲ

一、填空题（每小题 2 分）

1. 文学生产属于社会的精神生产领域中的________生产。

2. ________曾说：“文学可以是一件人工产品，一种社会意识的产物，一种世界观；但同时也是一种制造业。”

3. ________年，中国大陆正式加入互联网大家庭。

4. 中国的全球化或全球性境遇始于________时期。

5. 1956 年，________在《同音乐工作者的谈话》中提出：“向古人学习是为了现在的活人，向外国人学习是为了今天的中国人。”

二、单选题（每小题 1 分）

1. 作为（　　），文学生产活动主要是一种经营活动，在追求精神价值和社会效益的同时，需要适当考虑商业价值、经济效益及扩大再生产。

A. 文化行业　　B. 文化职业

C. 文化产业　　D. 文化事业

2.（　　）的一大突出特点是由原来的单一媒介传播走向多媒体全息传播。

A. 口语媒介　　B. 文字媒介

C. 印刷媒介　　D. 电子媒介

3. 马克思和恩格斯在（　　）中进一步论述了世界文学的问题。

A.《资本论》　　B.《德意志意识形态》

C.《共产党宣言》　　D.《1844 年经济学哲学手稿》

4.（　　）在中国文学艺术工作者第四次代表大会上强调："所有文艺工作者，都应当认真钻研、吸收、融化和发展古今中外艺术技巧中一切好的东西，创造出具有民族风格和时代特色的完美的艺术形式。"

A. 毛泽东　　B. 周恩来

C. 邓小平　　D. 习近平

三、多选题（每小题 2 分）

1. 当代文学生产与文学消费的关系呈现出（　　）的趋势。

A. 日益密切　　B. 消费对生产的反作用越来越大

C. 消费日益独立于生产　　D. 生产对消费的绝对主导趋势渐渐逆转

2. 以下不属于中国网络文学特点的选项是（　　）。

A. 虚拟性　　B. 便捷性

C. 游戏性　　D. 图像化

3. 我国跨文化文学交流的基本态度是（　　）。

A. 相互理解，彼此尊重　　B. 以我为主，理性选择

C. 坚持文化自信　　D. 借鉴吸收，融合创新

4. 1964 年 9 月，毛泽东明确地提出了（　　）这一对待中外文化遗产的八字方针。

A. 古为今用　　B. 洋为中用

C. 去芜存菁　　D. 激浊扬清

四、名词解释（每小题 4 分）

1. 文化市场

2. 文化事业

3. 媒介与电子媒介

4. 文学的民族性与世界性

五、辨析题（每小题 4 分）

1. 文学媒介就是单纯传达文学信息与文学知识的载体和工具。

2. 电子媒介对文学的发展只有积极作用，没有消极作用。

3. 网络作家的收入和传统作家一样，只有稿酬和版税。

4. 民族文学在全球化时代必然会走向衰落。

六、简答题（每小题 8 分）

1. 简述当代文学生产与文学消费的新特点。

2. 简述图像化转向和日常生活审美化对当代文学发展的影响。

七、论述题（每小题 15 分）

1. 试论当代文学生产与文学消费的两重性。

2. 结合具体实例谈一谈当前网络文学发展存在的问题及改进措施。

参考答案

一、填空题

1. 艺术

2. 伊格尔顿

3. 1994

4. 第一次鸦片战争

5. 毛泽东

二、单选题

1	2	3	4
C	D	C	C

三、多选题

1	2	3	4
ABD	BD	ABCD	AB

四、名词解释

1. 文化市场是指文化商品、文化服务以及文化资源营销活动的场所。（2 分）当代文化产业的发展催生了文化市场，而文化市场的建立又为文化产业的

发展提供了更为便利的条件和开拓出更广的需求空间。(2分)

2. 文化事业是代表国家意志和社会主流意识形态，(2分) 由政府投入并由政府控制或由政府机关的文化政策予以扶持的那些文化产品的生产与服务活动。(2分)

3. 媒介通常是指那些承载、传递、扩大、延伸人类信息的物质载体和通道，如口语、文字、电视、网络等。(2分) 电子媒介是指现代传播活动中存储与传递信息时使用的电子技术信息载体，是当代文学信息得以传播的重要物质渠道。(2分)

4. 由于民族生活和民族文化的差异，民族文学也会在内容和表现形式上体现出自己鲜明的民族风格与民族特点，这种民族风格与民族特点就是文学的民族性。(2分) 文学的民族性着重于说明一个民族与其他民族在文学发展方面的特点和差异，文学的世界性则重在说明各民族文学之间的共同点和类似之处，并且包含了各民族优秀的文学具有为世界人民共享、能够作为全人类的遗产在世界文学史上占有地位的意义。(2分)

五、辨析题

1. 错误。(2分) 媒介不单纯是传达信息、知识、内容的载体和工具，它对信息、知识、内容有着强烈的反作用。文学媒介也不仅仅是传达文学信息的工具，媒介对文学的题材、形象、风格特征、接受特点以及生产规模等均有着重要的影响。(2分)

2. 错误。(2分) 电子媒介对于文学的发展犹如一把双刃剑，既有积极的一面，也有消极的一面。其中，消极一面主要表现为文学在艺术活动以及社会文化总体结构中的位置被相对边缘化了。(2分)

3. 错误。(2分) 传统作家的收入主要来自稿酬或版税，而网络作家的收入除了稿酬和版税之外，还包括增值部分，如读者打赏、移动终端阅读、有声阅读、广告，以及影视、动漫、游戏的改编和其他衍生品收入等，实现了收入多元化。(2分)

4. 错误。(2分) 尽管民族文学面临着种种不利境况，但并不意味着在全球化进程中必然陷入死地。相反，全球化进程本身也可能给民族文学的发展带来新的机遇。(2分)

六、简答题

1. (1) 当代文学生产的新特点：第一，当代文学生产规模和受众群体日趋扩大。(1分）第二，当代文学需要依托文化产业和文化市场运作。(1分）第三，文学生产的组织化和制度化倾向日益明显。(2分)

(2）当代文学消费的新特点：第一，文学消费的扩张性和快餐化日趋明显。(2分）第二，文学消费出现“夸示式消费”现象。(2分)

2. 图像化转向和日常生活审美化对当代文学发展既有积极作用又有消极影响。(2分）第一，对视觉盛宴的追求，极大地改变了当代人的文化阅读与接受方式，即由过去以书籍、报刊为主导媒介的文化接受，更多地转向以电视、电影为主导媒介的文化接受。(2分）第二，文学随之转而通过与图像文化的结合寻求新的发展。文学与图像化的结合，适应和满足了读者大众对审美文化的需求，拓展了自身的发展空间，对当代文学的生存、发展和繁荣有积极意义。(2分）第三，媒体文化生产的图像化及相关的日常生活审美化，也是当代消费主义文化的一种表征，其背后隐藏着资本逐利的目的，容易导致“浅表审美化”的泛滥，致使文学的理性精神与深度美感的缺失，造成人性的片面发展与人文精神的匮乏。(2分)

七、论述题

1. 文学生产的两重性是指：一方面，文学生产作为精神生产活动，创造着满足公众审美文化需求的精神产品，具有物质生产所不可替代的社会价值；(2分）另一方面，市场经济条件下的文学生产活动也具有产业属性，能够为文学产品的创作者、出版发行者带来商业利润。(3分)

与当代文学生产的两重性相应，当代文学消费也具有精神消费与物质消费的两重性。一方面，文学产品作为精神产品，能够使消费者受到精神感染和教育；(2分）另一方面，文学产品具有一般物质产品的特点，需要通过购买或其他方式拥有才能实现消费。(3分)

总而言之，在商品经济发达的当代社会，文学的生产与消费具有两重性，既包括观念性的精神属性，也包括观念载体的物质（商品）属性，它是二者的有机统一。(3分）当代文学生产与文学消费的两重性决定了文学生产要注重社会效益与经济效益的统一。(2分)

2. 目前，中国网络文学主要存在三个方面的问题：第一，在文学与社会生活的关系上，一些网络文学流露出远离现实、逃避社会的偏向。(2分）第二，在文学价值与功能上，一些网络文学作品过于强化商业化、娱乐性而忽视思想性、艺术性。(2分）第三，在文学品位上，部分网络文学作品格调低俗、立意

单薄、价值观错乱。(2 分)

对此，应当采取正面引导、团结和吸引的方针，即需要在鼓励和推动网络文学发展的同时，更加主动有力地加强对网络文学发展的引导，完善网络传播的有关法律法规并注重网络著作权维护，严格文学网站的规范管理，抓好网络文学的队伍建设，鼓励优秀作家介入网络文学创作以提高网络文学创作的整体水平，同时改进在场的网络文学批评，建立网络文学的评判机制与约束机制，在创作与批评的良性互动中将网络文学的发展引向更高的艺术境界。(每答出一点措施给 2 分，答出三点措施给 7 分，最多 7 分)

在上述论述的基础上，可酌情选取一些有代表性和说服力的网络文学作品，紧密结合现有问题和改进措施加以阐述。(2 分)

后　记

在编完《文学理论》（第二版）书稿、当其还在高等教育出版社进行编辑加工及校对之时，为了让它出版后能及时贴近大学生的课程及教材学习实际，方便他们自学、练习和提高，我们全体编写组成员又马不停蹄地承担起本书的编写任务。

编写工作刚启动就赶上新冠疫情，各位编者分散在不同地域，各自遭遇不同的问题和困难，幸赖大家齐心协力，相互支持和配合，终于顺利完成。闫月珍教授率先编出第八章供大家参照。孙士聪教授不仅编写第九章，还同胡亚敏教授合力编写第五章。陈雪虎教授协助我汇编和整理全部书稿。

协助或参与编写的还有：北京师范大学任悦、杨若澧、左影娜（第四章），首都师范大学王舒原、李智、刘畅（第五章），四川大学冯芙蓉（第七章），暨南大学周建增、朱宝洁（第八章），首都师范大学胡喆（第十章）。

值此机会，特向全体编者同仁和协助者致谢！我还要向高等教育出版社有关领导和中文分社罗京编辑等表示感谢。

王一川

2020 年 5 月 30 日于北京